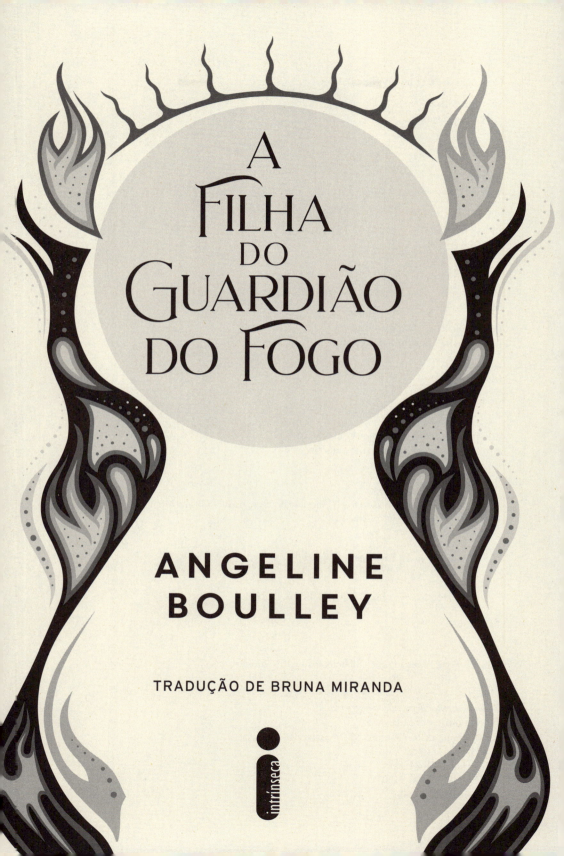

Copyright © 2021 by Angeline Boulley

TÍTULO ORIGINAL
Firekeeper's Daughter

EDIÇÃO
Júlia Ribeiro

PREPARAÇÃO
Stéphanie Roque

REVISÃO
Anna Beatriz Seilhe
Daiane Cardoso
Thais Entriel
Theo Araújo

CONSULTORIA
Mayra Sigwalt

DIAGRAMAÇÃO E ADAPTAÇÃO DE CAPA
Julio Moreira | Equatorium Design

ARTE DE CAPA
Moses Lunham

DESIGN DE CAPA
Rich Deas e Kathleen Breitenfeld

CIP-BRASIL. CATALOGAÇÃO NA PUBLICAÇÃO
SINDICATO NACIONAL DOS EDITORES DE LIVROS, RJ

B777f
  Boulley, Angeline, 1966-
    A filha do guardião do fogo / Angeline Boulley ; tradução Bruna Miranda. - 1. ed. - Rio de Janeiro : Intrínseca, 2022.
    432 p. ; 23 cm.

    Tradução de: Firekeeper's daughter.
    ISBN 978-65-5560-452-8

    1. Ficção americana. I. Miranda, Bruna. II. Título.

22-78196   CDD: 813
            CDU: 82-3(73

Gabriela Faray Ferreira Lopes - Bibliotecária - CRB-7/6643

[2022]
Todos os direitos desta edição reservados à
Editora Intrínseca Ltda.
Rua Marquês de São Vicente, 99, 6º andar
22451-041 – Gávea
Rio de Janeiro – RJ
Tel./Fax: (21) 3206-7400
www.intrinseca.com.br

*Para meus pais, Donna e Henry Boulley Sr.,
e seu amor feito de histórias.*

Estou paralisada feito uma estátua na floresta. Apenas meus olhos se movem, indo da arma até sua expressão assustada.

Arma. Choque. Arma. Descrença. Arma. Medo.

TUN-TUM-TUN-TUM-TUN-TUM.

O revólver de cano curto sacode com o leve tremor da mão que o aponta para mim.

Eu vou morrer.

Franzo o nariz ao sentir um cheiro doce de óleo. Um cheiro familiar. Baunilha e óleos minerais. Lubrificante WD-40. Alguém usou para limpar a arma. Mais aromas: pinho, musgo, suor e xixi de gato.

TUN-TUM-TUN-TUM-TUN-TUM.

A mão trêmula mexe a arma para cima e para baixo, como se empunhasse um facão. Cada movimento diagonal em direção ao chão me dá esperança. Melhor um alvo aleatório do que eu.

Mas o terror toma conta do meu coração de novo. A arma. Apontada para o meu rosto.

Mãe. Ela não vai sobreviver à minha morte. Uma bala mataria nós duas.

A mão corajosa de alguém alcança a arma. Dedos esticados. Exigindo. Me dá. Agora.

TUN-TUM-TUN...

Estou pensando na minha mãe quando o disparo muda tudo.

PARTE I

WAABANONG

(LESTE)

NOS ENSINAMENTOS OJIBWE, TODAS AS JORNADAS
COMEÇAM EM DIREÇÃO AO LESTE.

CAPÍTULO 1

Eu começo meu dia antes do nascer do sol, colocando minhas roupas de corrida e deixando um pouco de semaa na face leste de uma árvore, onde o sol vai tocar o tabaco primeiro. Começo as orações com uma oferenda de semaa e dizendo meu nome espiritual, Clã, e de onde sou. Eu sempre falo um nome a mais para garantir que o Criador saiba quem sou. Um nome que me conecta ao meu pai, porque comecei como um segredo e, então, me tornei um escândalo.

Agradeço ao Criador e peço por zoongidewin, porque vou precisar de coragem para o que preciso fazer depois da minha corrida. Tenho adiado isso por uma semana.

O céu clareia enquanto me alongo na frente de casa. Meu irmão reclama da minha longa rotina de aquecimento quando corre comigo. Eu sempre digo para o Levi que por meus músculos serem mais longos, maiores e, portanto, melhores, eles precisam de uma preparação mais intensa para conseguir um bom desempenho. O verdadeiro motivo, que ele acharia idiota, é que eu recito o nome de cada músculo do corpo enquanto me alongo. Não só os superficiais, mas os mais profundos também. Quero sair na frente dos outros calouros na aula de Anatomia Humana no primeiro semestre da faculdade.

Quando eu termino o aquecimento e a revisão de anatomia, o sol já está saindo por detrás das árvores. Um raio de luz toca a minha oferenda de semaa. Niishin! *Isso é bom.*

Os primeiros quilômetros da minha corrida são sempre os mais difíceis. Parte de mim ainda quer estar na cama com minha gata, Herri, cujo ronronar tem o efeito contrário de um despertador. Mas se consigo superar isso, minha respiração encontra seu ritmo, seguindo o balançar do meu rabo de cavalo. Minhas pernas e braços funcionam no piloto automático. É nesse momento que minha mente vai para longe, para um lugar onde eu ainda faço parte deste mundo, mas também estou em outro lugar, e os quilômetros passam despercebidos.

Meu percurso passa por dentro do campus. A melhor vista de Sault Ste. Marie, no Michigan, é do outro lado. Eu mando um beijo quando passo em frente ao novo dormitório da Lake State, o Fontaine Hall, que leva o nome do meu avô por parte de mãe. Minha avó, Mary — eu a chamo de GrandMary — insistiu para que eu usasse um vestido para a cerimônia em homenagem a ele no verão passado. Fiquei tentada a fazer cara feia nas fotos, mas eu sabia que minha provocação magoaria mais minha mãe do que irritaria minha avó.

Eu corto caminho pelo estacionamento que fica atrás do centro estudantil e vou em direção à parte norte do campus. O penhasco mostra uma linda vista panorâmica do rio St. Marys, a ponte para o Canadá e a cidade de Sault Ste. Marie, em Ontario. Localizada na curva do rio, ao leste, está meu lugar favorito do mundo: Sugar Island.

O sol nascente se esconde atrás de uma nuvem baixa e escura no horizonte para além da ilha. Eu paro, maravilhada. Raios de luz saem de trás da nuvem, como se Sugar Island fosse a fonte deles. Uma brisa gelada balança minha camiseta, me deixado arrepiada em pleno verão.

— Ziisabaaka Minising — digo o nome da ilha em anishinaabemowin, que meu pai me ensinou quando eu era pequena. É como uma reza. A família do meu pai, o lado Firekeeper, é tão parte dessa ilha quanto os riachos e as árvores de bordo.

Quando a nuvem se move e o sol reivindica seus raios, o vento me impulsiona a seguir adiante. De volta para a minha corrida e para a tarefa que tenho à frente.

Quarenta e cinco minutos depois, termino meu percurso no EverCare, um lar para idosos que fica a alguns quarteirões de casa. Hoje a corrida pareceu ter sido ao contrário: o ápice do desempenho foi na primeira parte e depois foi ficando mais difícil. Até tentei esvaziar a mente, mas estava fora do meu alcance.

— Bom dia, Daunis — disse a sra. Bonasera, a enfermeira-chefe, da recepção. — Mary teve uma noite tranquila. Sua mãe já está aqui.

Ainda recuperando o fôlego, aceno dando bom-dia.

O corredor parece mais longo a cada passo. Eu me preparo para as possíveis reações para o que vou dizer. Nos cenários que criei, uma mera testa franzida demonstraria decepção, irritação e retratação de qualquer conquista prévia.

Talvez eu devesse esperar até amanhã para anunciar minha decisão.

A sra. B nem precisava me avisar; o cheiro forte de rosas no corredor indicava a presença da minha mãe. Quando entro no quarto, ela está massageando os braços finos da minha avó com um hidratante floral. Um buquê de rosas amarelas no quarto contribuiu para a saturação de aromas.

GrandMary está morando no EverCare há seis semanas, e, no mês anterior, estava no hospital. Ela teve um derrame durante minha festa de formatura do ensino médio. Visitá-la todos os dias faz parte do Novo Normal, que é como eu chamo quando o mundo vira ao avesso e você nunca mais consegue voltar ao que era antes. Mas você continua tentando.

Os olhos da minha avó encontram os meus. Sua sobrancelha esquerda se ergue ao me reconhecer. O lado direito não consegue demonstrar uma reação.

— *Bon matin*, GrandMary. — Eu beijo suas bochechas e dou um passo para trás para que ela me olhe da cabeça aos pés.

No Antes, seu exame meticuloso de como eu me visto me irritava demais. Mas agora? O olhar insatisfeito para a minha camiseta larga me dá a mesma satisfação de acertar um *slapshot* no hóquei.

— Viu? Não estou seminua — digo brincando e levantando a barra da camiseta para mostrar meu short de exercício amarelo.

Enquanto revirava os olhos discretamente, a expressão de GrandMary fica vazia. É como se ela tivesse uma lâmpada dentro da cabeça que acende e apaga aleatoriamente.

— Dê um tempinho para ela — sugere minha mãe, ainda passando o hidratante nos braços de GrandMary.

Eu concordo com a cabeça e dou uma olhada no quarto. A grande janela quadrada com vista para o *playground*. O quadro branco com o cabeçalho OLÁ, MEU NOME É MARY FONTAINE, uma linha para alguém preencher depois de MINHA ENFERMEIRA. A linha depois de MINHAS METAS está vazia. O vaso com rosas cercado por fotografias. GrandMary e Vovô Lorenzo no dia do casamento. Um porta-retratos duplo com minha mãe e Tio David vestidos de anjos no dia da primeira comunhão. Minha foto de formatura está em uma moldura prateada com "Turma de 2004" escrito.

A última foto de nós quatro, os Fontaine — eu, minha mãe, Tio David e GrandMary —, na minha final de hóquei me dá um grande nó na garganta. Por muitas noites fui dormir ouvindo minha mãe e o irmão rindo, jogando cartas e conversando em uma língua que criaram quando eram crianças, uma mistura de francês, italiano, inglês abreviado e palavras inventadas. Mas isso foi antes de o Tio David morrer em abril e de GrandMary, tomada pelo luto, ter um AVC hemorrágico dois meses depois.

Minha mãe não ri neste Novo Normal.

Ela levanta a cabeça. Seus olhos verdes estão cansados e vermelhos. Em vez de dormir, ela passou a noite anterior inteira limpando freneticamente a casa enquanto conversava com meu tio, como se ele estivesse sentado no sofá olhando enquanto ela varria e passava pano. Ela faz isso com frequência. Às vezes eu acordo nesses momentos, quando minha mãe confessa para ele sua solidão e seus arrependimentos, sem saber que eu sou fluente na língua secreta deles.

Enquanto espero minha avó voltar a si, pego um batom na cestinha da mesa de cabeceira. GrandMary acredita que deve sempre começar o dia com um grande sorriso e lábios vermelhos. Enquanto passo o batom *matte* em seus lábios finos, eu me lembro do meu pedido por coragem. Ter zoongidewin é encarar os medos com um coração forte. Estou tremendo, e o tubo dourado na minha mão se agita como se fosse um sismógrafo.

Minha mãe termina de passar o hidratante e beija a testa de GrandMary. Eu já recebi tantos desses beijos que sinto o eco de um deles na minha própria testa. Espero que GrandMary consiga sentir os efeitos do remédio mesmo quando a lâmpada estiver apagada.

Quando minha avó estava no hospital, eu monitorava todos os dias quantas vezes ela piscava durante o mesmo intervalo de quinze minutos. Minha mãe não se importou com isso até reparar a contagem de LÂMPADA ACESA e LÂMPAGA APAGADA. O número total de piscadas não mudou, mas a porcentagem de vezes alerta (LÂMPADA ACESA dividido pelo número de piscadas) começara a diminuir. Mamãe ficou tão chateada quando viu essa conta que passei a deixar o caderno de contagem escondido no quarto de GrandMary, e só o uso quando minha mãe não está aqui.

Acontece. GrandMary pisca e seus olhos se iluminam. LÂMPADA ACESA. Simples assim, o olhar foca e ela é mais uma vez uma força da natureza, a matriarca Fontaine.

— GrandMary — digo rapidamente —, vou adiar minha admissão na Universidade do Michigan e me matricular nas aulas da Lake State. Só durante esse primeiro ano.

Eu prendo a respiração, esperando por sua decepção pelo meu desvio do Plano: dra. Daunis Lorenza Fontaine.

No começo, eu fui na onda, na esperança de que ela se orgulhasse de mim. Cresci ouvindo as pessoas sussurrando com uma satisfação mesquinha sobre o Grande Escândalo na Vida Perfeita de Mary e Lorenzo Fontaine. Eu disfarcei tão bem e por tanto tempo que o plano dela tinha se tornado o meu. Nosso plano. Eu amava esse plano. Mas isso foi no Antes.

GrandMary me encara de forma tão suave quanto os beijos de mamãe. Alguma coisa acontece entre mim e minha avó. Ela entende por que eu estou mudando nosso plano.

Sinto pequenas pontadas no nariz, as mesmas de quando estou prestes a chorar, de alívio, de tristeza, ou dos dois. Talvez exista alguma palavra em anishinaabemowin para quando você se sente forte pela primeira vez depois de uma tragédia.

Minha mãe dá a volta na cama e me puxa para um abraço que me tira o fôlego. Seus soluços de felicidade vibram em mim. Eu consegui deixar minha mãe feliz. Sabia que deixaria, mas não esperava sentir tanto alívio por isso. Ela estava me incentivando a não fazer uma faculdade longe de casa, até encorajava Levi a me convencer disso. Pediu para eu me inscrever para a admissão da Lake State em janeiro como presente de aniversário. Eu concordei, certa de que nada iria acontecer. Então, aconteceu.

Um pássaro bate na janela. Minha mãe se assusta e me solta do abraço. Dou apenas três passos em direção à janela quando o pássaro se levanta, agitado, tentando se equilibrar novamente antes de continuar sua jornada.

Vovó Pearl, minha nokomis Anishinaabe do lado Firekeeper, acreditava que um pássaro ir de encontro a uma janela era um mau sinal. Ela correria para fora, uma das mãos marrons e ásperas sobre a boca, sussurrando "uh-

-uh-oh" para o pequeno pescoço quebrado, antes de chamar suas irmãs para ajudar e adivinhar qual tragédia estava prestes a acontecer.

Já GrandMary diria que é algo aleatório e infeliz. Nada mais do que a consequência involuntária de uma janela limpa. *Superstições de* índio *não são fatos, Daunis.*

Minhas avós Zhaaganaash e Anishinaabe não poderiam ser mais diferentes. Uma delas vê o mundo de forma simples e superficial, enquanto a outra vê as conexões e lições que são mais antigas do que o chão em que pisamos. Essas visões das duas sobre mim têm funcionado como um cabo de guerra durante minha vida inteira.

Quando eu tinha sete anos, passei um fim de semana na cabana da Vovó Pearl em Sugar Island. Acordei chorando, com dor de ouvido, e a balsa para voltar para a cidade não estava mais circulando. Vovó Pearl me disse para fazer xixi em uma tigela e então derramou na minha orelha enquanto eu apoiava a cabeça em seu colo. No domingo, durante o jantar na casa da GrandMary e do Vovô Lorenzo, eu contei, muito animada, que minha outra avó era muito inteligente. *Vovó Pearl curou minha dor de ouvido com xixi!* GrandMary se contorceu e, no mesmo instante, lançou um olhar para mamãe como se fosse culpa dela. Algo se partiu dentro de mim quando vi o constrangimento da minha mãe. Foi ali que aprendi uma coisa muito importante: em alguns momentos era esperado que eu fosse uma Fontaine, em outros era seguro eu ser uma Firekeeper.

Mamãe se volta para GrandMary, afastando o cobertor de cashmere para passar hidratante em uma perna fina e branca. Está exausta por ficar cuidando da vovó, mas convencida de que ela vai se recuperar. Minha mãe nunca foi muito boa em aceitar verdades tristes.

Uma semana atrás, eu acordei durante um dos seus surtos de limpeza.

Eu já perdi tanto, David. E agora ela. Quando Daunis for embora, j'disparaîtrai.

Ela usou a palavra em francês para "desaparecer". Sumir ou morrer.

Há dezoito anos, meu nascimento mudou a vida da minha mãe. Destruiu os planos que seus pais haviam preparado para ela. Eu era tudo o que mamãe tinha no mundo.

Vovó Pearl sempre me dizia: *coisas ruins vêm em três.*

Tio David morreu em abril.

GrandMary teve o derrame em junho.

Se eu ficar em casa, posso impedir que a terceira coisa ruim aconteça. Mesmo que isso signifique adiar um pouco o Plano.

— Tenho que ir. — Dou um beijo em mamãe e depois em GrandMary.

Assim que saio do prédio, começo a correr. Geralmente caminho os poucos quarteirões até chegar em casa para descansar, mas hoje corro a toda velocidade até chegar na entrada.

Ofegante, eu me deixo cair sob minha árvore de rezas. Esperando o ar voltar.

Esperando que a parte normal do Novo Normal comece.

CAPÍTULO 2

Lily canta pneu na entrada de carros com seu jipe. Toda de preto, como sempre, minha melhor amiga desce do carro para eu entrar no banco de trás. Vó June está no banco do passageiro, um lenço amarrado no pescoço, os olhos castanho-escuros mal veem além do painel. Entre Lily, tão baixinha, e sua bisavó, é difícil dizer se alguma delas consegue enxergar a estrada à frente.

Lily é minha melhor amiga desde o sexto ano, quando veio morar com a Vó June. Nós somos completamente opostas na aparência, e não só pela diferença de altura. Sou tão pálida que as outras crianças Nish me chamavam de Fantasma, e uma vez ouvi alguém falar que eu sou "a irmã desbotada do Levi". Quando Lily morava com seu pai Zhaaganaash e a esposa, eles não a deixavam ficar no sol para que sua pele marrom-avermelhada não ficasse mais escura. Nós duas aprendemos desde cedo que existe um Espectro de Tons de Pele Anishinaabe Aceitáveis, e aqueles que ficam fora dessa escala precisam lidar com diferentes tipos do mesmo racismo.

O sorriso de Lily está contornado por um batom preto. Ele fica ainda maior quando ela olha minha roupa: calça jeans com uma das camisas de hóquei do meu pai que vai até a metade das minhas coxas.

— Lady Daunis em suas melhores vestes. É uma honra conduzi-la. — Lily faz uma reverência.

Eu sorrio e me sinto como se estivesse tirando uma mochila cheia de livros das costas.

— Eu deveria me sentar aí atrás. É muito trabalho para você — diz Vó June ao me ver deitar o banco do motorista para a frente e encaixar meus 1,80 m de altura no banco traseiro. — É como ver um bebê tentando rastejar de volta para dentro do útero.

— Nem pensar, Vó June, você é a melhor copiloto.

Não se faz uma Anciã ter trabalho para acomodar você. É assim que funciona.

Vez ou outra, quando estamos indo para o trabalho, deixamos Vó June no Centro para Idosos Sault, mas depende do que vai ter para o almoço lá. Ela compara os menus mensais dos dois programas de refeição para terceira idade, monitorando ambos com tanto cuidado quanto cartelas de bingo. Se Vó June achar que os Zhaaganaash vão ter uma refeição melhor, ela faz com que Lily a deixe no Sault, no centro da cidade. Caso contrário, a van da reserva a leva da balsa até o Centro para Idosos Nokomis-Mishomis, em Sugar Island, para o almoço e atividades sociais.

— E aí, você fez aquilo lá? — diz Lily enquanto dá uma olhada pelo retrovisor.

— Uhum.

— Usou camisinha? — pergunta Vó June. Todas rimos, e quando Lily faz uma curva fechada demais até o pneu solta um gritinho.

— Não, vó. Daunis contou para a mãe e para a avó sobre não ir para a Universidade do Michigan. É oficial agora: Universidade Lake State!

Ela solta um grito agudo pela janela que assusta alguns turistas na calçada. Lily tentou sem sucesso me ensinar a soltar um *lee-lee*, algo que algumas mulheres Nish usam para celebrar uma conquista ou uma vitória.

Vó June se vira para mim com uma careta. Fico esperando que ela mande eu me sentar direito. É o que GrandMary diria.

— Minha menina, alguns barcos são feitos para o rio e outros para o mar.

Acho que Vó June tem razão. Só não sei qual deles eu sou.

Lily me lança um sorriso carinhoso pelo retrovisor. Na química, uma mistura pode ter dois ou mais componentes que não se combinam. Como óleo e vinagre. Lily sabe como eu me sinto: triste por não ir para Ann Arbor, e ao mesmo tempo feliz por vivermos o primeiro ano de faculdade juntas. Ambos os sentimentos existem separadamente, mas estão circulando juntos dentro de mim.

Passamos por uma rua cheia de lojas de souvenir de um lado. Do outro, ela segue a beira do rio, onde uma multidão de turistas observa um navio cargueiro de uns trezentos metros passar pelas Eclusas Soo.

Eu me lembro de quando fomos para o centro de Ann Arbor no semestre passado e passeamos pelo campus. A empolgação de GrandMary contrastava com as perguntas maçantes da minha mãe sobre os índices de criminalidade. Tio David, que raramente tomava partido de mamãe, insistiu que eu precisava estudar longe de casa. Porém, para mim, a Universidade do Michigan significava muito mais do que estudar. Significava finalmente me livrar das fofocas que ouvi ao longo de toda a minha vida.

Daunis Fontaine? O pai dela não era aquele jogador de hóquei, Levi Firekeeper? Ele era um dos poucos indígenas de Sugar Island com potencial de verdade.

Eu lembro quando ele engravidou Grace Fontaine, a garota branca mais rica da cidade.

Ele não ficou bebaço em uma festa na ilha e bateu o carro com ela dentro?

Que pena ele ter quebrado a perna no acidente! Justamente quando os olheiros estavam vindo pra cá. Acabou com a carreira dele.

Os pais da Grace mandaram ela morar com parentes em Montreal, mas quando ela voltou com uma bebezinha de três meses, Levi já tinha casado com outra e tido o Levi Junior.

Ouvi dizer que a quietinha da Grace peitou os pais quando quiseram manter a menina longe do Levi e do lado indígena da família.

Ah, e depois teve aquela tragédia horrível...

Passamos por um outdoor que geralmente tem uma propaganda do Resort e Cassino Superior Shores, mas que desde o mês passado está com um anúncio do povo Ojibwe de Sugar Island incentivando membros registrados a votarem na eleição do Conselho do Povo de hoje. Na noite passada, alguém pichou o outdoor e mudou algumas letras para ficar VOTE! É A EREÇÃO DO POVO.

— Eu votaria por isso — diz Vó June.

Eu e Lily rimos de novo.

Em seguida, Vó June começa a falar sobre como não importa quem for eleito porque, afinal, essa pessoa vai fazer mais por si do que por todos.

— Olha, quando eu morrer, vocês me prometam que vão fazer o Conselho ficar responsável pelo meu funeral — ela faz uma pausa dramática —, assim eles param de só jogar terra e me enterram de vez.

Eu rio junto com Vó June. Como sempre, Lily só balança a cabeça.

— Teddie deveria ter concorrido — comenta Lily. — Ela faria muita coisa boa, né?

Minha Tia Teddie é uma das pessoas mais inteligentes que conhecemos. Ela é tão incrível. Uns idiotas da reserva queriam que Sugar Island fosse declarada independente dos Estados Unidos, e se eles tivessem conseguido convencê-la a entrar nesse plano furado deles, a Operação Separação poderia ter dado certo.

— É, mas a tia disse que pode fazer mais sendo Diretora de Saúde da Reserva — respondo.

Vó June entra na conversa.

— Ela nunca ganharia, assim como eu também não. Teddie joga a real. Eleitores gostam de belas mentiras em vez da verdade cruel, né?

Lily concorda com a cabeça, mesmo que nenhuma de nós possa votar na eleição porque não somos registradas no povo.

— Muitos esqueceram das tradições, de que somos um povo matriarcal. Me escutem, meninas. Mulheres Ojibwe fortes são como a maré, nos lembram de que existem forças poderosas demais para serem contidas. Pessoas fracas temem esse poder. Não vão votar em uma Nish kwe que temem.

Agora sou eu que concordo com a Anciã.

Quando chegamos ao Centro para Idosos Sault, Lily faz a baliza do seu jeito único: colocando o bico do carro primeiro até encostar na traseira do carro à frente. Nós duas descemos para ajudar Vó June, que para de andar antes de entrar no centro.

— Teddie e eu temos a ficha suja. Transamos com homens demais. — Ela levanta o queixo de forma desafiadora. — Bom, isso e nossos crimes.

Lily e eu nos encaramos com olhos arregalados enquanto Vó June acena para nós.

De volta no carro, caímos na gargalhada.

— Cacete. Eu sabia que a Vó June tinha certa reputação, mas será que é verdade que Teddie tem ficha criminal? — indaga Lily enquanto manobra o carro, não sem antes encostar no que está estacionado atrás.

Voltamos para o trânsito.

— A tia diz que todas as histórias dela "aprontando" quando jovem são mentira.

— Falando em aprontar, tudo pronto para amanhã? — pergunta Lily enquanto segue em direção ao segundo território da reserva na cidade.

— Sim, precisamos comemorar — respondo, pensando no lado positivo da minha decisão.

— Você estava tão nervosa para contar para GrandMary. Como ela reagiu?

— Ela... Ela disse que tudo bem. — Mais uma vez me emociono com o momento que tive com a minha avó, quando percebi que ela estava presente e entendia completamente a situação.

— Viu? Você se preocupa demais com as coisas.

Chegamos à arena Chimakwa. Existem dois lugares de votação para a eleição do Conselho do Povo de hoje: um deles é no centro recreativo comunitário e o outro é no Centro para Idosos de Sugar Island. Tem carros enfileirados nas duas faixas da rua Ice Circle. Lily sobe na calçada para estacionar na grama.

Ela me flagra checando se há carros da Polícia da Reserva pelo estacionamento. Sua habilidade no volante sempre chama a atenção da polícia.

— Você já viu o TJ? A gente tem mesmo que chamá-lo de Policial Kewadin agora? Você não convidou ele pra festa, né?

— Não, eu não convidei um policial da reserva pra nossa festa — respondo, envergonhada. — Não sou eu que fico voltando com o meu ex semana sim, semana não.

Lily me lança um olhar frio. Sua boca treme, mas ela fica em silêncio. Quando estamos chegando na primeira fileira de carros, ela me dá um tapa nas costas. Bem forte.

— Ai! Que droga é essa? — Eu me viro e vejo minha melhor amiga fazendo cara de inocente.

— O quê? Tinha um borrachudo do tamanho de um passarinho nas suas costas.

Agora, ela sorri.

Começamos a rir. Nossa risada é tão leve quanto eu me sinto no momento, com a certeza de que tudo vai ficar bem.

Algumas pessoas balançam placas e fazem sinais de seus candidatos favoritos enquanto entram em Chimakwa para votar. Uma senhora fica feliz de nos ver chegando e nos oferece uma bandeja de biscoitos caseiros.

— Elas não são daqui — diz uma pessoa ao lado dela com frieza.

A mulher dos biscoitos abaixa a bandeja e, impaciente, nos cumprimenta com um "tenham um bom dia".

Nós somos descendentes, e não membros registrados, do povo Ojibwe de Sugar Island. O nome do meu pai não está na minha certidão de nascimento e a Lily não tem a quantidade mínima necessária de "sangue indígena", o quantum sanguíneo, para se registrar. Ainda assim nos consideramos parte do povo, apesar de estarmos observando tudo de fora.

— Como se nós quiséssemos esses biscoitos de moowin — murmura Lily, como Vó June faria.

Eu não comento como nós duas ficamos com água na boca ao ver a bandeja.

O saguão está lotado. Eleitores formam uma fila desde o corredor até a quadra de vôlei que abriga o local de votação. Pais levam seus filhos para as atividades de Niibing. O programa de verão oferece cuidados em período integral para crianças que precisam gastar energia, mas quem acaba exausto somos nós, líderes de equipe.

Antes de nos separarmos para nossos respectivos grupos, Lily me cutuca.

— Até, jacaré.

— Até mais, *Crocodylus niloticus*.

Fazemos nosso aperto de mão especial: bate no alto, bate embaixo, cotovelos unidos, bate os pés, desliza a mão, guerra de dedo e faz uma borboleta com as mãos.

— Te amo, sua nerd. — Lily sempre precisa ter a última palavra.

CAPÍTULO 3

Quando chega a hora da última atividade do dia, eu levo meu grupo de crianças para o vestiário para colocarem seus casacos e moletons, toucas e luvas para a patinação. Transformo esse momento em uma aula de Ojibwe, falando em anishinaabemowin o nome de cada item que visto.

— Naabikawaagan — digo enquanto enrolo um cachecol no pescoço ao pisar no gelo.

— Ei, Popô! — Do outro lado do rinque, Levi grita o apelido que mais odeio.

Nas sextas à tarde, os atletas da Sault Ste. Marie Superiors patinam com as crianças. Os Supes, como são conhecidos, são um time da Junior A, a liga amadora que é ponto de partida para muitos rapazes que querem jogar na universidade ou em uma liga profissional. GrandMary diz que os Supes são uma espécie de "curso preparatório" para jogadores de hóquei.

Meu irmão mais novo, que está no último ano do ensino médio, virou capitão em seu segundo ano no time. Os Supes são os deuses do hóquei aqui no Michigan, o que faz de Levi, Zeus — alguém tão especial que transcende talento natural ou dedicação.

Nós não nos parecemos em nada. Eu sou idêntica a meu pai, mas os traços dele sempre foram proporcionais ao seu rosto, e em mim eles parecem traços de uma caricatura. Levi parece com a mãe, com as covinhas no rosto, a pele cor de bronze e cílios compridos. Meu pai era um deus do hóquei, então Levi teve a quem puxar. Além do mais, meu irmão sabe ser charmoso, ainda mais quando quer alguma coisa.

Levi e um dos Supes estão patinando com as crianças menores e entre elas estão minhas primas gêmeas, Perry e Pauline.

— Tia Daunis!

Eu amo quando elas me chamam de "tia". Me afasto do meu grupo e vou até as duas.

— Tia, você sabia que hoje é sexta-feira 13? — diz Pauline, parecendo uma professora.

— O Tio Levi disse que isso de azar é uma mentira de merda — responde Perry.

Eu assumo o tom professoral de Pauline ao responder.

— Levi, você sabia que tios e tias responsáveis não falam palavrão perto de crianças influenciáveis? — O Supe ao lado de Levi segura a risada. — Viu? Até o novato sabia disso.

— Eu sou Jamie. Jamie Johnson.

— Tá. Vamos ver o que você faz pelo time antes de eu aprender o seu nome.

A música "Hey Ya", do OutKast, está tocando nos alto-falantes do rinque enquanto tiro meu cachecol. Perry e Pauline se agarram em cada ponta dele e eu o uso para puxar as duas pelo gelo.

Meu pai costumava fazer isso comigo e Levi: uma criança de cada lado e o meio do cachecol preso na cintura como um arreio. O cachecol do meu pai era verde-esmeralda, a mesma cor dos olhos de mamãe. Perry pede para ir mais rápido. Essa menina nunca sorri tanto como quando está em alta velocidade, com seu longo cabelo preto esvoaçando feito rastro de avião. Num impulso, dou meia-volta em direção a Levi, afundando meus patins no gelo para fazer quatro empurres laterais. Rápido o suficiente para Perry soltar um gritinho de empolgação e não ser demais para Pauline.

Ao me aproximar do meu irmão, eu paro, fazendo um quarto de volta. As lâminas dos meus patins raspam o gelo e as lascas atingem Levi e o Novato. Eu dou um sorriso quando eles tentam dar um passo para trás no susto. Levi ri, mas o Novato está de boca aberta, impressionado.

Eu observo as gêmeas. Perry está tentando imitar minha parada. Ela cai, mas logo se levanta de novo. Pauline continua em linha reta até bater em uma das paredes acolchoadas do rinque e cair de costas. Tenho certeza de que ela está bem, mas patino até ela para checar. O Novato me segue.

Quando chego até onde ela está deitada, Pauline olha para mim e abre o maior sorriso do mundo. Seu rosto é lindo e a pele é um âmbar escuro, um tom perfeito de marrom dourado. Ela balança as luvas para mim.

— Me levanta!

Eu me lembro de uma vez quando era criança e caí feio, e meu capacete bateu forte no gelo. Meu pai voou para o meu lado, sua voz grossa ecoando, *N'Daunis bazigonjisen*! Eu dei um jeito de me levantar mesmo com a visão meio turva. *Minha garota!*

Sempre que eu caio, a voz do meu pai é o trovão depois do relâmpago que diz para eu me levantar.

— Nah, você tá bem — digo.

Ela ri com gosto quando o Novato a ajuda a se levantar.

— Você deveria ter deixado ela ficar deitada até congelar — falo para o Novato e tento não sorrir quando ele rodopia com Pauline no gelo e ri com ela. Há pessoas observando tudo, e eu não vou alimentar nenhum tipo de fofoca.

Olho em volta procurando por Lily. Ela está cercada de crianças do jardim de infância patinando lentamente com seus apoios de plástico que mais parecem andadores para idosos. Ela encontra meu olhar e faz um gesto obsceno com a mão e a língua. Obviamente Lily concorda com todo mundo que não para de falar sobre o novo integrante dos Supes, o garoto que foi anunciado para a temporada de 2004-2005.

Jamie Johnson é gato demais.

A cicatriz de Jamie Johnson o torna misterioso.

Não é um saco que Jamie Johnson tenha uma namorada lá onde ele mora? É, não vai durar...

E o pior de todos...

Ei, Daunis, você pode pedir para o Levi para eu ser a embaixadora do Jamie Johnson?

Eu dou uma olhada nele. De um ponto de vista técnico, talvez Jamie seja atraente, sim. Ele tem olhos grandes e escuros e o cabelo castanho é comprido o suficiente para ter várias ondas e cachos. Eu estou mais interessada na cicatriz que vai da ponta externa da sobrancelha direita até o maxilar. Eu a analiso com atenção: não tem a aparência de um queloide, então deve ser uma cicatriz hipertrófica.

— Levi me falou de você, que vai para a Universidade do Michigan — diz Jamie ao observar as gêmeas voltando para seu grupo.

— Ah... Eu... Bom, mudança de planos. — Encontro o olhar de Levi, que se junta a nós. — Vou para a Lake State. Minha mãe precisa de mim. — Pigarreio antes de continuar. — Sabe como é... Com tudo o que aconteceu.

Eu não falo do aviso da Vovó Pearl sobre como coisas ruins sempre vêm em três.

— Você vai ficar? — Levi solta um grito. — UHUUUUUL!

Meu irmão me abraça tirando meus pés do chão e rodopia comigo até eu ficar enjoada. Bato nas costas dele, rindo. A felicidade dele é contagiante.

Levi me coloca de volta no chão.

— Agora temos uma coisa pra comemorar neste fim de semana. Festa no casarão amanhã às oito, viu? A cerveja vai estar trincando.

— Eu e Lily vamos, com certeza.

Ainda comemorando, Levi sai patinando, e, como o Flautista Encantado, crianças o seguem em fila tentando imitar seus passos.

— Então, você vai ficar por aqui. — O sorriso de Jamie ilumina seus olhos e tenho a sensação de que meu estômago está dando piruetas.

De um ponto de vista não técnico, Jamie Jonhson fica muito gato quando seus olhos brilham desse jeito.

Ele continua falando.

— Eu queria que você fosse da nossa turma, mas, olha, pelo menos meu tio Ron não vai ser seu professor de ciências.

Eu balanço a cabeça e sinto meu nariz formigar. Tento interromper a sensação travando a mandíbula.

— Aconteceu alguma coisa? — A voz de Jamie parece mais grave e com uma leve preocupação na fala.

— Não, é que... Seu tio está na vaga que era do meu tio na Sault High.

A lembrança do Tio David ajustando a chama no bico de Bunsen me traz uma onda de tristeza. E raiva.

Jamie espera em silêncio.

— Ele morreu alguns meses atrás. Foi horrível. — Eu me corrijo. — Ainda é horrível.

Quando alguém morre, tudo sobre a pessoa vai para o passado. Exceto o luto. O luto se mantém no presente.

É ainda pior quando você fica com raiva da pessoa. Não só por ter morrido, mas pelo jeito que morreu.

Minha mãe desmaiou quando soube do Tio David. Depois, quando a polícia contou os detalhes, ela insistiu que ele estava sóbrio havia mais de treze anos. Nenhuma gota de álcool desde o dia em que ela voltou da biblioteca da faculdade e me encontrou, com apenas cinco anos, lendo para o meu tio desmaiado no sofá. Ela foi enfática: o irmão nunca mais usou nada. Nunca.

— Sinto muito, Daunis.

Meu nome soa diferente na voz quase rouca e cheia de preocupação dele. Jamie prolonga meu nome, parece "Dooou-nis", em vez de como meus parentes Firekeeper dizem: "Dá-nis".

Lily me chama e usa a boca para indicar uma das laterais do rinque, onde Teddie está esperando. Minha tia acena para mim. Eu patino até ela e fico surpresa quando Jamie me acompanha.

— Ei, eu vim votar e buscar as meninas, mas surgiu uma coisa para resolver no trabalho. — Ela olha para Jamie. — Oi, eu sou Teddie Firekeeper. Você deve ser o novo Supe, todo mundo só fala de você. É sempre uma grande novidade quando outro jogador indígena entra no time. De onde você é?

— Jamie Johnson, senhora. — Ele estende a mão em cumprimento. — De todo lugar. Nos mudamos muito.

Tia Teddie está toda elegante, usando um conjunto de calça e blazer e um lindíssimo colar de miçangas com um medalhão de flor, mas ainda tem o ar da garota que daria um soco na garganta de quem a chamasse de Theodora.

— Eu quis dizer de qual povo — explica ela.

— Cherokee, senhora. Mas eu não cresci com minha família.

Eu olho para Jamie. Não consigo imaginar como é crescer sem a família por perto. Eu tenho tantos parentes, nem todos de sangue, que estiveram aqui minha vida inteira. Além de um monte de matriarcas e matriarcas-em-treinamento.

— Precisa que eu cuide das meninas por um tempo, tia?

— Você consegue? — Ela parece aliviada. — Eu preciso voltar para o trabalho. As camisetas para a feira de imunização da semana que vem chegaram e estão todas estampadas com uma coruja dizendo "Seja sábio! Imunize-se!". Ninguém viu isso antes de encomendar trezentas camisetas?

— Putz... — Lily patinou até nós bem a tempo de ouvir o que aconteceu e comentar:

— Qual o problema? — pergunta Jamie olhando para mim, confuso. Ou Cherokees têm ensinamentos diferentes sobre corujas, ou Jamie não conhece a própria cultura.

— Na cultura Ojibwe, a coruja é uma companhia na travessia para a morte — explico. — Não é um bom símbolo para incentivar pais Nish a vacinarem seus bebês.

— Nem todo mundo conhece seus ensinamentos — complementa minha tia. — Então vou encontrar a assessora de saúde comunitária e o supervisor dela para fazermos um pedido urgente de camisetas.

— Numa sexta à noite? — questiona Lily, horrorizada e impressionada ao mesmo tempo.

— Bom, é um problema que eles criaram, então precisam participar da solução.

Tia Teddie chama as gêmeas em anishinaabemowin.

— Aambe, jiimshin. — Elas correm para receber beijos e abraços.

Depois que a mãe vai embora, Pauline pede para Jamie levantá-la no ar. Ele atende, e ela faz uma pose como se estivesse se apresentando nas Olimpíadas. Fico admirada ao ver como ele consegue segurá-la com a técnica perfeita, que eu reconheço graças a anos de patinação artística que aceitei fazer em troca de GrandMary me deixar jogar hóquei. Fico pensando quanto tempo Jamie treinou como patinador artístico em duplas antes de começar a jogar hóquei.

Lily me pega olhando para ele.

— Eu até diria que é uma pena que o novo Supe tenha namorada, mas sei que você não sai com jogadores de hóquei por causa da sua regra miizii sobre o Mundo do Hóquei. — Ela parece até irritada quando diz isso.

— Isso aí. Preciso manter o Mundo do Hóquei longe do Mundo Normal. No gelo, eu conheço as regras. Mas fora do gelo, elas estão sempre mudando. Minha vida funciona muito melhor quando o Mundo do Hóquei e o Mundo Normal não se cruzam. É a mesma coisa com os mundos Fontaine e Firekeeper.

— Mas coisas boas acontecem quando mundos colidem... Como combustão osmótica.

Eu dou risada.

— Você está confundindo com a teoria das colisões, que é quando duas coisas colidem e trocam energia, mas só se as partículas reativas tiverem energia cinética o suficiente.

— É, isso aí. Como eu misturei as duas coisas? — responde ela, também rindo. — Mas falando sério, suas regras são muito rígidas. Por que você não...
— Lily?

Uma voz chama e nós duas nos viramos. Eu congelo quando vejo o ex-namorado de Lily parado perto da porta lateral do rinque. Fico tensa ao ver o sorriso familiar e esperançoso dele, e então olho para Lily para saber como devo reagir.

Estávamos no sexto ano, no refeitório, quando Lily ouviu pela primeira vez Travis Flint arrotar o alfabeto, todo fofinho e abobalhado. Minha amiga riu tanto que saiu leite pelo nariz dela. Foi a melhor reação que ele havia conseguido provocar, e na mesma hora Travis se apaixonou por Lily. No ensino médio, quando ele cresceu e ganhou maçãs do rosto altas e um maxilar quadrado, as garotas começaram a perceber que o palhaço da turma era ridiculamente bonito. Travis era radiante, especialmente quando fazia Lily rir.

Tudo isso mudou em dezembro, na metade do nosso último ano na escola.

Eu observo Lily com atenção. Se ela falar com ele, eu vou ter que me preparar para mais um capítulo da Saga Lily e Travis. É uma série que está sempre sendo renovada, mesmo que a narrativa seja a mesma.

Felizmente, ela patina para longe, com óbvio desinteresse. Travis não está usando patins, mesmo assim eu bloqueio a passagem pela porta na lateral, mentalizando que cada centímetro do meu corpo é uma parede impenetrável. Todo time de hóquei precisa de um *enforcer*, alguém que vai causar confusão ou se vingar por algo feito com o time. Eu sou essa pessoa para a Lily.

— Ah, Dauny, não reaja assim. — O contorno em volta de suas bochechas está tão marcado que parece que ele esteve doente. Qualquer tipo de leveza no rosto dele se foi. Travis virou a carcaça do garoto engraçado que uma vez me fez rir tanto que até escapou um pouco de xixi.

— Eu juro que tô limpo. Só quero conversar com ela.

— Não vai rolar, Travis. — Eu coloco as mãos nos quadris para parecer ainda maior.

— Eu tô limpo. Eu tô ficando limpo por ela.

— Eu sei — digo.

Eu acredito na intenção dele, mas isso não quer dizer que seja uma boa ideia ficar perto da Lily. Geralmente eu confronto os caras quando ouço esse tipo de merda, mas a sinceridade na voz de Travis quase me faz querer dar um abraço nele. É diferente das conhecidas Mentiras de Homens.

Mentiras de Homens são coisas que homens falam no calor do momento e que vão sumindo com tempo e distância. Eu já ouvi muitas dessas Mentiras graças a TJ Kewadin, o novo policial da Reserva Ojibwe de Sugar Island. *Eu não consigo parar de pensar em você. A Universidade do Michigan fica só a duas horas daqui, a gente dá um jeito.* E a minha favorita? *Eu te amo.*

Travis não está fingindo quando sua voz angustiada falha.

— Eu sinto tanta falta dela. Eu faria qualquer coisa pra ter ela de volta.

— Eu sei que faria. Por isso estou dando uma de guarda-costas aqui.

Lily me contou o que ele fez: *Confia, Lilyzinha. É um remédio do amor. Vai fazer nossa relação ser mais forte. Experimenta por mim.*

— Trav, talvez você deva ficar limpo por você mesmo. Ir às cerimônias. Ficar saudável.

Os olhos de Travis brilham e por um segundo eu me lembro de como ele era bonito e divertido. Dos amigos do Levi, ele era meu favorito. Nós fazíamos quase todas as aulas de ciências avançadas juntos. Travis Flint também era meu amigo.

— Isso vai ajudar, né, Dauny? — diz ele empolgado e se vira, como se fosse sair correndo para a tenda do suor mais próxima. — Eu prometo que vou buscar a medicina tradicional. Ver um curandeiro.

— Fique saudável por você. Não por ela! — grito para ele.

Ao ver Travis ir embora, fico angustiada. Dou uma volta rápida de patins pelo rinque, procurando por Lily. Ela sempre precisa de um abraço depois de encontrar com ele. Vou ouvir o que minha amiga tem a dizer e o que não quer dizer, e apoiá-la em qualquer decisão.

Eu não gosto nem um pouco da Saga Lily e Travis. Só acompanho tudo porque minha melhor amiga faz parte disso, e ela precisa da minha proteção. E do meu apoio. Afinal, os *enforcers* existem para fazer o que outros jogadores não conseguem ou não podem fazer.

Eu já vi Travis em maus bocados, mas dessa vez foi diferente. Ele parecia desesperado, como se quisesse fazer a coisa certa, mas pelos motivos errados. Decido ficar de olho nele para ter certeza de que vai ficar longe da Lily até que esteja melhor. Me preocupo que ela possa estar correndo um risco muito maior do que só ter o coração partido.

CAPÍTULO 4

Depois do jantar, pego o carro da minha mãe emprestado para levar as gêmeas para casa. Planejo dormir lá, como faço de vez em quando. Mesmo com Pauline e Perry fazendo bagunça no banco traseiro, a viagem de balsa até Sugar Island é como uma meditação de cinco minutos. Eu me pergunto se meus ancestrais tinham a mesma sensação quando cruzavam as águas agitadas em canoas de bétula. Se o coração deles ficava mais leve porque estavam indo para casa.

Eu olho para o carro ao meu lado e vejo Seeney Nimkee. No mesmo instante viro o rosto e me encolho um pouco no assento. Seeney acabou de completar sessenta anos, o que faz dela oficialmente uma Anciã. Ela é mentora da Tia Teddie e trabalha no Programa de Medicina Tradicional da Reserva. Uma vez ela gritou com o nosso Conselho Jovem do Povo Ojibwe em um evento por estarem sentados enquanto havia Anciãos de pé. Mesmo depois de me levantar em um pulo, ela ficou me encarando o tempo todo. Eu chorei no banheiro depois disso e tenho tomado muito cuidado com ela desde então.

Os dois cachorros, Elvis e Patsy, latem quando estou manobrando na entrada de carros, que leva para uma casa estilo chalé de madeira com vista para o Canadá. Nas laterais do jardim tem, de um lado, uma garagem no estilo celeiro e, do outro, uma casa na árvore impressionante. Assim que eu estaciono, as gêmeas pulam para fora do carro e me puxam em direção à casa na árvore.

A brincadeira favorita delas é Castelo, em que a gente luta contra dragões e ogros imaginários e corre em volta da casa inteira. Meu grito de guerra é sempre "Não precisamos de príncipe nenhum!". Perry já é das minhas, mas Pauline ainda não se convenceu.

Quando Tia Teddie chega em casa, eu ajudo a dar banho e a contar uma história de ninar para as meninas. Depois de as gêmeas terem ido para a cama, ajudo Tia Teddie a dobrar a roupa lavada na bancada na cozinha.

— E aí, animada para a Lake State? — pergunta ela.

— Uhum, Lily e eu já nos matriculamos nas matérias, mas meus horários estão uma bagunça — reclamo. — Onze créditos não são suficientes para fazer período integral. E se eu não conseguir vaga naquele seminário de biologia?

— Você se preocupa demais com besteira. Lake State não vai ferrar a sua vida. Seu sobrenome está em um dos prédios, ora!

Eu fico em silêncio e me concentro em dobrar uma das camisetas da Perry. Um minuto se passa, e então Tia Teddie se levanta e faz um chá de lavanda para mim. Ela coloca a caneca na bancada e passa a mão no meu cabelo.

Às vezes, quando estou com meus parentes Firekeeper, meu primo mais velho, Monk, me chama de Waabishkimaanishtaanish. Se minha tia ouvisse ele me chamando de "ovelha branca", mesmo Monk sendo giiwashkwebii, ele iria para casa com os dois olhos roxos.

Mas, de vez em quando, minha própria tia faz comentários que atingem em cheio meu âmago Fontaine.

Art entra na casa vindo da sua oficina na garagem e me cumprimenta com um abraço de urso, acabando com o silêncio constrangedor. Mesmo se eu não soubesse onde ele estava, o cheiro de sabonete de laranja, sálvia queimada e óleo lubrificante iria confirmar a suspeita.

Quando Art beija Tia Teddie, ela relaxa e vira uma versão mais tranquila dela mesma. Comigo e as gêmeas, o amor dela tem camadas: um núcleo doce envolvido em um exoesqueleto de amor bruto. Mas quando ela está nos braços cor de âmbar do marido, a Tia Teddie baixa a guarda.

Meu celular vibra ao receber uma mensagem de texto de um número desconhecido:

???-???-????: É Jamie Johnson. Levi me chamou pra sua festa. Pedi seu número pra saber se vc não vai me expulsar. Td bem?

Meu primeiro pensamento foi "Jamie me mandou mensagem?". O segundo, "O que raios Levi está planejando?". E por último, "Quem mais ele convidou?".

A festa para qual Levi convidou Jamie não é bem uma festa. Às vezes Lily e eu dormimos na casa dos meus avós e aproveitamos para tomar um pouco das bebidas que estão na despensa e na adega. A ideia é apenas checar se está tudo certo no casarão, já que não tem mais ninguém morando lá. Mamãe nem pensa em vender porque acha que GrandMary vai querer voltar para lá quando se recuperar. Eu ainda não consigo conversar com ela sobre isso.

Lily pensou em chamar alguns amigos para comemorar minha decisão de ir para Lake State. Só que pedir para Levi nos ajudar a comprar bebidas provavelmente não foi a melhor das ideias.

Art ri.

— Que reação engraçada para uma mensagem de texto.

Os dois estão me observando. Eu enfio o celular no bolso e sinto meu rosto esquentar.

— Deve ser o novo Supe que eu conheci hoje — diz minha tia com um sorrisinho. — Cherokee. O nome dele é Jamie. Fiquei pensando sobre a cicatriz dele.

Tia Teddie a descreve para Art e continua:

— Aquele corte é reto demais para ter sido um acidente.

— O tio dele vai assumir o cargo do Tio David na escola. — Minha voz falha.

— A vida segue em frente, Daunis — responde ela com a voz suave.

— Mas é tão injusto — digo. Franzo o cenho para segurar o choro quando Art me dá outro abraço de urso.

— Eu não me lembro de justiça ser um dos Sete Ensinamentos.

Os Sete Ensinamentos são as lições para seguir o Anishinaabe minobimaadiziwin, nosso modo de viver: amor, humildade, respeito, honestidade, coragem, sabedoria e verdade. Coloco um deles nas minhas orações toda manhã para me ajudar a me tornar uma Nish kwe como minha tia.

Eu entendo o que ela quer dizer. Tia Teddie tem razão, como sempre. Talvez minha mãe não seja a única com dificuldade de superar situações injustas.

Nós conversamos até minha tia e Art darem boa-noite e subirem para o quarto de mãos dadas. Eu começo a me preparar para dormir, mas antes coloco meu celular para carregar e releio a mensagem de Jamie.

Eu me lembro de quando estávamos no rinque hoje, quando o conheci. Antes mesmo de ele abrir a boca, eu já tinha ouvido Levi falar dele várias vezes, sempre com um tom de admiração. De acordo com Levi, Jamie apareceu no retiro de treinamento aberto ao público pouco antes do time ser anunciado. Os Superiors já tinham oferecido seus retiros pré-Draft, de goleiros, e o retiro para convidados. Para um completo desconhecido entrar no time depois de ter aparecido no retiro aberto, ele tinha que ser incrível.

Eu revisei o pouco que sabia sobre Jamie, unindo boatos e nossa breve conversa. Primeiro, lembrei veementemente, ele tem namorada. Também tem uma cicatriz curiosa no rosto. Já fez patinação artística. É Cherokee, mas não tem conexão com seu povo.

Me pergunto se foi difícil se mudar de cidade toda hora. Não saberia dizer. Eu moro em Sault desde os meus três meses de vida e minha família sempre esteve por perto. Os Firekeeper são uma das famílias mais antigas de Sugar Island. Além do prédio com o nome do meu avô, existem ruas na cidade com o nome da família de GrandMary. Foram alguns dos primeiros comerciantes de pele da França que chegaram há centenas de anos com os missionários católicos.

Eu definitivamente sou daqui.

Mesmo com raízes tão antigas, nem sempre tenho um sentimento de pertencimento. Cada vez mais meus avós Fontaine e seus amigos veem meu lado Ojibwe como um defeito ou um fardo. Por outro lado, apesar de menos frequente — mas mais doloroso —, minha família Firekeeper me vê primeiro como Fontaine e só depois como parte deles. Como quando dizem algo sobre Zhaaganaash e então, uma fração de segundo depois, se lembram de que eu estou ali. É difícil explicar como é se sentir conectada com todos e tudo por aqui... e ao mesmo tempo sentir que ninguém me vê completamente.

É assim que Jamie se sente toda vez que se muda? Invisível?

Eu suspiro e respondo a mensagem:

    EU: blz. a gnt se vê.

Me aconchego no sofá gigante na sala de estar, com as estrelas preenchendo as janelas de pé-direito duplo. Costumo pegar no sono bem rápido quando estou em Sugar Island. Hoje, no entanto, minha mente vai e volta pensando em Jamie Johnson e preocupada com Travis e com como essas recaídas dele afetam Lily. Além disso, penso no que Levi fez, isso de convidar Jamie e passar meu número de celular... Tudo muito suspeito. Meu irmão sempre tem segundas intenções.

☼

Os passos da Tia Teddie descendo a escada me acordam. Ainda está escuro, e há mais estrelas do que antes.

Fico em alerta instantaneamente ao ouvir a voz dela: baixa e ríspida, sussurrando.

— Onde? Fala pra ela não sair daí... Sim, estou a caminho... Não, não deixa ela chegar perto... Porque é uma festa de cobertor, não a cena de um crime... Merda... Já estou indo.

Eu me sento, mas Tia Teddie apenas me adverte com o olhar e passa reto pelo sofá. Eu me levanto rapidamente e a sigo até o hall, meu coração acelerando no peito. Uma festa de cobertor é quando um cara faz algo de ruim para uma mulher e então as primas dela levam o miizii para uma floresta, enrolado em um cobertor, e dão uma surra nele. Eu perguntei para Tia Teddie o que era isso, e ela disse que era justiça de Nish kwe. Lily e eu prometemos uma para a outra que quando qualquer uma das duas finalmente participasse de uma festa assim, iríamos contar como foi.

— Me leva com você — peço enquanto minha tia procura a chave.

Lily é quem geralmente me conta o que tem acontecido na reserva. Essa seria uma oportunidade de ter algo de novo para contar. Tia Teddie é minha única porta de entrada para participar de cerimônias Ojibwe, e, às vezes, ela até me leva para cerimônias da lua cheia, mas ir com ela a uma festa de cobertor seria algo completamente diferente. Seria outro jeito para outras Nish kwe da comunidade me verem como parte da família Firekeeper. Não apenas uma Fontaine.

Além do mais, e se essa festa de cobertor fugir do controle e minha tia precisar de ajuda?

— De jeito nenhum. — Ela coloca o celular no sutiã.

— Mas eu quero ir. — Impressiono a mim mesma. Eu nunca a respondo; a palavra dela é sempre final.

Tia Teddie dá a volta e anda em minha direção, mas eu tento me manter firme. Ela me encara. Algo muda dentro dela, uma energia que ao mesmo tempo aumenta e dá um foco para sua raiva. Os pelos do meu braço e pescoço se arrepiam.

— Esse negócio é horrível, uma merda, e eu não quero que você chegue perto disso. — Ela está praticamente cuspindo na minha cara enquanto fala. — Vá para a faculdade. Pegue o Jamie. Viva sua vida tranquila.

Ela se vira e vai embora. Fico em pé no escuro, minhas mãos tremendo. A rejeição dói como se tivesse levado um tapa na cara.

Minhas primas contam histórias sobre os dias de luta da minha tia. Contos da Valente Teddie e suas lendárias aventuras que ficam mais divertidas a cada vez que ouço. Como aquela vez em que ela estava em um bar com amigas e um Zhaaganaash ficou perguntando para todas se elas eram *índias* e o quão *índias* eram. Ele encarou Teddie e perguntou se ela iria mostrar quais partes do corpo dela eram de *índio*. Minha tia deu um soco na garganta dele. Enquanto o homem tentava respirar, Tia Teddie disse que ele tinha acabado de descobrir como é um verdadeiro soco indígena e que ela tinha outro, caso quisesse mais.

Hoje foi a primeira vez que eu tive um vislumbre da versão assustadora dela.

Não foi nada divertido.

CAPÍTULO 5

Na manhã seguinte, acordo com Perry enfiada entre mim e o encosto do sofá. Metade da minha bunda está para fora do assento. Eu me viro de lado e a abraço. Ela dorme com a boca aberta; seu hálito tem cheiro de milho doce. Assim que eu começo a pegar no sono de novo, um dedo cutuca meu ombro. Eu me encolho.

— Você sabe que esse é meu ombro ruim — resmungo, virando para o outro lado.

— Vai fazer panquecas? — sussurra Pauline, alto demais. O hálito dela cheira a salgadinho de milho.

— Eu quero panqueca — diz Perry, de olhos fechados, ainda no limbo entre estar acordada e dormindo.

Às vezes a gente tem que reconhecer que está enfrentando forças invencíveis. Eu envolvo o corpo de Pauline com meu braço e a puxo para cima de Perry com um abraço.

— Ninde gidayan. — *Você tem meu coração*. Eu beijo cada uma delas.

Me sento, vejo o carro da minha tia na entrada e solto um suspiro de alívio. A rejeição dela de ontem me invade mais uma vez, mas eu ignoro a dor e digo para mim mesma que pelo menos ela chegou em casa sã e salva. Quando termino de me arrumar no banheiro, Perry e Pauline estão me esperando na bancada da cozinha. Elas amam minhas panquecas. Eu coloco a chapa elétrica na frente delas, ligo e deixo esquentar enquanto faço café.

— Me contem para onde vocês viajaram ontem à noite — digo quando o café começa a pingar na cafeteira. Elas também amam me contar sobre os sonhos que tiveram. Eu fico ouvindo enquanto coloco os ingredientes das panquecas no liquidificador.

Perry foi parar num banco, dentro de um cofre cheio de joias caras.

— Eu era o bandido, Tia Daunis. Era muito boa! — Ela se vangloria.

— Pearl Mary Firekeeper-Birch, ladra de joias! — Eu rio. — E você, prima?

Pauline disse que um menino misterioso visitou seus sonhos e disse que ela era uma princesa.

— Sabe, Pauline, você pode ser uma princesa sem precisar que um garoto diga isso — sugiro enquanto tomo um gole de café com um pouco de achocolatado misturado.

Pauline revira os olhos.

— Aho — diz Perry, o equivalente Ojibwe de *amém*. Eu quase cuspo meu café com essa resposta.

Hoje as meninas querem panquecas em formato de ursinhos. Ao colocar a massa na chapa, as palavras da Tia Teddie voltam para mim como um bumerangue: *viva sua vida tranquila*. Distraída, acabo errando uma das orelhas do ursinho. Xingo baixinho e tento consertar pegando mais massa, mas não dá certo. Decido que essas são panquecas de alienígena. Pauline faz cara feia, mas Perry come com um sorriso no rosto.

Quando Teddie e Art descem, as gêmeas já estão bem cheias de panqueca e calda de bordo da colheita do ano passado, assistindo ao Bob Esponja na televisão.

— Miigwetch, irmãzinha — diz Art com carinho. Ele sempre me agradece por dar a eles um momento de privacidade pela manhã.

Eu olho para Tia Teddie, que evita contato visual. Não sei a que horas ela chegou em casa, mas percebo que aconteceu alguma coisa ontem. Algo a mais na festa de cobertor. Eu não sei se devo ser a primeira a dizer alguma coisa ou esperar que ela faça isso. De qualquer forma, eu duvido que ela vá falar algo na frente das gêmeas.

Dito e feito: Tia Teddie fica fazendo sala até a hora de eu ir embora. As gêmeas se sentam cada uma em um dos meus pés, implorando para eu ficar enquanto arrasto as duas até a porta. Depois que consigo soltá-las, Art me dá mais um abraço. Em condições normais, minha tia acenaria, dizendo para eu ter cuidado, para abraçar minha força interior ou para mirar bem quando for chutar o Harry Pajog de alguém. Lições típicas de Nish kwe.

Hoje, ela faz questão de me abraçar. Continua me segurando mesmo depois de eu ter soltado o abraço.

— Ninde gidayan — diz ela em meu ouvido.

Eu sinto vontade de chorar e nem sei por quê. Tia Teddie está tomada pelo remorso hoje. Eu só queria que ela não precisasse se arrepender de nada. Ou talvez a festa de cobertor não tenha resolvido nada, apenas criado mais problemas.

Passo o dia inteiro pensando no ocorrido. Encontro a Lily no casarão à tarde para tirar os quadros da parede e colocar outros objetos de valor na biblioteca do meu avô, só por precaução. Eu quero curtir a festa em vez de ficar me preocupando com a possibilidade de alguma coisa quebrar.

Enquanto fazemos isso, conto para Lily da festa de cobertor.

— Quem será que pegaram? — questiona ela. — Você consegue imaginar um membro do Conselho, ou o prefeito, ou, sei lá, um professor andando por aí com um olho roxo? Fingindo que deu de cara em uma porta ou alguma besteira assim?

— Só espero que quem quer que a festa de cobertor estivesse apoiando, se sinta mais segura agora — digo.

Levi chega na casa dos meus avós com a cerveja por volta das oito da noite. Geladinha, como prometido. Dá para ver que Lily está irritada.

Nós colocamos o barril na cozinha. Levi sai para ir buscar seus amigos e grita por cima do ombro:

— Não bebam tudo antes de eu voltar!

— Eu não sei por que você está tão irritada — digo enquanto vamos da biblioteca para a sala de jantar, onde fica o bar. — Levi fez um grande favor.

— Você às vezes é tão inocente — resmunga ela.

— Ei! Eu não sou maior de idade no Canadá até outubro, e a Tia Teddie falou para eu nunca pedir pra ela comprar bebida pra mim. Então, a menos que Vó June fosse comprar esse barril, a gente não tinha outra opção. — Eu abaixo minha voz. — Qual é, Lily, você faz ideia do quão humilhante é ter que pedir para meu irmão mais novo, com só três meses de diferença, comprar cerveja pra gente?

— É que... — Lily faz uma pausa, como se estivesse escolhendo as palavras com cuidado. — Você fica reclamando sobre o Mundo do Hóquei, e aí você convida o rei do Mundo do Hóquei pra nossa festa. Não era pra ser só alguns amigos?

— Sossega o facho, Li. Estamos comemorando. Lake State. UHUL! — respondo com pouco entusiasmo. — É só o Levi e os amigos dele. E Jamie Johnson. O que eu posso fazer para te animar?

— Você convidou o *Jamie*? — Ela me encara. — Ah, saquei. Sossega o facho e agarra o Novato, né?

— Não tem nada aqui para sossegar, amiga, e eu não vou ficar com o Jamie. Foi o Levi que chamou ele. E ele tem namorada.

Antecipando um comentário da Lily sobre meu tom defensivo, eu decido que está na hora de beber.

Vou até o armário onde ficam as bebidas. O sistema de segurança inviolável dos meus avós era esconder a chave no gancho atrás do armário. É o equivalente a escrever uma senha em um papel e colar na tela do computador. Eu pego uma garrafa de graspa importada, dou um grande gole e sinto o líquido descer queimando minha garganta.

— Se essa namorada está com um deus do hóquei que está jogando a milhares de quilômetros de distância... De onde ele é, afinal? Enfim. Ela sabe no que está se metendo — diz Lily.

— É isso que você diria pra minha mãe? — Eu tomo outro gole da graspa. — Você sabe que ela nunca superou o fato de encontrar meu pai com a mãe do Levi.

— Eu sei, eu sei. Só disse pra beijar ele porque você não saiu com ninguém desde o TJ, e isso foi há dois anos. Pegar uns caras aleatórios não conta. — Ela suspira como se tirasse todo o ar do corpo. — Eu estou chateada porque seu irmão faz tudo girar em torno dele. Isso aqui era pra ser algo pra nós duas.

Ela tem razão. Eu bebo de novo. Só o primeiro gole queima. E espalha uma sensação quente pelo meu corpo.

— Vai ser uma noite ótima. É a nossa noite. Daqui a três semanas, vamos estar na faculdade. Você precisa dizer para Vó June quanto vão custar os livros pra poder usar um dos cupons dela.

O presente de formatura da bisavó de Lily foi uma folha com oito cupons feitos à mão: *Esse cupom vale um semestre de livros e materiais para Lily June Chippeway. Com amor, Vó June. Intransferível.*

— Tem razão, e quando estivermos na Lake State, chega de Levi e dos amigos dele. — Lily vasculha o armário e pega uma garrafa de licor Frangelico. Ela usa a garrafa com o formato de frade e um pequeno galho de videira dentro para brindar com a minha.

Antes de beber, Lily estica a mão esquerda para fazermos nosso aperto de mão especial.

— Lake State, baby — digo quando fazemos nosso final da borboleta.

Lily solta um *lee-lee* que quase estoura meu tímpano.

Duas horas depois, minha pequena guarda-costas está dando uma baita bronca no Levi porque a música está alta demais.

— Você *quer* que a polícia bata aqui? — Lily soa exatamente como a Vó June quando briga com alguém. Levi a ignora até ela continuar. — Todos aqueles policiais da reserva têm jurisdição para atender a chamadas de fora da reserva, então talvez seja o TJ a vir atender a queixa sobre o barulho.

Meu irmão imediatamente diminui o volume da música do Hoobastank.

— E eu te disse para tocar Amy Winehouse — comenta ela.

— E eu *te disse* — rebate Levi — que não ia tocar nenhuma dessas músicas estranhas que ninguém conhece.

Enquanto Lily começa um discurso apaixonado sobre como Amy Winehouse é genial, eu conto vinte e quatro pessoas na casa. Tomo um gole da graspa para cada dúzia de pessoas ali. O barril não vai durar muito. Levi e seus amigos vão embora. Lily vai se acalmar. Tudo vai dar certo. Já me sinto bem. Tão bem, na verdade, que quando Jamie Johnson aparece ao meu lado, eu estendo a garrafa de graspa para ele também ficar bem. Ele bebe pequenos goles e tosse.

— O que é isso, pinga? — Jamie cospe.

— Graspa. Um tipo de uísque italiano — respondo. — É feito com as coisas que sobram das uvas que usam para fazer vinho.

Bebo outro gole e me ofereço para mostrar a casa para Jamie.

Daunis, a anfitriã simpática. É só isso. Eu não estou tentando ficar sozinha com ele. Uma garota estranha que Levi deve ter convidado se junta a nós quando vamos para o segundo andar. Maldita tamboril que fica tentando assumir o papel de nova namorada do Jamie Johnson.

Tamboril. É assim que chamo as namoradas de jogadores de hóquei. Um peixe das profundezas do oceano que morde o parceiro e se funde com ele, como um tipo de apêndice parasita que não consegue existir separadamente.

— Tem uma suíte principal, mais três quartos, mais dois banheiros e uma porta secreta para o sótão assombrado. — Eu balanço os braços de um jeito estranho, apontando para as portas. Jamie ri dos meus gestos.

— Calma aí, você morou aqui? — pergunta a garota.

— Até os meus seis anos. Aí minha mãe terminou a faculdade, arrumou um trabalho e comprou uma casa a alguns quarteirões daqui. — Eu semicerro os olhos ao ver a tamboril circulando Jamie como um tubarão. — Mas, sim, eu estava aqui nos jantares de domingo e feriados.

Eu guio os dois por um corredor com painéis de madeira, aponto para o sótão escondido e coloco um dedo na frente dos lábios para enfatizar como é secreta a existência dele.

Jamie para de andar e observa minha foto de formatura na parede. Grand-Mary me obrigou a fazer cachos no cabelo. Eu tenho um olhar sonhador. As fotos da minha mãe e do meu tio estão ao lado da minha. Eles mal se parecem com as pessoas que se tornaram.

Minha mãe se formou no ensino médio um ano depois de seus colegas de turma, a única com uma filha. Na foto, sua longa franja castanho-escura estava dividida em duas tranças presas na parte de trás da cabeça, e o resto do cabelo, cheio de laquê, caía por cima dos ombros como uma cascata. É devastador vê-la arrumada assim, sorrindo desse jeito para a câmera, seus lindos olhos verdes tão cheios de esperança. Eu quero abraçar essa versão da minha mãe. Ela não faz ideia do quanto vai perder pela frente.

Em seu retrato, Tio David tem a cara de alguém que mal pode esperar para sair de Sault sem olhar para trás. Ansioso para viajar para algum lugar onde as pessoas têm mais interesse em serem elas mesmas do que se encaixarem em moldes. Ele está usando um terno sem graça e o cabelo recém-cortado para agradar a mãe, mas a gravata roxa e o lenço de bolso são a homenagem do meu tio ao Prince.

— Ignorem as fotos nas paredes — digo. — Essas pessoas serão irreconhecíveis em breve. Até para elas mesmas.

— Você é estranha — afirma a tamboril.

Eu dou de ombros e tomo outro gole da graspa antes de terminar o tour nas escadas.

— Deixa que eu seguro isso pra você — diz Jamie, esticando a mão para pegar a garrafa.

— Uau. Um deus do hóquei educadinho. Muito bom, Jamie Johnson. E bem-vindo a Sault Ste. Marie. — Eu gesticulo como se fosse uma apresentadora de televisão. — Só não seja como os turistas que falam "solte". É "Suu".

— Anotado — responde ele. — Você é cheia de curiosidades.

Eu percebo que ele está brincando.

— Miigaetch, príncipe do hóquei. — Eu olho ao redor. — Ei... Pra onde foi aquela menina?

— Acho que você a despistou.

— *C'est la vie.* — *É a vida.*

— *Qui n'avance pas, recule* — diz ele. *Aquele que não avança, recua.*

Eu o encaro. Jamie fala francês? Antes de sequer perguntar, eu me distraio com seus olhos. Ele está perto o suficiente para eu perceber que as íris são mais claras perto da pupila e têm um tom mais acastanhado que vai se tornando laranja. A graspa deve ter aguçado minha visão, porque estou percebendo cada detalhe.

— Você está me encarando — diz Jamie.

— Ah... As meninas estão todas correndo atrás de você. — Soa muito idiota quando eu falo assim.

— Obrigada pelo aviso. — O sorriso dele se abre até o final da cicatriz.

— Ei, Popô!

Nos viramos e vemos Levi subindo as escadas, dois degraus por vez, para nos alcançar. Meu irmão coloca o braço ao meu redor.

— Preciso de um favor.

Eu me preparo. Em outras ocasiões, ele já me pediu para ser a acompanhante do melhor amigo dele, Stormy, no Shagala do ano passado, e para dar apelidos Anishinaabemowin para os amigos e colegas de time. Um dos caras ficava me pedindo para dar um "nome de *índio* melhor do que o de todo mundo", então eu disse que Gichimeme significa o maior e mais poderoso pássaro. Ele passou semanas declarando seu novo nome por aí até que um amigo Nishnaab falou o que significava de verdade: pica-pau orelhudo. Em outras palavras, um picador de pau.

— Será que você pode ser a embaixadora do Jamie?

— Eu? Mas... Eu não faço parte do clube — respondo, surpresa. — Aquelas meninas sempre querem os novos Supes.

— Pois é. — Levi dá uma olhada para Jamie antes de continuar falando. — Por isso que você é perfeita. O Jamie tem namorada, então você ia afastar as marias-patins.

Eu rosno.

— Você sabe que eu odeio esse nome.

— Desculpa, Popô. O que eu quis dizer é: ele pode sair pra correr com você, e aí você apresenta a cidade pra ele. — Levi se vira para Jamie. — Sabia que a Daunis entrou no time titular masculino de hóquei todos os anos no ensino médio? Além disso, ela foi oradora da turma.

— Eu percebi que ela é cheia de curiosidades — comenta Jamie, piscando para mim.

— Ei, isso está com cara de armação — digo ao perceber o que está rolando.

— É uma ajudação, Popô. Se qualquer outra menina fosse ajudar o Jamie, com certeza daria briga.

Levi acabou de inventar uma nova palavra, *ajudação*?

— Baixa a bola. Mas se for assim mesmo, elas não vão ficar com raiva de mim?

— Ninguém vai se meter com você — garante ele. — Você é fodona. Assim como a Tia Teddie.

E com essas palavras mágicas, somadas à cara de felicidade do Novato e ao calor da graspa, eu aceito.

CAPÍTULO 6

Duas manhãs depois, Jamie Johnson está na entrada da minha garagem, alongando os braços acima da cabeça ao amanhecer. Ele deve morar perto, porque não vejo nenhum carro estacionado por ali. Eu aceno com a cabeça antes de colocar a semaa e sussurrar aos pés da minha árvore de oração. Me junto a ele na calçada e dou uma olhada no meu novo amigo Supe.

O cara é só músculos torneados e ligamentos. Ele não tem um pingo de gordura corporal. Somos da mesma altura, mas eu tenho uns bons quinze quilos a mais do que ele. Talvez mais, em dias que estou inchada.

Enquanto estudo Jamie, imagino ele fazendo o mesmo comigo: *garota alta e forte, bunda gigantesca, pele pálida igual a um fantasma, boca grande, nariz grande e, por ironia do destino, peitos pequenos*. Eu controlo o impulso de gritar que sou muito boa na defesa, inteligente e nunca desisto. Ele interrompe meu diálogo mental.

— Você costuma correr com seu irmão?

— Às vezes — respondo, alongando as laterais do corpo. — Ele e os amigos são mais rápidos do que meu ritmo normal.

Eu não falo sobre a parte de Levi ser impaciente demais para fazer minha rotina de aquecimento.

— Você é muito próxima do seu irmão. — Jamie se agacha e alonga uma perna para o lado.

— Hum... Acho que sim. Às vezes ele é um porre. — Eu vejo o músculo grácil na parte interna da coxa dele tensionar e como ele forma uma linha reta até o short de Jamie... Me forço a fazer contato visual de novo. — Você tem irmãos?

— Não. Só meu tio. Meus pais se divorciaram quando eu era pequeno. Eles não gostam de hóquei. Meu tio Ron sempre me ajudou a pagar pelo equipamento e ir aos jogos fora da cidade. Quando ele conseguiu o emprego como professor aqui, aceitei a oferta dele de fazer meu último ano em Sault. — Ele fica satisfeito consigo mesmo de conseguir falar o apelido da cidade direito.

Eu dou o mesmo sorriso orgulhoso enquanto faço uma versão rápida do meu aquecimento. Jamie me acompanha nos alongamentos.

— Pronto, jovem? — Aponto para a rua com a cabeça.

— Sim, chefe.

Ele não para de sorrir.

Faço a minha rota de praxe pelo campus.

— Ei, olha — diz Jamie quando passamos pelo novo dormitório. — Tem o seu sobrenome aqui.

— É.

Ele ri.

— É só isso que tem a dizer?

— É. — Eu dou um sorriso bobo.

Quando chegamos ao penhasco atrás do centro estudantil, eu paro.

— Espera aí — falo. Jamie dá alguns passos para trás e para ao meu lado. — Ali, alguns quilômetros à frente, é o Lago Superior. — Eu aponto para o oeste antes de seguir pelo rio. — Ele alimenta o rio St. Marys, que é a fronteira internacional com o Canadá. A cidade do outro lado também se chama Sault Ste. Marie, mas é bem maior do que a nossa.

Eu termino a explicação com mais um gesto de apresentadora de TV. Tem alguma coisa no Jamie que faz com que eu queira me exibir um pouco.

— O rio dá a volta no lado leste da cidade, e aqueles morros lindos ali fazem parte de Sugar Island. É de lá que meu pai é. Meu pai e do Levi, no caso.

— Uau. É lindo.

O deslumbramento na voz dele faz com que eu sinta como se tivesse acertado todas as respostas de uma prova.

— Sério? — pergunto, voltando para nosso ritmo de corrida.

Seguimos pelo caminho do penhasco até o rio por mais um quilômetro.

Jamie observa um navio cargueiro se aproximar lenta e silenciosamente da eclusa mais próxima. Enquanto ele observa a longa embarcação, eu discretamente olho para seu perfil, o lado do rosto sem cicatriz. O cargueiro toca a buzina estando apenas a quinze metros de distância de nós. Com o susto, Jamie xinga em voz alta. Eu rio.

— Vou precisar que a minha embaixadora me explique tudo isso — diz ele.

— Lembra quando eu mostrei o Lago Superior?

— Cinco minutos atrás? — responde Jamie de forma seca.

— Sim, espertinho. Então, os navios passam por aqui indo ou vindo dos outros Grandes Lagos para o Lago Superior, que fica a uns seis metros acima do nível de tudo que está rio abaixo. Antes, havia corredeiras aqui. Era um grande lugar de encontro para Anishinaabek, com vilas pesqueiras dos dois lados do rio e em Sugar Island. O governo se apossou da região e acabou com as corredeiras para construir as Eclusas Soo, que funcionam como um elevador aquático para subir e descer os navios.

Os olhos de Jamie estão em mim agora, em vez de no cargueiro do outro lado.

— O que aconteceu com todos os Anishinaabek e as vilas?

Eu levanto uma sobrancelha. Não tenho certeza se Jamie sabe o peso da pergunta que acabou de fazer. Turistas como ele nunca pensam sobre aqueles que foram ignorados em nome do progresso. Não sei dizer se ele realmente quer conhecer a história do meu povo, ou como eu começo a contar tudo.

— Essa é uma história para outro dia — respondo. — Sua vez de falar. Me conta sobre você.

— Essa é uma história para outro dia — diz Jamie, sorrindo. — Tenho mais perguntas.

Eu sorrio de volta.

— Como eu fui parar com o mais curioso de cês?

— Qual é a desse "cês"? — pergunta ele.

— Ah, essa é a pergunta mais importante. "Cês" é a versão Pesuper de "vocês".

— E... "Pesuper" é porque estamos na Península Superior?

— Uau. Arranjei um inteligente. — Aponto para pegarmos a próxima curva.

Ficamos em um silêncio confortável pelo resto da corrida. Quando damos a volta no Dairy Queen, ele gesticula em direção a uma casa pequena.

— É aqui que eu e meu tio moramos — diz ele enquanto continua correndo ao meu lado. — Ah, mais uma pergunta. Quando alguém diz Anishinaabe, querem dizer indígena ou Ojibwe?

— Anishinaabe significa o povo originário. Indígena. Nish. Nishnaab. Shinaab. Em geral, estamos falando dos povos Ojibwe, Odawa e Potawatomi da região dos Grandes Lagos. O idioma Ojibwe se chama anishinaabemowin ou ojibwemowin. Levi chama de ojibesteira. — Eu reviro os olhos. — Se você ficar convivendo muito com ele, vai ganhar um apelido Nish.

Jamie olha para mim.

— Levi disse para eu te perguntar como é "cara de cicatriz" no seu idioma.

Nós caímos na gargalhada ao mesmo tempo. Eu acabo me engasgando com saliva e preciso parar um pouco para tossir. Quando recupero o ar, aponto para o EverCare, impressionada com como a corrida pareceu rápida com a companhia de Jamie.

— Eu sempre termino minha corrida nesse lar para idosos aqui. É onde minha avó está. Ela teve um derrame.

— Sinto muito. É muita coisa para lidar, ainda mais depois de perder o seu tio. Como você se sente com tudo isso, Daunis?

A franqueza dele me choca. Alguma coisa no jeito dele de me perguntar isso me faz pensar se ele já teve que lidar com o luto.

Além da Lily, ninguém me pergunta como eu estou lidando com tudo. As pessoas perguntam sobre minha mãe, ou o que vai acontecer com o casarão. É estranho que a pessoa que me conhece há menos tempo me pergunte como eu estou, e de um jeito muito sincero.

— Tá tudo bem — diz Jamie quando me enrolo com as palavras. — Pode me falar quando se sentir confortável.

Quando chegamos ao estacionamento, ainda não tenho uma resposta. Eu olho para Jamie. A pele dele brilha como uma moeda de um centavo novinha. O cabelo está molhado de suor, os cachos estão bagunçados. A minha cabeça, ao pensar em Jamie, também está uma bagunça.

Então decido que o Mundo Normal precisa de algumas regras do Mundo do Hóquei.

— Miigwetch pela corrida, Novato — digo. — Amanhã é a sua vez. Pode me contar sobre o último time em que jogou, a escola onde estudava, seu tio, sua namorada... Que tal?

Jamie sorri, faz um joinha e corre na outra direção.

※

Depois de visitar GrandMary e voltar andando para casa, conto para Lily como foi a corrida com Jamie. Eu e ela trocamos mensagens com teorias do que Jamie vai contar sobre a namorada.

> LILY: acidente de carro e se apaixonaram pelas cicatrizes
> EU: nada, minha tia falou q a cicatriz eh funda dms p ser acidente
> LILY: uma ex doida cortou ele
> EU: nem td relacionamento é tipo casos de família
> LILY: tds q eu já vi são

Lily não fala muito sobre a mãe dela ou a vida antes de ir morar com a Vó June, mas às vezes ela parece a minha mãe quando eu reclamo de ser superprotetora.

> LILY: ok sherlock qual a sua hipotenusa?
> EU: perderam virgindade jnts, e o certo eh hipótese
> LILY: NERD

※

Chove muito na manhã seguinte, então mando mensagem antes do sol nascer para Jamie com um plano B. Ele aparece em uma caminhonete preta e vamos para a academia em Chimakwa. Não curto correr em esteiras, mas é melhor do que passar o dia inteiro sentindo falta de alguma coisa.

Subimos nos aparelhos e percebo que, um minuto de corrida depois, as configurações do Jamie são as mesmas que as minhas.

— Você não precisa ficar no mesmo ritmo que eu, viu? — aviso. — Essa é a vantagem de correr na esteira. Você pode escolher a velocidade que quiser.

— Não, está tranquilo. Eu ainda tenho treino e uma sessão de condicionamento físico com o time mais tarde — responde ele.

Eu dou de ombros e continuo correndo, mas secretamente fico feliz. Levo uns três quilômetros para pegar o ritmo. Esse é o problema da esteira, parece que sou um hamster correndo na rodinha.

— Você tá quieta hoje — comenta Jamie. — Está tudo bem?

— Estava esperando você começar a falar, lembra? É a sua vez.

— Ah. É verdade. Bem... O que você quer saber?

Eu quero saber tudo. Mas minha oração hoje de manhã foi para manaadendamowin. Respeito. Respeitar os relacionamentos: o meu como embaixadora do Jamie e o dele com a namorada. Eu não vou ser uma tamboril lunática, tentando pegar um cara que já tem compromisso com alguém.

— O que você quiser me contar, parceiro.

— Bem, embaixadora, eu nasci em uma noite sombria e tempestuosa...

Olho para ele e vejo seu grande sorriso alcançar a ponta da cicatriz.

— Acho que não curto muito falar de mim — confessa Jamie. — Meu pai é Cherokee. Ele e minha mãe se separaram quando eu era pequeno. Eu e ela nos mudamos muito. Ele tem uma família nova. Tio Ron cuida de mim mais do que meu pai. Já joguei hóquei em tudo quanto é lugar. É isso.

A vida de Jamie parece um pouco com a minha. Pai indígena. Pais que não ficaram juntos. E um tio que assumiu o papel de um pai que não estava mais por perto. Talvez seja por isso que é tão fácil conversar com ele.

— E você fazia patinação artística — falo. — Esqueceu dessa parte.

— Ué, como você sabe? — Eu sinto o olhar chocado dele em mim.

— Sei lá. Talvez pelo jeito que você levantou a Pauline no outro dia? — Eu dou de ombros de novo e sinto um pouco de dor. — Minha avó, a que eu chamo de GrandMary, me obrigou a fazer aulas de patinação artística por alguns anos. Foi o único jeito de ela me deixar jogar hóquei.

— E a sua mãe? Não disse nada?

— Rá! Você não conheceu a GrandMary. Ela era como a Eta Carinae, e eu e minha mãe éramos pequeninos planetas orbitando ao redor.

— Eta Carinae?

— É a maior estrela da galáxia — sussurro.

Sinto uma coisa horrível ao perceber que falei no passado sobre alguém que ainda está vivo. Aumento a velocidade. Jamie percebe a mudança e faz o mesmo, mantendo o ritmo. Nós ficamos em silêncio pelo resto da corrida.

Na volta para casa, eu peço para Jamie me deixar no EverCare.

— Mas ainda está chovendo muito. — Ele aponta para os limpadores do para-brisa se mexendo sem parar.

— Nah, eu não sou feita de açúcar. — Abro a porta da caminhonete e me preparo para correr até o prédio. — Obrigada pela corrida, parceiro.

— De nada, embaixadora.

Dou um beijo em GrandMary antes de passar o batom vermelho nela. Mamãe ainda não chegou, então eu pego o caderno na prateleira mais alta do armário. Quando me sento na cadeira ao lado da cama, começo a conversar com minha avó, parando para fazer marcações nas duas colunas: LÂMPADA ACESA e LÂMPADA APAGADA. Ela parece cansada hoje; fico ali apenas quinze minutos para coletar informações.

Quando saio, a caminhonete de Jamie ainda está no estacionamento.

— Você não precisava ficar esperando — digo ao entrar no carro. Surpresa, mas também grata.

— Nah — responde ele, me imitando. — Eu quis esperar.

Quando Jamie para na frente da minha casa, eu me lembro da namorada. Ela precisa se tornar real para mim.

— Você não falou nada sobre o último lugar em que morou, sobre seu último time... ou sua namorada.

— O nome dela é Jennifer. Jen — responde Jamie. Eu tento imaginá-la, mas tudo o que me vem à cabeça é uma menina toda descolada com um cabelo comprido brilhoso, uma franja comprida lateral como a da Aaliyah. — Estamos juntos há três anos. O pai dela é do Exército, então ela se muda bastante também. — Eu deveria ficar feliz por Jamie ter uma namorada que entende como é ser sempre o novato da escola. — É bom ter algo estável, independentemente do quanto as coisas mudem ao redor. Sabe?

Eu balanço a cabeça, mesmo sem saber o que Jamie quer dizer. Desde que Tio David morreu, nada parece estável. Mesmo antes de ele desaparecer, meu tio ficava agindo de forma estranha. Distante. Nós descobrimos sobre a recaída. A última vez que minha vida pareceu estável foi... no Natal?

— Bom, a gente se vê amanhã de manhã... E Jamie? Chi miigwetch. — *Muito obrigada.* Me refiro a tudo, pela carona e por me contar sobre a vida dele, mesmo que seja difícil compartilhar algumas coisas.

— Imagina, Daunis.

Eu não entendo por que fico com ciúmes da garota que consegue entender essas partes difíceis da vida dele.

Na sexta-feira, a linha entre o Mundo do Hóquei e o Mundo Normal está tão tênue que é como se tivesse sido desenhada com carvão e Jamie tivesse ido lá e a borrado um pouco cada manhã que corremos juntos. Eu acordo, escovo os dentes, prendo o cabelo, coloco minha roupa de corrida e pego um pouco de semaa da cesta de bétula da Vovó Pearl que fica na entrada da casa. Jamie está sempre na entrada da garagem quando eu sussurro minha oração matinal. Então fazemos o aquecimento e começamos a correr.

Quando passamos pelas lojas de souvenir do outro lado das Eclusas Soo, eu sorrio com uma lembrança.

— Levi vendia *sweetgrass* para turistas aqui quando ele era pequeno — conto.

— O que é *sweetgrass*?

— A gente usa bastante nos nossos remédios. Tem um cheiro delicioso, tipo pimenta-doce bem suave. Em Ojibwe, chamamos de wiingashk, para a ciência o nome é *Hierochloe odorata*. Vai ter um pouco à venda no pow wow esse fim de semana.

— Eu nunca fui a um pow wow. Você vai amanhã? Posso ir junto?

— Claro — respondo, surpresa com o interesse dele. Preciso me lembrar de que Jamie não cresceu com seu povo por perto como eu. — Que tal uma visita guiada ao pow wow com sua embaixadora?

— Seria incrível — responde ele com um sorriso. Tenho que me controlar para não sorrir de volta. — Então, Levi vendia *sweetgrass* para turistas?

— Uhum. Ele e nosso amigo Travis colhiam e faziam tranças. Levi dizia que era descendente de um chefe poderoso e de uma curandeira. Ele falava que a wiingashk era mágica. Sabe como é, o tipo de bobagem que turistas curtem ouvir. — Eu reviro os olhos.

— Parece mesmo coisa do Levi. — Jamie ri. — Um homem de negócios nato. Com certeza Stormy estava metido nisso também. Esses dois são encrenca certa.

Stormy Nodin é o melhor amigo de Levi, desde quando iam para a pré-escola na reserva. Ele entrou no time de hóquei, junto com Jamie, depois que vacilou nos testes do ano passado. Tudo bem, a mãe do Stormy foi para a cadeia na época por ter brigado com um Zhaaganaash em um bar no centro, mas o hóquei não está nem aí para seus problemas pessoais.

— Nada, o pai do Stormy não queria que ele colhesse ervas com gente de fora da família. O pai dele é meio assustador, tipo, ele não quer distância só de Zhaaganaash. Tem algumas pessoas da reserva que não cumprem os critérios do sr. Modin. Mas eles só fizeram isso por uns dois verões. Depois o cassino abriu e aí começou a entrar a grana.

— Eu ouvi uns caras falando disso. Membros da reserva ganham dinheiro do cassino? É meio louco isso. — Jamie balança a cabeça, incrédulo.

Eu sinto o corpo enrijecer.

— Não é diferente do Walmart ou da Ford pagando seus acionistas. — Tento manter a voz calma enquanto espero a reação de Jamie. Torcendo para ele não se revelar um grande babaca.

— Uau, pensando por esse lado... — responde ele, e sinto meus ombros relaxarem. — Posso perguntar quanto? Ou isso é grosseiro?

— Não tem problema. Eu ouvi o Levi fofocar que os membros adultos ganham trinta e seis mil dólares por ano. Não sei quanto fica sem os impostos. As crianças ganham um terço disso.

— Você não recebe? — Jamie parece confuso.

— Eu não sou membro registrado. O nome do meu pai não está na minha certidão de nascimento. Uma das várias decisões que os Fontaine tomaram porque minha mãe tinha só dezesseis anos quando eu nasci.

Jamie deve ter percebido a mudança no meu tom de voz, porque ele para de correr por um momento e pergunta:

— Você se sente confortável falando disso, Daunis?

— Sim — respondo, percebendo a facilidade que tenho para falar de mim; mas talvez não para falar de tudo. Não estou pronta para admitir a raiva que sinto por eles terem tomado essa decisão que afetou a forma como parte do meu povo me vê.

— É difícil quando ser indígena significa coisas diferentes dependendo de quem pergunta e por que — diz ele.

— E para algumas pessoas, você nunca vai ser indígena o suficiente — completo.

— Sim. É a sua identidade, mas ela é controlada ou definida por outras pessoas.

A fala dele é um reflexo exato dos meus pensamentos. O que GrandMary e Vovô Lorenzo tiraram de mim quando queriam excluir meu pai.

Jamie encontra meu olhar e eu sei que nos entendemos.

Ficamos em silêncio pelo resto da corrida. Tem uma brisa suave vindo do rio e nenhuma nuvem no céu. O ar gelado é delicioso e arrepia meus braços e pernas. Minha respiração é profunda e consistente. Eu me sinto tão bem. Como se os raios de sol estivessem vindo de dentro de mim, em vez do contrário. Jamie olha para mim, e eu sorrio.

E então, acontece. Minha mente esvazia. Meu corpo parece mais forte, como se eu pudesse correr para sempre. Estou ao mesmo tempo dentro do meu corpo e em algum outro lugar. Estou completa. Quando estou correndo é quando todas as diferentes partes de mim se encaixam perfeitamente, como um quebra-cabeça. E esse é meu estado quando me afasto do quebra-cabeça: as linhas desaparecem e eu me enxergo por completo.

Quando chegamos no EverCare, estamos ambos ofegantes. Jamie geralmente acena um tchau e vai correndo para casa. Hoje, ele não se mexe. Apenas fica ao meu lado, passando as mãos pelo cabelo molhado, deixando cachos que vão das têmporas até o pescoço.

— Você quer conhecer minha avó? — pergunto, em um impulso.

— Sim — diz ele, ao mesmo tempo surpreso e feliz. — Seria ótimo conhecê-la.

Passamos pela recepção e recuperamos o fôlego aos poucos. Eu fico nervosa enquanto caminhamos até o quarto da minha avó. Não sei por que convidei Jamie para vir comigo. Nem a Lily veio ver GrandMary.

— GrandMary, esse é meu amigo Jamie — digo depois de dar um beijo na bochecha dela. LÂMPADA APAGADA.

— *Bonjour, madame. C'est un plaisir de vous rencontrer.* — Jamie beija a mão dela, onde veias azuladas se espalham pela pele enrugada. Ele olha para mim do outro lado da cama.

Eu o encaro, espantada. Independentemente de quanto tempo passei com Jamie essa semana, ainda sei tão pouco sobre ele. Ele falou francês na festa sábado passado e mais uma vez agora com minha avó. A linha entre o Mundo do Hóquei e o Mundo Normal não está mais borrada; já se tornou inexistente por causa do novato do time de hóquei do meu irmão. Perigosamente inexistente.

— Quem é você, Jamie Johnson? — pergunto, perplexa.

Ele olha para o chão como se estivesse tímido ou desconfortável. Então ergue a cabeça e me encara também, com uma determinação no olhar. Ele fala em francês de novo, dessa vez para mim:

— *Je suis celui qui attend avec impatience demain.* — Sou aquele que está ansioso para amanhã.

CAPÍTULO 7

Fico tão empolgada esse sábado de manhã que parece até a época em que eu jogava. Por causa do pow wow hoje, o treino dos Supes é agora cedo, então eu acabo correndo sozinha — e num ritmo mais acelerado do que o normal. Quando GrandMary está "acordada", eu conto para ela sobre a visita do Jamie e meus planos de levá-lo para o pow wow. Ela não esboça nenhuma reação, pelo menos não até eu mencionar a outra coisa que farei hoje. A notícia de que Lily e eu vamos pesquisar preços de livros para a faculdade é recebida com o maior sorriso que minha avó consegue dar. Eu coloco os braços em volta dela e beijo sua bochecha. Esse carinho nos faz tão bem que dou a volta na cama para beijar sua outra bochecha antes de ir embora.

Mais tarde, naquela manhã, Lily e eu vamos para a biblioteca do campus.

— Essa alegria toda não tem a ver com certo jogador de hóquei, né? — comenta ela quando cruzamos o estacionamento.

— Só estou animada para procurar livros e marca-textos — digo.

— Ah, claro. O lance da caneta mágica. — Ela não acredita na minha teoria de que a caneta ou lapiseira perfeita pode melhorar meu desempenho acadêmico.

Nós rimos, com um senso de humor que se evapora no momento em que vemos o preço dos livros que vamos precisar para a aula de Literatura Norte-Americana.

— Caracaaaa — diz Lily bem alto.

— Concordo — responde um estranho no corredor ao lado.

Assim que Lily me deixa em casa, eu almoço. Minha mãe manda uma mensagem quando estou esperando Jamie.

> EU: vou passar o dia no pw
> MÃE: Tome cuidado. Vai com quem?
> EU: Lily. TE AMO

Proteger minha mãe de toda a verdade é diferente de mentir. Ela não liga de Jamie ser só um amigo, mas quando souber que ele é novo na cidade, vai começar o interrogatório: *Quem é esse menino? De onde ele é? Quem são os pais dele? Ele é uma boa pessoa?*

A melhor coisa para nós duas, de verdade, é poupá-la da ansiedade. O superpoder da minha mãe é transformar minhas preocupações comuns em monstros tão grandes e terríveis que ela quase tem um treco de tão preocupada. Eu posso evitar que isso aconteça.

A caminhonete de Jamie para na frente de casa. Eu coloco o celular no bolso da calça jeans rasgada enquanto corro para a porta do passageiro.

— Oi, parceiro — digo enquanto entro no carro. — Obrigada pela carona.

Depois que contei para Lily tudo o que rolou com Jamie na corrida de ontem e no quarto de GrandMary, decidi que precisava dar um passo para trás e reforçar a parte de *parceiro* dessa nova amizade.

— Imagina. Obrigado por me deixar te acompanhar, Daunis.

— É meu trabalho como embaixadora. E se você tiver alguma dúvida sobre o pow wow, é só me perguntar, certo? — respondo.

Meu bolso de trás vibra.

> LILY: posso POR FAVR mandar sacanagem sobre jj e vc n ficar chateada cmg?
> EU: parece ser mt importante p vc
> LILY: MT MT MT IMPORTANTE
> EU: vc tá liberada p sacanagem, manda ver, miga

Jamie faz o caminho mais longo para o pow wow. O cassino do Superior Shores ocupa uma boa parte das margens do rio. Parece um prédio que deveria estar na avenida principal de Las Vegas, e não na nossa cidadezinha.

— Beleza, eu tenho uma pergunta. Por que a reserva se chama "Reserva Ojibwe de Sugar Island", mas o cassino fica na cidade?

— Nosso povo tinha autoridade sobre os dois lados do rio — respondo. — Eles fizeram um acordo para retomar o território com o governo federal vinte anos atrás e usaram o dinheiro para comprar um porto e uma fábrica antiga. Dez anos depois, abriram um cassino e continuaram expandindo. A grana só começou a entrar mesmo há uns cinco anos, mas é per capita.

— Pelo visto você tem opiniões sobre o pagamento do per capita.

Eu paro para ler uma mensagem que chegou.

LILY: diz pro jj q embaixadores recompensam o supe por cada gol
EU: sua tarada

— Desculpa. Lily precisava de uma ajuda — comento, colocando o celular de volta no bolso. — Tia Teddie sempre diz que esse lance de o per capita distribuir o dinheiro igualmente não é bom nem ruim. É só um negócio que amplifica o que já está rolando com uma pessoa ou com a família.

Eu sinalizo para Jamie fazer a curva em direção à área anexa à reserva.

— As pessoas ficam de mesquinharia, julgando os membros que gastam o dinheiro, mas tem muitas coisas boas acontecendo também. Famílias indo viajar, comprando um carro ou dando entrada numa casa, indo para a faculdade.

Minhas palavras ecoam o tom severo da Tia Teddie na sexta passada, quando ela saiu para a festa de cobertor. *Vá para a faculdade. Pegue o Jamie. Viva sua vida tranquila.* Minha animação de levar o Jamie para o pow wow murcha um pouco.

Neste fim de semana, ela e Art vão estacionar o trailer na beira do espaço do pow wow, perto da floresta. Eles vão receber amigos de outras comunidades indígenas que viajam pelo país inteiro e pelo Canadá para participar dos pow wows. As gêmeas vão brincar com parentes e amigas. Vai ser um bom momento para me sentar com minha tia e contar sobre o que não paro de pensar desde a festa de cobertor.

Jamie abre a boca para fazer outra pergunta.

— Então, parceiro — interrompo. — Você fala outras línguas além de francês?

— Espanhol. E você? — Ele segue as placas que estão em praticamente toda esquina.

— Hm. Francês, um pouco de anishinaabemowin, um pouco de italiano... mas a maioria são palavrões. — Percebi que ele jogou a pergunta de volta para mim. — Ah, outra coisa boa sobre o per capita: mais crianças Nish conseguem jogar hóquei. Fazer patinação artística também. Quando meu pai jogava, os Firekeeper arrecadaram fundos para comprar novos patins e equipamentos. Ele sempre dizia que outros rapazes de Sugar Island deveriam ter ido para os melhores times com ele.

Outra mensagem de texto.

— Desculpa — digo de novo. — É a Lily.

LILY: conta p ele q sua 1ª vez foi em uma cabine de pesca. eh tão bairrista.
EU: mais bairrista do q perder a virgindade num abrigo de caça?
LILY: eu tinha 12 anos, n sabia de nd

Dessa vez eu desligo o celular e coloco no porta-copos entre os assentos.

— Posso perguntar o que aconteceu? — começa Jamie. — Com o seu pai.

Eu fico surpresa por Levi não ter contado essa história ainda.

— Hum... Foi meio que um escândalo na época. Minha mãe tinha dezesseis anos quando engravidou e meu pai era um pobre Nish da reserva.

Não sei por que estou contando essa parte da história. Talvez porque eu esteja tendo a chance de contar para ele, em vez de outra pessoa, que vai aumentar tudo com fofocas.

— Na noite em que minha mãe contou que estava grávida, eles sofreram um acidente na ilha e meu pai quebrou as duas pernas. Ele não recebeu o tratamento adequado, então as pernas não sararam direito. Foi antes do cassino abrir, e ele não conseguia trabalho na região.

— Devia ter uma taxa de desemprego muito alta na época, né?

Eu o encaro. Levi não havia dito nada mesmo?

— Meu pai não conseguia emprego porque meu avô Zhaaganaash era prefeito de Sault Ste. Marie e dono de uma das maiores construtoras da Península Superior. Ele e GrandMary não ligavam muito para os indígenas, muito menos para aquele que engravidou a única filha deles.

— Mas... — Jamie faz uma pausa e espera outros carros passarem pelo cruzamento. — Você é indígena.

— Uhum. — Eu olho para a janela quando ele acelera de novo. — Enfim, ele precisava de um emprego, então foi com um primo para a parte norte de Ontario. A gente nem passou muito tempo juntos antes de ele morrer em um acidente na madeireira. Levi e eu tínhamos sete anos.

— Daunis, isso é horrível. Sinto muito. — Acho que a compaixão de Jamie é a melhor qualidade dele.

— Miigwetch — respondo.

— Você e o Levi tinham sete anos? Como foi isso?

Eu dou de ombros.

— Ouvi dizer que foi culpa do uísque.

Jamie espera que eu fale mais, mas prefiro ficar em silêncio até meus sentimentos, que entram em conflito sempre que falo dos Fontaine e dos Firekeeper, façam sentido. E não faço ideia de quanto tempo isso vai demorar para acontecer.

O terreno em Chimakwa está lotado por conta do pow wow. Jamie consegue encontrar uma vaga apertada na rua Ice Circle e ainda mostra ter excelentes habilidades para fazer baliza.

— Aquele é o jipe da Lily. — Com o celular na mão, aponto para o veículo solitário na clareira depois da pista de gelo.

— Por que ela parou tão longe? Tem medo de não conseguir manobrar e ficar presa numa vaga?

— Não, ela só é muito ruim de baliza.

— Eu posso ensinar — oferece Jamie.

— Hm, ela acha que o método dela funciona. — Eu rio de um jeito malicioso. — Aposto que se você falar em francês quando oferecer, ela toparia qualquer coisa.

Jamie fica vermelho e eu sinto minha animação voltar.

Nós seguimos um dos vários grupos de pessoas espalhados pela calçada e rua. O som de tambores fica mais alto a cada passo em direção ao pow wow. Uma brisa suave e a sombra de uma *cumulus humilis* nos protegem de fritar como formigas embaixo de uma lupa. É o clima perfeito para um pow wow.

Sinto um arrepio quando vejo um corpo gigante espremido atrás do volante de uma viatura da reserva. TJ Kewadin.

Eu te amo, Lorenza. A única pessoa que me chama pelo meu nome do meio. Namoramos por dois meses antes de começarmos a transar. Foi depois disso que ele deixou de usar "Daunis" — que significa "filha". Seria bizarro demais ele ficar me chamando assim.

TJ me largou sem explicação nenhuma um mês depois. Parou de ligar. Nem olhava para mim nas aulas que fazíamos juntos.

Eu mostro o dedo do meio enquanto o carro do policial Kewadin passa. Meu plano de ficar anônima já era.

Jamie solta um riso baixinho.

— Não é fã da polícia, hein?

— Não. — Eu mudo de assunto. — Você já foi para Sault, em Ontario, do outro lado do rio?

— Sim, eu e meu tio fomos ao shopping. Precisei comprar um terno novo para os dias de jogo.

— E vocês foram revistados na fronteira voltando para os Estados Unidos?

— Fomos — responde Jamie. — Por quê?

— Eu só presumi que seu tio também seja... é... Visivelmente indígena.

Jamie assente, confuso, e eu explico.

— A polícia na fronteira do Canadá pergunta se você está levando alguma arma de fogo para o país deles. Do lado de cá, os policiais só querem saber de cigarros. A menos que você tenha cara de Nish. Aí você passa por todo um interrogatório. E se você é Nish e negro como meu Tio Art, vão apontar uma arma para você, para sua esposa e para suas filhinhas na cadeirinha de bebê.

Jamie me encara.

— Caramba, Daunis. Não fazia ideia de que merdas assim aconteciam por aqui. Racismo puro. Fico revoltado de saber que seus tios tiveram que passar por isso.

— E é *por isso* que eu não sou fã da polícia. Entre outros motivos. — Eu olho para baixo. — Tia Teddie raramente cruza a fronteira hoje em dia e, quando precisa, nunca vai com Art e as gêmeas. Assim que tirei minha habilitação, ela me pediu para ir fazer compras para eles do outro lado do rio. Não só pelo fato de eu ser uma indígena mais pálida, mas também porque, como a minha certidão de nascimento é canadense, tudo fica mais fácil.

Jamie tem sido muito compreensivo durante toda a conversa, e espero que sua resposta não seja diferente disso. Mas ele continua em silêncio, encarando as bétulas à nossa volta.

— Você já quis fazer algo que mudasse as coisas de verdade? — fala Jamie, finalmente. — Fazer a diferença, sabe? Resolver um problema e melhorar a vida das pessoas. Não só para aqueles que você conhece, mas uma coisa tão grande que afete gente que você nunca vai conhecer.

— Claro — respondo. — Eu quero ser médica, curar pessoas, pesquisar e descobrir coisas que ajudem comunidades indígenas. Enquanto não chego lá, faço o possível para ajudar. Como cruzar o rio para comprar o pão de centeio de uma padaria sueca que minha tia adora. Minha mãe me faz comprar medicamentos que são muito mais baratos lá. E café da Tim Hortons para o Art. — Eu olho para baixo e puxo um fio solto da minha calça. — Pode parecer insignificante, mas sei que faz diferença para os meus tios.

— Bondade é uma coisa que parece pequena, Daunis, mas é como jogar uma pedra num lago e ficar vendo as ondulações se espalharem para além do que você imaginou. — Jamie abre um sorriso e, como se comprovando suas palavras, a bondade dele reverbera dentro de mim.

Espero que eu não esteja ficando vermelha.

— Você deve achar estranho — comento, ansiosa para mudar de assunto. — Outro país logo aqui do lado e eu vou lá só para pegar café e dipirona. E canadenses cruzam o rio para comprar gasolina e leite. Mas quando você mora no mesmo lugar desde sempre, tudo parece normal, acho.

Jamie me lança um olhar curioso e melancólico ao mesmo tempo.

— Eu nunca morei no mesmo lugar por tempo suficiente para entender o que seria normal.

Ele hesita, como se tivesse acabado de admitir algo que não deveria. Antes que eu possa perguntar mais alguma coisa, somos interrompidos por um grupo de skatistas que passa por nós. Como um bando de pássaros, eles fazem a curva sincronizados para evitar uma aglomeração à frente.

Ouço um barulho, *PÁ! PÁ! PÁ!*

Um segundo depois, estou com a cara no chão.

CAPÍTULO 8

Algo está me esmagando. Jamie. Ele se jogou em cima de mim, está me pressionando contra o chão. Ele se levanta depois de um minuto, e o alívio de seu peso faz meus pulmões inflarem. Tento respirar. A mão de Jamie está nas minhas costas, me forçando a continuar no chão.

— Que bosta é essa? — Eu me forço a levantar, desviando dele.

Bombinhas. Alguns meninos soltaram para causar confusão. Anos atrás seria Levi e os amigos dele fazendo isso.

Os meninos riem, indo para longe em seus skates. Quase todos estão olhando para eles. Um homem mais velho reclama. Algumas pessoas ficam encarando Jamie e eu, boquiabertas.

Eu me levanto, tento limpar a sujeira das roupas e vejo meu joelho sangrando um segundo antes de começar a sentir a dor.

— Droga — digo, e a dor aumenta. O sangue escorre pela minha perna até meu tênis de corrida.

— Desculpa, Daunis. Eu achei que… Eu entrei em pânico. — Jamie se ajoelha para dar uma olhada em meu machucado. Ele tira a camiseta num segundo, e, mesmo confusa com a cena, fico impressionada com como ele é malhado. O peito dele por si só é uma aula de anatomia, cada músculo bem definido. A mão dele na parte de trás do meu joelho está tão quente que parece que vai deixar uma marca. Com a outra mão, ele pega uma garrafa de água que alguém ofereceu, joga um pouco na camiseta e dá leves batidinhas na ferida.

Foco na cabeça curvada dele. Os cachos parecem macios. Alguns fios brilham como cobre sob a luz do sol.

— Você pensou que eram tiros?

A mão dele para no ar por um segundo antes de continuar a limpar meu joelho como se eu não tivesse dito nada.

Eu continuo.

— Você morou em bairros perigosos?

Ele não olha para mim. Controlo um impulso de passar o dedo pela cicatriz dele. Eu li sobre cicatrizes uma vez. Cicatrizes hipertróficas ficam mais vermelhas no primeiro ano, e, com o tempo, somem. A cicatriz do Jamie é recente. *Aquele corte é reto demais para ter sido um acidente.* E se Tia Teddie tiver razão, então alguém o cortou de propósito. Recentemente.

— Perigo tem em todo lugar — diz ele.

Assim que Jamie e eu chegamos ao local do pow wow, as gêmeas gritam meu nome. Elas estão usando vestidos de Jingle. As saias têm pequenos cones prateados que balançam de forma melódica quando Perry e Pauline correm em minha direção, com Tia Teddie logo atrás. Os olhos delas vão direto para o meu joelho.

— Nossa, o que aconteceu? Coisa de filme de terror? — pergunta Perry, empolgada.

— Alguém estava soltando bombinhas. Fomos pegos de surpresa e nos jogamos no chão para nos proteger. Mas Jamie já me ajudou — conto como se fosse uma incrível aventura. Ele me lança um sorriso agradecido.

Eu escuto Tia Teddie se aproximar antes de vê-la. Costurado no vestido de Jingle amarelo estão várias fitas laranja e brancas, e presas nelas, 365 cones dourados. Ela se curva para checar meu machucado.

— Parece que você limpou bem — diz ela para Jamie. — Tem spray antisséptico no kit de primeiros socorros no trailer — comenta. — Vai colocar um pouco no seu joelho. Agora.

Lily se aproxima usando sua regalia de Xale Elegante, que inclui um vestido preto com estampa floral e uma faixa preta na bainha. Ela está segurando um xale preto com longas franjas das cores preta e prata. Ela olha para a roupa do Jamie, que ainda tem manchas do meu sangue, e faz uma careta para minha velha camiseta amarela com GIRLS ON THE RUN, calça jeans rasgada e tênis de corrida.

— Uau. Parece que cê lutou contra uma matilha de cães selvagens e perdeu.

— Mas foi uma boa luta — diz Jamie.

Eu rio, e Lily ergue uma sobrancelha para mim, seus olhos brilhando. Estou me preparando para mais um dos comentários inapropriados de Lily quando o mestre de cerimônias chama os dançarinos para formarem uma fila para a Grande Entrada.

Lily vai para a fila enquanto Jamie e eu caminhamos até o trailer de Teddie e Art margeado espaço do pow wow. Eu molho meu joelho com o spray antisséptico, xingando ao sentir o ardor.

Jamie se vira enquanto troca de roupa, mas eu não resisto e dou uma espiada nos músculos das costas dele. Pela ciência.

Vamos até as arquibancadas cobertas que contornam a arena de dança. No centro, há um caramanchão enorme coberto de cedro onde dezenas de grupos de tambores se aquecem para a Grande Entrada. Cada tambor é do tamanho de uma mesa de centro redonda. Homens se sentam ao redor, cada um batendo com uma baqueta coberta de couro, enquanto mulheres ficam de pé ao redor deles, atrás.

Todos ficamos de pé para a Grande Entrada. Carregando um bastão com penas de águia, o líder dos veteranos comanda o cortejo. Cada veterano na guarda das cores traz uma bandeira diferente: dos Estados Unidos, do Canadá, de Michigan, do Povo e de diversos Clãs. Os dançarinos principais vêm em seguida, um homem e uma mulher com suas regalias, dançando lado a lado. Eles são seguidos por dois adolescentes, os dançarinos principais da categoria Junior. Então, uma fila aparentemente infinita de dançarinos entra na arena, todos organizados por categoria e anunciados pelo mestre de cerimônias.

Jamie parece muito empolgado, observando cada detalhe. Ele faz perguntas sobre tudo. Quando uma mulher perto de nós faz um som agudo, outras a acompanham.

— O que é isso? — pergunta ele com os olhos arregalados.

— São *lee-lees*. Geralmente, mulheres indígenas fazem esse trilo para homenagear alguém. Às vezes tem outro significado. Algo a mais, mas não sei bem o quê. — Faço uma nota mental para perguntar à Tia Teddie depois.

Eu aponto para Vó June liderando a fila da Dança Tradicional Feminina.

— Aquela ali é a bisavó da Lily. Ela deu o nome do cachorro dela de Conselho do Povo só para poder brigar com ele. — Eu começo a imitar Vó June. — Pegue os chinelos, Conselho. Não, Conselho. Conselho do Povo malvado!

Jamie joga a cabeça para trás e ri. Eu brigo comigo mesma: *Não seja Esse Tipo de Garota*. Eu penso na mãe de Levi, Dana. A que ficou com o nome Firekeeper. *Às vezes, é Esse Tipo de Garota que vence*.

Teddie e as meninas passam pela nossa seção junto com as outras dançarinas com vestido de Jingle. Minha tia parece uma chama dourada cintilando pela arena. Quando as gêmeas erguem seus pequenos leques de penas no ritmo dos tambores, fico tão orgulhosa que seguro o choro.

As dançarinas de Xale Elegante são as últimas a entrar na arena. O xale de Lily está esticado sobre seus braços abertos, e as franjas se tornam um borrão quando ela gira. Uma borboleta preta e solitária rodeada de cores.

Eu me aproximo de Jamie e falo em seu ouvido enquanto ele olha de um lado para outro, absorvendo o panorama caleidoscópico.

— Todas essas pessoas. Imagina que cada uma delas é um átomo, formando moléculas de dançarinos para cada categoria: Tradicional, Xale, Grass, Jingle. Você consegue ver o organismo inteiro.

Eu aponto com o queixo para o mar de dançarinos. Eles entraram na arena em uma fileira, mas ela se desfaz em um espiral em volta do caramanchão de tambores. Não se vê nem um pedacinho de grama.

— Agora se concentre em apenas um, como uma dançarina de Jingle — oriento, e Jamie segue minhas instruções e fixa o olhar. — Todo átomo tem partículas subatômicas. A regalia dela tem vestido, cinto, mocassins e vários outros itens. As dançarinas não começam com tudo isso, elas vão conseguindo item por item. Cada peça é uma conexão com a sua família, os professores e até com seus ancestrais. Se você sabe a história por trás da regalia, quem, por que e de onde veio cada peça, então você a conhece.

Todos continuamos de pé enquanto o canto é guiado pelos tambores, tão poderosos que os sinto reverberarem pelas arquibancadas aos meus pés, como se fosse o pulsar do meu coração. Posso sentir o olhar de Jamie.

Respiro fundo, inalando as canções, e então olho para ele.

— Você conhece a teoria de que "o todo é maior do que a soma das partes"? Jamie balança a cabeça.

— A Grande Entrada é o todo — continuo. — É a sinergia de todos os ensinamentos.

Minha teoria macro da conectividade indígena talvez não faça sentido para mais ninguém além de mim, mas ver a empolgação de Jamie me faz querer compartilhar isso com ele.

Depois de um bom tempo, ele diz:

— Eu gosto de como você vê o mundo, Daunis.

Nós assistimos em silêncio até as bandeiras serem hasteadas e a canção em homenagem aos veteranos terminar. Quando nos sentamos de novo, Jamie se vira para mim de repente.

— Ei, por que você não está dançando? Você não deixou de dançar por minha causa, né?

Baixo o olhar.

— Estou tirando um ano de pausa como parte do luto pelo meu tio. — Mesmo que eu esteja com raiva do Tio David, achei que isso iria me ajudar a superar o que ele fez.

— Sinto muito. — Jamie parece envergonhado. — Eu não queria me intrometer.

— Pode me perguntar qualquer coisa, Jamie. Somos amigos.

O sorriso dele faz com que seus olhos brilhem.

— Você não sabe o quanto isso significa para mim.

Eu não vou ser Esse Tipo de Garota, não importa que, toda vez que os olhos de Jamie brilhem assim, uma sensação quente e intensa se espalhe por todas as células do meu corpo.

Mais tarde, nós passeamos pelos estandes de vendedores que cercam as arquibancadas. Eu olho em volta procurando por Lily. Encontramos com ela e com a Vó June perto do estande de primeiros socorros.

— Ei, a gente quer sentar com cês quando as gêmeas forem dançar — diz Lily.

Eu conto para Jamie que é a primeira vez que as meninas vão dançar em uma competição.

— Ano passado elas ainda estavam na categoria infantil. E são muito boas... As melhores dançarinas com seis anos que já vi.

— Aposto que você dança bem — afirma Jamie, sorrindo. — Levi sempre fala que você é uma grande atleta.

— Hm. Eu tenho condicionamento físico. Só não sou muito delicada.

Vó June balança a cabeça, concordando.

— O seu irmão é o dançarino da família.

— É, mas o Levi nunca quis dançar Fancy ou Grass. Só hip-hop — digo.

Lily cutuca Jamie.

— Você vai ver o Levi em ação no Shagala. Todos os Supes têm que ir. Você deveria levar a Daunis.

— Eu tenho certeza de que a *namorada* do Jamie, Jennifer, vai estar aqui para ir com ele. — Lanço um olhar bravo para Lily.

— Shagala — fala Jamie, intrigado, como se fosse outro idioma. — Isso é indígena?

— Não — respondo. — "SHA" é de Sault Hockey Association, a Associação de Hóquei de Sault. E "gala" é porque é uma festa chique.

— Chega-la, Sh-agarrah — diz Lily. Todos rimos, menos Jamie, que não deve fazer ideia do que estamos falando... Bem, vou deixar essa para o Levi explicar.

— Você joga hóquei? — Vó June semicerra os olhos ao analisar Jamie dos pés à cabeça.

— Sim, senhora. — Ele endireita a postura um pouco.

— Jogadores de hóquei estão na moda, hein? — resmunga ela. — O melhor caso que já tive foi com um contador. — Vó June abaixa a voz como se estivesse contando um segredo. — Zhaaganaash.

— Vó June, ele não é meu namorado. Ele é meu amigo — esclareço.

— E eu achei que você era uma menina inteligente — retruca Vó June. Ela dá uma segunda olhada em Jamie antes de apontar em minha direção com a cabeça. — Você vai cuidar dela?

Jamie encara Vó June antes de responder.

— Vou, sim.

— Que bom, porque as coisas terminam do mesmo jeito que começam — conclui ela antes de sair andando para ir pechinchar um desconto para idosos com os vendedores.

— Vó June é cheia de opiniões. — Reviro os olhos e torço para não ter ficado vermelha.

— Gostei dela — comenta Jamie.

— Você diz isso agora — começa Lily. — Espera só até você perceber que tudo o que ela fala é indecente ou tirado de biscoitos da sorte.

— Não se esqueça das reclamações sobre o Conselho do Povo — complemento.

Jamie sorri.

— O cachorro dela? Ou o verdadeiro Conselho do Povo?

— Os dois! — respondemos ao mesmo tempo, seguido por: Jinx. Antes que ela diga "Jinx duplo", eu digo "Jinx infinito" e dou um sorriso.

— Infinito ganha! — exclamo.

— Nunca discuta com um nerd — aconselha ela. — Eles usam ciência e matemática como armas.

A risada dele ecoa por todo o meu corpo e, por um segundo, eu imagino como seria se não existisse uma Jennifer. Mas não foi assim que a Dana surgiu?

Sinto um arrepio descer pelas minhas costas e percebo que Travis surgiu do nada ao lado de Lily. Sem pensar, eu me coloco entre os dois. Uma segurança para ela. Um respiro para ele.

— Peraí, Dauny. Só quero conversar. — Travis tenta olhar além de mim. — Lily, podemos conversar? — Ele tem a audácia de me encarar. — Sem sua *enforcer*?

— Não é uma boa ideia — digo, levantando os punhos. Se ele quer me tratar como uma *enforcer*, então vou ser uma.

Travis muda o pé de apoio para ficar em uma postura mais tranquila. Ele abre um pequeno sorriso, que acaba mostrando um começo de cáries em seus dentes. *Ah, Travis*. Uma ponta de tristeza perfura minha fachada protetora. Então ele muda a expressão facial para uma de *Por favor, Lily, só mais uma chance*. As mãos dele tremem enquanto seguram uma garrafa de dois litros de refrigerante. Um filtro de café de papel está flutuando dentro da garrafa. Jamie reparou nisso também, e nossos olhares se cruzam.

— Aqui não. Agora não. — Lily olha nervosa para onde Vó June foi.

— Ahh, qual é, Lilyzinha. — Eu já ouvi Travis usar esse apelido um milhão de vezes, mas agora é diferente. Os cabelos na minha nuca se arrepiam.

— Vai embora, Travis — peço, tensa.

— Ei, cara, deixa eu te ajudar. — Jamie oferece a mão.

— E quem é você? — rosna Travis, o olhar suplicante em seu rosto sumindo imediatamente.

— Para, Travis. Jamie é amigo da Daunis. Ele é um Supe novo. — Lily puxa o braço do garoto. — Só vai embora, ok?

Travis bufa, sua expressão mudando.

— Dauny finalmente arranjou um pau amigo no hóquei? — A malícia nessa falsa felicidade dele revela um Travis que não conheço. O que aconteceu com o garoto que me convenceu a colocar o livro da escola embaixo do travesseiro na noite anterior à prova para o conteúdo entrar no meu cérebro por osmose?

— Cala a boca, Travis. — Lily empurra ele. — Por favor, vai embora.

— Eu vou se você prometer vir me encontrar depois, Lily. Eu só quero conversar.

— Certo, mas só se você for embora agora.

— Beleza. Você prometeu, hein? — Travis abre um sorriso, todo feliz, antes de se afastar.

— Porra, Lily — digo. — Não fala com ele. Ele parece estar muito mal. E você sabe o que tinha naquele filtro de café dentro do refrigerante dele. Ele não aguenta ficar sem usar nem um dia. Está preso nessa.

— Eu sei. — Ela suspira. — Mas o que eu vou fazer? É o Travis. Falo com vocês depois. Preciso encontrar com ele. Minha avó não pode ver ele aqui, senão vai dar a maior confusão.

— Lily, não vai. — Eu tento segurar o braço dela, mas ela se afasta.

— Para! Eu sei cuidar de mim mesma! — Lily sai correndo.

— Qual é, Lily... — Percebo que estou soando como o Travis tentando convencê-la a fazer o que ele quer. Lily sabe cuidar de si mesma, e Travis não vai tentar nada com tanta gente em volta.

— Então esse é o Travis — diz Jamie enquanto observamos a pequena figura vestida de preto se afastar de nós.

— É. — Ainda estou transtornada com esse novo Travis, e comigo tentando convencer Lily a fazer o que eu queria. E com vergonha por Jamie ter visto tudo isso. Pigarreio. — Travis era um cara supergentil, tão divertido. Na escola, quando a gente precisava anunciar alguma coisa, ele fazia um rufar de tambores na barriga. — Balanço a cabeça. — Ele parece estar tão mal.

— Ele sempre foi assim? — pergunta Jamie.

Me sinto aliviada por ele não parecer perturbado pelo comportamento de Travis.

— Bem, ele é outro Garoto Perdido. — Dou de ombros, mas é um gesto vazio que gera uma dor bem familiar em meu ombro esquerdo. Não sei por que tentei fingir que isso é algo tranquilo; Jamie já demonstrou uma inesperada compaixão várias e várias vezes. — As pessoas chamam eles de Garotos Perdidos, como na Terra do Nunca, porque eles nunca levam nada a sério e parecem estar presos no mesmo lugar. Mas eu acho que tem algo mais.

— Tipo o quê? — questiona Jamie. A voz dele é baixa e calma.

— Minha tia me contou uma vez sobre um período difícil da vida dela, de automedicar a dor. Talvez seja isso que esteja acontecendo quando caras como o Travis abandonam a escola; ficam viciados em videogame e maconha... Bem, agora são coisas mais fortes, como beber lixo. Literalmente lixo.

A expressão de Jamie me faz lembrar do Tio David durante as aulas, esperando por uma resposta final.

E há meses que eu sei qual é a resposta.

— Travis é viciado em metanfetamina — admito.

Lily me fez prometer não contar a ninguém, mas Jamie não conhece ninguém por aqui. Além disso, se Travis está aparecendo em pow wows bebendo esse chá de metanfetamina, então logo todo mundo vai saber. O telefone sem fio é rápido.

Pego o celular para falar com Lily.

EU: Dsclpa por te segurar. vc tá bem?

CAPÍTULO 9

O mestre de cerimônias do pow wow parece falar comigo.
— Dança entre povos. Todo mundo é bem-vindo. Dancem e se divirtam do jeito Ojibwe!

Eu cutuco Jamie.

— Vamos dar uma volta? Fiquei muito pilhada com essa história do Travis. — O último episódio da Saga Lily e Travis me deixou nervosa. A droga está acabando com a vida das pessoas. Com a vida do Travis e...

Não. Eu não quero pensar nele.

— Ei, tudo bem se eu sair pra correr um pouco? — pergunto. De repente me sinto ansiosa, como se tivesse falado algo que não deveria. — Você pode olhar os estandes de vendedores enquanto isso, ou procurar Levi, que está por aqui em algum lugar. É que... Eu não gosto de me sentir assim.

— Daunis. — A intensidade com que ele fala meu nome me pega de surpresa. — Eu vou junto. Se você quiser conversar, eu escuto. Se não quiser, tudo bem. Podemos só correr.

Jamie está fazendo aquilo de novo, sendo gentil e simpático. Mostrando que posso conversar com ele. E correr com Jamie se tornou a melhor parte do meu dia, a única parte *normal* do Novo Normal.

Eu concordo com a cabeça, agradecida. Nós abrimos caminho entre as pessoas, saindo do local do pow wow.

— Sabe o que iria me ajudar? — pergunto quando chegamos na rua Ice Circle. — Ditar o ritmo. Me forçar a gastar a energia dessa raiva. Pode ser?

— Você que manda. — Ele sorri, e sinto um frio na barriga. Como se eu tivesse engolido ímãs e Jamie fosse de metal. Não seja *Esse Tipo de Garota*. Eu me controlo para não sorrir de volta. — Quero só ver essa energia toda — diz ele, começando a correr.

Funciona. Damos uma volta de três quilômetros que exige toda a minha disposição física e mental. Eu faço um joinha quando paramos para recuperar o fôlego. Correr é um ótimo remédio.

— Quer conversar agora? — pergunta Jamie.

— Como Travis não conseguiu entrar em nenhum time — começo enquanto andamos de volta para o pow wow —, ele não precisava seguir as mesmas regras que os jogadores. Aí começou a beber nas festas. Dois anos depois, passou a experimentar outras coisas.

Fico aliviada por contar esse segredo. É como conseguir levantar uma coisa muito pesada, mas com a ajuda de alguém. E Jamie é muito paciente. Quando tentei contar para o Levi, ele não pareceu levar minha preocupação a sério. Um tempo depois, vi meu irmão brigar com Travis, então acho que ele acabou ouvindo — só não teve empatia na hora, diferentemente do Jamie.

— Foi a mãe dele que começou com a metanfetamina. As pessoas chamam ela de Rainha da MA. Pouco depois, Travis começou a faltar na escola e a participar cada vez menos das aulas avançadas. Lily o pegou preparando metanfetamina durante as férias de fim de ano. Tipo, cozinhando mesmo, Jamie. Desde então, parece que cada vez mais pessoas na reserva e na cidade têm usado. A metanfetamina é mais barata do que álcool e dura mais tempo no organismo, então caiu no gosto da galera. — Respiro fundo antes de continuar. — Às vezes são pessoas que você nunca, jamais, imaginou que iriam se meter com isso.

Mesmo que Jamie esteja ouvindo sem julgamentos, eu paro. Parece desleal continuar falando. Eu estaria revelando algumas das piores partes de alguém que amo. Nunca pensei que segredos fossem como um tiro ao alvo. Quanto menor o círculo, maior o segredo.

Nós chegamos nos estandes de vendas.

— Obrigada por me ouvir, Jamie, mas eu acho que isso é tudo que consigo contar agora. Tudo bem se a gente só ficar olhando as barracas?

— O que quiser, Daunis — diz Jamie de forma gentil, parando em um estande com livros à venda. — Indica algum desses?

Eu dou uma olhada rápida nos títulos e aponto para *Custer Died for Your Sins*, de Vine Deloria Jr.

— Tia Teddie me deu esse livro quando eu tinha catorze anos. Foi quando fizemos o meu vestido de Jingle. Todo dia ela me fazia costurar um cone na minha saia. Trezentos e sessenta e cinco dias, trezentos e sessenta e cinco lições.

— Você tem tanta sorte por ter ela na sua vida — comenta Jamie enquanto compra o livro.

Caminhamos até o estande da minha prima Eva, cheio de artesanatos incríveis: brincos de morango, colares com medalhões de flores e até um porta-cheques cheio de detalhes. Ela também tem algumas tranças de wiingashk à venda. Já que Eva está ocupada conversando com clientes, eu coloco uma nota de vinte dólares embaixo de uma garrafa de refrigerante que está na mesa e pego duas tranças do comprimento do meu braço. Dou uma para Jamie e, ao mesmo tempo, colocamos a trança próxima ao nariz. Jamie fechou os olhos enquanto inspirava o aroma fresco e adocicado.

Sinto o cheiro de pão frito e minha barriga ronca.

— Cara, você precisa provar isso.

Puxo Jamie em direção a um trailer pequeno com uma grande janela e compro um pedaço de pão para dividirmos, recém-saído da fritadeira. Coloco manteiga e xarope de bordo, e Jamie e eu nos sentamos a uma mesa. Dou metade para Jamie e ele segura com um papel toalha até esfriar o suficiente para comer. É perfeito, crocante por fora e macio por dentro.

Dou um pulo quando Jamie geme.

— Ah, Daunis. Isso é gostoso demais — diz ele com a boca ainda cheia da primeira mordida. — A gente vai ter que correr alguns quilômetros a mais amanhã. Mas vale a pena. — Ele engole e dá uma mordida ainda maior.

— Vale demais — murmuro, concordando e colocando mais pão na boca.

Quando nos separamos para ir ao banheiro e lavar o xarope das mãos, eu mando mensagem para Lily, que ainda não me respondeu. Ela vai ver quando as danças entre povos terminar. Tem mais chances de ela responder uma mensagem safada.

EU: jj gemeu qnd comeu pao frito. a namorada dele é mttttttt sortuda

Durante o intervalo do jantar, levo Jamie para o trailer da Tia Teddie e Art. As gêmeas já estão de shorts e camisetas, porque decidiram não participar das danças noturnas para poderem brincar com os primos e dormir cedo. Teddie termina de desfazer a trança de Pauline, faz um rabo de cavalo alto e depois um coque. Art chama Jamie para a churrasqueira para se servir. Quando Art conta uma piada, eu sinto a risada de Jamie em mim, da cabeça aos pés.

Quando o coque de Pauline está pronto, é minha vez. Eu vou até a mesa de piquenique onde Teddie ainda está sentada. Me jogo no banco, de costas para ela, que pega a escova e começa a mexer no meu cabelo, fazendo um rabo de cavalo igual ao de Pauline. Jamie coloca o prato dele na ponta da mesa.

— Você pode fazer um prato pra mim também? — peço em tom gentil.

Jamie sorri e volta para a mesa onde a comida está servida.

— Tia, por que você brigou comigo sobre a festa de cobertor? — pergunto.

— Daunis, eu te amo como se fosse minha filha. As Nish kwewag que vão para essas festas de cobertor... Elas conhecem de perto a violência. — As mãos de Tia Teddie se movem rapidamente, dividindo o rabo de cavalo em três mechas, que ela vai trançar separadamente antes de trançá-las entre si para fazer o coque. É o penteado que ela mais gosta de fazer em mim, e já o fez muitas vezes desde que eu era criança. — É que... Naquela hora eu fiquei com muita raiva da sua vontade de ir. Eu odeio ir, mas agradeço toda vez ao Criador por você não estar lá comigo. Eu rezo para que seus privilégios mantenham você segura. Seu sobrenome. A cor da sua pele. Seu dinheiro. Até a sua altura.

Tia Teddie vê Jamie voltando da churrasqueira e termina de falar:

— Fico feliz por você ter esses privilégios, mas tenho raiva e medo por não ser assim com minhas filhas negras e Ojibwe.

Ela tem razão. Todas as coisas que me deixam desconfortável, vantagens que eu não fiz nada para merecer, são privilégios. As gêmeas vão precisar enfrentar vários desafios, eu não. Fico envergonhada ao me lembrar do quanto implorei para Tia Teddie para ir à festa de cobertor.

Ela beija minha têmpora na hora em que Jamie me passa o prato com tilápia frita, batatas e vagem. Com as palavras dela ainda ecoando em minha mente, começo a comer.

— Então, Jamie, fiquei sabendo que Daunis está te apresentado a cidade. Ela vai levar você para o 49 juvenil? — pergunta Tia Teddie.

— Hm... 49 juvenil? O que é isso?

Jamie levanta o olhar do prato.

— As festas de pow wow são chamadas de 49 — explico. — Quando não é para adultos, chamam de 49 juvenil.

— Então é uma festa para adolescentes? — questiona Jamie, como se estivesse digerindo a informação.

— É. — Eu faço sinal com a mão como se estivesse bebendo. — Cerveja e confusão. — Jamie olha para Teddie, procurando uma reação.

— Tudo bem se divertir e não fazer idiotice — diz ela, olhando de forma severa para mim. — Por exemplo, dar uma festa na mansão dos seus avós não seria nada esperto. Me parece uma opção mais segura e inteligente tomar uma cerveja na floresta com amigos enquanto um deles fica sóbrio — ela olha para Jamie — e depois dormir na casa de parentes na ilha. Né, Daunis?

— É, tia — respondo baixinho. É óbvio que ela sabe da festa da semana passada. Não dá para esconder nada dela. Mesmo quando eu tento, parece que ela tem informantes por toda parte.

— Não se preocupe com Elvis e Patsy — diz ela. — Os cachorros estão lá na Seeney neste fim de semana.

— Cuidado para eles não voltarem maldosos como ela — murmuro.

Tia Teddie abre um sorriso irônico.

— Você acha que é a única pessoa que ela já fez chorar?

Quando vamos embora, Art cumprimenta Jamie do jeito que garotos Nish fazem, segurando o polegar em vez dos outros dedos.

Tia Teddie me abraça e sussurra:

— Desculpa por descontar meu medo em você. Vou melhorar. Eu te amo, Daunis.

— Eu sei — sussurro de volta e dou um abraço mais apertado nela. — Me desculpa também, tia.

Quando saímos, ela grita para nós:

— Não esquece de avisar a sua mãe de que você vai para a ilha, para ela não se preocupar!

Na balsa para Sugar Island, mando uma mensagem para minha mãe. Tia Teddie sabe que preciso encontrar um equilíbrio entre dar informações suficientes para minha mãe não se sentir excluída e não passar detalhes demais que possam preocupá-la.

EU: indo pra ilha com lily e uns amigos. vou dormir na titia. NÃO SE PREOCUPA, VOU TOMAR CUIDADO.

Tecnicamente, não estou mentindo. Jamie é meu amigo e Lily vai estar na festa depois de se resolver com Travis. Mando outra mensagem para Lily. Ela ainda não respondeu as anteriores.

EU: indo p 49 com jj. oq rolou com trav?

— Ei, se você precisar avisar seu tio onde vai estar, é melhor mandar mensagem agora. Não tem sinal de celular por lá, só no lado norte, quase no Canadá. O resto da ilha é uma zona morta. E o lado leste é só penhasco e caverna, então o sinal fica rebatendo.
— Penhasco e caverna? — pergunta Jamie.
— É, é bem afastado de tudo. Em algumas cavernas só dá para chegar de barco. — Jamie levanta as sobrancelhas e eu entro no modo Guia Turística de novo, baixando a voz quase como um sussurro. — Você sabia que Al Capone contrabandeava álcool pela fronteira durante a Lei Seca dos Estados Unidos? Ele ia para a Baía de Waishkey, em Brimley. Parece que ele tinha um estoque em Sugar Island.
— Você sabia que o apelido do Al Capone era Scarface e que ele estava com sífilis e gonorreia quando foi preso por sonegação? — comenta Jamie. — Mas a única coisa que temos em comum é o apelido.

Eu rio e sinto um impulso de mencionar a namorada.
— Jennifer é muito sortuda. Vou conhecê-la no Shagala? É no primeiro sábado de outubro. Você devia comentar com ela logo, porque o aeroporto mais próximo só tem dois voos por dia.

Eu me forço a parar de falar.

Quando chegamos perto da esquina, sinalizo para ele virar ali. O caminho fica mais estreito até virar uma estradinha de terra. Os carros se encaixam entre as árvores. Ele entra de ré em uma vaga.
— Obrigada pelas instruções — agradece Jamie. — Para chegar até aqui... e sobre a festa. Eu vou avisar a Jen.

Ouvir Jamie falando o apelido dela faz o namoro dos dois se tornar mais real para mim. "Jennifer" é muito formal, e "Jenny" é brega demais. Mas consigo me imaginar ao lado de uma "Jen" em uma das mesas do salão do cassino e fazendo ela se sentir bem-vinda. Preciso arranjar um acompanhante para o Shagala antes que Levi peça para eu ir com o Stormy de novo.

Lily. Vou pedir para ela ir comigo. Podemos tirar o salto e ficar dançando a noite toda.

Seguimos o som dos tambores e das pessoas cantando as músicas do 49, com letras engraçadas sobre a vida na reserva. O barulho da cantoria e das risadas vai aumentando à medida que nos aproximamos de um velho celeiro. Um grupo de rapazes está em pé formando um círculo, cada um com um tambor em mãos. Um deles canta e toca enquanto todo mundo ouve:

Já viu a última que eu peguei?
A mais linda da roda, nem me gabei.
Na grama, ela dança descalça
Sem um pingo de bunda e um vestido vermelho sem alça
Frita peixe e tira pele de cervo
Trabalha no Centro de Saúde, acorda cedo
Levei ela pra reserva, todo feliz
Ela é sua prima, minha kokum diz

A cerveja está trincando de tão gelada e desce fácil, então logo pego outra. Sinto uma pontada de preocupação quando olho ao redor e não vejo Lily em lugar nenhum, mas nem me dou ao trabalho de olhar o celular, porque sei que não vou ter sinal aqui.

Meu irmão grita meu apelido, e todos os amigos e fãs dele o imitam em coro. Macy Manitou, minha antiga colega de equipe, é quem grita mais alto.

— Popô. Popô. Popô.

Parece que estou nadando contra a corrente para chegar no celeiro. O cabelo comprido, castanho e brilhante de Macy cobre um dos olhos dela enquanto o outro está analisando minha camiseta GIRLS ON THE RUN, minha calça jeans rasgada, meu joelho machucado e os tênis de corrida. Ela torce o nariz como se eu tivesse pisado em miizii. Em contraste com o meu visual, Macy está usando um lenço como cropped, calça jeans de cintura baixa e um All Star preto de cano baixo.

Levi passa o braço pelos meus ombros. Ele puxa Macy para perto dele com o outro.

— Jamie, você nunca fala da sua namorada. Ela é igual a essas duas? — pergunta Levi. — Ogras no hóquei, mas princesinhas fora do gelo? — Ele aponta para o lado com a cabeça. — Essa mala aqui é a Macy.

— Qual é a dessa cicatriz? — pergunta Macy, sem rodeios. Rude, como sempre.

— Acidente de carro — responde Jamie, se virando para mim. — Então, Popô, é o quê? Que apelido é esse?

Eu viro minha cerveja e finjo que não o ouvi, mas Macy se mete na conversa com prazer.

— Popô é a versão curta de Popozão. Chi Diiyash Kwe. Mulher da bunda grande. — A risada dela parece um sino de vento feito de cacos de vidro: breve e melódica, mas perigosa.

Todo mundo começa a rir, menos Jamie, que abre apenas um sorrisinho breve. Macy se solta de Levi e vai até a roda de tambores.

— Fazer o quê — digo, dando de ombros, mas meu rosto parece pegar fogo.

Eu vou matar a Macy. E depois o Levi. Olho em volta procurando por Lily mais uma vez; ela me ajudaria a matar os dois. Seria meu álibi. A Thelma da minha Louise.

— Quando eu estava no fundamental, tive um surto de crescimento, então todas as minhas calças ficaram curtas demais e todo mundo começou a me chamar de "pescador", até meus colegas de equipe. Para completar, eu usava um par de óculos muito grande — Jamie me conta antes de sair para encher meu copo. Sorrio, grata. Tento imaginá-lo como um menino de óculos grandes, que todo mundo zoava na escola, mas isso não bate com o cara atlético e confiante que eu conheço. Talvez toda essa compaixão tenha começado nessa época.

Quando Jamie volta com minha cerveja, nos juntamos à multidão que está assistindo à Macy dançar ao redor dos tambores. Por mais que ela me irrite, preciso admitir que é hipnotizante assisti-la. Ela faz os passos da dança do Xale Elegante em uma versão 49 da música do Bob Esponja. Ela sabe dançar de verdade. Macy estica os braços como se estivesse usando um xale imaginário. O All Star preto dela mal toca o chão enquanto ela dança.

Bebo meu terceiro copo tão rápido quanto o primeiro e vou em direção ao barril de cerveja. Eu me ofereço para pegar um copo para Jamie, mas ele faz que não com a cabeça. Só então percebo que, desde que chegamos, ele está bebericando de uma lata de refrigerante. Muitos jogadores de hóquei não bebem durante a temporada. Talvez Jamie também seja do tipo que curte seguir regras.

Quando estou enchendo meu copo, Levi aparece. Ele pega o copo da minha mão e o vira de uma vez.

— Está sendo uma boa embaixadora para o novo vermelho?

Eu enrijeço. Levi sabe que eu odeio quando ele chama Nishnaabs de "vermelho". Como se nós mesmos usarmos "pele vermelha" fosse algo aceitável.

— Estou — respondo, pegando o copo de volta.

— Vai pegar ele hoje? — Levi dá um sorriso malicioso.

— Nem a pau. Levi, ele tem namorada.

— Aff — diz ele com desdém e me assiste encher o copo mais uma vez.

— Eu não roubo namorados. — Tanto Levi quanto eu crescemos cercados pelos boatos do que a mãe dele fez. — E você sabe que eu não fico com jogadores de hóquei. Não sou uma tamboril grudenta. — Finjo um calafrio exagerado.

— Não vai me dizer que é porque ainda não superou o Toivo Jon — resmunga ele.

Levi dá apelidos para todo mundo, exceto para o TJ. Ele sempre usa o nome dele, um nome finlandês que TJ divide com o pai e o avô, mesmo que eles usem versões diferentes entre si.

— Ei — interrompo. — A gente não faz isso, lembra? A gente não se mete nos relacionamentos um do outro. Até porque, se isso acontecesse, eu iria falar um monte de coisas sobre todas as meninas que você usa e joga fora como se fossem guardanapo.

Ele levanta uma sobrancelha.

— O que eu posso fazer se elas são fáceis?

— Hum… Talvez tratar com respeito?

— Eu sempre digo miigwetch depois — comenta ele.

Eu nunca quis tanto socar o sorriso arrogante do meu irmão.

— Levi, eu espero que um dia uma garota que você ame muito te dê um pé na bunda. Aí você vai perceber que foi totalmente culpa sua.

— Por quê? Ah, é, como você chama… Mentiras de Homens? — Levi faz um estalo com a língua e balança a cabeça, incrédulo. — Toivo Jon realmente acabou com você.

— Vai se ferrar, Levi. — Algo quente se agita em meu estômago, como lava em um vulcão.

A música, as risadas e conversas no celeiro de repente são demais para mim. Abro caminho até a porta lateral.

Andando pelo labirinto de carros estacionados, tento me livrar da imagem de TJ. O rosto dele iluminado pelo brilho do fogão na cabana de pesca. Nós dois abraçados em um saco de dormir grande sobre um colchão inflável. Ele sussurrando o quanto me amava entre suspiros.

Toivo Jon Kewadin. Mentiroso nojento. Minha introdução às Mentiras de Homens.

Não é verdade. Ele não foi o primeiro a mentir para você.

Me sinto tonta e enjoada. Meus pés batem em toda pedra e raiz de árvore enquanto cambaleio até a caminhonete de Jamie. Algum pássaro sobrevoa minha cabeça batendo suas grandes asas. Dou alguns passos adentrando a floresta e vomito.

Eu caio de joelhos, um deles ainda dolorido. Quando limpo a boca, ouço sons estranhos. Eu paro e escuto. Uma discussão. Choro.

Fico de pé em um pulo quando vejo Lily e Travis andando pela trilha, a uns três metros de distância de mim. Lily parece chateada e começa a andar mais rápido. *Aquele babaca.*

Eu abro a boca para chamá-la e perguntar se ela precisa de ajuda quando Travis para de andar de repente. Ele agarra o braço dela para fazê-la parar também. Quando Lily consegue se desvencilhar, Travis tira uma arma do cós da calça.

Meu grito fica preso na garganta, solto apenas um murmúrio. Lily vira a cabeça na minha direção e eu vejo o medo estampado nos olhos dela, assim como estão nos meus.

Eu paraliso quando Travis se vira para mirar o revólver em mim. Apenas meus olhos se movem, indo da arma até a expressão assustada de Lily. Arma. Choque. Arma. Descrença. Arma. Medo.

Meus ouvidos ressoam com a pressão do meu coração batendo forte. O resto é silêncio.

TUN-TUM-TUN-TUM-TUN-TUM.

As mãos de Travis tremem de leve. A gente sentava lado a lado em todas as aulas avançadas. Eu torcia para que ele ficasse sóbrio.

Eu vou morrer. Lily vai me ver morrer.

Sinto um cheiro familiar. A garagem do Art. Alguém usou lubrificante WD-40 para limpar a arma. Mais aromas: pinho, musgo, suor e algo forte. Xixi de gato?

TUN-TUM-TUN-TUM-TUN-TUM.

De repente, Travis age como se a arma tivesse se transformado em um facão. Ele faz movimentos estranhos em diagonal, como se cortasse alvos invisíveis que o cercam.

Talvez ele esqueça de mim ali. Lily e eu podemos correr ou entrar na caminhonete de Jamie.

O terror toma conta do meu coração. A arma. Travis aponta a arma para o meu rosto.

Mãe. Ela não vai sobreviver à minha morte. Uma bala mataria nós duas.

A mão corajosa de alguém alcança a arma. Os dedos esticados de Lily. Exigindo. *Me dá. Agora.*

TUN-TUM-TUN...

Estou pensando na minha mãe quando o disparo muda tudo.

CAPÍTULO 10

Lily cai de costas no chão, os braços esticados, como se estivesse flutuando em uma piscina. Mas não se mexe.

O momento dura uma eternidade. Ou um segundo. Os dois, mas não sei como.

Travis olha para ela antes de se voltar para mim. A boca dele se move, mas não consigo ouvir. Tudo o que escuto é o eco do tiro. Ele leva a arma até a lateral da cabeça. Eu fecho os olhos e, quando os abro, vejo seu tronco pender para o lado. O corpo dele cai aos pés de Lily, como se implorasse por mais uma chance.

Isso não pode ser real. Eu devo ter desmaiado a caminho da caminhonete do Jamie. Vou acordar e voltar para o celeiro. Encontrar Lily e abraçá-la. Dizer para Levi que já superei o TJ. Vou contar todos os segredos que tenho guardado para Jamie. A verdade sobre a morte do Tio David. O porquê de eu não jogar mais hóquei. O que minha mãe fez quando encontrou meu pai na cama com Dana na noite em que ia contar para ele sobre mim. Como as Mentiras de Homens começaram.

É só um pesadelo. A qualquer minuto, eu vou acordar.

Uma sombra se move atrás de um carro. Jamie. Aqui no meu sonho. Agachado. A cabeça dele se move para os lados, procurando alguém, mas o resto do corpo parece deslizar como se estivesse patinando. Ele se ajoelha ao lado de Lily e, com delicadeza, afasta o cabelo do rosto dela.

Por que ele não está surtando? Por que ele está tão calmo? Mesmo atordoada, eu percebo o jeito como ele se agacha. Atento e concentrado, como quando limpou meu joelho machucado. Os cachos na cabeça dele brilham como cobre. A única pessoa que reagiu às bombinhas como se fossem tiros.

Jamie tenta sentir o pulso no pescoço de Lily. O dedo do meio e indicador vão até a parte inferior do pescoço onde fica a carótida. Exatamente como quando Teddie me ensinou a fazer massagem cardíaca.

A cabeça dele pende para a frente, como se o pescoço não aguentasse mais o peso. Então vai para trás enquanto ele solta um grande suspiro em direção ao céu.

Ouço balidos de agonia. Ele se vira e olha para mim. Os olhos arregalados, surpresos.

— Daunis! — Ele corre até mim. — Você se machucou?

Eu tento balançar a cabeça, mas em vez disso todo o meu corpo treme. Quando dou um passo, minhas pernas fraquejam. Jamie me levanta, me ajuda a andar até o carro e me coloca no banco do passageiro. Delicadamente. Como se eu fosse quebrar.

— S-s-segredos. — Não parece que sou eu falando, é uma voz aguda, mas sinto a palavra vir bem de dentro. Olho pela janela e procuro um jeito de ir embora dali. Outra palavra escapa quando eu alcanço a porta. — Es-es--estranho.

Os segredos dos quais eu quero fugir não são meus.

— Shhhh — sussurra ele em meu ouvido. — Precisamos sair daqui, Daunis. Agora.

Lily está morta.

Jamie Johnson não é quem diz ser.

E isso não é um sonho.

Jamie refaz o caminho de volta. As trilhas e estradas de terra são como vasos capilares por toda Sugar Island, que chegam até veias que vão nos levar para a balsa. Veias correm até o coração; artérias saem do coração. Tudo começa no coração.

— Vou vomitar. — Boto a mão sobre a boca enquanto a outra segura a maçaneta da porta. Jamie entra em uma rua pequena. Já estou do lado de fora quando ele coloca o carro em ponto morto. Não tenho mais nada para colocar para fora, mas meu corpo continua reagindo.

— Daunis, eu sinto muito, mas temos que ir. Eu preciso te levar para casa.

— Ela morreu?

Isso não pode ser real. Ele precisa dizer que inventou tudo. Ela ainda está respirando. A gente tem que voltar e salvar Lily. Como a gente deixou ela lá?

— Eu não estou inventando — afirma Jamie. — A gente não pode fazer nada por ela.

Eu percebo que devo ter dito tudo isso em voz alta. Para ter certeza de que não vai acontecer de novo, cubro a boca com a mão. Poeira e pedacinhos de cascalho grudam nos meus lábios. Meu joelho arde, então eu me sento. Jamie fica em pé na estrada como se estivesse me protegendo. Mas do quê?

Ele olha para mim. Eu olho de volta, os pensamentos acelerados. Ouço a voz do Tio David em minha cabeça me dizendo para eu encaixar as peças, porque sei que está acontecendo. Respiro fundo e tento me concentrar.

Coisas que não fazem sentido:
1. Lily está morta.
2. Jamie disse para Macy que a cicatriz dele é de um acidente de carro. Tia Teddie disse que era reta demais para ser um acidente.
3. Jamie faz um monte de perguntas, mas não responde nenhuma.
4. Jamie entrou nos Supes do nada. E ele é um completo desconhecido.
5. Jamie checou o pulso da Lily como um profissional, não como um aluno de ensino médio. Ele limpou meu joelho de um jeito que chamou a atenção da minha tia, e ela é uma enfermeira treinada.
6. Jamie reagiu às bombinhas como se fossem tiros. Soldados e policiais treinam repetidamente para terem memória muscular e suas reações serem automáticas.

Então eu entendo.
Jamie Johnson é da polícia.
Arregalo os olhos. Ele pisca. LÂMPADA ACESA. Ele sabe que eu sei qual é o segredo dele. Descubro a boca e fico em pé, trêmula. Repito a pergunta que fiz ontem, quando estávamos um de cada lado da cama de GrandMary.

— Quem é você, Jamie Johnson?

Ele aperta a ponte do nariz e olha para o outro lado. Eu continuo.

— Deixa eu adivinhar. Você não vai responder, ou vai dar uma resposta evasiva, ou uma meia verdade, ou a minha favorita: vai virar a pergunta de volta para mim. Tipo: "Daunis, como você adivinhou que eu sou um policial?"

Ele me encara sem piscar. Sem se mexer. Agora sou eu que olho para o outro lado, mirando a estrada de terra que vai até o lado norte da ilha.

Teddie. Ela vai colocar ordem em tudo.

Eu me endireito e corro. Não com ele. Dele. E em completo desespero. Corro o mais rápido que consigo, e cada respiração parece rasgar meus pulmões. Não vou parar até chegar à entrada de carros com postes de pedra que parecem sentinelas, onde tem uma placa de madeira que diz:

FIREKEEPER-BIRCH
BIGIIWEN ENJI ZAAGIGOOYIN
(VOLTE PARA CASA ONDE VOCÊ É AMADO)

Escuto ele se aproximar. Olhar para trás iria me fazer perder velocidade. Faço minhas pernas se esticarem, aumentando a passada além do que eu achava ser possível. Como pode Jamie estar chegando tão perto? Ele vai me pegar. Não tem casas ao redor. Ninguém para me ouvir gritar. Quando minhas coxas começam a sofrer espasmos pelos quadríceps exaustos, ele me ultrapassa. A respiração dele continua consistente, mesmo quando dá a volta e para de frente a mim, ágil e veloz. Jamie não apenas escondeu sua verdadeira identidade e propósito... Ele se conteve de mostrar sua velocidade, agilidade e resistência.

— Daunis, me escuta. Eu sei que você está assustada, mas não pode ir para a casa da sua tia. Confia em mim, você não quer que ela se envolva nisso. — O medo me atinge ao perceber que ele sabe onde Tia Teddie mora. Eu nunca contei para ele. — Ela está no pow wow o fim de semana inteiro, certo?

Eu paro, meus pés fixos no meio da estrada. Ele tem razão: ela não está na ilha.

Minhas palavras saem arfadas.

— O que quer dizer com "isso"? Por que você está dizendo essas coisas? — Eu chego perto dele, como uma *enforcer*. — Fala agora ou vou te levar para o meio da floresta, que eu conheço e você não.

Enquanto digo isso, penso que talvez ele esteja familiarizado com a floresta. Jamie já provou que sabe de coisas que não deveria saber. Não sei se posso confiar em qualquer coisa que ele já me disse.

— Eu preciso te levar pra casa. Você estará segura com a sua mãe — diz Jamie de forma delicada.

Eu olho para as árvores de bordo, respiro fundo enquanto me preparo para sair correndo para longe dessa voz gentil.

— Ok, Daunis, entra no carro e eu prometo que vou responder à sua pergunta. — Jamie parece cansado de discutir. Mas ele não está cansado. Sua respiração já voltou ao normal, enquanto a minha ainda está fora de controle. Eu preciso desse controle de novo. Começo a caminhar de volta para a caminhonete, quero que minha raiva cresça a cada passo. Raiva é melhor do que medo.

Eu entro no carro, bato a porta com força e o encaro, esperando.

— Responde logo ou eu corro e faço você se arrepender de ter vindo até aqui.

— Ok. Eu sou um policial disfarçado. — Ele liga o carro e dá a volta para chegar na avenida principal.

— Nenhuma novidade até aí.

— Desculpa, mas eu não posso falar mais nada sem a permissão do meu superior.

— Seu superior? — Outra peça do quebra-cabeça encaixa. — Seu tio não é seu tio, né?

Nós chegamos à fila da balsa. Adolescentes correm entre os carros, se abraçando. Alguns deles choram. Outros parecem confusos. Alguém deve ter encontrado Lily e Travis; ouvido os tiros e percebido que não eram fogos de artifício.

Parece que estou anestesiada. Fora do meu próprio corpo. Não de um jeito bom, não como quando estou correndo. Eu deveria estar lá com Lily, mas estou fugindo com um estranho que vem mentindo para mim desde quando nos conhecemos.

A balsa chega, cheia de carros da polícia. Todos os tipos: da reserva, estadual, municipal. Até a polícia da fronteira. Eles descem a rampa voando, uma caravana de luzes piscando.

Jamie segue a fila para embarcar. Somos apenas mais um carro entre vários. A barca está cheia de jovens traumatizados. O capitão toca a buzina e deixamos Sugar Island.

Me desculpa, Lily. Eu olho para trás enquanto a distância entre mim e minha melhor amiga aumenta.

Do outro lado do rio, várias viaturas da polícia estão com os faróis apontados para o estacionamento. Tem uma barricada logo depois de onde os carros saem da balsa.

Eu nunca vi ou ouvi falar de algo assim antes.

Jamie liga para alguém. Provavelmente para o "tio" Ron.

— Estou com ela. Vou levá-la para casa agora — diz ele.

Tiro o celular do bolso. Nove ligações perdidas e oito novas mensagens. Meu coração para por um segundo quando leio a primeira.

> LILY: indo p festa mas primeiro vou falar pro t que já era. ele precisa me ver e ouvir d mim p saber q acabou. ALIÁS jj fica te olhando qnd vc n ta olhando. ele ta a fim.
> LEVI: Cadê vc
> LEVI: Vc tá com o Jamie
> LEVI:?????????
> LEVI: ATENDE A PORRA DO CEL
> TIA: É verdade o que aconteceu com a Lily?
> LEVI: Tô na tia com o pessoal. Liga qnd ver aqui
> MÃE: Me ligue agora

Eu releio a mensagem de Lily. De novo e de novo. Então olho a lista de ligações perdidas: Levi, Tia Teddie, minha mãe. Nenhuma da Vó June.

— Eu preciso contar para Vó June. Ela ainda não sabe. — Minha voz falha.

— Daunis, escuta. É muito importante que você não fale com ninguém por enquanto — afirma Jamie quando avança centímetros com o carro. — Foi uma morte rápida para Lily. Ela não sofreu. Você estava com ela, e ela não morreu sozinha. Por favor, se concentre nisso.

Mesmo que fosse para me confortar, a fala de Jamie me deixa furiosa. Eu considero abrir a porta do carro e correr, mas somos os próximos na fila. Um policial gigante da reserva está falando com o motorista da frente.

TJ Kewadin.

— Você está com a sua carteira de motorista? — Jamie pega a carteira do bolso traseiro. — Deixa que eu falo. Se o policial perguntar, nós saímos da festa cedo e estávamos dando uma volta, conversando sobre o pow wow. E então as mensagens e ligações chegaram. Você está transtornada demais para voltar, e agora eu estou te levando para casa.

Entrego minha carteira de motorista para o estranho ao meu lado. O agente secreto cheio de lábia. Eu pensei que TJ era foda, mas Jamie Johnson está em outro nível das Mentiras de Homens.

— Identidade — exige o policial Kewadin, mesmo que Jamie já esteja com nossos documentos em mãos. Na hora que TJ vê meu documento, ele se abaixa para olhar para mim.

— Você está bem? — A voz grossa dele está com um tom urgente. Eu poderia contar tudo para TJ agora. Sobre Lily. Travis. Jamie.

Estou quase lá, Lorenza. Meu Deus. Isso. Ah, eu te amo.

Eu concordo com a cabeça, mas fico em silêncio. Sinto um aperto no estômago. Não tem mais nada para colocar para fora.

Depois de TJ me ignorar por uma semana, Lily foi atrás dele no estacionamento da escola. Ela se escondeu na carroceria da caminhonete dele até TJ abrir a porta. Então, Lily pulou nas costas dele como uma aranha-lobo. Quando TJ finalmente conseguiu tirá-la dali, ela tentou chutá-lo — não o alcançava o suficiente para dar os socos que queria. Minha pequena *enforcer* o xingou de todos os nomes possíveis e disse que ele e seu pequeno Harry Pajog tinham que torcer para ela nunca aprender nenhum ritual do mal.

TJ diz nossos nomes no walkie-talkie.

— Onde você estava? — questiona ele.

Jamie responde.

— Estávamos na festa e saímos cedo para...

— Não perguntei para você — interrompe TJ. A voz dele suaviza um pouco antes de continuar, como se estivesse desconfortável. — Lorenza, você já falou com sua mãe ou Teddie?

Eu balanço a cabeça.

— Leva ela direto para casa — ordena ele. — A mãe dela está esperando.

Jamie trava o maxilar, mas concorda com a cabeça. TJ deve ter dito algo no walkie-talkie, porque um carro da polícia local nos acompanha até chegarmos na frente de casa. O policial abaixa o vidro da janela e observa enquanto Jamie me acompanha até a porta.

— Lembre-se, Daunis — sussurra Jamie antes de bater na porta. — Não diga uma palavra sobre o que você viu ou ouviu. Por favor. Sinto muito não poder contar mais agora, mas vou explicar tudo assim que puder. Deixa sua mãe cuidar de você.

Eu me recuso a olhar para ele ou processar as palavras que acabou de dizer. A porta se abre e minha mãe me puxa para um abraço, me apertando mais forte do que nunca. Todos os músculos em meu corpo tremem. As palavras dela saem como soluços desesperados.

— Levi disse que não conseguia te encontrar. Eu pensei que Travis tinha atirado em você também.

— Desculpa, mãe — sussurro com o rosto no cabelo dela. — Eu não queria te deixar preocupada.

Jamie fica em pé na entrada. Ele fala algo para minha mãe. Se apresenta. Colega de equipe de Levi. Último ano em Sault High. Meu amigo. Me deu uma carona de volta.

Mamãe me solta e vai até ele. Ela abraça Jamie.

— Obrigada por trazê-la para casa. Obrigada. Obrigada. — Suas palavras saem rapidamente.

Nossos olhos se encontram e algo se passa entre mim e Jamie. Vamos mentir juntos. Com um olhar, ele sabe que eu não vou falar nada para ninguém sobre o que aconteceu.

Até conversarmos de novo.

Eu preciso saber por que um policial em Sault Ste. Marie, Michigan, está fingindo ser um aluno do ensino médio. Por que está no time de hóquei do meu irmão. Eu preciso saber, pois minha melhor amiga está morta, e Jamie Johnson tem alguma coisa a ver com isso.

CAPÍTULO 11

Minha mãe me dá um comprimido e um copo d'água. Ela me observa beber. Me ajuda a ir para a cama quando começo a tremer. É ela quem se mantém firme nesse momento.

Eu tenho uma vaga lembrança de tremer assim quando fiz meu jejum de amadurecimento em Sugar Island, aos catorze anos. Por duas noites e dois dias, em um outubro frio e chuvoso, eu tremia sob um cobertor de lã e um toldo entre rochedos nas florestas. Rezei e esperei que a minha visão viesse. Precisei esperar um mês, até que a próxima lua passasse, para contar para Tia Teddie sobre minha experiência. Sobre como não tive uma visão, apenas espasmos em todos os músculos do meu corpo.

Frio e tremores são normais, Daunis. É quando você para de tremer que está em perigo.

Eu pisco e... é de manhã. A luz do sol toca minhas pálpebras. Em algum momento, eu peguei no sono. Minha mãe se mexe ao meu lado. Por que ela...

Lily.

Algo se acende em meu corpo. Lily está morta. Vejo tudo outra vez: minha melhor amiga cai de costas. A lembrança é dolorosa; meu corpo inteiro dói.

Saio da cama, ainda vestindo a camiseta velha e a calça jeans, e vou até o banheiro da minha mãe. Eu sei que os comprimidos estão no armário de remédios. Preciso voltar a dormir. Esquecer isso. Esquecer o que aconteceu ontem à noite. Lily. Travis. Jamie. TJ. Lily. Lily. Lily.

Minhas mãos param no ar antes de alcançar o frasco com remédios.

Lily está... em algum lugar. Agora, Teddie e Seeney Nimkee já vão ter lavado o corpo dela com água de cedro. Mesmo se Seeney Nimkee não trabalhasse no Programa de Medicina Tradicional, Vó June teria pedido para ela preparar Lily para sua jornada de quatro dias até o outro mundo. Não é algo que faz parte do trabalho da Tia Teddie como Diretora de Saúde da Reserva, mas eu sei que ela vai ajudar Seeney.

Cada dia tem um propósito. Hoje, no primeiro dia de Lily, ela vai estar de luto por sua família e pessoas próximas.

Eu. Ela vai estar de luto por mim. Eu não posso ficar dormindo.

Fecho o armário de remédios e vou até a mesa próxima da entrada. A cesta de bétula da Vovó Pearl em formato de mirtilo. Uma pinha pendurada em cada lado da tampa, formando uma coroa. Pego um pouco de tabaco.

Meus pés descalços tocam os degraus frios de concreto e depois a grama molhada de orvalho. Os calombos e falhas no gramado me lembram de dançar usando meus mocassins. O som dos tambores soando pelo solo torto, subindo dos meus pés até meu coração. Senti a mesma coisa ontem nas arquibancadas.

Eu seguro a semaa na palma da mão esquerda, a mais próxima do meu coração. Solto na mesma árvore onde sempre começo meu dia. Depois da minha introdução, recito os Sete Ensinamentos: amor, humildade, respeito, honestidade, coragem, sabedoria e verdade.

Qual deles vai me ajudar com essa dor inimaginável? Não sei dizer.

Quando volto para dentro, minha mãe está colocando água quente em uma xícara de chá.

— Quer que eu prepare um banho de banheira? — oferece gentilmente.

Se eu disser que sim, ela vai largar a chaleira e cuidar de mim. Vai deixar de visitar GrandMary para ficar ao meu lado. Ela sempre coloca minhas necessidades em primeiro lugar. Antes mesmo das dela. Quando eu reclamava da minha mãe ser superprotetora e ficar sempre em cima para saber de tudo, Lily dizia: *Deixa ela*. Uma vez, minha amiga surtou e me disse: *Algumas de nós adorariam ter uma mãe que colocasse a filha em primeiro lugar*.

Lily adora minha mãe. Adorava minha mãe.

— Obrigada, mas eu preciso tomar um banho rápido antes de ir ficar com a Vó June no velório. Você pode me deixar lá quando for para o EverCare?

Ela abre a boca, e sei que vai sugerir que eu fique em casa.

— Mãe, eu preciso ficar com Lily e Vó June. Preciso ajudar.

Isso minha mãe entende completamente.

Quando Vó June me abraça, eu apoio o queixo no topo da cabeça dela. Meu nariz coça. Visualizo o frio se espalhando pela minha cavidade nasal como cristais de gelo em uma janela, tomando conta da minha concha nasal inferior e, finalmente, cobrindo a concha nasal superior. Eu agradeço, pois o frio acoberta o choro que se forma.

Vó June pega minha mão. Andamos até o caixão de pinho. As gravuras nele são um desenho floral tradicional Ojibwe com borboletas. Eu respiro fundo, o frio anestesiante invadindo meus pulmões, e olho para Lily.

Minha melhor amiga parece estar dormindo. Ela está usando sua regalia preta. Preto é a cor de espírito dela. Uma vez, Macy Manitou falou que ser gótico é muito coisa dos anos 1990. Lily brincou, *preto me faz parecer mais magra*. Ela pesava uns 45 quilos.

Quanto mais eu olho para Lily, menos real ela parece. Um manequim com bochechas e lábios rosados. Sem batom preto ou delineador grosso nos olhos. Nada parece real.

Olho ao redor procurando por Tia Teddie. Se ela não está aqui no velório, então deve estar na fogueira cerimonial que Art vai preparar na floresta atrás do celeiro deles. A família do meu pai foi nomeada pelo papel que tinham na comunidade há gerações: Firekeeper, guardiões do fogo. Minha tia se casou com um homem de outra comunidade Ojibwe que também aprendeu os deveres de um guardião do fogo.

Guardiões do fogo preparam fogueiras para cerimônias, velórios, tendas de suor e outros eventos em que nossas orações são carregadas pela fumaça até o Criador. Uma fogueira cerimonial é especial; você não assa marshmallows ou canta músicas festivas ao redor dela. Guardiões devem se certificar de que todos os protocolos são seguidos enquanto o fogo queima: nada de política, nada de álcool e nada de fofoca. Só bons pensamentos para alimentar o fogo e levar nossas orações.

Art deve ter começado a fogueira ontem à noite, depois de ouvir a notícia. Ele vai cuidar dela durante os quatro dias e noites da jornada de Lily. No fim do quarto dia, quando o fogo for apagado desse mundo, ele será aceso no outro mundo, onde queimará para sempre para minha melhor amiga.

Tenho orgulho de ser de uma família que ajuda a comunidade dessa forma. Tia Teddie se casou com um homem bom que assumiu essa responsabilidade. A parte em que eu não consigo acreditar é o Art preparando o fogo cerimonial para Lily, para o velório e o funeral. Ela só tem dezoito anos. Tinha dezoito anos.

Vó June me leva até a mesa com comidas no fundo da sala. Vai ter outra dessas na oficina do Art. Panelas elétricas cheias de diferentes tipos de canjicas, carne de porco, feijões e sopa de macarrão. Uma panela de ferro fundido com arroz selvagem e pedaços de carne de veado. Frigideiras cobertas por papel-alumínio cheias de pão frito. Travessas de peixe branco defumado, mortadela frita, linguiça assada. Ovos recheados cobertos com páprica. Bandejas de vegetais. Sacos de salgadinhos. Tortas de mirtilo. Bolos caseiros e mais tortas de padaria de todos os tipos. Tigelas com morangos e frutas vermelhas.

Nos sentamos para comer, os pratos cheios. A cada mordida, eu olho para as pessoas ali no velório. *Você sabe o que está acontecendo? Você está envolvido na história?* Os avisos estranhos de Jamie me fazem observar todos com outro olhar.

A mãe de Lily, Maggie, chegou no segundo dia. Ela diz para todo mundo que a abraça:

— Eu precisei fazer as malas das crianças. E comprar roupas para ir à igreja.

Se fosse eu naquele caixão, minha mãe estaria grudada nele como um tamboril.

Eu me lembro de quando Lily me falou que ela foi o bebê-teste da mãe. Aconteceu a mesma coisa com a segunda filha, a meia-irmã que mora em Lansing. Tia Teddie nos ouviu falando disso e se sentou com a gente para conversar. Ela contou sobre a escola residencial para onde as filhas da Vó June foram levadas depois de raptadas. Passaram anos marchando como soldados e treinando tarefas domésticas. Foram espancadas até esquecerem ou renunciarem a Anishinaabemowin e os ensinamentos da nossa cultura. Quando voltaram para Sugar Island, uma das meninas tinha a palma das mãos coberta de cicatrizes, parecia plástico derretido, e ela corria para a floresta toda vez que ouvia o assobio de uma chaleira. A irmã dela tinha medo de homens e precisava dormir de costas para a parede. Teddie nos disse: *Quando vocês criticarem a Maggie, lembrem-se de que ela foi criada por uma dessas irmãs, a que não se matou.*

Agora, Tia Teddie está segurando as mãos de Maggie enquanto as duas choram. Eu sempre julguei a mãe de Lily, mesmo hoje. As palavras da minha tia só ficaram no fundo da mente.

Os dois filhos caçulas de Maggie se sentam com parentes perto da comida. A menina, usando um belo vestido amarelo, tem uma risada contagiante que é maior do que ela mesma. O menino, que está com uma gravata-borboleta combinando com a irmã, é um ano mais novo do que as gêmeas da Tia Teddie. Ele dá um sorriso tímido igual ao de Vó June, em que um lado parece mais feliz do que o outro. A menininha vai até a mãe, que beija a testa dela devagar. Beijos de cura.

Quando Tia Teddie derrama café em si mesma, eu me ofereço para levá-la de carro até a casa dela para trocar de blusa. Na balsa indo para a ilha, eu penso sobre o segundo dia da jornada espiritual de Lily. É para reparação. Ela vai enfrentar todo ser vivo que ela feriu ao longo da vida.

Olho para o carro ao lado e reconheço um primo do Travis. O carro à minha direita está cheio de parentes dele. A família Flint deve ter acendido uma fogueira para ele na cabana atrás do Centro para Idosos. Membros registrados do povo podem usar o salão comunitário para velórios e funerais. A raiva toma conta de mim e eu penso sobre ser o segundo dia de Travis também. Ele não vai poder continuar até se responsabilizar por toda a dor que causou. Incluindo a dor de tirar Lily de nós.

O tempo é um conceito da nossa mente terrestre. No mundo espiritual, o segundo dia de Travis pode durar uma eternidade para ele. Como deveria ser. Enfio as unhas na palma da mão. Quero que ele sofra. Sinta a nossa dor. Que a redenção dele seja uma miragem inalcançável.

Eu não posso chegar perto do fogo estando assim. Cheia de raiva.

Apenas bons pensamentos para Lily.

Encaro minhas mãos, esperando ver sangue. As marcas arredondadas parecem pequenas cicatrizes.

CAPÍTULO 12

O terceiro dia é para Lily aprender sobre o outro mundo. Quando eu me sento ao lado do caixão, fico pensando sobre tudo o que sei a respeito de Jamie e o motivo de ele estar aqui.

O que eu realmente sei sobre Jamie: ele era patinador artístico.

O que eu realmente sei sobre o porquê de ele estar aqui: dois policiais disfarçados estão em Sault investigando um caso. Um deles está fingindo ser professor do ensino médio; o outro está fingindo estar no último ano do ensino médio e ser jogador de hóquei em um time da Junior A.

Do que mais eu tenho certeza: Lily não deveria estar aqui.

Jamie e o "tio" aparecem no velório. Quando os dois pedem para conversar comigo do lado de fora, estou curiosa e irritada na mesma medida. Eu os sigo para uma ponte próxima.

Ron Johnson, ou qualquer que seja o nome verdadeiro dele, parece ser poucos anos mais velho do que minha mãe. Ele tem um bigode discreto que reconheço em muitos homens indígenas, cujos pelos faciais parecem ser lobos solitários que nunca ficam próximos uns dos outros. Tem o tom de pele exato para estar no meio do Espectro de Tons de Pele Aceitáveis para Anishinaabe. Eu aposto toda minha poupança que ele nunca precisou ouvir: *Ah, você é indígena? Nem parece.*

— Ron Johnson — diz ele enquanto aperta minha mão. — Agente sênior do FBI.

— Sério? Ron Johnson? — zombo.

— É melhor não usarmos nossos nomes verdadeiros por ora.

Eu olho para Jamie.

— Deixa eu adivinhar, Jamie Johnson?

— É para a sua proteção, Daunis — responde ele. — Mas eu sou mesmo um agente emprestado do Departamento de Políticas Indígenas.

O FBI e o Departamento de Políticas Indígenas... Duas agências federais que costumam atrapalhar — em vez de ajudar — a vida de povos originários.

— Será que você poderia nos acompanhar, para conversarmos sobre a investigação? — pergunta Ron.

Eu queria isso. Respostas. A verdade. Mas como posso deixar Lily?

O propósito do terceiro dia de repente parece óbvio: encontrar novos caminhos. Assim como Lily vai encontrar o caminho dela, tenho um mundo novo para conhecer. Lily iria querer que eu fizesse isso.

— Vou avisar a minha tia que estou indo com vocês — respondo.

Assim que saímos do velório, passamos de carro pelo antigo cinema no centro e vamos em direção a... onde quer que Ron esteja me levando. Em cartaz, *Sob o domínio do mal*, com Denzel Washington, e *A nova Cinderela*, com Hilary Duff.

— Ah, olha só — comento. — Dois filmes sobre pessoas com identidades falsas.

Já que Ron e Jamie ainda não contaram a verdade, eu decido não ser a garota inocente que aceita histórias pela metade.

O canto da boca de Ron se move. No banco traseiro, Jamie aperta a ponte do nariz.

— Identidades falsas são necessárias como medida de segurança — comenta Ron. — O disfarce de um agente é um escudo de dois lados. Tanto para as pessoas com quem ele entra em contato quanto para o agente.

Ele vira à esquerda na esquina do Dairy Queen, indo em direção à escola. Lembro quando Lily e eu ficamos presas no DQ no meio de uma nevasca em abril, na época em que eles abriram. Eu pedi um picolé Buster Bar e ela pegou um sundae Blizzard com combinações estranhas de coisas dentro.

Há poucos minutos, estava sentada ao lado de Lily pensando no pouco que sei sobre Jamie e essa investigação. Agora que estou no carro com ele e Ron, só consigo pensar em Lily. É como se Jamie e a investigação deles estivesse travada no lado esquerdo do meu cérebro com fatos, lógica e análise. Lily está do lado direito, na parte da minha imaginação, intuição e sentimentos. Entre os dois hemisférios há um vale tão profundo e largo quanto o Grand Canyon.

Eu me forço a prestar atenção em Ron, que está falando sobre outros casos.

— Minha última investigação envolveu o Departamento de Políticas Indígenas, a Polícia da Reserva local e a Polícia Montada Real do Canadá. Caso bem importante. O crime tinha acontecido havia mais de vinte e cinco anos, mas ano passado identificamos a pessoa. Era o assassinato de uma mulher indígena. A família dela teve respostas. — Ele para no estacionamento da escola e se vira para me olhar. — Respostas não trazem as pessoas de volta, mas uma investigação bem-sucedida pode ajudar a família com o luto e a seguir em frente.

Eu processo o que ele disse enquanto saímos do carro. Será que eu conseguiria fazer isso? Ajudar a família de Lily agora, porque não pude ajudá-la no sábado?

É um pouco estranho voltar para a escola. Surreal. Como se eu estivesse estado ali ontem. Ao mesmo tempo, parece que eu estive longe dali por anos, em vez de meses.

Quando passamos pela recepção, a secretária da escola sai de trás do balcão com os braços abertos.

— Daunis, sinto muito pelo que aconteceu com Lily Chippeway — diz a sra. Hammond ao me abraçar. — E depois de tudo que você passou. Primeiro aquela coisa horrível com seu tio, depois o AVC da sua avó.

A sra. H me solta e eu fico no mesmo lugar. As palavras da Vovó Pearl invadem minha cabeça. O assassinato da Lily foi a terceira coisa ruim. Eu deveria estar atenta. Procurando sinais. Não consegui evitar esse desfecho, errei. Lily se foi, e eu deveria ter protegido ela.

— Oi, sra. Hammond, sou Ron Johnson — cumprimenta ele, dando um passo à frente. — Nos falamos mais cedo por telefone.

— Ah, claro — responde ela. — Você deve ser o novo professor indígena de ciências.

— Eu sou o novo professor de ciências e, sim, sou indígena — confirma Ron amigavelmente. — Ron Johnson. Esse é meu sobrinho, Jamie. Ele está jogando no Superiors com o irmão da Daunis, e os três já viraram amigos.

— Que bom. — A voz dela parece mais animada. — Qualquer amigo deles vai se dar bem por aqui.

— Com licença, tem alguma máquina de refrigerante por aqui? — pergunta Jamie. — Estamos com sede.

A sra. H aponta o caminho antes de começar a conversar com Ron sobre a feira de profissões que vai acontecer em breve. Minha mãe não vai participar esse ano, está de licença para cuidar de GrandMary. A parte surreal é que Ron parece mesmo um professor conversando desse jeito sobre coisas banais com alguém. É tipo um iceberg, uma pequena parte de papo furado acima da superfície, e no fundo uma grande massa de informações secretas.

Jamie volta um minuto depois com uma garrafa de água que ele abre e dá para mim.

— Obrigada. — Eu bebo um gole antes de encostar o plástico gelado na testa.

Jamie fica ao meu lado, um eco das nossas manhãs correndo juntos. Aquele conforto que eu sentia não era real. Era mentira, parte de uma missão secreta.

Me afasto de Jamie e vou até Ron. Fico ao seu lado enquanto seguimos até um corredor mal iluminado, o linóleo amplificando o barulho do sapato dele toda vez que pisa com o pé direito. É o oposto de ser sorrateiro. Eu seguro uma risada que vem do nada e chega a fazer cócegas em minha boca.

É normal que minhas emoções estejam uma bagunça? Um luto entorpecente num instante e uma risada descontrolada no outro? E às vezes um vazio completo?

Quando chegamos à antiga sala do Tio David, toda a graça desaparece na mesma velocidade com que veio. Ron acende as luzes e aponta para a mesa de metal na dianteira da sala, onde me sento. Ele se senta ao meu lado no banquinho de uma das bancadas do laboratório. Jamie fica em pé na porta, nem entra nem sai. Ele me observa.

Eu costumava me sentar nessa mesa todo dia depois das aulas. Tio David guardava coisas de comer na última gaveta. Eu abro, esperando encontrar barras de proteína e castanhas sobre o fundo falso que ele me mostrou uma vez, mas Ron já tinha enchido a gaveta com livros e pastas.

— Por que estamos aqui? — pergunto, e minhas pernas começam a tremer. Não voltava aqui desde pouco depois da morte do Tio David, quando vim buscar as coisas dele. Agora, a tristeza persistente se une ao luto por Lily e fica cada vez mais impossível de aguentar.

— Jamie e eu fazemos parte de uma equipe de investigação que envolve vários departamentos, federais e canadenses. Houve um grande aumento no tráfico de drogas nessa região do Michigan e em Wisconsin, Minnesota e

Ontario. — Ron fala de forma calma e direta, mas ele não respondeu à minha pergunta.

Eu quis dizer *aqui*. Na sala do Tio David.

— Beleza. E por que *ele* está aqui? — Meus lábios apontam para Jamie. — No time de hóquei. — Eu deixo bem claro, para o caso de Ron não me explicar por que Jamie está de guarda na porta prestando atenção em possíveis movimentos no corredor.

— A substância que mais nos interessa é a metanfetamina.

MA. Um arrepio percorre minha espinha.

Lily deitada de costas, braços esticados. Revejo a cena dela caindo, mas dessa vez de trás para a frente, como se estivesse rebobinando os últimos momentos de sua vida na minha cabeça. Ela está em pé, olhos abertos. Assustada. A bala sai do peito dela e volta para a arma do Travis. A imagem passa mais rápido, com Travis aparecendo no pow wow. No rinque. O tempo volta ainda mais, anos. Quando as imagens param, vejo Travis como um menino que arrota o alfabeto e faz Lily rir até leite sair pelo nariz.

— Tem um padrão na distribuição — diz Ron. — Lotes parecidos de MA aparecem em cidades e reservas com times de hóquei na região dos Grandes Lagos. Estamos tentando encontrar os fornecedores, que são os que produzem a droga.

Travis. No oitavo ano, Travis e eu andávamos juntos todo dia até o prédio do ensino médio para ter aula de química. Quando passamos para o primeiro ano, fizemos todas as aulas de ciências avançadas juntos: biologia, física e ciências da terra. Tio David sempre apoiava o pessoal que estava acima da média das turmas regulares da escola, como eu e Travis.

Minhas pernas ficam inquietas. O arrepio virou um incômodo permanente.

— E você acha que a pessoa que está fazendo a metanfetamina é daqui? — Eu olho de Ron para Jamie, que ainda está me observando da porta. — Como vocês concluíram isso? Minha tia participa das reuniões de Saúde Indígena em Minnesota e lá eles também estão com os mesmos problemas que a gente.

— Nós identificamos aditivos alucinógenos em alguns lotes da droga — explica Ron. — Cogumelos. *Psilocybe caerulipes*, que crescem perto de Tahquamenon Falls.

Eu olho espantada para Ron, falando com tanta facilidade esses nomes científicos.

Ele dá de ombros.

— Sou formado em química.

Processo a outra parte do que ele falou. Tahquamenon Falls fica a apenas cento e vinte quilômetros daqui. Tia Teddie e Art se casaram lá, perto da maior cachoeira do lugar.

Enquanto tento acompanhar o que Ron me conta, sinto os olhos de Jamie em mim, prolongando sua análise silenciosa.

Ron continua falando.

— Outro lote incluía uma variedade de *Pluteus* do Parque Nacional de Pictured Rocks.

Nosso Conselho Jovem do Povo Ojibwe foi para um pow wow lá. Toda a comunidade indígena de Michigan tinha grupos de jovens presentes. Lily me obrigou a fazer a dança de Dois Passos com um cara do sul do estado. *Vai lá! É a sua chance de beijar um Nishnaab que não é seu parente.*

— Encontramos também um lote com cogumelos da região sul de Sugar Island.

Travis veio de uma família grande que sempre teve parentes no Conselho do Povo e que conseguiram bons empregos na reserva em anos mais difíceis. Praticamente todo o lado leste da ilha é propriedade do Governo da Reserva ou da família Flint.

Ron e Jamie obviamente suspeitam que era Travis quem estava cozinhando a metanfetamina que o FBI está procurando, mas ele chegou no fundo do poço nas férias de fim de ano, e as drogas são um problema de antes do Natal. Então quem mais poderia estar envolvido?

Eu respiro fundo. Essa sala está com um cheiro diferente das outras. Não sei se é mesmo um cheiro ou só a lembrança dos inúmeros experimentos que a gente fazia aqui. O fogo de um bico de Bunsen. Enxofre.

— Beleza, mas você ainda não me explicou por que estamos *aqui*. Na sala do meu tio — digo.

Assim que as palavras saem da minha boca, minha perna para de mexer. Meu corpo inteiro parece desmontar. Por que eles me trouxeram para essa sala que conheço tão bem para falar sobre a investigação?

Tio David não apareceu no jantar de Páscoa. Ninguém conseguia falar com ele. GrandMary imediatamente suspeitou que ele tivesse tido uma recaída e estava chapado por aí. Mamãe não conseguia acreditar. Eu teria ficado do lado da minha mãe se não fosse pelo fato de Tio David estar todo estranho nas últimas semanas, ou melhor, meses, antes de desaparecer.

Alguém encontrou o carro dele duas semanas depois em uma rua fechada perto da fronteira da cidade. Uma garrafa de uísque estava ao lado dele. O exame toxicológico chegou um mês depois e a fofoca correu solta. David Fontaine, professor de química, morreu de overdose de metanfetamina.

Eu sei por que estamos aqui.

— Você acha que o meu tio estava cozinhando metanfetamina? — Tento parecer ofendida, mas minhas palavras saem sem fervor.

Ron é pego de surpresa. Ele demora um pouco para se recuperar.

— Não, Daunis, na verdade seu tio estava nos ajudando. Ele era um dos nossos informantes.

Eu olho para Ron em choque.

— A morte dele foi suspeita — continua ele. — David achava que alguém conhecido estava produzindo a droga. Um estudante. Ele se recusou a dar nomes ou mais informações até ter certeza. Depois que o corpo dele foi encontrado e o relatório toxicológico saiu, o FBI liberou nossa investigação.

— Ai, meu Deus.

Eu escondo o rosto nas mãos e choro de vergonha. Minha mãe tinha razão. Ela acreditava no irmão e nunca hesitou em defendê-lo. Eu já acreditava no pior. Meu tio nunca me decepcionou. Eu que o decepcionei.

Choro até minhas duas mãos ficarem melecadas, sem me importar se Ron ou Jamie se sentirão desconfortáveis com o possível catarro. Quando abaixo as mãos, vejo que Ron colocou um pacote de lenços na minha frente. Eu assoo o nariz e enxugo os olhos.

— Me conta sobre essa investigação. — Eu preciso saber de tudo.

— Em fevereiro — começa Ron —, alguns jovens ficaram bem mal em uma reserva no norte de Minnesota, poucos dias depois de um campeonato de hóquei dos Superiors em Minneapolis. Eles não conseguiam nem comer nem dormir, só queriam mais MA. E não era nem que estavam alucinando... Eles estavam tendo alucinações em grupo. Alguma coisa naquele lote foi diferente. Nós chamamos de meta-X.

Tio David estava tentando ajudar jovens Nish. *Me perdoa, tio.*

— Estamos nos concentrando na distribuição. Assim, conseguimos fazer o caminho contrário e chegar aos fornecedores. Achamos que Travis Flint era um dos alunos em quem David estava de olho. — A expressão dele suaviza. — Daunis, você também era uma suspeita.

— Eu? Sério? Espera... — Eles vão me prender. Eu me encosto na cadeira.

— Me escuta. — Ron levanta as mãos como se pedisse para eu ficar calma. — A pessoa que cozinha MA tem feito vários experimentos com os lotes, adicionando ingredientes diferentes, cogumelos alucinógenos etc. Achamos que seja alguém com uma conexão com a cultura local. É muito provável que a pessoa seja Ojibwe e conheça bastante sobre plantas da região.

— Vocês pensaram que *eu* fazia a droga que matou meu tio?

Jamie pigarreia e começa a falar.

— Daunis, nós lemos o seu projeto da feira de ciências. No segundo ano. Menção honrosa no campeonato estadual. Você devia ter ganhado, por sinal.

Espera, o quê? Há quanto tempo essa investigação está rolando? Eu sinto um arrepio na nuca.

— Você mostrou que um pudim de cereja da Virgínia preparado de forma tradicional tem propriedades anticancerígenas. Defendeu que moer as sementes do jeito tradicional em vez de passá-las por um filtro era o que acrescentava o valor medicinal. Você entende de ciências e da sua cultura — conclui Jamie.

Como ele poderia desconfiar justamente de mim? Achar que eu cozinho MA secretamente? Ou que eu faço alguma coisa secretamente?

— Não sou eu a pessoa que está fingindo ser o que não é. — Minha voz soa ácida. — Você venceu, por sinal. Primeiro lugar em Mentiras de Homens. Acabou com a concorrência, seu falso filho da p…

Ron me interrompe.

— Daunis, já sabemos que você não está envolvida nisso. Você tem os recursos e a oportunidade, mas não tem motivo. Quanto ao dinheiro, não tem por que se arriscar tanto. E mesmo que seja extremamente competitiva, você não busca ser o centro das atenções, então não tem motivação pelo ego.

Ron observa minha expressão surpresa.

— Fiz mestrado em psicologia.

— Então por que me trazer aqui e me contar tudo isso?

Eles me trouxeram para a sala de aula do Tio David. Me contaram sobre a investigação. Mostraram a relação entre Travis e a droga aparecendo nas reservas. A droga que transformou Travis no viciado que assassinou Lily. A droga que foi feita com elementos que podem ter conexão com a cultura Ojibwe. A droga que meu tio estava investigando como informante.

Você entende de ciências e da sua cultura, a voz de Jamie ecoa na minha cabeça.

— Você quer que eu assuma o lugar do meu tio na investigação.

— Sim — diz Ron.

CAPÍTULO 13

Eu fico de pé imediatamente. Jamie estava esse tempo todo me manipulando. A cada passo que corríamos juntos ele me levava mais em direção ao plano deles. E eu estava mesmo achando... *sentindo* coisas por aquele cara gentil, divertido e simpático. Me sinto tão idiota.

— Ah, mas nem pensar. — Minha voz fica mais alta. — Eu não quero saber de nada em que cês estejam envolvidos. — Três passos rápidos e já estou na porta, ao lado de Jamie. — Me leva de volta para o velório. Agora. E fique longe de mim. Se você falar comigo de novo, eu vou gastar toda a minha grana com advogados para te processar por assédio. E vou contar tudo...

Achei que Jamie bloquearia a passagem. Em vez disso, ele dá um passo para o lado depois de me olhar com pena e decepção. Como ele tem coragem? Eu piso duro pelo corredor, Jamie e Ron me seguindo.

Ninguém fala mais nada no carro, e eles me deixam no velório. Quando tiro o cinto de segurança, Ron quebra o silêncio.

— A investigação vai dar uma resposta para sua comunidade, um desfecho. Vai trazer cura para quem está de luto. Conhecimento para as pessoas que precisam saber a verdade sobre a morte do seu tio e o assassinato da sua melhor amiga. Justiça para aqueles que são responsáveis por tudo. Daunis, você tem a chance de ajudar a sua família, quem você ama e a sua comunidade. Por favor, pense sobre a nossa proposta e nos diga quando tomar uma decisão.

Eu bato a porta do carro com força e não olho para trás.

No dia seguinte, percebo que ainda estou tremendo de raiva quando sento ao lado de Vó June no velório. Ela envelheceu vinte anos em quatro dias, e se apoia em mim como se eu fosse um carvalho firme e forte. Eu posso fazer isso, ser firme e forte por ela.

Hoje, o último dia, Lily vai voltar para se despedir e então fazer a passagem. Art vai deixar o fogo cerimonial se apagar depois do jantar. Assim que a última brasa se desvanecer, o fogo será aceso no outro mundo, onde queimará para sempre para ela.

Não saí para correr desde o pow wow. Meu corpo protesta contra esse Novo Novo Normal. Estou exausta e não consigo raciocinar direito. Só consigo comer. Passo os dias mastigando. Minhas calças não fecham mais, minha barriga está inchada, então visto a única coisa que me serve: um vestido laranja sem corte.

Minha mãe e Tia Teddie estão na segunda fileira, logo atrás de Vó June e de mim. Elas tocam nossos ombros às vezes. Maggie está sentada do outro lado de Vó June, junto aos irmãos mais novos de Lily. Será que a outra irmã dela sabe o que aconteceu?

Ao longo dos últimos quatro dias, sempre que minha mãe passava no velório ou aqui na pequena capela católica, ela ficava me rondando. Toda vez que eu me levantava para ir até a mesa de comidas ou ao banheiro, ela ficava a dois passos de mim, perguntando se podia me trazer alguma coisa. Perguntando como eu estava me sentindo.

Eu me pego pensando em uma mensagem de texto para Lily.

EU: mds minha mae vai me deixar louca

Ela nunca vai me responder.

Um dos membros do Conselho do Povo atravessa o corredor central e faz o sinal da cruz ao lado do caixão aberto de Lily. Eu procuro por outros membros do conselho. Duas dos dez líderes. Ambas as mulheres. Uma é uma prima distante de Vó June. A outra é alguém que sempre viaja para Washington para representar nosso povo.

Não me surpreendo com a ausência do conselho. Lily é, *era*, uma descendente, e não um membro registrado do povo, como Travis. Os funerais dos dois acontecem hoje, no quarto dia, seguindo a tradição Ojibwe. Travis é um assassino, mas ele pertence a uma das maiores famílias de Sugar Island. Os membros do conselho estão oferecendo suas condolências à grande família de eleitores de Flint no Centro para Idosos.

Minha tia aperta meu ombro antes de ir até o púlpito próximo ao caixão. Vó June me pediu para dar um pouco de semaa para Teddie antes de pedir para ela falar na missa.

Tia Teddie pigarreia. Ela se apresenta e faz uma oração em anishinaabemowin. Depois, traduz o que acabou de dizer.

— Olá. Meu nome é Teddie Firekeeper. Clã do Urso. Do Lar das Correntezas. Nós rezamos por Lily Chippeway. O Criador a conhece pelo seu nome espiritual: Binesikwe, Mulher Pássaro do Trovão. Nós somos gratos pelo tempo que tivemos com ela e a honramos com oferendas. Desejamos que ela faça uma boa jornada. Jamais vamos esquecer seu amor. Obrigada a você, Criador. Isso é tudo.

Depois da oração, ela continua:

— O enterro vai acontecer em Sugar Island logo após a missa. As passagens da balsa estão pagas. Em nome de Vó June e Maggie, convido todos a virem jantar na minha casa depois do enterro. — A voz dela falha. — Todos que amam Lily são bem-vindos.

A missa começa com "Amazing Grace" cantada em anishinaabemowin. É lindo. Versos de dor e salvação.

Muitos membros da reserva, incluindo Maggie, são católicos. Outros, como Tia Teddie e Vó June, mantêm distância da Igreja porque eram elas as responsáveis pelos internatos compulsórios de indígenas, assim como o governo federal. Vó June contou para mim e para Lily, certa vez: "Eles vieram para acabar com nossos rituais e para levar nossas crianças." Ela não disse que "eles vieram para levar as *minhas* crianças". Por que ela não nos contou sobre as filhas? Ela estava tentando nos proteger?

Ao recitar o Pai-Nosso, as palavras ficam presas em minha garganta.

— O pão nosso de cada dia nos dai hoje, perdoai as nossas ofensas assim como nós perdoamos a quem nos tem ofendido, e não nos deixeis cair em tentação, mas livrai-nos do Mal. Amém.

As palavras de Ron sobre encontrar respostas e justiça voltam à minha mente. Essa sensação de desfecho vem de perdoar os outros e a nós mesmos por nossos erros? Nós resistimos à tentação do mal por acreditar em uma justiça verdadeira? Meus pensamentos e as palavras da oração circulam dentro de mim e saem voando.

Como se observasse cada uma delas voar para longe, eu olho para trás e vejo Levi em pé ao lado de Jamie. O olhar dele cruza com o meu, e ele abre um sorriso gentil. Fico completamente comovida. Ele escolheu estar aqui, prestar condolências à Lily, em vez de ir para o Centro para Idosos em Sugar Island. Travis era um amigo de longa data. Levi me escolheu.

Sinto um formigamento como se mil agulhas estivessem no meu nariz.

Só quando começam a fechar o caixão é que me dou conta. É isso aí. A última vez que verei Lily. Isso não é justo. Eu quero mais. Quero gritar para pararem. Só mais uma olhada.

Eu errei. Aquele pássaro que bateu na janela era um aviso. Minha chance de impedir a terceira coisa ruim de acontecer. Em vez disso, passei meu tempo mostrando a cidade para o cara novo. Toda vez que os olhos de Jamie brilharam e o sorriso dele movia a cicatriz no rosto, eu senti desejo e culpa.

Desculpa, Lily. Limpo as lágrimas quentes de raiva com a manga do meu vestido cor de abóbora.

No final, o padre deu uma volta ao redor do caixão de Lily balançado um defumador dourado preso em uma corrente. Fumaça saindo do incensário. *Fuligem de igreja*, é como Vó June sempre chamou aquilo.

Ficamos de pé enquanto seis homens com ternos escuros se aproximam do caixão. Meu irmão é um deles. Assim como TJ. O paletó do terno preto dele é enorme. TJ sempre foi um rapaz grande, mas ele tem ficado ainda maior. Resultado de dois anos jogando futebol americano universitário. Ele surpreendeu a todos quando largou a Universidade Central Michigan para entrar na academia de polícia. E mais uma surpresa quando voltou para casa nesse último verão para se tornar um policial da reserva.

Como TJ se atreve a vir para o funeral de Lily? Fingindo ser um homem bom. Carregando o caixão, todo prestativo. Por que estou cercada de mentirosos? Porque todos os homens são mentirosos.

Exceto Tio David. Ele era bom e tentou ajudar o FBI. Ele não mentiu, só não contou a verdade. Estava tentando proteger minha mãe e eu.

Eu errei nisso também.

Eles passam por nós carregando o caixão. Vó June segura minha mão com tanta força que eu quase choro de dor. A família de Lily lidera o cortejo, mas

Vó June e eu ficamos para trás. O corpo dela treme. Eu a abraço, absorvendo a tristeza.

Serei como um carvalho para ela.

Algumas pessoas se aproximam de nós para oferecer condolências à Vó June, mas ela ainda está dentro do meu santuário. Tia Teddie aceita os abraços como se fosse uma procuradora.

Eu ajudo Vó June a entrar no carro da minha mãe. Mamãe chora baixinho enquanto dirige. Eu fecho a porta do veículo e olho para o estacionamento.

Quando vejo *ela*, meu sangue ferve.

Angie Flint, a mãe de Travis, tem a audácia de aparecer aqui. Ela está em pé do outro lado do estacionamento, encostada na velha caminhonete do filho, com um olhar perdido.

Eu digo para minha mãe que vou pegar carona com Levi e saio pisando duro. Estou quase na caminhonete de Travis quando meu irmão me interrompe.

— Daunis — diz Levi com cuidado. — Fica na sua.

Os olhos de Angie se arregalam quando ela me vê chegando perto, mas a mulher rapidamente vira o rosto e olha para qualquer lugar, menos para mim.

— O que você está fazendo aqui? — rosno.

O enterro do filho dela deve ser mais tarde ou talvez hoje à noite. O cigarro que Angie estava fumando cai no chão.

— Eu vim prestar condolências. — A Rainha da MA chora lágrimas de *Crocodylus niloticus*.

A maioria das pessoas já está seguindo o carro da funerária, atrás da minha mãe e da Tia Teddie, mas alguns ficam para trás porque uma boa briga, seja em uma festa ou em um enterro, não se deixa passar.

— Faça o que quiser, mas bem longe daqui.

— Ela era como uma filha para mim — diz Angie, se empolando toda.

— Que pena que o seu filho a matou, então.

Eu começo a andar na direção dela, mas alguém segura meu braço de um jeito firme, mas indolor.

— Isso não vai ajudar em nada — afirma Jamie no meu ouvido enquanto me leva para longe.

Quero avançar na mãe de Travis e vê-la se acovardar. Sei que não foi ela quem apertou o gatilho, mas é ela quem está na minha frente. E sentir raiva é muito melhor do que a dor do luto.

Levi coloca o braço ao redor de Angie para confortá-la, e ela olha para ele em agradecimento. TJ está em pé ao lado da caminhonete vermelha gigante dele. Assistindo ao espetáculo.

— Tá olhando o quê? — grito com ele. — Você não devia ter voltado para cá. Servir e proteger? Grande merda. A gente não precisa de você.

— Daunis, isso é algo muito maior do que o TJ — sussurra Jamie, rápido. — Maior do que o Travis e a mãe dele. Não entendeu que tudo isso vai continuar acontecendo? Várias vezes. Mais velórios, mais dor.

Mesmo com meu coração batendo forte, sei que ele tem razão. Não quero que mais ninguém sinta tanta dor.

Tenho o pior pensamento do mundo. *E se essa coisa chegar até as gêmeas?*

Eu não ia conseguir conviver comigo mesma.

Respiro fundo e sinto o aroma de cedro de um arbusto próximo. Giizhik. Um dos nossos remédios tradicionais. O que usamos para proteção.

— Daunis — fala Jamie de um jeito suave. — Temos que ir para o cemitério. Pela Lily. Está pronta?

— Me dá um segundo. Preciso fazer uma coisa antes. — Eu tiro meus saltos pretos de couro. Brilhantes como um quartzo preto recém-polido.

Jamie parece confuso.

Lily me fez comprá-los no shopping do outro lado do rio. Ela os chamava de sapatos "me fode". Primeiro eu relutei em ficar dez centímetros mais alta. Os olhos dela brilhavam quando me entregou a caixa.

Confia em mim. Você precisa disso.

Do que, dos saltos ou de uma boa foda?

Dos dois!

Eu os calcei hoje porque usar algo que me ligava à Lily pareceu o certo a se fazer para o enterro dela.

Os amigos da Tia Teddie fizeram embrulhos de tabaco para o velório e enterro da Lily, para usarmos em nossas orações. Eu pego o meu do bolso do vestido laranja, desamarro o cordão e solto uma pitada de semaa com uma oração. Agradeço pelo giizhik antes de quebrar dois galhos. Coloco um em cada sapato antes de calçá-los de novo.

Tia Teddie faz isso antes das reuniões com o conselho. Giizhik nos protege das más intenções.

Eu também vou precisar de toda a ajuda que puder, porque já me decidi.

Vou ser a informante deles.

Vou descobrir o que fez Travis matar Lily.

O que Tio David descobriu, e quem o matou.

Ajeito a postura. Minha coluna está firme como aço. Estou mais alta do que Jamie. Lanço mais um olhar para TJ do outro lado do estacionamento. Vou proteger minha comunidade. Me proteger.

Estes sapatos não são do estilo "me fode".

São do estilo "foda-se".

— Sim — digo para Jamie. — Estou pronta.

PARTE II

ZHAAWANONG

(SUL)

A JORNADA CONTINUA NA DIREÇÃO SUL,
UM MOMENTO PARA NAVEGAR E REFLETIR.

CAPÍTULO 14

Na manhã seguinte, saio de casa usando minha roupa de corrida. Uma neblina esconde o nascer do sol. Faço minha oração matinal e peço por gwekowaadiziwin. Honestidade. Viver uma vida íntegra significa não enganar a mim mesma ou aos outros. A oração fica presa na minha garganta. Neste Novo Novo Normal, eu vivo uma mentira trabalhando como informante de uma investigação de tráfico de drogas que se conecta às mortes do meu tio e da minha melhor amiga.

Não consigo achar meu ritmo na corrida. Parece que algo está errado. É o mesmo trajeto. A mesma velocidade. Só quando passo correndo pelo Dairy Queen que entendo o que está faltando.

Jamie. Eu devo ter me acostumado à presença dele correndo comigo. Ou eu gostava demais disso.

A sra. B me cumprimenta da recepção. Eu aceno. Uma nuvem invisível de rosas faz meu nariz coçar. Alongo as costas virando para os lados até ouvir um estalo em cada lado do corpo. Todas as minhas rotinas normais.

Mamãe está sentada ao lado da cama de GrandMary lendo *Orgulho e preconceito*. Jane Austen sempre mediou o complexo relacionamento das duas. GrandMary frequentemente achava jeitinhos passivo-agressivos de demonstrar sua decepção com minha mãe: comentários sobre como mamãe não conseguia perder o peso que ganhou na gravidez, e a relutância da minha avó de ter uma linha de roupas *plus-size* na loja. Apenas quando o tema era mulheres inglesas do começo do século XIX que as duas conseguiam discutir de igual para igual.

Eu recusava os vários convites para essas conversas e oferecia o meu lugar para Lily. Ela amava Jane Austen. Amava ler e se aprofundar no estudo dos clássicos. Lily adorava a atenção da minha mãe, enquanto eu sempre buscava fugir dela. Me pergunto se mamãe contou para GrandMary sobre Lily, ou se vai contar um dia.

— Suada demais — digo quando minha mãe se levanta para me abraçar. Ela me abraça mesmo assim.

— Vão fazer algo especial para Lily no programa de Niibing? — A voz dela é suave.

Eu confirmo com a cabeça.

— Os monitores vão fazer atividades com as crianças a semana inteira. Quando liguei para o sr. Vasques para pedir um tempo afastada, ele disse para sexta-feira ser meu último dia. E pediu para eu passar lá entre hoje e começo de setembro, para as crianças poderem se despedir. O Garth, primo do TJ, está fazendo estágio no Departamento de Saúde Comportamental e vai me substituir. O sr. Vasques disse que um dos monitores pegou a vaga da Lily para ajudar as crianças dela a lidarem com o luto.

— Fico feliz que os programas da reserva se ajudam para apoiar as crianças — diz minha mãe. — E que o sr. Vasques entende que você precisa desse momento. — Ela faz um carinho nas minhas costas antes de me deixar ir.

— Eu vou resolver algumas coisas hoje. Visitar a Vó June. Comprar livros para as aulas. Tentar pegar uma vaga naquele seminário de biologia — digo. A surpresa faz o vinco no meio da testa da minha mãe ficar mais fundo. Eu continuo, com a voz baixa: — Lily ficará chateada se eu não for para a faculdade.

Eu saio para cumprir minha tarefa principal do dia: uma longa viagem de carro com Ron e Jamie para Marquette, onde fica o Departamento de Justiça do distrito oeste de Michigan.

Ron chega na minha casa quando ainda estou penteando o cabelo molhado. Pego uma garrafa de água para a viagem e coloco o pente e um prendedor de cabelo no bolso do meu macacão sem mangas. Tio David trouxe o tecido, vermelho com estampa de hibiscos brancos, de uma viagem que fez para o Havaí, e GrandMary mandou fazer um macaquinho sob medida para caber em meus peitos quase inexistentes, cintura larga e pernas compridas. Eu não conseguia imaginar uma ocasião para usá-lo, mas achei que precisava de algo mais chique do que short jeans e camiseta para conhecer agentes federais. E sandálias em vez de tênis de corrida.

Abro a porta do carro e o ar-condicionado alivia a umidade desse fim de verão. Minha roupa já está grudando nas costas. Eu transformo meu cabelo em uma trança lateral que cai sobre o ombro.

Jamie está sentado logo atrás de mim. O suspiro alto dele me irrita. Eu sou a única pessoa nesse carro que tem o direito de ficar irritada. Na verdade, quero que Jamie fique o mais longe possível de mim.

Tem uma cena em *O poderoso chefão*, o filme favorito do meu irmão, em que um personagem chamado Clemenza se posiciona exatamente atrás da pessoa que ele vai estrangular quando os dois estão em um carro.

— Ei, Clemenza, vai se sentar atrás do Ron — falo para Jamie.

— Deixe a arma, pegue os cannoli — pede Ron logo em seguida.

Eu rio. Meu escudo pessoal para me proteger de Jamie, o mentiroso.

Ele aperta a ponte do nariz, como se fosse um sacrifício mudar de posição.

— O Treinamento de Esquilo Secreta começa agora — digo, indo direto ao ponto. — O que eu preciso saber?

— Esquilo Secreta? — pergunta Jamie.

Quem responde é Ron.

— Do *Esquilo sem grilo*... aquele desenho animado do esquilo. Um que usa chapéu e casaco.

— Ele era um agente secreto do Serviço Escondido Internacional — complemento. — Conheço os clássicos.

— Esse carro foi revistado e está livre de escutas — avisa Ron. — Você precisa sempre supor que qualquer outro lugar está grampeado e só pode falar sobre a investigação quando nós dissermos que é seguro.

Faço uma nota mental disso.

Lição Esquilo Secreta número 1: Eu não sou paranoica, mas os caras que estão me ouvindo são.

— Vou te mostrar o ponto de encontro — diz Ron saindo da rodovia em direção a Dafter.

— Ponto de encontro? — Eu imagino malas cheias de metanfetamina, dinheiro e talvez algumas partes humanas.

— Já vou explicar, mas primeiro tenho que avisar: nós precisamos que nossos informantes nos deem informações úteis e válidas que ajudem na investigação. Tudo o que você nos disser pode ser incluído em futuras ordens de prisão, mas a sua identidade não vai ser revelada. Essa é a parte *secreta* de ser uma informante confidencial. Não quer dizer que nós vamos te passar informações confidenciais sobre a investigação. Só o que julgarmos necessário e apropriado. — Ele faz outra curva e entra em uma estrada de terra. — É importante entender esses limites, Daunis. Se um AG, ou agente, mandar você, uma IC, fazer alguma coisa, como procurar por celulares descartáveis nos equipamentos do time de hóquei, você vira uma AG. Se você conseguir evidências de forma ilegal, a informação não poderá ser usada em um tribunal graças à Quarta Emenda. É o que chamamos de fruto proibido. É melhor você dar a informação e pedir para nós checarmos.

Lição Esquilo Secreta número 2: Cuidado com o fruto proibido.

Ron para o carro em um caminho de cascalho ao lado de um trailer velho. O trajeto passa entre pinheiros até chegar em uma garagem que cabe três carros. Ron abre uma das duas portas da garagem, revelando uma oficina moderna.

— É aqui que você pode deixar os sacos de lixo das casas dos jogadores de hóquei. Incluindo o do seu irmão — diz ele.

A água que eu acabei de colocar na boca vai parar no para-brisa.

— Pegar o lixo de alguém é permitido — comenta Jamie. — Depois que vai para a lata de lixo, não precisamos de um mandado.

— Ah, nem a pau — disparo. — Eu não vou ficar carregando o lixo do meu irmão por aí. Vocês devem estar zoando com a minha cara.

— Seria de grande ajuda. — Ron aperta o botão de um controle para fechar a porta. Ele me dá outro igual. — Mas não é obrigatório. Daunis, você tem acesso a coisas valiosas. É só nos contar o que ouve e vê por aí. Vamos dar um jeito no lixo.

Lição Esquilo Secreta número 3: Não ir atrás de evidências por meios ilegais.

Eu vou ajudar a investigar Travis e os outros viciados em MA de Sault. Não vou investigar Levi ou nenhum dos meus amigos. *O FBI não vai mudar quem eu sou,* faço uma promessa a mim mesma.

Na metade do caminho para Marquette, Ron avisa que vou precisar aprender a cozinhar metanfetamina.

— É sério isso? — solto, antes de perceber que, na verdade, faz muito sentido.

Ron sorri.

— Sim. Você precisa aprender os diferentes métodos de produção, assim vai conseguir identificar qualquer evidência que encontrar. Estamos te pedindo para descobrir o que Travis Flint fez pra criar MA-X. Você precisa saber as receitas antes de começar a adaptá-las.

— Você quer que eu produza metanfetamina *e* faça experimentos — repito para confirmar.

— Bem, quanto mais você souber, mais útil como IC vai ser. Antes da temporada de jogos começar, você e Jamie vão viajar por um fim de semana para um laboratório federal perto de Marquette.

— Espera... Quê? — Eu olho de relance para Jamie, que está com a cabeça encostada na janela e usando um moletom como travesseiro. Os olhos dele estão fechados. Provavelmente está dormindo. Eu falo mais baixo, praticamente sussurrando. — Não é normal que duas pessoas que acabaram de virar amigas façam uma viagem juntas. Além do mais, ele namo... — Eu encaro Ron. — Não existe namorada nenhuma, né?

— Fica mais fácil manter as garotas longe se ele tiver que ser fiel a alguém que mora longe — explica Ron.

— Mas... todo mundo vai pensar que eu roubei ele da garota. — Não sei o que me incomoda mais: ser uma Daquelas que Roubam Namorados, ou passar o fim de semana com Jamie.

Mas eu sei que passar o fim de semana com ele me incomoda mais que a ideia de aprender a fazer MA.

Lição Esquilo Secreta número 4: Vale tudo no amor, hóquei e metanfetamina.

— Você quem sabe, Daunis. Fingir ser amigos ou algo mais.

Eu sei no que isso vai dar. A escolha prática é fingir ser a namorada, mas depois de uma vida inteira seguindo todas as regras, cansei de ser prática. Foi bom gritar com Angie Flint e ver ela se acovardar. E mandar o TJ se lascar. Eu quero ser mais como a Lily: subir com o carro na calçada e estacionar na grama.

— Não tem um disfarce melhor, não? — resmungo, enquanto a lógica se recusa a assistir de camarote eu estragar toda a grama. — Tipo, ter que criar toda uma historinha de romance parece meio... — Tento achar a palavra certa. *Idiota. Irritante.* — Ridículo?

— Navalha de Occam — diz Ron. — A solução mais simples é a mais fácil de ser verdade.

— Não é isso que significa Navalha de Occam. É um princípio para resolver problemas de comparação de hipóteses que sugere o uso da que tenha menos variáveis.

Ron me encara de boca aberta. E então ri.

— Ok. Eu quis dizer que é a situação mais crível.

— Mas por que você não pode ir junto nessa viagem, igual hoje? — Eu preciso que Ron seja um amortecedor entre mim e Jamie. Só de ver esse mentiroso já fico irritada.

— Porque conseguimos fazer isso uma ou duas vezes dizendo que é uma viagem para conhecer uma faculdade, mas se nós três ficarmos sempre viajando juntos, vai chamar a atenção das pessoas. E todo mundo aceita padrões normais, Daunis. Quando há uma quebra nesse padrão, as pessoas reparam. O sentido aranha fica em estado de alerta diante de algo peculiar, mesmo que inconscientemente. Você e Jamie precisam estabelecer padrões de relacionamento para as pessoas repararem. Ele precisa ser seu principal contato.

— Tá, e a Lei de Murphy? — reclamo, me mexendo no banco.

Lição Esquilo Secreta número 5: Qualquer coisa que possa acontecer vai acontecer.

— Daunis, eu tenho a sensação de que você vai nos fazer dormir com um olho aberto. — Ron fita o retrovisor. — Principalmente ele.

Chegamos a um prédio comercial em Marquette. Sigo Ron e Jamie ao entrarem. Ao lado do elevador tem uma placa que diz: DEPARTAMENTO DE JUSTIÇA DOS ESTADOS UNIDOS, DISTRITO OESTE DE MICHIGAN. Ron nos guia até um escritório, onde uma placa de cobre em cima da mesa indica o nome do que deve ser um chefão.

Esse Chefão se apresenta e apresenta outro advogado. Explica que geralmente agentes de campo iriam revisar toda a documentação de um informante comigo. Mas, por causa da minha idade, vai ser o Chefão que vai ler palavra por palavra comigo. O minichefão está ali de testemunha.

Os papéis dizem o que Ron contou hoje pela manhã: meu trabalho é fornecer informações verdadeiras. Meu trabalho é voluntário. O governo fará o possível para manter minha identidade em segredo, mas não pode garantir se virar uma questão legal ou de maior prioridade. Qualquer promessa ou consideração em troca da minha cooperação ficam a critério dos agentes federais, além do agente. Concordar em trabalhar como informante não me dá imunidade perante a lei, e eu corro o risco de ser presa e julgada por qualquer atividade ilegal que decidir cometer.

Mas Ron não disse que eu vou ter que aprender a fazer metanfetamina?

Ele percebe a confusão no meu rosto.

— Se você tiver dúvidas sobre a legalidade de alguma das suas ações, pergunte antes.

E se ele não estiver por perto? E se não houver tempo para esperar uma resposta?

Eu não sei o suficiente sobre o que vou fazer para saber se esses são os tipos de perguntas para se fazer agora ou depois.

O Chefão termina de ler o documento. Eu só presto atenção em algumas palavras: Não está empregada. Não pode exigir uma posição do governo. Pagamentos taxados.

— As pessoas recebem por isso? — retruco. — Eu não quero nada. — Seria estranho ser paga por isso. Eu só quero entender o que aconteceu com Lily e proteger minha comunidade.

Ron entra na conversa e diz que eles só querem que eu dê informações sobre o time de hóquei, a reserva e a cidade. Qualquer informação que possa levar a quem estava trabalhando com Travis Flint, e quais elementos ele usou para criar os lotes de uma droga mais viciante do que a metanfetamina pura.

Quando chega a hora de assinar o contrato, a caneta é daquelas chiques, como a que ganhei de presente de formatura de um dos sócios do Vovô Lorenzo. Pesa mais do que uma caneta normal. Talvez o Departamento de Justiça faça isso de propósito: o peso a ser carregado começa com a sua assinatura.

Tenho uma sensação ruim. Já estudei sobre nossos remédios, mas para projetos de ciências, como o pudim de cereja da Virgínia. Eu queria mostrar para todos que nossos curandeiros são, e sempre foram, cientistas que usam plantas como remédios. Mas... isso aqui? Estudar medicina tradicional para fazer experimentos com metanfetamina a pedido do FBI? Não é certo. No fundo do meu coração, eu sei que não é.

O que Lily faria? O último ato da minha amiga foi tentar pegar a arma para me proteger.

O que Tia Teddie faria? Ela é fodona, brigaria primeiro e só perguntaria depois.

Vovó Pearl me vem à cabeça. Os pais dela sempre escondiam ela e a irmã quando os cachorros latiam. Quando ela era criança, cachorros latirem significava que homens estavam vindo para levar as crianças para o internato compulsório. Eu estava junto uma vez que ela ouviu latidos. Apesar da última escola residencial organizada pela Igreja ter fechado dois anos antes de eu nascer, minha Nokomis agarrou o rifle do Vovô Ted e me colocou no esconderijo do alçapão debaixo da cama. Me disse para ficar em silêncio ou o Zhaaganaash iria me pegar. Vovó Pearl teria matado alguém para me proteger.

Talvez a questão não seja ajudar o FBI, e sim proteger minha comunidade. Eu consigo fazer um sem o outro? Se eu não aceitar, eles vão encontrar outra pessoa para fazer isso.

Jamie tem razão. Eu entendo bem sobre ciências e sobre a cultura Ojibwe. Também sei que sou forte o suficiente para lidar com isso. E tenho certeza de mais uma coisa: meu conceito do que é ser uma boa Esquilo Secreta é diferente do deles.

Talvez não seja apenas uma investigação acontecendo. Talvez sejam duas. A deles e a minha. Eu assino o acordo.

O caminho de volta é silencioso. Eu fico piscando até as árvores sumirem à minha frente. Não faço minha brincadeira de sonhar acordada há algum tempo. Pisco para mudar o cenário que vejo.

Quando eu era mais nova, em dias de jogo, eu imaginava meu pai me assistindo das arquibancadas com os outros pais, comemorando com todo mundo ao redor. Quando Levi foi nomeado capitão do time no começo do verão, o mais jovem de toda a Liga de Hóquei da América do Norte, eu pisquei até meu pai aparecer ao meu lado, me abraçando e dizendo o quanto ele tinha orgulho do meu irmão e de mim.

Meu nome é Daunis Lorenza Fontaine e minha melhor amiga é Lily June Chippeway. Estamos fazendo compras na livraria da faculdade. Lily precisa pesquisar os preços para usar um dos cupons da Vó June. Estou empolgada para comprar lapiseiras e marca-textos. Lily diz que toda caneta e lapiseira escreve do mesmo jeito, mas não é verdade. Eu me sinto mais inteligente usando algumas delas. Cálculos parecem mais fáceis; palavras saem com mais facilidade para a página. Ela me provoca sobre minha teoria da caneta mágica. Eu sou a nerd favorita dela.

Sempre faço compras com Lily, até mesmo ir ao mercado, porque a pele escura da minha amiga faz com que os seguranças das lojas fiquem atrás dela. Lily não precisa que eu seja sua enforcer; *é completamente capaz de xingá-los por racismo. Mas ter uma testemunha é sempre bom. A livraria da faculdade deveria ser diferente. Mais inteligente. Somos duas calouras em um mar de pessoas.*

Ron e Jamie aparecem no final do corredor, ao lado dos transferidores. Por que eles...?

Perigo pode surgir em qualquer lugar, diz Jamie.

Eu me viro para alertar Lily, mas ela desapareceu. Eles apareceram. Agora, ela se foi.

Enxugo as lágrimas e vejo que Jamie está me encarando. Ele desvia o olhar rapidamente.

Ainda temos uma hora de viagem pela frente. O retorno que leva ao Parque Estadual Tahquamenon Falls fica um pouco adiante.

— Siga as placas — digo para Ron. — Cês precisam ver isso.

Há duas entradas. Seguimos para as Cachoeiras Superiores, em vez da que leva para as Cachoeiras Inferiores, que são menores. Fora do carro, a temperatura baixou. É o que acontece quando se mora perto do Lago Superior: os ventos mudam do nada.

Jamie me oferece o moletom dele, e eu aceito de má vontade. Fico surpresa quando visto e serve em mim; deve ficar muito grande nele.

Eu guio os dois pelo estacionamento até a trilha na floresta. O barulho da cachoeira aumenta à medida que nos aproximamos. Vemos parte do rio Tahquamenon através das árvores antes de chegar em uma escadaria de uns cem degraus que desce até um deque de observação.

O dia está lindo. As folhas estão começando a se transformar de um verde vivo para tons de vermelho, laranja e amarelo. Ainda não é o ápice das cores do outono, mas uma promessa da mudança futura.

A água marrom e cheia de espuma do grande rio parece cerveja escura ao cair de mais de quinze metros de altura, uma queda que se segue pelas Cachoeiras Menores rio abaixo. Ron e Jamie ficam boquiabertos.

Ficamos sozinhos no deque depois que um grupo vai embora.

— A Península Superior é muito mais que metanfetamina e hóquei! — grito por cima do som da água corrente.

— Por que a água é dessa cor? — grita Ron de volta.

— Taninos são lixiviados dos pântanos que ficam rio acima.

Eu me orgulho da beleza estonteante desse lugar. Jamie e Ron estão aqui para investigar algo terrível. Para desmascarar uma coisa ruim. Isso é só uma parte da nossa história.

— Giizhik é um dos nossos remédios tradicionais. Cedro. Um dos quatro principais — comento, como se fosse uma guia. — É um limpador, um remédio purificante.

— Você colocou nos seus sapatos — diz Jamie.

Ele não precisa adicionar que isso foi *no enterro da Lily*.

— Antes de pegar um pouco, a gente oferece semaa, tabaco, em agradecimento. Giizhik é proteção. Quando se anda sobre o cedro, você está pedindo que ajuda e bondade estejam no seu caminho.

Ficamos parados por alguns minutos. Ou talvez horas. O tempo parece ter parado.

— Ron, não sei se Jamie comentou, mas estou seguindo as tradições da minha cultura, em luto pelo meu tio e pela Lily. Não posso participar das colheitas por um ano, porque o meu luto interfere no processo. Ou seja: vou perder algumas reuniões em que muitos ensinamentos são passados adiante. — Eu respiro fundo. — Vou precisar achar outra forma de conseguir informações, mas prometo que vou dar um jeito.

Ron acena com a cabeça.

— Eu entendo. Mas isso levanta outra questão que eu estava querendo conversar com você.

Meu corpo fica tenso e sinto uma dor familiar no ombro esquerdo.

— Eu sei que você não é membro registrado — continua ele. — Mas o seu povo permite que você se afilie até seu aniversário de dezenove anos. É no dia 1º de outubro, certo? Você consideraria se inscrever sob condições especiais? Fortalecer sua relação com a reserva pode ajudar na investigação. O que acha?

— Nem a pau.

A investigação e a minha filiação com meu povo são coisas que quero manter separadas. Jamie, O Fofoqueiro, deve ter contado o que falei sobre certidão de nascimento. Ou então Ron memorizou meu aniversário quando pesquisou sobre minha vida.

— É só uma sugestão, Daunis. Não queria te ofender — diz Ron.

— O que tinha nos arquivos sobre a ajuda do meu tio? — Fico ansiosa para mudar de assunto.

Ron recita tudo de cor e eu mantenho o rosto impassível. Aperto a coxa quando ele chega na parte dos cogumelos e Sugar Island.

— David Fontaine não quis passar a localização exata, mas sabíamos que ele estava na ponta sul de Sugar Island, perto do lago Duck. Ele coletou amostras de cogumelos e fungos.

Por que Tio David não daria a localização para eles? E se ele não deu, como o FBI sabia onde ele estava? Eles o seguiram? Por que fariam isso?

Espera... Eles vão me seguir?

Presuma que todo lugar está grampeado. Será que Ron quis dizer que o FBI vai ficar me monitorando? O trabalho do Jamie é ficar de olho em mim?

Ron gesticula para as escadas.

— Vamos voltar.

— Hora da Esquilo Secreta — digo, com um sorriso vazio.

Eu começo a escalar a montanha de degraus em um ritmo normal. Jamie acelera o passo como se fosse uma competição. Que ridículo! Eu começo a subir de dois em dois degraus. Ele me alcança. Chegamos no topo ao mesmo tempo, bufando.

— E essa piada sobre o desenho animado? — pergunta Jamie enquanto recupera o fôlego. — O negócio é sério.

— E você acha que eu não sei? — A costura roçando minhas costelas parece uma ponta de faca. Eu arranco o moletom e jogo para ele. — Toma. Não preciso mais.

Ele agarra a peça com reflexos rápidos e uma careta que me irrita.

— Você contou para o Ron aquilo que eu disse sobre o meu pai não estar na minha certidão de nascimento? E a história dos meus avós atrapalharem o lance de ele conseguir um emprego? Porque eu não contei isso para você colocar em um relatório.

— Fala baixo — diz Jamie enquanto olha em volta.

— Aqui vai uma coisa para o seu próximo relatório — sibilo, mostrando os dois dedos do meio para ele. — Não somos amigos. Chega disso de parceiro e embaixadora. A menos que tenha a ver com a investigação, você não existe para mim.

Os olhos castanhos de Jamie se acendem com intensidade, raiva, nervosismo, rebeldia. Eu devolvo o olhar. Parece uma competição de quem fica mais tempo sem piscar. Não... mais tempo sem respirar.

— Eu não sei por que vocês estavam com tanta pressa — diz Ron quando finalmente aparece. Ele passa entre nós dois como se fosse uma faca cortando a tensão no ar. — Eu que estou com as chaves do carro.

CAPÍTULO 15

No dia seguinte, Vó June me liga e pergunta se posso levá-la para almoçar no Centro para Idosos de Sugar Island.

— Com certeza — respondo sem hesitar. — Preciso só avisar minha mãe que vou usar o carro.

— Não se preocupa com isso. Vejo você às onze, certo?

Meu coração para por um segundo quando o jipe encosta na frente de casa. Vó June é a figura minúscula atrás do volante. Ela desce e acena para mim antes de dar a volta e ocupar o banco do passageiro, como sempre.

Se Vó June sabe dirigir, por que ela precisa de mim?

É estranho me sentar no lugar de Lily. Minha cabeça toca o teto; meus joelhos se encaixam de um jeito desconfortável sob o volante. Eu diminuo a altura do banco e o afasto o máximo possível.

Quando faço uma curva fechada demais no estacionamento da balsa, os pneus cantam o nome de Lily. Vó June sorri em meio a lágrimas. Nesse momento, eu quero contar para ela sobre a investigação. Justiça por Lily.

Fico em silêncio.

Na balsa, ela pega um saquinho de semaa da bolsa e me oferece um pouco.

— A correnteza constante indica que esse é um novo rio toda vez que o cruzamos, e precisamos respeitar essa jornada — diz ela. — Esses são os ensinamentos dos nossos ancestrais. Eu não tenho os seguido muito bem, né?

Faço como Vó June e jogo a semaa pela janela e, junto com nossas orações sussurradas, ela é levada pelo vento rio abaixo.

Ela aperta forte minha mão quando entramos no refeitório do Centro para Idosos. É por isso que ela precisava de mim. Não era para dar uma carona.

Vó June se senta ao lado de Minnie Mustang. O nome verdadeiro de Minnie é Manitou, mas quando ela comprou um Mustang da cor de um tomate maduro, Minnie ganhou esse apelido. Comprou o veículo quando fez setenta e cinco anos, disse para todo mundo que era seu carro da crise de meia-idade.

Vó June dá um tapinha em minha mão quando lhe entrego uma xícara de café.

— Miigwetch, minha menina. Hummmm… Escuro e amargo, como meu primeiro marido.

— Deixa você animada também. Gostoso — comenta Minnie, e as duas riem.

Eu fico na fila logo atrás de Jonsy Kewadin, o avô de TJ. Ele era tão alto quanto o neto, mas agora tem praticamente minha altura.

— Você chama isso de comida? — reclama Jonsy quando a moça do refeitório entrega um prato com pastéis de forno recheados de carne moída, batata e cenoura.

— O que tem de errado com a comida? — pergunta ela, fingindo estar revoltada.

— Não me resta tempo de vida suficiente para falar tudo o que tem de errado — grita Jonsy.

Ela pisca para mim enquanto Jonsy se afasta. Eu sirvo o almoço da Vó June. Anciãos sempre são servidos primeiro. Voltarei para pegar minha comida quando a fila estiver menor.

Levo para Vó June uma salada, um pastel de forno e ketchup. Minnie faz o sinal da cruz pelo pecado que é comer um pastel de forno com qualquer outro acompanhamento que não seja molho de carne.

Minnie pergunta sobre minhas aulas e faço um rápido resumo.

— Literatura norte-americana? Espero que essa faculdade fale sobre Michener — diz Vó June em tom de ameaça.

Lily e eu costumávamos levar Vó June e Minnie em sebos para procurar boas edições em capa dura dos livros de James Michener. Eu tentei ler *Hawaii* uma vez, mas nunca passei do primeiro capítulo, que descreve a origem da ilha milhões de anos atrás: uma erupção de lava que cortou as águas do oceano e pássaros que cagaram sementes de ilhas distantes.

Eu pego uma salada e um iogurte, grata por meu apetite ter voltado ao normal.

Tia Teddie entra no refeitório e me abraça. O mundo parece parar quando sinto o cheiro dela: perfume de marca, cigarros contrabandeados e um aroma que lembra a floresta depois da chuva.

Minha garganta se fecha quando penso em contar para ela tudo o que está acontecendo. Vó June comentou sobre Tia Teddie ter antecedentes criminais, o que a impede de poder tentar uma vaga no conselho. Se for verdade, eu estaria colocando-a em risco se falasse sobre a investigação?

Tia Teddie tem uma vida tranquila com Art e as meninas. Antes, saía com uns arruaceiros. *Caras ruins*, como ela os chamava. Art a ensinou que o amor não precisa ser uma montanha-russa; pode ser mais como um passeio tranquilo. Ela me disse que existe uma palavra em nosso lindo idioma para quando você não anda mais sozinho pela vida, quando passa a ter companhia para a jornada nessa terra: wiijiidiwin.

Eu fico em silêncio.

Do outro lado da sala, Jonsy cumprimenta Teddie com o grito de sempre. O mesmo que ele usa para falar com todos os membros do conselho e diretores de departamentos que aparecem na hora do almoço.

— Ei, chefona, quanto é que a gente te paga?

— Não o quanto eu valho, Jonsy, mas o suficiente para me fazer ficar por aqui — responde Teddie.

Vó June e eu ficamos depois do almoço para as atividades da tarde. Alguns dos Anciãos conversam em anishinaabemowin enquanto montam quebra-cabeças juntos. Outros falam com palavras Ojibwe no meio, como se estivessem colocando pitadas de sal na comida. Tem um clube de leitura e grupo de tai chi. Vó June geralmente entra em discussões sobre políticas do povo com um grupo de amigos dissidentes que não está nem aí para as decisões do conselho, mas adora discutir sobre as alternativas.

Como hoje é sexta-feira — dia de buraco —, Vó June e Minnie se sentam em lados opostos da mesa de baralho, piscam em um código secreto para dizer uma à outra o que têm na mão e se têm algum coringa. Seria desleal se a dupla adversária não estivesse fazendo o mesmo.

Jonsy se aproxima da mesa e pergunta se alguém quer ir coletar garrafas com ele. Eu me lembro da obsessão que ele tem por encontrar itens colecionáveis no aterro na parte sul da cidade.

Em uma mesa próxima, Seeney pergunta para Tia Teddie sobre a colheita de giizhik aniibiishan, folhas de cedro, pela ilha. Um grupo de Nish kwewag se organiza para fazer isso nesse fim de semana.

— Gaawiin. — Tia Teddie balança a cabeça em resposta. *Não.*

Ela fala rápido em nosso idioma. Eu entendo duas palavras: inigaazi e kwezan. *Luto* e *menina pequena.*

Eu resisto à vontade de correr, abraçá-la de novo e chorar como um bebê. Tia Teddie está se juntando a Vó June e a mim, respeitando nosso período de luto pela Lily. Sem colheitas por um ano, entre outras regras. As tradições que mencionei para Ron ontem em Tahquamenon Falls.

Reafirmei para Ron que iria encontrar outros jeitos de conseguir informações sobre medicina tradicional, especialmente aquelas que podem induzir alucinações.

Eu deveria ter rezado hoje de manhã por manaadendamowin, já que agir sem más intenções é ter respeito. Isso que estou fazendo tem uma grande força por trás; é minha responsabilidade respeitar as regras e proteger os outros durante esse período de luto.

Jonsy passa por trás de cada jogador de buraco, vendo as cartas de todo mundo. Ele sorri ao ver a mão de Minnie.

Durante os três meses que namorei TJ, passei muito tempo com os Kewadin. Sempre gostei da família do TJ, principalmente do avô dele. Jonsy estava sempre contando histórias. Às vezes eu precisava ficar mais tempo por lá para entender a ideia por trás de suas anedotas animadas e complexas.

Espera aí... Jonsy fala muito. Cheio de conhecimento.

TJ não gostava que o avô fosse sozinho para o aterro procurar por tesouros.

— Ei, Vô Jonsy — falo, com um tom casual. — Ainda precisa de companhia para caçar tesouros?

CAPÍTULO 16

Jonsy vem até mim todo orgulhoso, como se eu tivesse anunciado o número dele em uma rifa premiada.

— Eu sempre gostei de você — diz ele. — Vamos, parente. Estamos perdendo tempo.

— Você pode me seguir até a casa da Vó June? Depois vou de carro com você.

Chegamos na casa da Vó June, que fica na parte sul da cidade, na área-satélite da reserva. Metade das casas aqui é idêntica e faz parte de um projeto de desenvolvimento urbano dos anos 1970. A outra metade é composta pelo que chamam de "mansões per capita": casas normais, mas de qualidade que, se comparadas à das outras construções do projeto, fazem com que a rua pareça uma região de gente branca de classe média. Os dois bairros são um Antes e Depois da prosperidade econômica do nosso povo. Vó June vive no bairro do Antes.

Freio de forma brusca o suficiente para os pneus cantarem outra vez o nome de Lily, e Vó June e eu sorrimos. Eu entrego as chaves do jipe para ela. Ainda segurando o saquinho de tabaco, ela cobre minhas mãos com as dela. O chaveiro é como uma pérola dentro de uma ostra.

— Fui acertar as contas do funeral de Binesikwe e me disseram que tudo já tinha sido pago.

Ao ouvir o nome espiritual de Lily, abaixo a cabeça.

Ela continua, e sua voz está mais suave do que nunca.

— Você não precisava usar seu zhooniyaa para isso. Miigwetch. E por ser amiga dela, chi miigwetch. — Ela aperta as mãos como se fosse um abraço. — Eu quero ver esse jipe rodando a cidade. No campus da faculdade. No shopping do outro lado do rio. Na balsa. Pode fazer isso por mim, querida?

Eu balanço a cabeça. O nó na minha garganta se suaviza.

A voz de Jonsy me tira de um transe:

— Vamos, parente. Eu tenho mulheres a cortejar e apostas a fazer. — Ele faz um gesto exagerado apontando para o relógio no pulso.

Eu rio. Ele é casado com a mesma mulher há mais de cinquenta anos e aposta centavos quando joga pôquer.

Vó June me dispensa quando saio do carro para ajudá-la a ir até a porta de casa.

— Tenha cuidado naquele lugar horroroso — grita ela para mim.

Eu sigo o sedã azul-celeste de Jonsy. No para-lamas, um adesivo com as palavras MOVIDO A PÃO FRITO!

O velho aterro, que fica a alguns quilômetros ao sul da cidade, é cercado por um pequeno estacionamento, um riacho e uma floresta com cedros e freixos.

Ele abre o porta-malas e revela várias caixas de plástico empilhadas como em uma torre de Jenga. Cada tampa azul está etiquetada com a letra inconfundível de TJ.

Jonsy escolhe a caixa da caça ao tesouro.

CAÇA AO TESOURO
BOLSA BANDOLEIRA • LUPA • BOLSAS ORGANIZADORAS
MOCHILA • LENÇOS UMEDECIDOS • PANOS DE PRATO
LUVAS E MÁSCARAS • SPRAY ANTISSÉPTICO • GARRAFA DE ÁGUA

Ele passa pela cabeça a alça gasta da bolsa bandoleira de couro marrom antes de colocar todo o resto na mochila grande. Preciso ajustar a mochila para ficar com o encaixe certo para mim, porque as alças estavam muito soltas. Deve ser o TJ que geralmente ajuda Jonsy.

Ele revira os olhos ao me entregar um par de luvas de plástico e uma máscara. TJ deve ter estabelecido essas medidas de precaução para o avô teimoso.

— Fica aqui, cavalinho. — Ele bate no capô do carro quando começamos nossa aventura.

O aterro é aleatoriamente organizado no sentido anti-horário, então as coisas mais novas estão perto da rua. Tem colchões quase limpos. O plástico preto dos sacos de lixo ainda está brilhando. Racks de madeira perdendo o verniz. Uma casa de bonecas com móveis dentro. Por que alguém jogaria fora... Não. Não vou focar nisso.

Jonsy não liga para essas coisas mais acessíveis. Ele deve conhecer cada centímetro do aterro, porque decide me levar por um caminho que só ele consegue visualizar. Talvez o tempo não exista aqui, porque Jonsy anda pelo chão irregular com pés ágeis que remetem à época de quando ele lutava boxe. Enquanto isso, eu tropeço como uma criancinha pelas décadas de lixo.

O silêncio deveria trazer tranquilidade, já que estamos longe da cidade e da estrada. Em vez disso, é inquietante. Acompanhar Jonsy foi uma decisão tão improvisada que nem me lembrei de colocar giizhik no tênis. Preciso ser uma Esquilo Secreta mais esperta da próxima vez.

Talvez Jonsy também não esteja gostando do silêncio, porque ele começa a cantarolar. Quando chegamos ao nosso destino, ele me passa as instruções.

— Bom, a gente tem que procurar por garrafas de vidro com relevo de palavras ou desenhos. Nada de garrafas quebradas. Se forem coloridas, tudo bem. Se ainda estiverem com o chapéu, melhor ainda.

— Chapéu?

— A tampa — responde ele com um tom de que, se fosse Perry perguntando, teria sido seguido de um *dã*.

Jonsy volta a cantarolar e a explorar as pilhas de lixo. Pouco depois, seus murmúrios viram uma canção. Música tradicional finlandesa da família de sua mãe. Ele resmunga quando levanta um pedaço gigante de metal e o joga para o lado.

— Vô Jonsy, eu poderia ter ajudado com isso. E você não deveria checar antes se tem aranhas aí no meio?

O olhar dele combina com o *dã* de quando falou sobre as tampas.

— Parente, você acha que qualquer coisa viva ficaria aqui?

É por isso que tudo está tão quieto. Não há pássaros nas árvores. Nenhum inseto. Não pisei em nenhum maruim. Nenhum mosquito.

Os cedros daqui, com cicatrizes na casca feitas por fungos que parecem carvão queimado, nunca serão colhidos para fazer remédio. Esses freixos nunca vão soltar suas camadas cheias de histórias para uma marreta. Ninguém vai fazer tiras finas das cascas, mergulhar em água de frutas ou flores desidratadas, e depois criar cestas maravilhosas.

Em vez disso, essas árvores absorvem água do solo contaminado e respiram fuligem virulenta.

— Sault é uma cidade velha, né? — Ele continua vasculhando as coisas, em busca de seus tesouros de vidro. — Fábricas e fazendeiros já jogavam suas miizii aqui antes de qualquer órgão regulador que fizesse leis dizer que não podiam fazer isso. As pessoas não pensavam nas sete gerações que seguiriam a deles e simplesmente estragaram o solo. Não tem insetos aqui. Os pássaros vão embora porque não têm o que comer. As aranhas também. Os bichos de quatro pernas sabem que é melhor nem chegar perto daqui.

— Hum... Mas se eles não ficam por aqui, talvez a gente devesse fazer o mesmo, não? — questiono.

Ele faz um gesto no ar, me dispensando.

— Aff. Você parece o TJ falando. — Ele fica de pé, alongando o corpo com uma vitalidade impressionante. — Vocês eram um baita casal. Pena que não durou.

De jeito nenhum vou contar como o grande orgulho dele me deu um pé na bunda. Estou seguindo em frente.

— E não fala nada a respeito. — Vô Jonsy balança a cabeça. — Igualzinha a ele.

O fundo de uma garrafa marrom meio enterrada no chão está à vista, como um iceberg. Eu uso uma placa de carro velha para desencavar a garrafa com cuidado. Quando limpo o vidro com os panos, os relevos mostram algumas palavras.

— Ei, Vô Jonsy, essa aqui diz "Remédio para rins e fígado do Warner".

Vou até ele para mostrar o que achei e vejo de canto de olho uma nuvem cinza vindo do sudoeste. Abaixo dela, o céu está num tom de azul-petróleo.

— Precisamos voltar para os carros — aviso. — Uma ventania vem aí.

Ele fica de pé, cheira o ar e então balança a cabeça.

— Vamos ficar longe das árvores e voltar andando pelo riacho — responde ele, colocando a garrafa na bolsa.

Me sinto como uma coruja virando a cabeça para ver se estamos andando à frente da nuvem. Os passos rápidos de Jonsy lembram os de TJ no campo de futebol americano. Ele desvia de um saco de lixo na beira do riacho. Eu observo o saco.

O lixo mais recente não deveria ficar perto da estrada? Esse saco, ainda brilhante, é novinho.

Os pelos da minha nuca ficam arrepiados assim que meu cérebro processa o cheiro de...

As mãos de Travis tremem, fazendo o revólver balançar. Eu observo o cano da arma apontada para o meu rosto. Ele fede. A metanfetamina apodrecendo o corpo dele de dentro para fora. Queima o meu nariz.

— Ei, tá fazendo o quê? — A voz de Jonsy soa como uma ligação com sinal instável. A mão gigantesca dele segura meu ombro machucado, e a dor faz eu me afastar instintivamente.

— Que foi? — Ele olha para o saco, se abaixando para inspecionar com cuidado.

— Não toca nisso. — Eu o afasto tão rápido que ele tropeça para trás. — Ai, desculpa, desculpa. Mil desculpas. — Minhas palavras saem rápido enquanto eu o ajudo a se levantar. — É que... tem algo ruim dentro desse saco.

— Não tem cheiro de cadáver — diz ele, limpando as calças. — Será que devemos ligar para o TJ?

— Não! — grito.

Eu não sei se o FBI está trabalhando em conjunto com a Polícia da Reserva. Ron ainda não me falou nada sobre isso, e eu nem pensei em perguntar. Minha mente improvisa um plano.

— Vamos deixar aqui e voltar para os carros antes da tempestade começar. Temos que chegar em casa — sugiro.

Depois que entro no jipe, aceno para Jonsy e sigo o sedã dele. Quando chega minha vez de entrar na estrada, espero ele acelerar. Quando ele some na curva à frente, dou ré e faço a volta para o aterro.

Eu quero aquele saco.

CAPÍTULO 17

Lily sempre deixa dois cobertores no jipe. São os *cobertores da pegação*. Um é daqueles cinza usados em mudanças, que eu estendo no chão. Coloco o saco de lixo no meio e uso as pontas da coberta para enrolá-lo. Pego o embrulho e coloco no porta-malas com cuidado.

Volto voando para casa para buscar o controle da garagem que Ron me deu ontem. Já estou de novo na estrada quando o granizo começa a cair no teto do jipe. Paro no estacionamento de uma loja na rota comercial. Um vento forte balança o carro de um lado para outro. Está mais escuro do que eu pensei ser possível a essa hora.

O treino dos Supes já deve estar acabando, então ligo para Jamie, que me atende com um *oi*.

— Oi — repito na hora que um raio cai, um segundo antes de uma trovoada chacoalhar o jipe.

— Onde você está? — pergunta ele.

Pelo jeito, deve parecer que eu estou no meio da guerra.

— No estacionamento do Kmart! — grito para me fazer ouvir em meio à cacofonia. — A caminho de levar o lixo para fora.

Jamie fica em silêncio por alguns segundos.

Será que ele pegou a referência?

— Você está com o carro da sua mãe?

— Não. Com o jipe da Lily.

— Eu te encontro aí. Não dirige nessa tempestade — pede Jamie.

— Eu não ia fazer isso... parceiro — digo, sarcástica. Ele acha que eu sou idiota?

— Não me chama assim. — Ele desliga antes que eu possa responder.

Vinte minutos depois, a chuva diminui o suficiente para eu ver Jamie chegar ao estacionamento e passar pelo jipe. Estou prestes a buzinar para chamar sua atenção quando percebo que ele estacionou perto da loja, para que qualquer pessoa que reconheça seu carro pense que ele está fazendo compras. Tá... isso foi muito esperto.

Dirijo até ele, sorrindo enquanto imagino uma cena de filme de espionagem em que Jamie corre e salta para dentro do jipe em câmera lenta. Eu pego o celular para contar isso para Lily e então piso no freio.

Ela não pode mais atender às minhas ligações ou responder às minhas mensagens.

Jamie corre o resto do caminho para chegar ao jipe. Ele está encharcado quando abre a porta.

— Mas que... — fala ele com raiva antes de mudar o tom. — O que houve?

Abro a boca, mas não sai nada. Ele parece preocupado de verdade. Eu me concentro nos olhos castanhos dele.

— Troca de lugar comigo — sugere Jamie com a voz calma. — Eu dirijo.

Vou para o banco do passageiro enquanto Jamie senta no do motorista. Ficamos ali, cercados por raios, trovões e uma chuva grossa. Vovó Pearl amava uma nichiiwad forte assim.

Eu pisco até minha cabeça estar no colo da Vovó, com ela passando a mão no meu cabelo, como sempre fazia quando eu não estava me sentindo bem. É como ela me reconfortava depois de colocar xixi para curar uma dor de ouvido. Cheguei a pesquisar sobre isso alguns anos depois: urina esteriliza e é um substituto para peróxido de hidrogênio.

O que minha nokomis Firekeeper acharia dessa situação em que me meti? Como eu iria explicar que estou ajudando agentes do mesmo governo que tentou levá-la para o internato compulsório? Se eu lhe contasse sobre Lily, Tio David e as crianças doentes da reserva em Minnesota... será que ela entenderia que estou tentando proteger a nossa e as outras comunidades?

Quando a tempestade diminui, Jamie dirige até a garagem em Dafter. Ele coloca o saco de lixo em uma bancada na lateral da garagem. Eu pego o outro cobertor, uma espécie de colcha velha, e fico de pé na entrada.

A temperatura está pelo menos uns quinze graus abaixo do que estava uma hora atrás. Jamie fica ao meu lado e passa a mão pelo cabelo molhado. Ele está completamente encharcado. Eu me sento e coloco uma parte do cobertor embaixo de mim e a outra por cima do meu lado direito. Indico para que ele se sente ao meu lado e jogo o cobertor por cima do seu ombro esquerdo. A colcha é macia e ainda tem o cheiro maravilhoso de uma fogueira. A gente fica observando a tempestade acabar. Quando eu finalmente falo, minha voz está rouca.

— Minha avó Pearl amava tempestades. Ela se sentava na garagem desse mesmo jeito e falava sobre os Pássaros do Trovão que traziam as pessoas que amamos, nossos ancestrais, do outro mundo para nos visitar. Ela falava: "Conta para eles como você está, querida." Como os Pássaros do Trovão traziam os raios, toda vez que surgia um clarão eu acenava gritando: "Estamos bem!" Os pássaros gigantes que eu imaginava tinham fileiras de Anciãos, como em um avião, acenando de volta.

Eu enxugo as lágrimas e encaro os olhos de Jamie.

— Você acha que Lily estava com eles hoje? — pergunto.

Ele se aproxima um pouco até o ombro encostar no meu. Eu me concentro em sua camiseta molhada, pele quente e respiração calma.

Jamie não precisa ser legal comigo; eu já aceitei ajudar a investigação. Já deixamos isso bem explícito no estacionamento ontem. Somos parceiros e nada mais.

Mas... eu relaxo os ombros e não me afasto. Fico ao lado dele. Só até a chuva parar.

Ron chega quando o sol toma conta do céu de fim de tarde. Enquanto vasculha os armários da oficina, ele elogia meu raciocínio ágil em relação ao saco de lixo.

— Eu não sabia se vocês estavam trabalhando com os policiais da reserva ou se isso era informação confidencial — digo.

Ron fica em silêncio enquanto pega máscaras de gás e luvas de plástico em um dos armários. Ele me responde apenas quando cada um de nós está vestindo o equipamento de proteção.

— Sempre presuma que ninguém sabe sobre a investigação — diz ele. — Nenhum policial. Nem da reserva, estadual, municipal, nem a polícia da fronteira. Fale só comigo e com o Jamie. — Ron abre outro armário e pega um rolo de fita adesiva transparente. Minhas sobrancelhas se erguem, curiosas, e Ron explica: — Para pegar impressões digitais.

Jamie cobre uma mesa de piquenique atrás da garagem com uma lona de plástico, como se estivéssemos fazendo um churrasco. Ele coloca o saco de lixo em cima da lona e tira item por item, como se fosse o Papai Noel no Natal.

A mesa fica cheia de latas de fluido de freio amassadas; garrafas de refrigerante com resíduos cinza e opacos; baterias de lítio cortadas no meio para que o conteúdo pudesse ser removido; soda cáustica; tubos brancos e finos amontoados como se fossem macarrão; e uma dúzia de caixas de remédio para gripe, todas vazias.

— Como alguém consegue tanto remédio sem levantar suspeitas? — pergunto.

— Michigan tem restrições na venda de pseudoefedrina. O Canadá, não — explica Ron.

Eu me lembro de como Jamie me olhou quando contei sobre cruzar a fronteira para comprar coisas. Ele fingiu surpresa, mas estava coletando informações. Não compro caixas de remédios... mas poderia. Não é ilegal, e você não precisa ter o trabalho de mostrar a identidade ou apresentar uma prescrição médica.

— Eu pensei que você e Jamie poderiam ir a Marquette daqui a algumas semanas para usar o laboratório, mas agora eu acho que não devemos esperar tanto. — Ron monta um plano enquanto fala. — Se eu conseguir que a equipe do laboratório esteja pronta no fim de semana que vem, será que você consegue arranjar um pretexto para viajar?

O que a Vovó Pearl faria?

Respiro fundo e seguro o ar, lembrando de quando os cachorros latiam e ela me escondia. Eu a observava ficar sentada em uma cadeira virada para a porta. As mãos firmes e a pontaria certeira.

Ela era esperta, inventiva e incrivelmente corajosa.

Quando finalmente solto o ar, é uma expiração longa e controlada.

— Meu novo namorado e eu podemos passar um fim de semana romântico em Marquette.

CAPÍTULO 18

Surgiu uma vaga de última hora para o seminário de geologia da Michigan Tech, que vai acontecer no fim de semana do feriado de 5 de setembro e vai valer créditos para a Lake State. É o que eu digo para minha mãe na segunda-feira, e ela aceita sem questionar nada.

A mentira é um disfarce para a viagem romântica que Jamie e eu vamos fazer a Marquette, e a viagem é um disfarce para o tutorial secreto de como cozinhar metanfetamina.

Cada mentira que conto funciona como um peixe sendo engolido por outro ainda maior.

Ligo para Tia Teddie e conto sobre o fim de semana romântico com Jamie. Minha mãe não vai ficar checando como estou, mas Teddie vai. Ela não curte a parte da mentira, mas essa não é a primeira vez que enganamos minha mãe.

— Tem certeza de que está pronta para algo assim? O luto leva a gente a fazer coisas que não faríamos em condições normais — comenta ela.

— Não tem mais isso de "condições normais". — Eu me preparo para contar outra meia verdade. — Viajar com Jamie é a única coisa que parece fazer sentido agora, sabe?

Por favor, entenda, tia. Essa investigação vai ajudar todo mundo.

— Sei. — Tia Teddie suspira como se fosse ela quem estivesse prendendo a respiração esse tempo todo. — Promete que vai tomar cuidado? Seu método contraceptivo não evita que você pegue ISTs.

— E você acha que o Jamie é o tipo de cara que pega geral? — Eu rio.

— Você não sabe tudo sobre ele.

A verdade nua e crua.

— Seja uma kwe inteligente. Desejo não é para sempre, mas herpes, sim. — E desliga.

☼

Na terça-feira, o mais perto que consegui chegar da livraria da faculdade foi o estacionamento. Fico sentada no jipe.

— Vou entrar assim que a próxima música acabar — digo em voz alta. Uma hora depois, desisto. — Amanhã.

Dirijo até a arena Chimakwa para passar o dia com as crianças do programa de Niibing, como o sr. Vasques sugeriu. Enquanto jogamos basquete, presto atenção no jeito que o primo do TJ, Garth, interage com as crianças, conversando com facilidade e encorajando todo mundo.

Eu erro um arremesso atrás do outro, mais do que o normal. As crianças acham graça de uma pessoa alta como eu ser tão ruim no basquete. Eu não ligo; me derrotar deixa eles muito felizes.

Quando saio de Chimakwa, vejo meu sorriso no retrovisor do carro. Aproveito esse bom humor por todo o caminho entre a arena e a livraria da faculdade. Dessa vez, finjo que estou num programa de TV em que preciso comprar minhas coisas mais rápido que as outras pessoas na loja. Às vezes um pouco de faz de conta é bom.

Faço coisas o dia inteiro para evitar pensar na viagem com Jamie. Ainda assim, um monte de questões ridículas me persegue. *Que tipo de roupa tenho que usar para ir a um laboratório federal de metanfetamina? Jamie e eu vamos ficar o tempo todo juntos? E se eu for ruim fazendo MA e eles me tirarem da investigação?*

☼

Ron me liga na quarta-feira para passar os detalhes e me pergunta se eu me importo de ficar no mesmo quarto de hotel que Jamie.

— Camas separadas, óbvio — assegura Ron. — Jamie vai falar da viagem para Levi. Dividir o quarto é uma precaução para caso seu irmão e os meninos apareçam por lá.

Levi vai saber da viagem? Todo mundo vai achar que Jamie e eu estamos namorando?

※

No sábado, deixo o jipe na garagem da casa em Dafter e entro na caminhonete de Jamie para irmos até Marquette. Na metade do caminho, pergunto como foi a conversa com Levi.

— Eu falei que terminei com a minha namorada e que estava gostando de você. — Jamie dá de ombros. — Ele ficou feliz e disse para eu te tratar bem.

Fico surpresa. Levi deve gostar *mesmo* do Jamie. Ele é superprotetor e sempre fica meio estranho quando começo a sair com alguém. Tipo, ele pode pegar geral, mas eu tenho que pagar de santinha. A menos que seja com um deus do hóquei, pelo visto.

— Você falou que a gente ia passar o fim de semana em Marquette?

— Falei... e ele recomendou um restaurante italiano. Disse para voltarmos sem falta na segunda, porque vão fazer um churrasco no lago.

— O treinador Bobby costuma fazer churrasco no feriado. Ele é o técnico do time de hóquei de Sault High.

Eu balanço a cabeça. Não dá para acreditar que o Levi está de boa com tudo isso. Ele quer tanto assim que eu esteja completamente imersa no Mundo do Hóquei?

Chegamos no hotel, uma construção histórica no topo de um morro com vista para o centro da cidade e para o Lower Habor, o porto de minérios no Lago Superior.

Enquanto Jamie faz o check-in, eu espio a carteira de motorista e o cartão de crédito dele, ambos com informações falsas: James Brian Johnson. O endereço é do lugar em que ele e o tio de mentira estão morando em Sault. Não sou rápida o suficiente para ver a data de nascimento, mas imagino que seja falsa para atestar que ele tem dezoito anos.

— Quantos anos você tem de verdade? — pergunto enquanto ele abre a porta do quarto.

— Você não tem acesso a essa informação — responde Jamie, dando passagem para eu entrar primeiro.

— Você não acha que saber a verdade sobre você vai me ajudar a reproduzir melhor o que for mentira? — Jogo minha mochila para tomar posse da cama *queen* mais próxima da janela.

— Não.

[139]

Ele me leva de carro até o laboratório federal fora da cidade. Fico na expectativa de que vá só me deixar lá, mas ele permanece ao meu lado. Jamie é a herpes da minha vida de Esquilo Secreta.

Nós começamos assistindo a um documentário sobre a história da metanfetamina. Espero Jamie se sentar primeiro e então escolho um lugar do outro lado do cômodo. O vídeo é uma narrativa formal e detalhada contada pelo que parece ser uma mistura de robô, cientista e repórter.

"As plantas do gênero Ephedra foram usadas pelos chineses por mais de cinco mil anos, na forma de um chá calmante que ajudava a expandir os pulmões e facilitar a respiração. Em 1919, um químico japonês descobriu como fazer a redução da essência da planta, conhecida como efedrina, até a forma cristalizada, criando assim o primeiro cristal de metanfetamina."

Não estou nem aí para a origem disso. Essa coisa está prejudicando minha comunidade, falo para o robô.

"A metanfetamina era legalizada e usada como produto medicinal. Nos anos 1930, você podia comprar inaladores de anfetamina para tratar asma. As pessoas gostaram dos efeitos colaterais — picos de energia e euforia —, então empresas farmacêuticas criaram uma pílula."

Angie Flint sempre foi uma mulher bonita. Mas na semana passada, no velório, ela parecia tão mal quanto o filho. No pow wow, Travis estava praticamente irreconhecível. Os efeitos da MA estavam na cara, literalmente. Mas e o dano interno? O que a droga fazia com eles e com as pessoas mais próximas deles?

"Durante a Segunda Guerra Mundial, as tropas recebiam pílulas de metanfetamina para que o desempenho dos soldados fosse melhor: conseguiam ficar mais tempo acordados, com os sentidos aguçados e com mais disposição para se arriscar."

É assim que começa, seu robô? Garotos Perdidos experimentam MA para jogar videogame por mais tempo? Festeiros querendo passar a noite chapados? Loucos por dietas encontram o milagre que procuravam?

"Efeitos negativos também foram identificados: paranoia, alucinações, delírios, arritmia cardíaca, assim como parada cardiovascular."

Tem lugares que todo mundo sabe que deve evitar — o beco atrás de um bar suspeito e as casinhas das ruas de terra de Dogtown. Até mesmo o terreno atrás da academia do Chimakwa e a última cabine no banheiro do segundo andar da escola, perto dos armários do segundo ano.

"A metanfetamina se tornou a droga sintética mais consumida no mundo. Nos últimos três anos, entre 2000 e 2003, o faturamento da indústria de metanfetamina foi de oito para dezessete bilhões de dólares. Está previsto que esse número seja superado em 2004."

Por que eu não consigo parar de pensar nos meninos Nish de Minnesota?

Quando o vídeo termina, o cara do laboratório se levanta da cadeira.

— Então, quem está pronto para fazer uns cristais? — diz ele, muito animado. *Até demais.*

— Isso aqui não é parque de diversões, não — respondo, lembrando das mãos trêmulas de Travis.

O cara do laboratório volta atrás e reconhece a seriedade da situação. Blá-blá-blá.

O tutorial começa com a gente colocando um macacão de segurança que deixa apenas o rosto exposto, uma máscara com respirador e óculos de proteção. Eu continuo incomodada enquanto o cara do laboratório revisa o béquer, a balança digital, a proveta e o condensador. Vamos começar pelo jeito mais complexo de produzir MA porque é o que demora mais e precisa secar de um dia para o outro.

Assim que pego um balão de Kjeldahl, sinto como se tivesse voltado para um ambiente familiar. O Mundo da Ciência tem regras, padrões, ordem e métodos. Sou fluente nesse idioma. Fico imersa em tudo, feliz de ter o foco necessário para habitar nesse universo.

No caminho de volta para o hotel, Jamie repara que estou balançando as pernas, ansiosa.

— Onde você quer jantar? — pergunta ele.

Eu dou de ombros e olho pela janela. Continuo balançando as pernas.

Quando terminamos o trabalho no laboratório, tiramos nossas máscaras. Os efluentes gasosos, que fediam como uma mistura de removedor de esmalte, peixe morto e xixi de gato, grudaram no meu nariz. Não dá para não sentir esse fedor, e eu me esqueci de trazer outros itens de limpeza que não a semaa.

— Jamie, o que você pode me contar sobre os meninos da reserva de Minnesota? — Como ele não responde de cara, faço uma pergunta mais específica: — O que você sabe sobre a alucinação que eles tiveram?

— Eles estavam totalmente fora de si quando chegaram no pronto-socorro, todos agressivos e paranoicos. Pediam mais da droga que tinham usado, e os testes toxicológicos deram positivo para MA. Estavam juntos na floresta e resolveram usar. Os médicos repararam que ou eles imploravam por mais, ou ficavam apavorados, falando nada com nada. E todos alucinavam dizendo que havia homens vindo atrás deles.

— Homens perseguindo eles na floresta? E todo mundo viu a mesma coisa?

— Sim. O que quer que tenha sido colocado naquele lote causou a alucinação coletiva. Depois que os pais chegaram no hospital, ninguém falou mais nada.

Jamie para no estacionamento do hotel. Ele continua sentado no banco, então faço o mesmo.

— O FBI vem investigando o uso de MA. O incidente em Minnesota foi estranho o suficiente para que investigassem as diferentes substâncias que estão sendo usadas na produção da droga.

— Você sabe como eles estão agora, o pessoal que usou?

Espero que a comunidade deles tenha recursos para ajudá-los.

Quando Jamie admite que não sabe, é uma reafirmação do quanto somos diferentes. O FBI está interessado em descobrir o que causou a alucinação em grupo. Eu quero saber se os garotos estão bem.

No quarto, tomo um banho quente e demorado. Minha pele fica avermelhada e sensível quando me seco. Mamãe sempre esconde um mini-hidratante no meu nécessaire. Lavanda combina com mamãe do jeito que rosas combinam com GrandMary. Hoje fico grata por esse aroma doce e forte.

Com o cheiro de arbusto de lavanda depois de uma leve chuva de junho, eu saio do banheiro vestindo short de malha e uma camiseta antiga do meu pai. Meu estômago desperta assim que vejo uma pizza super-recheada em cima da mesa.

Jamie pediu nosso jantar.

— Eu não sabia que sabor de pizza você gostava, então achei que seria melhor colocar várias coisas do que deixar faltar algo — diz ele enquanto passa os canais na TV.

Quando a tela mostra uma das primeiras cenas de *O poderoso chefão*, faço um sinal positivo e ele aumenta o volume. Assistimos ao filme favorito do meu irmão enquanto detono metade da pizza e uma salada.

Quando Jamie decide usar o banheiro, ligo para minha mãe e mando mensagem para Tia Teddie.

EU: em mqtte. td bem aqui.
TIA TEDDIE: SEU PRAZER É TÃO OU ATÉ MAIS IMPORTANTE DO QUE O DELE. DEIXA ISSO CLARO.

Eu balanço a cabeça ao ler a resposta dela e desligo o celular.
Depois que Jamie sai do banheiro, eu entro para escovar os dentes. O cheiro do sabonete dele ainda está no ar. Quando concordei em ser uma Esquilo Secreta, eu tinha uma vaga noção do que isso significaria. Nunca imaginei que constantemente sentiria o aroma do sabonete que faz Jamie cheirar como um surfista numa praia tropical.
Não sei como reagir a ele. Era mais fácil para mim quando tudo era preto no branco. Ele é meu parceiro na investigação, não meu amigo.
Eu me deito na minha cama e olho pela janela.
— Quer conversar sobre hoje? — pergunta Jamie com a voz suave no meio da escuridão.
— Não.

☼

Estou paralisada feito uma estátua na floresta. Incapaz de me mover. Esculpida em pedra com os olhos bem abertos. A floresta tem cheiro de terra, casca de árvore, e, ao mesmo tempo, vida e morte.
Lily se afasta de Travis, mas ele agarra o braço dela. Minha amiga se solta.
Consigo sentir daqui o odor que a pele dele emana.
Ele tira uma arma do cós da calça. Se vira e aponta para mim.
Lubrificante WD-40. Alguém usou para limpar a arma.
Lily fica paralisada ao me ver na floresta. Sua boca se move enquanto Travis chacoalha a arma em direções aleatórias.
Travis mira no meu rosto mais uma vez.
Lily tenta pegar a arma. Sua mão corajosa exigindo o controle.
Ele atira e ela cai de costas.
Pólvora.
A boca dele se mexe, mas não há nenhum som. Só cheiros que não pertencem à floresta.

Cobre. Acetona. Urina.
Ele leva a arma até a lateral da cabeça.

Acordo como uma caça fugindo do caçador: ofegante e com o coração acelerado. Meus poros absorveram o cheiro dos produtos químicos. Estão até na minha língua. Eu engulo a saliva e sinto o gosto dos cheiros que queimam minha garganta como uísque barato.

É a primeira vez que sonhei com os cheiros daquela noite.

Jamie ronca baixinho. Eu conto cada ciclo de sua respiração. O ronco aparece quando ele expira e inspira suavemente. Faço minha respiração imitar o ritmo dele. Soa como ondas tranquilas chegando à praia.

Eu viro areia e deixo que os roncos dele me façam dormir de novo.

Quando acordo na manhã seguinte, estou com dor de cabeça, cólica e sinto algo úmido entre as pernas. A vantagem de usar DIU é poder ficar de boa sobre tomar anticoncepcional. A desvantagem é que a menstruação fica imprevisível.

Jamie acorda quando estou terminando de lavar a mancha no lençol. Temos um acordo silencioso: não vou comentar a ereção matinal dele e ele não vai falar do sangue na minha cama.

— Posso ir com você? — pergunta Jamie quando me vê vestindo as roupas de corrida.

Nem pensar. Não posso me reacostumar a correr com Jamie. O Mundo de Esquilo Secreta precisa ser preto e branco.

— Jamie, eu preciso de um tempo sozinha. Vamos passar o dia inteiro juntos no laboratório.

Desvio o olhar da expressão de decepção dele.

Já que estou na minha lua, não ofereço semaa com a oração matinal. Pessoas que menstruam têm seu pico de poder nessa fase do ciclo, ficam conectadas com as forças que dão a vida. Tia Teddie me ensinou isso: a razão de não usarmos medicina tradicional e de não participarmos de cerimônias com fogueiras durante esse período é porque carregamos a cura e o fogo dentro de nós. Outros podem tratar isso como uma coisa chata ou suja, mas mesmo quando falamos sobre menstruação, mostramos respeito. Tia Teddie disse: "Nada de 'ficar de bode' ou 'naqueles dias'. Sua lua é um momento de força, Kwe."

Eu me sinto melhor após correr oito quilômetros por um caminho que contorna o Lago Superior. Fico melhor ainda depois do banho e de tomar um café da manhã rápido com Jamie. Deixamos a caminhonete dele no hotel para o caso de Levi e os meninos decidirem fazer uma visita surpresa. Se eles virem a caminhonete, vão concluir que estamos nos pegando no quarto. Então vamos de táxi para o laboratório.

Começamos vestindo o equipamento de proteção e checando a metanfetamina de ontem. O cara do laboratório liga desumidificadores para acelerar o processo de secagem. Em seguida, eu aprendo outros quatro jeitos de se produzir MA. Mais rápidos e menos complexos, são os métodos que provavelmente vou encontrar por aí.

Ao longo do dia, o cara do laboratório me passa as gírias e os outros nomes da metanfetamina, assim vou conseguir identificar quando ouvir. Faço um catálogo mental de jargões dividido em três categorias: conhecidos, estranhos e camuflagem. Os conhecidos são palavras óbvias como *speed*, *crank* e cristal. Os estranhos são os diferentes, como Tina e rebite, que iriam chamar minha atenção. As gírias mais difíceis são camufladas por palavras comuns como bola e manivela.

— E como eu vou saber se "bola" significa MA ou uma bola de verdade? — pergunto para o cara do laboratório.

— Contexto. — A resposta curta dele me faz sentir que talvez existam exceções para a frase "Nenhuma pergunta é idiota".

Jamie quer saber das gangues.

— A única que eu conheço anda de moto de neve e vive para caçar e pescar — digo.

Jamie ri. O som me lembra do breve período em que pensei que tudo daria certo. Quando a gente era embaixadora e parceiro. Antes de Lily tentar pegar a arma do Travis.

Não posso me lembrar desse Antes. É complicado demais.

O cara do laboratório mostra os equipamentos em que preciso ficar de olho. Eu me concentro em pegar, cheirar e identificar tudo. Olhamos fotos de lugares que servem de laboratório de MA: guarda-roupas, depósitos, porta-malas, quartos de hotéis de beira de estrada, cabanas em lugares remotos, banheiras e vasos sanitários, tonéis de plástico e vans.

No fim do dia, o cara do laboratório analisa tudo o que Jamie e eu produzimos e nos diz quanto iria custar cada *zip*. Chamam assim, *zip*, porque a droga geralmente é vendida em saquinhos de plástico do tipo Ziploc. Não tem muita diferença entre o que eu fiz e o que o Jamie fez hoje, mas quando o cara checa os resultados de ontem, meu lote parece vidro e conseguiria ser vendido por um preço mais alto do que o de Jamie, que ficou bom, mas levemente embaçado. É um pouco mesquinho eu ficar orgulhosa por isso, mas curto esse momento até voltarmos para o hotel.

No quarto, tomo outro banho longo e me lambuzo com o hidratante de lavanda. Jamie olha para a camisa do meu pai, que eu uso para dormir, quando saio do banheiro.

— A gente devia sair para jantar. Podemos ir àquele restaurante que o Levi recomendou.

Eu suspiro. Não dá para acompanhar o meu irmão. Deve ter alguma coisa rolando para ele ser tão a favor de Jamie.

Ele continua falando:

— Chamamos de apoio complementar quando a gente faz ambas as histórias baterem. Se alguém perguntar alguma coisa, você tem provas concretas.

— Tipo sua identidade falsa? — Minha voz sai com um tom ríspido.

Agora é a vez de Jamie suspirar. Ele também faz o clássico movimento de apertar a ponte do nariz. Ele não costumava fazer esse combo. Deve ser coisa do Jamie verdadeiro, aquele que ele escondeu de mim.

Eu o deixo irritado no quarto e vou ao banheiro me trocar.

Anos viajando com o time de hóquei fizeram de mim uma especialista em fazer a mala para uma viagem de fim de semana. A gente sempre tinha que se arrumar para os eventos pós-jogo. Para este fim de semana, eu trouxe uma calça de malha e tamancos clog pretos, além de uma das muitas camisas elegantes da botique de GrandMary. A camisa de hoje é transpassada, vermelha com mangas. Jamie está pronto quando saio do banheiro. Ele está usando uma camisa de botão, calça e bota de couro preta. A cor creme da camisa faz um belo contraste com a pele dele. O cabelo está penteado para trás e faz com que ele pareça mais velho. Mais sofisticado.

Esse é o Jamie quando não está fingindo ser um aluno do ensino médio? Será que eu conto que ele está arrumado demais? Que o cabelo bagunçado combina mais com ele?

Não falo nada.

O restaurante tem uma decoração italiana clássica: toalhas de mesa quadriculadas e velas compridas apoiadas em garrafas de vidro verde. Um casal idoso em uma mesa próxima está de mãos dadas. A mão esquerda de Jamie está sobre a mesa tal como a do idoso.

Não tenho certeza de qual é o limite para o apoio complementar que precisamos criar. Eu seguro a mão dele? Ou continuo com as mãos entre as pernas por debaixo da mesa?

Jamie olha para o casal na mesa ao lado antes de me olhar nos olhos.

— Tenho vinte e dois anos — conta ele.

Seria mais fácil se eu entrasse completamente no papel de namorada. Fui uma boa Esquilo no laboratório, aprendendo a fazer MA.

Por que não consigo fingir agora?

Porque eu senti algo pelo Jamie quando a gente se aproximou. Foi real para mim, mas não para ele. Ele seguiu o roteiro direitinho.

— Acho que você estava certo antes — digo, desviando do olhar intenso dele. — É melhor eu não saber nada sobre você.

Escudos têm dois lados por um motivo.

— Certo — responde ele com a voz baixa.

O garçom traz uma cesta de pães ainda quentes e um prato com azeite misturado com queijo parmesão ralado e um toque de vinagre balsâmico. Eu arranco um pedaço do pão, molho no azeite e coloco na boca.

Jantamos em silêncio. Qualquer um que nos visse ali diria que é um péssimo primeiro encontro. Parece que temos zero intimidade. Ron falou que a gente precisava criar padrões para o relacionamento, assim as pessoas iriam acreditar na nossa mentira.

Falhamos completamente.

CAPÍTULO 19

Numa viagem, em geral a ida parece muito mais longa do que a volta. Para mim e Jamie é o contrário. O caminho de volta de Marquette é longo e angustiante. Ouço a voz de Lily na minha cabeça, tão clara como se ela estivesse no banco de trás sussurrando para mim. *Seu escudo preto e branco impede que a combustão osmótica aconteça.*

— Então, me fala mais sobre o treinador Bobby — diz ele quando passamos por Au Train.

— Bobby? Ele é o técnico de hóquei da escola desde sempre. Dá aulas de administração também. Sempre me defendeu quando os outros técnicos diziam que eu não deveria estar em um time masculino.

— Você ouvia muita merda?

Dou de ombros.

— Levi me ensinou como responder se alguém mexesse comigo. — Jamie ergue as sobrancelhas de novo, curioso. — Eu não vou te contar o que era — respondo, abrindo um sorriso que diminui um pouco minhas defesas de Esquilo Secreta.

Em algum lugar da estrada, um trecho da rodovia M-28 que corta por uma reserva ambiental cheia de pântanos, eu decido assumir o controle da situação.

— Bem, a gente precisa criar alguns… padrões de relacionamento, como o Ron disse.

Jamie concorda com a cabeça.

— A gente pode ficar de mãos dadas — sugiro. — E beijos apenas na bochecha. Não na boca.

— Sem beijo de língua?

Ele abre um sorriso que faz seus olhos brilharem.

— Nem pensar. — Desvio o olhar. Encaro os pinheiros da estrada e respiro fundo até minha voz voltar ao normal. — Quero poder tocar no seu cabelo. Arrumar, mexer nos cachos.

— Ok. Então eu posso mexer no seu.

— Não — respondo, lembrando das mãos grandes de TJ passando pelo meu cabelo. Não quero ter nenhuma lembrança daquele mentiroso.

— Isso não me parece nada justo — comenta Jamie, sorrindo.

— Justiça não é um dos Sete Ensinamentos... não sabia?

— E os Sete Ensinamentos são...?

— Lições para levar uma vida em paz. O jeito Nishnaab de viver. Humildade. Respeito. Honestidade. Coragem. Sabedoria. Amor. Verdade.

Jamie dá um sorrisinho, mas não diz mais nada até chegarmos em um posto de gasolina na fronteira de Seney, uma cidadezinha que mal aparece no mapa.

— Tudo bem se eu colocar meu braço na sua cintura quando estivermos um do lado do outro? — pergunta ele.

— Tudo. Acho que é mais tranquilo. Bem, todas essas regras são para quando tiver gente perto. Quando estivermos a sós, somos apenas colegas de trabalho.

Ele vira a cabeça e me olha com as sobrancelhas erguidas, como se dissesse *dá*.

— Eu só queria deixar isso bem estabelecido... Para não rolar nenhuma confusão.

Quando chegamos ao cruzamento da M-123, eu aponto para seguirmos para o Norte.

Assim que entramos em Paradise, Jamie faz o famoso trocadilho de estar "entrando no Paraíso". Eu reviro os olhos. Ele sorri, fazendo com que a ponta da cicatriz vermelha se mexa.

— E essa cicatriz? De onde veio? E é pra falar a verdade, não vale dizer que foi um acidente de carro.

Ele fica em silêncio enquanto a estrada nos leva pelos arredores do Lago Superior, passando por cabanas velhas e novas, casas caras de veraneio.

— Me descobriram e me atacaram com uma faca. — Ele disfarça um calafrio. — Caso queira saber, sim, doeu pra caramba.

O clima fica pesado até chegarmos na cabana do treinador Bobby. Minha cabeça está a mil. Jamie levou uma facada por causa do trabalho? Com que frequência investigar alguma coisa leva a um desfecho assim?

Eu não quero chegar na festa desse jeito. Nós dois de cara fechada. Peço para ele virar na próxima estrada de cascalhos.

— É, né... Pelo menos o meu pau é maior do que o seu — digo, e Jamie leva um susto. Logo em seguida, eu continuo: — Foi isso que o Levi me disse para falar no rinque.

Ele joga a cabeça para trás e gargalha. O som é grave e ecoa até a ponta dos meus pés.

Mas coisas boas acontecem quando mundos colidem.

Reviro os olhos até o eco da voz de Lily sumir de vez e eu começar a rir também.

Ainda rindo, seguimos a música pelos degraus de madeira gastos até a festa na praia. "Someday", do Nickelback, está tocando.

Quando chegamos, umas trinta pessoas param o que estão fazendo e nos encaram.

— Os pombinhos! — grita Levi por cima da música.

Macy Manitou termina de fazer uma manobra acrobática. Sua boca fica aberta como a de um peixe fora d'água.

Jamie pega minha mão e a aperta como se me desse um sinal.

Hora do show.

É um feriado perfeito: um dia lindo e sem nuvens. Como se os dias de verão em que a chuva me fez tremer de frio tivessem sido todos em troca desse momento.

O Lago Superior está calmo, e só ondas bem pequenas chegam à costa. Alguns dos meus antigos colegas de time estão assando salsichas em uma grande fogueira. Outros estão na areia jogando uma espécie de futebol americano, mas sem contato. Levi está cercado de garotas entretidas por alguma história que ele está contando.

Eu levo Jamie até onde Bobby está grelhando hambúrgueres em uma churrasqueira a gás. Quando ele me vê, solta a espátula para me cumprimentar com uns soquinhos. Eu acho que a gente vai sempre se cumprimentar assim quando se encontrar.

— Ei, treinador. Queria te apresentar ao Jamie. Ele é um dos novos Supes.

Jamie solta minha mão para cumprimentar o treinador.

— Robert LaFleur, mas todo mundo me chama de treinador Bobby. — Ele volta aos seus deveres de churrasqueiro e coloca queijo em cima dos hambúrgueres. O treinador usa a cabeça para apontar para mim. — Melhor defensora de esquerda que eu já treinei. Você arranjou umas das boas, rapaz.

— Sim, senhor... Treinador Bobby — responde Jamie.

— Ela deveria estar indo para a Universidade do Michigan para jogar na liga universitária — comenta Bobby com uma seriedade exagerada.

Eu o conheço bem o suficiente para perceber a decepção misturada com o exagero.

— Hora de experimentar coisas novas — digo, pegando a mão de Jamie.

Parece até verdade. Talvez o treinador também consiga perceber o que estou escondendo com o meu exagero.

Nós nos sentamos em uma mesa de piquenique velha para comer. Pego dois copos de limonada de uma caixa térmica gigante. O prato de Jamie está cheio de picles. Eu me pergunto se ele realmente gosta disso... ou se está apenas fingindo ser alguém que gosta.

Levi se senta conosco, junto com Stormy Nodin, que tem mais de um hambúrguer no prato. Mesmo comendo bastante, ele é magro — e não do tipo magro-mas-musculoso, como Jamie. Stormy tirou a camiseta, sem vergonha alguma do peitoral praticamente côncavo. A pele marrom-clara brilha sob a luz do sol. O cabelo dele está penteado para trás e preso em uma trança.

— Como foi a viagem? — pergunta Levi.

Respondendo por nós, Stormy começa a fazer uns sons de beijos e gemidos.

— Valeu pela dica do restaurante, Levi — agradece Jamie. — Foi ótimo.

Mike Edwards se aproxima com um timing impecável. Cortou o cabelo loiro recentemente e, com o gel, ficou parecendo um porco-espinho quadrado. Ele ainda está de camisa para se proteger do sol, mas os braços musculosos de Zhaaganaash já estão rosados.

— Então os boatos são reais! Dauny Defesa também joga de atacante — diz Mike.

— Cadê a sua namorada? — pergunto, ciente do voto de abstinência que ele faz durante a temporada de hóquei.

— Tenho que manter o templo do hóquei puro.

— Hum... Meninas não são impuras e você não é Sansão. Não precisa se preocupar que uma Dalila da vida acabe com a sua força.

— Que Daniela? — Mike come as laterais do hambúrguer até ficar com apenas o tamanho exato de uma mordida no centro.

— Uau. Você devia ler outra coisa além de revistas de hóquei e manuais de computador — respondo.

— Ei, Popô — diz Levi em um tom estranho. — Fiquei sabendo que a Vó June te deu o jipe da Lily. — Quando eu confirmo, ele continua: — Foi muito gentil da parte dela fazer isso. — E sorri.

Meus ombros relaxam. Nem tinha percebido que estava tão tensa.

Ele continua sorrindo quando volta a falar.

— A partir de amanhã eu e Stormy vamos ser veteranos, Mike é do segundo ano e você é uma mera caloura.

— Faculdade — digo, apontando para mim e depois para os meninos. — Ensino médio.

— Queria sair pra correr com você. — Levi olha para Stormy e Mike, seus melhores amigos, e continua: — Nós, meros mortais, queremos correr com você amanhã de manhã. Pode ser? O Jamie também. — A voz dele é brincalhona, mas tem uma seriedade no olhar.

Às vezes Levi me deixa louca. E outras vezes, como agora, ele é bondoso e gentil. Nosso pai teria orgulho dele. Me apoiar quando mais preciso.

Abro um sorriso.

— Gostei da ideia. — Explico o plano para Jamie: — Passa na minha casa antes das sete. A gente se aquece e vamos até a casa do Levi antes de pegar o Mike no caminho.

— Bem-vinda ao Mundo do Hóquei — fala Levi para mim.

Então é por isso que ele aceitou a coisa com o Jamie tão bem. Porque eu cruzei a divisa do Mundo Normal e o Mundo do Hóquei.

Sinto uma pontada de culpa. Meu irmão não sabe que estou fingindo ser a namorada de um jogador de hóquei. Eu não havia parado para pensar sobre todas as explicações que talvez eu tenha que dar depois de Jamie e Ron partirem. As consequências. É a investigação deles, mas é a minha vida.

O resto da tarde passa voando. Jogamos futebol americano com os meninos. Quando eu faço um passe perfeito para Jamie, Stormy solta um comentário espertinho sobre todas as coisas que aprendi com TJ Kewadin. Meu estômago dói, talvez pelo hambúrguer que estava meio malpassado, ou talvez por causa da minha lua. Peço para Macy ficar no meu lugar enquanto vou ao banheiro da cabana.

Faz um ano desde a última festa do treinador. Ele reformou a cozinha. Fico impressionada com os acabamentos de luxo — ele tem até os mesmos eletrodomésticos de GrandMary.

O pôr do sol faz a temperatura cair. Jamie e eu vamos até a caminhonete para trocar de roupa — e é mais fácil fazer isso atrás do carro do que no banheiro apertado da cabana. Quando é a vez dele, dou uma olhada no retrovisor lateral e vejo Jamie vestindo a calça jeans. Desvio o olhar, mas não antes do trio de músculos bem definidos das pernas dele — semitendíneo, bíceps femoral, semimembranáceo — ficarem gravados na minha mente.

Espera aí... Ele conseguia me ver quando estava aqui?

Conversamos com os meninos até eu ver dois lugares vagos perto da fogueira. Vou até lá rapidamente para reservar o espaço para mim e Jamie.

Observo o treinador supervisionando os meninos enquanto montam os fogos de artifício. Levi sempre traz dos bons, aqueles que só dá para comprar na reserva.

Um vulto passa ao meu lado e Macy se senta no lugar vago.

— Esse lugar é do Jamie — aviso.

— Hmm, guardando lugar — zomba com a voz suave e se aproxima. — Não achei que você sabia ser assim fora do gelo. A outra menina não tinha chance.

O superpoder de Macy é conseguir misturar um elogio com uma ofensa.

— Vale tudo no amor e no hóquei — digo, pensando na investigação.

Heather Nodin, uma das centenas de primas do Stormy, se aproxima. A fumaça da maconha que ela está fumando é mais forte do que a da fogueira.

— Você só está irritadinha assim porque a Daunis pegou ele primeiro. Agora sai fora antes que alguém jogue um balde de água em você — ordena ela para minha nêmesis.

— Vai se foder, Heather — contra-ataca Macy.

Ela se afasta para ir conversar com outras garotas, que olham para Heather e falam coisas em meio a risadas.

Heather está com uma roupa um pouco estranha para uma fogueira ao ar livre. Tudo certo com o moletom vermelho, mas a calça capri jeans superjusta tem um corte lateral de pelo menos dois centímetros de largura, e vai do quadril até o meio da panturrilha, preso apenas por alfinetes gigantes de costura. Seu chinelo preto é tipo plataforma, nada prático. Com certeza eu machucaria meu tornozelo se usasse algo assim.

— Valeu — falo para Heather. — Ou, como dizem na minha terra, miigwetch.

Ela ri de mim, imitando a voz dos Anciãos.

Os olhos dela estão meio fechados. A risada soa oca. Frágil como uma folha de papel, vazia por dentro.

Quando o pessoal não faz nada além de fumar maconha e jogar videogame, a gente chama eles de Garotos Perdidos, tipo o grupo do Peter Pan na Terra do Nunca. Nunca crescem. Nunca saem da casa dos pais. Nunca conseguem um emprego fixo. Pelo visto existem também algumas Garotas Perdidas.

— Ei... — diz Heather, puxando um saquinho do bolso do moletom. Os comprimidos parecem doces com manchas coloridas. — Eu tenho um pouco de Molly, quer? Você e o seu namorado vão ter fôlego a noite todinha. E tem mais coisas aqui comigo. — Ela pega outro saco, dessa vez com meia dúzia de baseados prontos.

Eu a encaro.

— Heather, acabei de enterrar a Lily. Lembra da minha melhor amiga, que levou um tiro no peito do ex-namorado viciado em metanfetamina? Então, não... Eu não quero ecstasy pra transar.

Ela me encara com um olhar que, de repente, está superconcentrado.

— De boa, mas você tem um jeito estranho de viver o luto, Daunis. Ficar exibindo o novo namorado em uma festa?

Heather Nodin me deixa sozinha na fogueira, enquanto eu fico fervendo por dentro com verdades que não posso contar.

Depois dos fogos de artifício, as pessoas começam a ir embora. Agora tem espaço para todo mundo ao redor da fogueira.

— Conta uma história aí, Filha do Guardião do Fogo — pede Levi do outro lado da fogueira.

Eu balanço a cabeça.

— Não tem neve no chão.

Tia Teddie diz que honramos as tradições quando guardamos nossas histórias para o inverno.

Macy ri.

— Isso é só para as cobras não ouvirem os ensinamentos. — Ela olha ao redor. — A barra está limpa. — Ela ri outra vez e começa a se preparar para contar uma história.

— O Criador juntou todos os animais e pássaros, assim como o Primeiro Homem e a Primeira Mulher. — Ela deixa a voz mais grave para soar como o pai dela, Cacique Manitou. — "Eu sou o Criador e eu tenho um presente para cada um de vocês."

Algumas pessoas riem.

— Então Ele criou um dom e esperou que alguém o reivindicasse. "Quem quer voar mais alto do que qualquer outro pássaro e trazer as orações diretamente para mim?"

Macy levanta a mão no ar.

— Migizi disse: "Eu. Eu. Me escolhe." "Pode ficar com ele!", respondeu o Criador.

Todo mundo ri mais um pouco. Ela espera um segundo e então continua:

— "E que tal dentes grandes o suficiente para cortar árvores e construir uma casa que pode limpar um rio?" Amik cutuca o Primeiro Homem e sussurra: "Melhor não esperar até o final e acabar com um dom ruim." Então Amik se levanta e grita: "Criador, esse dom é perfeito. Por favor, me escolha!" Então ele responde: "É todo seu!"

Macy olha ao redor da fogueira, fazendo uma pausa dramática assim como o pai quando realiza um grande discurso.

— Então, o Primeiro Homem começou a ficar cada vez mais ansioso enquanto via os animais de quatro patas e os de asas reivindicando seus dons. Ele tentou levantar a mão algumas vezes, mas os outros foram mais rápidos. Finalmente, restava apenas o Primeiro Homem e a Primeira Mulher. O Criador anunciou o penúltimo dom. "O que acha da habilidade de fazer xixi em pé?"

Todos gargalham.

— O Primeiro Homem passa na frente da Primeira Mulher. "Eu. Criador. Eu. Me escolhe!"

"'É seu!'"

Os olhos de Macy brilham como se fossem brasas crepitando na base da fogueira.

— O Primeiro Homem pergunta ao Criador: "Ah... por curiosidade... O que era o último dom?"

"'Orgasmos múltiplos!'"

CAPÍTULO 20

Na manhã seguinte, Jamie está na frente da minha casa alongando as pernas no crepúsculo do amanhecer. Eu o cumprimento com a cabeça antes de sussurrar minha oração junto à árvore. Deixo de oferecer semaa por causa da minha lua. Quando começo a aquecer, Jamie imita meus movimentos. É como se nossa última corrida juntos tivesse sido ontem. Antes de Lily ter partido e eu me tornar uma Esquilo Secreta.

— Ontem o Levi chamou você de Filha do Guardião do Fogo. O que isso quer dizer?

Eu coloco um pé adiante para alongar meus quadríceps e panturrilha e me agacho para a frente.

— Bem, tem uma história sobre a filha do guardião do fogo original — explico. — Ela começa o dia erguendo o sol até o céu e cantando.

Nós fazemos afundos com a outra perna. Ele olha para mim, querendo mais informações.

— Levi me chama assim às vezes... por causa do sobrenome do nosso pai, Firekeeper. Ele achava irônico eu ser uma péssima cantora. — Viro os olhos e continuo a me alongar enquanto o céu clareia. — Não gosto dessa história porque ela nunca tem um nome próprio. A identidade dela é ligada ao pai, Firekeeper, e então ao marido, Primeiro Homem, chamado Anishinaabe, e então aos filhos, que têm o nome de cada uma das direções, Norte, Sul, Leste e Oeste. E *ela* é a responsável por erguer o sol toda manhã. O que ia acontecer se um dia ela estivesse cansada e falasse "Dane-se, vou voltar a dormir"? —

Aponto para a rua e começo a correr. — Parece furada: toda essa responsabilidade e ela nem tem nome.

Jamie acompanha meu ritmo por alguns quarteirões até a casa de Levi. As casas vão ficando cada vez maiores à medida que nos aproximamos.

Fico pensando no nome a mais que coloquei na minha oração para que o Criador saiba quem eu sou. E se o Criador souber exatamente quem eu sou? Tenho minha identidade conectada à do meu pai. Contar a história da guardiã do fogo para Jamie me faz perceber a contradição quando me apresento em minhas orações.

Ishkode-genawendan Odaanisan. Filha do Firekeeper. Filha do Guardião do Fogo.

Decido, dali em diante, não usar o nome a mais. Meu nome espiritual é o suficiente.

Eu deveria perguntar para Tia Teddie a palavra em anishinaabemowin para os raios de luz que conseguimos ver quando o sol se esconde atrás das nuvens. A ciência chama de raios crepusculares. Eu acho que a palavra é *zaagaaso*. Se estiver certa, é assim que vou chamar a Filha do Guardião do Fogo de agora em diante. Uma identidade própria: Zaagaasikwe.

Vejo ao longe a silhueta de dois rapazes se alongando.

— Levi mora em um conjugado em cima da garagem da mãe — digo. — Stormy também, na maior parte do tempo.

Jamie ergue uma sobrancelha.

— É que a família dele é meio complicada.

Stormy costumava pegar carona para sair de Sugar Island sempre que os pais brigavam. Ele jogava pedrinhas na janela de Levi até meu irmão acordar e deixá-lo entrar. Acontecia com tanta frequência que Dana colocou uma chave extra da porta dos fundos em um gnomo de jardim para ele usar.

Qualquer coisa que ela fazia para o Levi, também fazia para o Stormy. Se fosse comprar roupas para a escola ou equipamento de hóquei, ela comprava para o Stormy também. E nada de coisas de segunda mão.

É o que eu mais gosto em Dana Firekeeper.

Ela teve uma infância difícil e fez questão de que Stormy não passasse pelo mesmo que ela. Levi me contou uma vez que, quando Dana era criança, ela dividia a cama com as irmãs e que elas acordavam tirando os flocos de neve que caíam na cama por um buraco no teto.

Levi e Stormy nos seguem.

— Ô, Popô, vamos fazer um desvio e passar pela mansão? — Stormy tenta me provocar.

Eu lanço um olhar vazio para ele, que continua:

— Você estava na festa na mansão, não estava, Jamie? O que achou? Nós, Nishnaabs do per cap, somos os novos ricos. Popô é rica *mesmo*. Tem poupança garantida pela vovó e tudo mais. — Ele dá uma meia risada que soa como um ronco. — Você podia ter comprado um carro quando quisesses.

— Credo, Stormy. Alguém mijou no seu café da manhã hoje? — pergunto.

Levi me defende.

— Relaxa aí, Storm. Ela quer fazer por merecer. — Ele sorri para mim. — Eu respeito isso.

Tenho muitos sentimentos conflituosos quando o assunto é dinheiro. Tudo o que tenho é para minha formação, para eu ter um carro, "um bom começo na vida". É o que diz GrandMary. Era uma rede de segurança para que eu nunca precisasse de nada caso surgisse alguma "inconveniência". E é complicado usar essa grana, porque eu fui a "inconveniência" da minha mãe. Que decisões ela teria tomado se tivesse acesso a essa quantia de dinheiro?

Assim como eu, Stormy não lida bem com zhooniyaa. Eu entendo o motivo. Antes de Levi fazer dezoito anos, Dana depositava um cheque com um terço do valor do per cap de um adulto em uma conta conjunta com Levi. A mãe do Stormy não fez isso.

Shawna Nodin é Ojibwe, mas da região do Wisconsin. Uma vez ela alugou a suíte Ogimaa no resort Superior Shores e deu uma festa que durou o fim de semana inteiro. Na segunda, ela se inscreveu no Departamento de Serviços Sociais da reserva para que o programa de apoio emergencial pagasse as contas atrasadas e evitasse que cortassem a luz. Desde então, eles a chamam de Shawna Apagão.

Quando chegamos perto da casa dos Edwards, que é toda feita de aço e vidro, Mike aparece do nada, como um ninja. Ele imediatamente entra no nosso ritmo.

Os garotos ficam conversando, mas eu não consigo falar nada. O ritmo deles é um meio-termo entre meu ritmo normal e correr na velocidade máxima.

Mike solta um peido barulhento, e todo mundo ri.

— Porra, Boogid, esse pareceu até molhado — diz Stormy.

Levi se vira para falar com Jamie.

— Boogid é o nome que a gente deu para o Mike. Significa peido, mas a gente devia ter chamado ele de Miizii, porque estou achando que ele acabou de se cagar.

— E como você sabe que não foi a Popô? — provoca Stormy.

— Porque GrandMary iria deserdar a coitada se ela soltasse um desses.

Mais risos.

A desvantagem de sair com os meninos é que eles são muito nojentos. Se eu ganhasse um dólar para cada vez que tive que aguentar um peido deles, eu não precisaria da herança.

Eu ignoro todo mundo e me concentro no som da minha respiração.

A rota deles faz a gente seguir pelo rio até onde ele faz a curva, na saída das balsas e no *country club*. Escuto uma pequena parte de uma história que Levi está contando para Jamie. Sobre mim.

— E aí eu estou andando no topo do negócio, todo fodão. Umas gotinhas de chuva deixam o troço escorregadio e, quando vejo, já estou estatelado no chão olhando para o alto. Nessa hora, Daunis vem correndo, gritando pra eu não me mexer.

Nós cortamos caminho pela parte sul do campo de golfe para chegar na trilha que leva até o espaço onde acontece o pow wow. Levi continua falando.

— Aí ela fica de quatro para a chuva não cair na minha cabeça e manda o monitor do parquinho ligar para uma ambulância. — Levi olha para mim. — E a gente tinha o quê, uns onze anos?

— Nove. Foi logo depois que aquele ator que fazia o Super-Homem caiu de um cavalo e ficou paralisado — respondo, conseguindo falar só porque desaceleramos quando chegamos na trilha.

Eu não conto o quanto fiquei com medo naquele dia. Quase fiz xixi nas calças pensando que Levi poderia ter se machucado de verdade. Até aquele dia, Dana me tratava com educação, mas apenas o mínimo. Eu até pensei que ela fizera Levi ficar um ano atrasado na escola de propósito, para que a gente não estudasse na mesma turma. Mas quando eu e minha tia fomos no hospital visitá-lo, Dana me abraçou pela primeira vez. Entre soluços, ela repetiu miigwetch em meu ouvido pelo que pareceu ser uma hora inteira. Nosso relacionamento mudou, fortalecido pelo amor que temos por Levi.

Eu olho para as costas dele enquanto corremos em linha reta. Para cada vez que ele me irritou, tem outros milhares para eu agradecer por tê-lo por perto.

— Pé na tábua! — grita Levi por cima do ombro.

Os garotos começam a correr a toda velocidade nos últimos quatrocentos metros, cruzando o lugar do pow wow e passando pela rua Ice Circle até Chimakwa. Eu deveria saber que isso era só um aquecimento para eles, e agora o exercício de verdade vai começar — na academia.

Quando consigo alcançá-los, já estão todos fazendo os alongamentos pós-corrida. Eu me jogo na grama vazia e gelada, de barriga para baixo e com os braços abertos. Quero lamber a água de cada folhinha.

Quando eles terminam, gritam para se despedir. Jamie caminha atrás de Levi, mas de última hora ele fala algo para o meu irmão e volta correndo até mim. Eu me viro e fico de barriga para cima. Jamie se abaixa como se fosse fazer uma flexão e, numa prancha, chega o rosto bem perto da minha cabeça.

Ele me dá um beijo na bochecha.

— O Levi está olhando? — sussurra.

Olho para onde meu irmão está, de pé, sorrindo para nós.

— Uhum.

Ando lentamente até o EverCare. O cheiro de rosas enche o corredor do quarto de GrandMary. Paro na soleira da porta e fico observando minha mãe passar hidratante nas pernas finíssimas da mãe dela. Dá para perceber que ela se exaure cuidando de GrandMary, que nem sempre foi gentil.

E se for uma virtude amar e cuidar de alguém que talvez você não goste sempre?

Mamãe foi firme ao dizer que Tio David não teve uma recaída. E sei que, mesmo que tivesse, ela teria continuado a amá-lo e apoiá-lo.

E se minha mãe for na verdade alguém muito forte disfarçada de alguém frágil?

Vou até ela em vez de me jogar na cama de GrandMary, como geralmente faço. Beijo a bochecha dela. Sinto o cheiro de lavanda em seu pescoço, suave como um sussurro em uma sala onde rosas gritam. Dou outro beijo. Só porque quis.

— É meu primeiro dia na Lake State — conto para GrandMary depois que um piscar de olhos a traz de volta. Ela dá um sorriso largo. — Tenho aula às nove, então não posso demorar. Te amo.

Depois de um banho rápido e de tomar iogurte no café da manhã, eu voo no jipe até o estacionamento atrás do centro acadêmico. Corro pelo quarteirão para chegar na aula, sem fôlego e ansiosa. Os únicos lugares vagos são na primeira fileira. Eu me sento e olho para o assento vazio ao meu lado.

Você devia estar aqui, Lily.

A professora revisa o programa de Princípios da Macroeconomia. Uma a cada duas frases dela é uma advertência.

"Isso não é o ensino médio."

"Eu não controlo lista de presença."

"Não aceito trabalhos atrasados ou remarco provas."

"Não falo com pais."

"Vocês, e apenas vocês, são responsáveis pelo seu desempenho acadêmico."

"Se isso não é o que você espera, levante-se e vá embora ou cale-se para sempre."

Não quero estar aqui sem a minha melhor amiga.

Eu me levanto e vou embora.

E agora, Lily?

Sinto um formigamento no nariz e um nó na garganta. Tento respirar fundo. Água. Talvez água ajude. Procuro na minha mochila, mas não encontro nada.

Quando chego na porta do centro acadêmico, TJ Kewadin está saindo. A surpresa no rosto dele é substituída por uma expressão neutra e impassível. Ele passa reto, está com uma camiseta branca lisa, calça jeans e coturnos. Seu cheiro é fresco e amadeirado.

Esse babaca ainda está usando o perfume que eu comprei para ele.

Pego a primeira coisa que encontro na minha mochila. *Macroeconomia: Entendendo a riqueza das nações* pousa com um baque a trinta centímetros de TJ. Ele se vira, então percebo uma faísca de raiva passando pelo rosto dele antes da expressão anterior voltar. Não sei o que me deixa com mais raiva: ele ficar irritado ou ele esconder isso com tamanha cara de pau.

Na mesma hora, Robin Bailey passa por TJ. Ela pega meu livro do chão. Robin me dá o livro com uma das mãos enquanto a outra me puxa para dentro do centro acadêmico.

— Mulher, você precisa superar o TJ — aconselha ela enquanto me entrega uma garrafa de água que tirou da mochila. — Nenhum cara deveria provocar esse tipo de reação em você. Não importa quem ele seja ou o quanto todo mundo adora ele. Ou o quanto você quer ficar com ele.

— Eu não quero ficar com o TJ — respondo, nervosa.

Ela me lança um olhar que quase demonstra pena.

Robin se formou no ensino médio há dois anos com o TJ. Turma de 2002. No segundo ano, ela foi a primeira garota em Sault a entrar no time titular de hóquei. Eu me juntei a ela no ano seguinte como caloura. Fomos colegas de time pelos dois anos que estivemos em Sault High ao mesmo tempo. Ela jogou por um ano em Cornell antes de ser transferida para Lake State ano passado.

— É que... ele apareceu num momento ruim — digo, me defendendo.

— É, eu sei como é isso — responde Robin, empática. — Você não precisa ser uma super-heroína. Dauny, tudo bem não estar bem. Até estou um pouco surpresa de ver você por aqui.

— Eu achei que era o que a Lily iria querer que eu fizesse. — Seco uma lágrima do rosto.

Robin não se importa de se sentar comigo no café e deixar a tristeza bater.

— E se você escolhesse duas aulas e largasse as outras? Quais aulas a Lily mais queria fazer? — Ela me passa alguns guardanapos para eu limpar o nariz.

Eu sorrio.

— Literatura Americana do Século XX.

— E para qual aula você estava mais animada?

— Morfologia das Plantas.

— Claro. — Ela balança a cabeça enquanto ri. — Quando é sua próxima aula?

— Às dez. Literatura.

— Experimenta. Sem pressão. Vê o que você acha. Se gostar, fica. Mesma coisa com a aula das plantas. — Ela pega meu celular e liga para si mesma antes de me devolver o aparelho. — Me liga se quiser que eu vá com você na secretaria para trancar as aulas que não te empolgaram.

— Miigwetch — digo.

Ela fica em pé à minha esquerda e estica o braço direito na minha frente. Eu sorrio e faço o mesmo, formando um X com nossos braços. A gente costumava fazer isso com nossos tacos de hóquei antes dos jogos começarem. Foi ideia dela. Uma homenagem para todas as menininhas como nós, que prefeririam hóquei no gelo em vez de patinação artística.

Eu vou até a próxima aula, Literatura Americana, e me sento na última fileira, perto da porta. Dando uma olhada no programa e as leituras obrigatórias, procuro por uma específica.

Opa... Nada de Michener.

A bronca da Vó June sobre como James A. Michener é subestimado na literatura começa no momento em que eu a busco para o almoço e vai até a volta para casa à tarde.

No dia seguinte, quando a ajudo a entrar no jipe, Vó June continua de onde parou.

— Acho bom você falar para essa espertinha Zhaaganaash que James A. Michener é o melhor romancista americano que eu já vi na vida! — exclama ela.

— A professora é negra — digo. — E pode deixar que eu vou falar a sua opinião para ela.

— Não é opinião. É fato.

Depois que levo para Vó June uma bandeja da versão indígena de um taco feito com pão frito integral, fico na fila para pegar minha comida. Jonsy Kewadin derruba a caneca de café que tinha acabado de encher. Eu pego alguns guardanapos para limpar a sujeira. Quando entrego uma caneca nova, ele pede açúcar.

— E a sua diabetes?

— Não sou diabético — responde ele. — Sou presbiteriano.

Eu dou risada. Jonsy é católico duas vezes por semana.

— Psiu. — O tom dele muda como se estivesse contando um segredo. — Eu levei o TJ de volta para o aterro depois da tempestade aquele dia, e aquele saco tinha sumido... Você não pegou, né?

— Carregar lixo tóxico não parece algo que uma pessoa racional faria, Vô Jonsy — digo enquanto o ajudo a voltar para a mesa dos amigos.

O irmão de Jonsy, Jimmer, chama minha atenção.

— Ei, Firekeeper. Meu neto me deu um vale-presente do iTunes. O que raios eu faço com isso?

— Você pode comprar qualquer música on-line por noventa e nove centavos e gravar um CD — explico. — Como se fosse fazer um álbum com suas músicas favoritas.

— Jimmie Rodgers e Ernest Tubb?

— Desde que eles estejam no catálogo do iTunes — afirmo. — Vou pegar meu notebook depois do almoço. Podemos usar esse seu vale-presente hoje e eu trago seu CD amanhã.

Eu digo para Vó June que depois do almoço vou ajudar Jimmer Kewadin a comprar músicas na internet.

— Aquele gângster velho? — pergunta ela.

O diretor do Centro para Idosos faz alguns anúncios antes de sortear a rifa. O Conselho Jovem do Povo Ojibwe vai estar lá na quinta-feira para ajudar quem quiser configurar o celular.

— Vocês podem receber avisos de emergências. Ou mandar mensagens para os amigos com novidades sobre a balsa.

— Uau… — comenta Jonsy em voz alta. — É o telégrafo de mocassim dos tempos modernos.

— Ah, e uma jovem está desaparecida — diz o diretor. — Membro registrado do povo. Heather Nodin foi vista pela última vez andando na avenida Paradise na noite de segunda-feira. Qualquer um que tenha informações deve entrar em contato com a Polícia da Reserva.

Heather sumiu? Eu não me lembro de ela estar na fogueira quando Macy contou a história dos presentes do Criador. Talvez ela tenha ido embora logo depois de me oferecer drogas e trocar farpas com a Macy. Preciso contar para Jamie que talvez eu tenha sido uma das últimas pessoas a falar com Heather Nodin.

☼

Na sexta-feira eu já havia trancado duas matérias e virado mestre no iTunes. Vó June e eu passamos a maior parte da tarde na ilha. Ela e Minnie repetem as mesmas velhas discussões. Não consigo imaginar passar décadas assim discutindo com Macy.

Eu decidi, como Esquilo Secreta, que enquanto ajudo um Ancião a comprar músicas no iTunes, posso muito bem perguntar sobre seus remédios e coisas do tipo. Uma boa troca, já diria Jonsy fazendo um gesto de onda no ar, imitando a cena de *Dança com lobos*.

Jimmer Kewadin me conta que Al Capone teve mesmo um esconderijo para guardar uísque em uma caverna no lago George. Lado Leste de Sugar Island.

— As pessoas exploram as cavernas procurando as coisas que ele deixou lá?

— Às vezes. E aí um cadáver aparece na praia. Isso costuma assustar os que têm bom senso.

Leonard Manitou — filho de Minnie, pai do Cacique Manitou, e avô de Macy — conta que, quando tinha cinco anos de idade, sumiu por dois dias e ninguém, exceto sua mãe e avó, acreditou que os Pequeninos cuidaram dele.

Buck Nodin — que todo mundo chama de Bunda Nua — chama minha atenção. Ele é tio-avô de Heather, acho, e talvez queira saber quando foi a última vez que a vi. Em vez disso, ele pergunta distraído quanto custaria comprar todas as músicas de Patsy Cline. Antes mesmo de eu conseguir responder, Buck conta sobre a vez em que ele acidentalmente laçou o próprio gato em vez de um coelho. Depois me conta sobre quando ia colher cogumelos com o bisavô em Duck Island.

— Cogumelos? Em Duck Island? — pergunto antes de ele mudar de assunto.

Meu coração bate tão forte que tenho certeza de que Buck consegue vê-lo por baixo da minha camiseta dos Red Wings.

Quando Ron me levou até a sala do Tio David, ele mencionou três lugares onde os cogumelos alucinógenos foram encontrados: Tahquamenon Falls, Pictured Rocks e Sugar Island. No caminho de volta de Marquette, Ron revelou um detalhe importante sobre onde Tio David esteve: lago Duck, em Sugar Island. E Duck Island fica em parte dentro do lago Duck.

— Pois é — responde Buck. — Aquela ilhazinha é cheia deles. Por causa de alguma coisa na terra, da umidade. Nenhuma das árvores antigas foi derrubada.

Eu olho ao redor, ansiosa para seguir com a pesquisa de Tio David. Seeney Nimkee faz uma careta para mim do outro lado do refeitório, como se soubesse o que estou pensando.

Essa Esquilo Secreta está atrás de uma noz. Uma noz chamada cogumelo alucinógeno.

CAPÍTULO 21

No sábado, eu fico encarando o outdoor da reserva durante o caminho até o centro da cidade. O desespero toma conta de mim. Do lado esquerdo, está escrito NÃO ESQUEÇAM em letras brancas num fundo escuro. A foto de formatura da Heather, assim como a descrição dela e o número de telefone da Polícia da Reserva, preenchem o outro lado.

Só quando passo pelo outdoor percebo o contorno das Torres Gêmeas atrás das letras garrafais. Estão se referindo ao atentado de 11 de setembro. São dois pôsteres separados.

A mãe de Heather estava com uma cara péssima ontem à noite na TV. Vida difícil e mais de uma passagem pela cadeia. Ela disse que a polícia não estava fazendo o suficiente para encontrar sua filha.

Planejo perguntar depois para Jamie ou Ron se algo pode ser feito para intensificar as buscas.

Em Sugar Island, sigo para o lado sul e leste até a estrada acabar. O jipe balança de um lado para outro na estrada de terra. *Upa, bom menino*, digo dando tapinhas no painel do carro quando estaciono.

Lembrei da dica de Jonsy e trouxe uma mochila com sacos plásticos, um rolo de fita crepe para fazer etiquetas e um marcador permanente. Também trouxe um mapa da ilha — dobrado para mostrar apenas Duck Island — e mais uma garrafa de água, luvas de látex, repelente, rolo de barbante vermelho, uma tesoura pequena, uma câmera fotográfica e um caderno com uma caneta presa por um fio amarrado na espiral.

A caminho da parte mais estreita da ilha, que torna Duck Island uma península e não uma ilha, encontro a cabana do zelador da área.

Eu congelo. Uma lembrança me atinge como o vento.

Meu pai me carregando nos ombros bem aqui, a caminho do melhor lugar — secreto — para pesca no lago Duck.

Quero ficar aqui e piscar até ele aparecer ao meu lado. Em vez disso, ouço a voz de Jonsy na minha cabeça.

Não perde tempo, parente. Está desperdiçando a luz do dia.

Em algum lugar em Duck Island, Tio David achou um tipo específico de cogumelo.

Para explorar a área de forma metódica, decido pensar nela como a tomografia computadorizada de um tronco. Fico na parte sudeste da península à beira do lago George e amarro a ponta do barbante vermelho em uma bétula para marcar onde comecei. Ando dez passos para o norte, acompanhando a margem, e marco outra árvore.

A passada de uma pessoa tem, em média, setenta e seis centímetros, mas como minhas pernas são compridas, a minha deve ser de quase um metro. Então as seções que vou fazer vão ter nove metros de profundidade pela largura da ilha de leste a oeste.

Cortando pelo meio de Duck Island, chego no lado oeste do lago Duck. Sigo para o sul até chegar na parte estreita, onde a península começa e onde marquei a primeira árvore. Marcando dez passadas pela margem, faço a seção noroeste.

Examino a área, procurando por partes úmidas — solo ou madeira molhada — onde cogumelos nascem. Quando encontro alguma coisa, tiro fotos, anoto no caderno e coleto uma amostra. Depois vou pesquisar cada uma delas com as três enciclopédias de cogumelos do Tio David. Minha mãe me fez colocar todos aqueles livros na biblioteca da mansão depois de esvaziarmos o apartamento dele. Além dos livros de referência do meu tio, encontrei um site que cataloga cogumelos, onde posso pesquisar por espécie e localização.

Meu objetivo é encontrar algo que não tenha sido catalogado. Não estou procurando por algo conhecido — na verdade, é o oposto disso.

Daunis, nós não provamos que uma hipótese é verdadeira; nós buscamos provas que refutam uma hipótese nula. Consigo ouvir a voz de Tio David tão bem que é como se ele estivesse ao meu lado.

Ele me ensinou tanto. Eu posso seguir seus passos — fazer o que ele teria feito.

É errado ficar tão animada com um projeto de pesquisa que tem tanto em jogo?

A floresta é terapêutica. Faz com que eu use todos os meus sentidos e me conecta a algo maior, atemporal. Como se eu esvaziasse minha mente, mas sem precisar correr. Folhas dançam sobre a terra. Grilos pulam por aí. Os aromas de pinho, cedro e musgo se misturam.

Quando termino minha primeira seção, faço as dez passadas mais uma vez para o norte ao redor do lago George. Exploro Duck Island em seções repartidas pelo resto da manhã.

Faço uma pausa no começo da tarde para comer um pouco de queijo, biscoitos e uma deliciosa maçã Fuji. Olho o relógio. Minha mãe acha que estou estudando na biblioteca da faculdade. Meu plano é fazer mais algumas seções antes de voltar para casa e estudar as amostras. Amanhã vou voltar assim que minha mãe sair para ir à missa, e pretendo ficar aqui mais algumas horas.

Ando mais dez passos para o norte e marco uma árvore. Tem alguns pés de amores-perfeitos logo na marca da minha seção. Amarelos com detalhes roxos, ou o contrário. Vovó Pearl colhia essas flores e misturava todas com gordura de urso derretida para fazer uma pomada para o tratamento do eczema do meu pai. Ela também fervia as folhas roxas para fazer tinta para as faixas de freixo, torcendo-as e trançando-as como adornos coloridos nas cestas que criava.

Eu sempre gostei dessas flores. Quando fiz meu jejum de amadurecimento, choveu o tempo todo. Só parou uma vez. Foi o suficiente para eu sair da grande rocha onde me abrigava, que era como o casco de um navio de cabeça para baixo, e ir até a floresta que havia em volta. Tinha alguns pés de amores-perfeitos coloridos, e os detalhes neles pareciam pequenos rostos. Quando a chuva recomeçou e eu retornei para debaixo da minha lona, pensei neles como ajudantes espirituais que estavam me fazendo companhia.

Um vulto preto passa. Um corvo, parando para descansar em cima de uma pedra à beira d'água depois das flores.

Eu me lembro da história que Macy contou na fogueira. Na versão que eu tinha ouvido, contada pela Vovó Pearl, Gaagaagi estava armando travessuras enquanto o Criador distribuía os dons.

O que eu vou fazer? Ai, por que fui tão malvado? Como poderei encontrar meu propósito?

Gaagaagi visitou Makwa para aprender com ela, mas se entediou. Tudo o que ela fazia era passear pela floresta coletando remédios.

Ele voou para longe e observou todos os amigos aproveitarem os dons que receberam. Mais uma vez, brigou com ele mesmo por ser travesso e ter perdido a chance de ganhar algo também.

Um dia, ele estava voando por aí quando ouviu Ajidamoo chorando em um buraco de árvore, rodeado de bolotas que havia colhido.

O que aconteceu, Ajidamoo?

Estou triste e não gosto mais de nada do que eu amava fazer.

Talvez você deva ir visitar Makwa. Ela sabe de tudo. Talvez exista algum tipo de chá que ela possa fazer para você. Venha comigo. Levarei você até lá.

Gaagaagi guiou Ajidamoo até Makwa. E, claro, Makwa tinha o remédio perfeito para ele.

Um sentimento bom tomou conta de Gaagaagi quando ele voou para longe.

Ele continuou seu caminho até encontrar Waabooz chorando.

O que aconteceu, Waabooz?

Não consigo relaxar enquanto aquele vil Waagosh estiver tentando me comer.

Mas, Waabooz, o Criador deu a você o dom de orelhas longas e pés rápidos. Você consegue ouvir coisas que outros não conseguem. Ninguém é mais rápido do que você. Vai conseguir fugir do Waagosh se fizer uso dos seus presentes.

É verdade, disse Waabooz. Miigwetch, niijii.

Quando voou para longe, Gaagaagi teve o mesmo sentimento bom. Ele passou tanto tempo voando, vendo seus amigos usarem seus dons, que aprendeu a perceber seus pontos fortes e como poderiam ajudar outros em momentos de necessidade.

E foi assim que Gaagaagi descobriu que seu dom era o de resolver problemas.

Estou sorrindo quando me aproximo do pássaro preto na pedra.

— E como você vai me ajudar, niijii? — digo baixinho.

O cheiro me alcança assim que eu percebo que tem algo além da pedra.

Um corpo.

Puxo meu moletom para cobrir o nariz, dou passos hesitantes enquanto respiro rápido. Eu me aproximo da pedra e observo.

Pálpebras semiabertas. Os olhos se foram. Bicados ou comidos.

Eu tropeço para trás.

Não tem cheiro de cadáver.

Como Jonsy sabe qual é o cheiro de um cadáver?

Porque o fedor de carne humana apodrecendo é completamente único.

Também sei que nunca vou me esquecer do cheiro do cadáver de Heather Nodin.

CAPÍTULO 22

Só quando chego na casa de Tia Teddie o sinal do meu celular volta a funcionar. Entro correndo falando com alguém da emergência.

— Não, ela não tinha pulso. Eu já disse que ela está morta.

Minha tia vem correndo na mesma hora da lavanderia, os olhos arregalados de preocupação.

— Heather Nodin... largada... lago George em Duck Island. — Eu mostro o celular e falo para minha tia: — Já falei para a atendente duas vezes que não precisei tentar sentir o pulso porque ELA JÁ ESTAVA MORTA!

Minha tia pega o celular. Com a outra mão, ela me puxa para um abraço apertado.

— Avisa a polícia que estaremos perto da cabana do zelador — diz ela ao telefone antes de desligar e jogá-lo na bancada da cozinha. Com o outro braço, ela envolve meu corpo.

As pessoas fazem isso para acalmar vacas que vão para o abate. No meu primeiro ano jogando hóquei com o treinador Bobby, ele me deixou em casa depois de um jogo fora da cidade. No caminho, nós ouvimos uma entrevista no rádio com Temple Grandin, uma cientista que está no espectro autista. Ela inventou a "máquina do abraço" para gado, que também a ajudou com sua superestimulação sensorial. Minha mãe até precisou sair de casa, ir até o carro e me chamar para entrar, mas eu queria ficar ali para terminar de ouvir a entrevista. Bobby desceu o vidro do carro quando minha mãe chegou perto.

Não se preocupa, Grace. Ela está segura aqui comigo.

✺

Quatro viaturas da polícia são seguidas por uma ambulância. Tia Teddie segura minha mão enquanto guiamos dois socorristas e meia dúzia de policiais pela orla. TJ é um deles.

Quando reconheço a pedra que o corvo me mostrou, eu paro e aponto.

— Ali.

Eu não queria sentir o cheiro dela de novo.

Tia Teddie e eu andamos de volta para a clareira próxima à cabana do zelador, onde os carros estavam estacionados. Nos encostamos no capô do carro dela. Eu me concentro na luz do fim da tarde que passa por cima das árvores e faço questão de ignorar TJ quando ele se aproxima.

— O que você estava fazendo aqui? — pergunta ele.

Eu me curvo para a frente e vomito nas botas dele.

Tia Teddie molha um papel toalha e limpa minha testa úmida. Ela me dá outra folha de papel. Eu limpo a boca. Respiro fundo algumas vezes enquanto ela entrega alguns papéis úmidos para TJ.

— Trabalho da faculdade — digo, enfim. — Morfologia das plantas.

— Você pode falar no rádio para alguém ligar para a mãe dela? — pede Tia Teddie.

Merda. Minha mãe vai surtar.

Merda de novo. Eu esqueci de avisar Jamie e Ron sobre isso. Mas... Talvez Heather não tenha nada a ver com a investigação.

Eu tenho um pouco de Molly, quer? Você e o seu namorado vão ter fôlego a noite todinha. E tem mais coisas aqui comigo.

— Eu preciso ligar para o meu... namorado. — Tusso a última palavra.

— O cara do time do seu irmão? — A mandíbula de TJ trava.

Faço que sim com a cabeça e sinto o vômito subir.

O policial Kewadin não se arrisca. Apenas se afasta.

✺

Dessa vez, eu não me oponho quando minha mãe se oferece para cuidar de mim. Eu sei que ela está levando a situação a sério quando deixa de ir à missa de domingo e de visitar GrandMary para ficar assistindo filmes comigo a manhã toda. Me irrita um pouco ela ficar levantando sem parar da poltrona para encher minha xícara com mais chá de camomila, mas toda vez que isso acontece, a faísca de irritação por ela ficar tão em cima de mim é substituída por um sentimento de culpa por estar sendo egoísta e ingrata.

    Eu não sou a única mimada da casa. Herri está cochilando em meu peito. O pelo dela parece um smoking — a maior parte é branco com alguns pontos pretos — e faz ela ser ainda mais fofa. É um ótimo disfarce para quando minha gata está sendo uma peste. Se eu parar de fazer carinho em seu pelo macio por muito tempo, ela morde meus dedos.

    Meu celular vibra. Herri fica com raiva quando eu paro o carinho para olhá-lo.

JAMIE: Posso te ligar?
EU: não. vem aqui.

    Liguei para Jamie ontem à noite. Só deu para fazer um breve resumo de como foi ter encontrado Heather, porque minha mãe interrompeu a ligação ao se oferecer para preparar um banho de banheira. Ela está sempre de olho em mim.

    Quando o filme termina, mamãe pergunta o que eu quero assistir em seguida.

— *Abracadabra* — digo.

— Será que é uma boa escolha? Não tem... — A voz dela vira um sussurro — ... gente morta nele?

— Está tudo bem, mãe. — Eu reviro os olhos e no mesmo instante me arrependo, porque percebo que ela ficou magoada.

    Tiro Herri de cima de mim e me levanto num pulo. Abraço minha mãe do jeito que minha tia fez comigo ontem. Meu coração se despedaça um pouco quando sinto os ombros tensos dela balançarem.

    É assim que sempre fomos.

    GrandMary era como Herri. Ela mexia comigo e eu sabia que podia fazer o mesmo, ciente dos limites. Assim como acontece com minha gata, GrandMary e eu nos bicávamos, não para nos machucar, mas o suficiente para provocar alguma reação.

    Mas minha mãe sempre mudava o limite de lugar para que eu nunca soubesse o que a afetava. Tudo o que eu sabia era que suas emoções frágeis eram como um lago congelado no meio da primavera.

    Quando ela para de chorar, eu beijo sua bochecha.

— Um amigo está vindo aqui. Tudo bem? Você conheceu ele... Jamie. Nós somos... mais do que amigos agora.

É fácil ver o mix de emoções estampado no rosto dela: surpresa, felicidade, preocupação.

Eu respondo às perguntas que ela não faz.

— Jamie é um cara legal, mãe. Ele me respeita, assim como respeita minha história e tudo pelo que passei.

Eu a solto e levo minha xícara até a pia da cozinha. Lavo e coloco para secar no escorredor ao lado. Preciso conversar com Jamie, mas isso não vai ser possível se ela ficar servindo chá e oferecendo biscoitos para a gente o tempo todo.

— Tudo bem se tivermos um pouco de privacidade? — pergunto.

Mais uma vez, a ansiedade está estampada na cara dela: *não, sim, não, tudo bem*.

— Eu vou dobrar algumas roupas e fazer exercício na bicicleta — comenta ela, contrariada.

Quando Jamie chega, minha mãe o cumprimenta com um abraço. Ela pergunta se ele está nervoso para o primeiro jogo da temporada no próximo fim de semana e Jamie admite que sim, está bem ansioso.

Minha mãe se retira discretamente. Assim que eu escuto a TV no andar de baixo, olho para Jamie e coloco um dedo sobre os lábios.

Ele me encara surpreso quando vou até a estante de livros para pegar o sensor da babá eletrônica, o dispositivo que vai reproduzir todos os sons daqui de cima para minha mãe lá na sala. Eu coloco o aparelho no móvel que foi reformado para acomodar a TV e o DVD. Assim, ou minha mãe vai ouvir *Abracadabra* ou vai simplesmente desligar a babá eletrônica.

Daunis, a incrível Esquilo Secreta, é uma Ajidamoo esperta.

Eu sinalizo para Jamie me seguir pelo corredor andando nas pontas dos pés. Quando chego no meu quarto, ele não está logo atrás de mim. Acabou se distraindo com as várias fotos gigantes no caminho. A vida de Daunis Lorenza Fontaine. Bato no braço dele do mesmo jeito que Herri faz quando quer que eu preste atenção nela. Jamie se concentra em uma foto minha de quando tinha sete anos, com uma cara péssima, vestindo um collant de patinação artística com lantejoulas rosa.

No fim, preciso arrastá-lo até meu quarto.

Jamie olha ao redor. Ele para de frente para a cômoda. Um porta-retratos mostra Lily e eu fantasiadas como duas das irmãs bruxas de *Abracadabra* no Halloween. Ela achou que seria engraçado se eu fosse a irmã glamourosa, então usei uma peruca loira. Herri pula na cômoda e cutuca a mão de Jamie para que ele a acaricie.

— Quem é essa? — pergunta ele enquanto fez carinho nas orelhas de Herri.

— Herri... Herrington, na verdade. O nome dela é uma homenagem a John Herrington, astronauta da NASA que faz parte da Nação Chickasaw e foi a primeira pessoa indígena a ir para o espaço — continuo. — Você sabia que John Herrington levou uma pena de águia para a Estação Espacial Internacional?

— Não sabia. Que demais — responde ele.

Herri ronrona alto, aprovando a técnica de carinho de Jamie. Eu quase me esqueço do motivo de ele ter vindo aqui.

— Então, eu não disse antes — sussurro —, mas Heather me ofereceu ecstasy misturado com Viagra quando estávamos perto da fogueira. Maconha também.

— Você deveria ter me contado na hora. — Jamie encara meu reflexo no espelho acima da cômoda. — Não uma semana depois.

— Eu achei que não era nada de mais, mas agora acho.

— Mas o Ron disse que a morte dela não é suspeita.

— Afogamento em setembro? Em Duck Island? Como não é suspeito?

O espelho com moldura dourada faz com que pareçamos estar em uma fotografia. Eu me viro de costas para a cômoda.

— Antes a gente chamava ela de Heather Swanson — começo. — Todo mundo sabia que o pai dela era Joey Nodin, mas ele negava. Parece que ele ameaçou a mãe da Heather quando ela pediu pensão. Mas depois que o cassino abriu e o povo começou a pagar per cap, Joey reconheceu a paternidade e registrou a Heather como membro. Dizem que Joey subornou um ex lixo da mãe dela para armar uma batida policial surpresa e ela perder a custódia. O responsável legal com custódia do menor de idade é quem recebe o dinheiro.

Jamie ergue a sobrancelha do lado do rosto sem a cicatriz. Eu continuo falando baixinho.

— Eu te disse que o per cap tem seu lado bom e ruim, dependendo de como é usado. Ele trouxe muitas coisas boas. Tia Teddie comprou de volta terras em Sugar Island que haviam sido vendidas para Zhaaganaash em períodos difíceis.

Ele não fala nada.

— Mas quando falamos das piores coisas que vieram com o per cap, todo mundo fala de Heather. Minha tia disse que o caso dela fez com que o Conselho do Povo modificasse as condições de registro de membros. Agora tem um processo especial para quando pessoas que não fazem parte do nosso povo reivindicam que seus filhos façam parte. São logo feitos testes de DNA para checar a paternidade.

Jamie me interrompe.

— Testes de DNA podem dizer a qual povo você pertence?

— Shhhh! — Coloco o dedo em frente aos lábios de novo.

Ele se vira para mim. Essa foi por pouco. Eu me aproximo dele e continuo falando baixo.

— Você está pensando nesses testes idiotas de ancestralidade em que a gente manda nosso cuspe em um tubo pelo correio e eles dizem que você é dezoito por cento indígena. Esses testes não funcionam. Generalizam os resultados considerando localização geográfica, e não territórios, povos ou clãs. As pessoas fazem esses testes e realmente acham que podem se tornar parte de um povo. Mas não é assim que funciona.

Ele franze o cenho. Jamie trabalha disfarçado indo para comunidades originárias e fingindo ser outra pessoa. *Eu nunca morei no mesmo lugar por tempo suficiente para entender o que seria normal.* Será que, seja lá quem ele for de verdade, ele não tem uma comunidade?

Eu poderia compartilhar o que sei. Compartilhar informações que não sejam sobre a investigação, mas que possam interessar essa pessoa que ele é por trás do disfarce.

— Testes de paternidade usam qualquer tipo de fluido corporal para extrair o DNA e comparar a criança ao pai ou aos irmãos. Nosso povo exige que o teste seja feito com sangue. Eles iam pedir testes usando fios de cabelo, mas alguns dos membros mais velhos lembraram a todos sobre o histórico de violência com nossos cabelos sendo tirados de nós... o escalpelamento de tantos em troca de dinheiro, como se fosse pele de animais, e as escolas residenciais que cortavam o cabelo de crianças assim que elas eram sequestradas. Quando o Conselho discutiu usar sangue para os testes, também houve resistência. Alguns diziam que sangue demais já foi derramado, mas outros falaram sobre a memória no sangue. Não é apenas trauma geracional que fica armazenado em nós e é passado adiante, mas também nossa resiliência e nosso idioma. Então o povo escolheu o sangue como uma forma de fazer as crianças reestabelecerem sua conexão com o nosso sangue. E para que os adultos que foram adotados fora da comunidade possam encontrar o caminho de volta para sua família.

Jamie não está mais olhando para mim. Está na minha escrivaninha agora, olhando pela janela enquanto faz um carinho inconsciente em Herri. A cabeça dele está em outro lugar; eu o entediei com meu discurso improvisado: Tudo O Que Você Sempre Quis Saber Sobre DNA, Mas Tinha Medo de Perguntar. Talvez não fosse do interesse dele.

— Enfim, o Conselho tentou mudar as coisas para que mais ninguém passasse pelo que Heather passou.

— Você a conhecia, então não quero falar algo idiota — começa Jamie, se virando de costas para a janela —, mas, obviamente, fugir de casa sem falar para ninguém e carregar um saco de maconha e outro com comprimidos e metanfetamina no bolso são coisas que fazem sentido, dada a pessoa.

— Não me interessa. Heather merece que pelo menos alguém se importe com ela.

Agora é ele quem leva um dedo aos lábios.

Algo me distancia da raiva flamejante em mim.

O que Jamie acabou de falar sobre o que tinha no bolso dela. Seria uma pista?

— Jamie, não tinha metanfetamina no saco que ela me mostrou. Só comprimidos.

Eu quero ir com Jamie contar a Ron sobre as drogas que foram encontradas com Heather.

— Você teve uma experiência traumática ontem, Daunis. Descansa por hoje — sussurra Jamie em meu ouvido quando eu pego a babá eletrônica e coloco de volta na estante.

Cubro o microfone dela para o caso de minha mãe estar ouvindo.

— Não me diga o que fazer.

Ele aperta a ponte do nariz e vai em direção à porta da frente.

Resisto ao impulso de jogar a porcaria da babá eletrônica nele. Eu o sigo e consigo alcançá-lo quando ele chega na caminhonete. No mesmo instante, o Corvette azul de Macy entra na minha rua.

Você e Jamie precisam estabelecer padrões de relacionamento para as pessoas repararem, disse Ron.

Eu rezei por zoongidewin hoje? Não, afinal, por que eu precisaria de coragem para ficar o dia inteiro em casa com minha mãe e Herri? Mas eu ofereci semaa hoje de manhã e rezei por Heather Nodin. Saber amar é saber ter paz. Eu desejo que ela tenha isso no próximo mundo, porque acho que ela deixou de ter isso neste aqui.

Eu abraço Jamie por trás. O corpo dele fica rígido. Meus braços circundam sua cintura e eu o seguro como uma máquina de abraço improvisada.

— O carro da Macy está logo ali, temos que fingir — digo rapidamente. Ele tem cheiro de praia e sol.

Jamie acena para o carro passando na rua.

Eu beijo a lateral do pescoço dele. Sinto a pulsação da artéria carótida contra meus lábios.

E isso, Macy Manitou, é o que chamamos de atuação.

Jamie vai embora. Mamãe está na porta, chorando. Solto um suspiro e entro em casa para decifrar o motivo das lágrimas e descobrir como confortá-la.

Saber interpretar as pessoas era algo que eu e Lily tínhamos em comum.

Minha melhor amiga disse que quando morou com a mãe, ela conseguia entender em três segundos se o último relacionamento de Maggie era bom ou ruim. Analisava a situação para decidir se ela precisava ser a Lily Divertida ou a Lily Invisível. Eu achava que entendia. Minha mãe sempre tinha uma atitude diferente nos dias tristes, ainda de luto pelo relacionamento com meu pai. Eu precisava confortá-la — fazer chá, abraçar e assistir a um filme leve com ela.

É quase a mesma coisa, falei para Lily.

Não. Não é, ela dizia. *Sua mãe nunca descontou em você quando o relacionamento acabou.*

Levo os cinco segundos da calçada até a porta de casa para entender o humor da minha mãe.

Sintomas: Lágrimas, mas sem a postura dos dias tristes e um meio sorriso melancólico.

Diagnóstico: Estou crescendo, e mamãe queria que meu tio estivesse aqui para ver.

Prescrição: Abraços. Empatia. Sugerir uma soneca mais tarde. E chá.

— David não vai estar aqui para te levar ao altar no dia do seu casamento — diz ela.

Eu me controlo para não responder *Espera aí, eu não tenho nem dezenove anos ainda*. Em vez disso, eu a abraço até ela parar de chorar.

— Mãe, por que você não vai se deitar e eu te levo uma xícara de chá de camomila?

Enquanto minha mãe cochila, eu tento terminar de assistir ao filme. É inútil. Estou inquieta demais. Herri mordisca meus dedos porque estou acabando com os planos dela de cochilar em meu peito.

Minha mente não para.

Jamie e Ron estão falando com o FBI para descobrir tudo o que podem sobre Heather, um histórico completo. Enquanto isso, tenho que ficar em casa. Ser uma Esquilo Secreta inútil.

Resolva o problema, Daunis.

Tio David me ensinou a pensar como uma cientista. Não bastava fazer uma lista de tarefas, era preciso colocá-las em ordem.

Eu sinto falta dele. Não só porque mamãe era tão tranquila quando estava perto do irmão mais novo, mas porque ele era bom e gentil. Tio David amava a mim e a minha curiosidade infinita.

Uma vez, GrandMary se cansou das minhas muitas perguntas à mesa de jantar.

A curiosidade matou o gato, Daunis, disse GrandMary.

Sim, mas a satisfação o trouxe de volta. Tio David fez o equivalente a um tiro instantâneo no hóquei. Rápido. Mais surpresa do que força.

Eu não posso falar sobre a investigação com minha tia ou com Vó June. Tio David entenderia. Ele me ajudaria a resolver o problema.

Ele me ensinou os sete passos do método científico: observação, elaboração do problema, pesquisa, hipótese, experimentação, análise dos resultados, conclusão. Ordem para o caos.

Organize e documente tudo, Daunis.

É isso. Eu me levanto tão rápido que Herri voa com minha epifania.

Meu tio registrava todo experimento, toda etapa do seu amado método científico. Ele encheu cadernos e mais cadernos com uma escrita garranchosa — a única coisa dele que não era meticulosa.

Mas ele sumiu antes que pudesse entregar qualquer prova. Descobriu algo que não deveria saber. Por isso não está mais aqui.

Eu vou seguir os passos dele, mas com cuidado. A curiosidade matou a gata. Mas a satisfação a trouxe de volta.

CAPÍTULO 23

GrandMary, mamãe e eu empacotamos tudo o que era de Tio David depois que ele morreu. Minha mãe não conseguiu se livrar de nada, então tudo ficou no porão de GrandMary.

Eu escrevo um bilhete e coloco ao lado do bule de chá para minha mãe ver quando acordar.

Saí para correr, não quis te acordar.
Não me espere para jantar.
Talvez visite GrandMary ou a Tia Teddie. Te amo.

Passo em frente à casa de Dana a caminho da casa dos meus avós. As pessoas ainda balançam a cabeça em reprovação quando falam sobre o pecado imperdoável que foi pintar de branco a casa feita de tijolinhos escuros e colocar venezianas anil. Levi me disse que a mãe dele viu uma casa assim em Ann Arbor quando ela estava fazendo faculdade de direito e quis ter uma casa como aquela um dia. Ninguém pode dizer que Dana Firekeeper, desembargadora dos tribunais da reserva, não é persistente.

Em contrapartida, a casa dos meus avós parece vinda de um campo da França e reconstruída aqui pedra por pedra. Um *château* em uma rua sem saída com vista para Sault Ste. Marie e Sugar Island, ao leste.

Eu corro até a porta lateral da cozinha e uso minha chave para entrar. Sinto o cheiro do lustra-móveis de limão; a faxineira deve ter vindo aqui ontem ou na sexta-feira. Ela ainda vem duas vezes por semana para deixar tudo limpo enquanto minha mãe espera GrandMary se recuperar e exigir que deve voltar para casa.

Eu ligo todas as luzes por onde passo até chegar no porão escuro, cruzar a lavanderia e a adega, e dar de cara com uma porta pesada de madeira que leva a um grande depósito. A faxineira não entra aqui, então sinto cheiro de mofo. Meu avô mandou colocar prateleiras grossas de madeira em todas as paredes. Caixas de papelão, cestos de plástico e caixotes de madeira preenchem todas elas. A maioria, mas não todas, tem etiquetas.

As coisas de Tio David enchem uma seção inteira da parede, e os móveis ocupam a maior parte do espaço. Mamãe chorou quando me disse que gostaria que eu ficasse com as cadeiras e com a mesa de jantar dele, para eu colocar na minha própria casa um dia. Ela chora sempre que fala sobre meu tio, como hoje, quando se emocionou ao me ver abraçar Jamie. Ela até disse algo sobre como David adoraria ter conhecido ele.

Eu procuro pelas caixas marcadas como ESCRITÓRIO e abro as tampas até achar as que estão com os cadernos dele. GrandMary e eu organizamos esse espaço enquanto minha mãe insistiu em empacotar as coisas do quarto. Minha avó, que achava que o fato de o filho ser gay era algo que ele iria superar, ficou feliz de deixar que mamãe encaixotasse as partes da vida dele que ela mesma não entendia.

Se fosse eu quem tivesse morrido, será que GrandMary sentiria o mesmo com minhas cestas de cedro da Vovó Pearl e minhas roupas de pow wow?

Me sinto envergonhada por pensar algo assim.

Quando você ama uma pessoa, mas não gosta de certas partes dela, é complicado lidar com as lembranças que ficam quando ela se vai.

Os cadernos estão jogados aleatoriamente em um cesto. Eu o viro e espalho pelo chão tudo o que há dentro do primeiro cesto, procurando as datas finais de cada caderno espiralado. Tudo que for anterior a 2004 ou 2003 volta para o cesto. Um a um, eles são colocados de volta. Caixa a caixa, vou revisando todos os experimentos e reflexões científicas do meu tio. Em tudo que eu leio, ouço a voz dele.

Há cadernos de antes de eu nascer. Fico tentada a me perder nessas páginas. No que ele estava trabalhando quando eu era um zigoto secreto? Quando o material genético da minha mãe e do meu pai já tinha se combinado a ponto de eu ter o tronco do meu pai e a bunda da minha mãe? E quanto ao nariz dele e o superpoder dela de pensar demais sobre as coisas? Que eu seria como minha mãe, GrandMary e Vô Lorenzo, capaz de beber vinho e graspa e me sentir bem no dia seguinte, em vez de ser como o próprio Tio David, que decidiu que uma vida sóbria era a melhor coisa para ele?

Quando ele morreu, mamãe insistiu que meu tio não havia tido uma recaída. Ela estava certa, mas na época eu me prendi ao comportamento estranho dele e acabei entendendo errado.

Encaro as caixas colocadas de volta nas prateleiras. Algo pesa sobre mim, como se eu não estivesse mais nesse planeta e sim em Júpiter, onde a força gravitacional é 2,4 vezes mais forte do que a da Terra.

David não tem nenhum caderno deste ano porque ele esteve ocupado com suas atividades de informante do FBI. Estava se protegendo.

Eu não fazia ideia. Ao não ver o que estava acontecendo bem na minha frente, deixei que uma semente de dúvida brotasse em meu coração. E estava totalmente convencida de que mais uma pessoa que eu amava tinha me decepcionado.

A semana voa. Penso no Tio David todos os dias, o dia inteiro, como se ele fosse um papagaio em meu ombro me dando lições de ciências. Ele está presente no meu Novo Novo Normal, quando saio para correr com Jamie e os meninos. E na aula de Morfologia das Plantas, quando ele confirma minha resposta antes que eu a diga em voz alta. Ele me mantém motivada na biblioteca da faculdade, onde estudo para a aula do dia seguinte. Até mesmo quando eu busco Vó June para almoçar. E quando vou ao funeral de Heather Nodin.

Na sexta-feira, eu ajudo uma Anciã a gravar um CD com músicas do iTunes. Apenas Dolly Parton. Quando termino, vou até a mesa de buraco para me despedir de Vó June.

— Vai para a aula, menina — diz ela.

Vó June acha que eu tenho aulas à tarde, então costuma pegar a van de Anciãos quando está pronta para ir para casa.

— Eu ainda não entendi por que você não pega uma carona com a Minnie — digo, balançando a cabeça.

— E você já viu ela dirigindo? — Vó June aponta com os lábios para a parceira de jogo. — Ela não deixa o carro deslizar, nunca vi.

Minnie segura as cartas com uma das mãos e mostra o dedo do meio para Vó June.

Saio do Centro para Idosos, mas sigo para o sul até Duck Island. Estaciono no final de uma estrada de terra, pego minha mochila e passo despercebida pela cabana do cuidador. Sigo na direção norte pela península até chegar aonde parei ontem.

Toda tarde eu vou atrás dos cogumelos selvagens da região e registro o que encontro. Eu paro apenas para beber água, comer uma maçã ou fazer xixi perto de uma árvore. Meu progresso ao longo da semana tem sido consistente e organizado.

Hoje, no entanto, fico distraída pelas lindas folhas de outono. Tons que nunca tinha reparado: amarelo-açafrão, vinho, mostarda, coral, ferrugem, amarelo-canário e escarlate. As fotos que tiro todas as tardes são das folhas, e não dos cogumelos.

O jogo de abertura da temporada dos Supes é hoje à noite. Eu devia estar ansiosa para o primeiro jogo do Levi como capitão do time, mas também é meu primeiro jogo como uma odiada tamboril. Então melhor focar nas fotos das folhas.

Durante toda a semana, tenho evitado o lugar onde o corvo me mostrou o corpo de Heather Nodin. Hoje, estou onde crescem as flores roxas e amarelas perto do lago George. Coloco minha mochila no chão e me sento, abraçando os joelhos.

Cada piscada que dou me traz uma lembrança diferente de Heather.

O rosto dela iluminado pela fogueira. As pálpebras meio caídas. Os comprimidos manchados. A calça jeans que deixava bastante pele à mostra por detrás dos alfinetes que seguravam a costura lateral. O chinelo plataforma ridículo com o qual, independentemente do quão chapada Heather estivesse, ela andava com mais equilíbrio do que eu jamais conseguiria.

Prova na aula de inglês no primeiro ano da escola. Todo mundo escrevendo rápido, mas Heather ficou sentada na carteira olhando pela janela. Ela estava morando com o pai na época. A mãe já estava na cadeia.

Queimada na aula de educação física no sétimo ano. No começo de todo jogo, ela ia até a linha do meio, era queimada imediatamente e ia para a arquibancada se sentar. Esse foi o ano em que nosso povo começou a distribuir os pagamentos de per cap para membros.

Uma garotinha usando um vestido roxo no baile de pais e filhas da escola. Heather era a única garota, além de mim, que foi sem o pai. A única da qual eu não senti inveja. Heather foi com o namorado da mãe na época, um homem que ela chamava de tio. Eu fui com Tio David, o primeiro ano que ele me levou depois que meu pai faleceu.

Tia Teddie me disse uma vez que toda menina precisa ter uma figura masculina na vida que entenda o valor dela como inerente. Que a valoriza por quem ela é, e não pela aparência ou pelas conquistas.

Será que as Garotas Perdidas aprenderam algo diferente sobre o valor que têm?

※

Eu chego no jogo no primeiro intervalo, bem a tempo de ver as tamboris entrarem na pista de gelo. Elas estão vestidas com camisetas idênticas ao uniforme dos Supes, azul-marinho com o contorno de uma grande onda prateada quebrando. Cada uma está com o nome do namorado nas costas. Elas jogam discos de hóquei com o logo dos Supes e camisetas para os fãs.

As pessoas ficam me encarando quando me encaminho para a área onde as tamboris se sentam. Daunis Fontaine interpretando uma namorada do Mundo do Hóquei. Eu devia ter previsto esse tipo de atenção, mas ainda assim não estou preparada. Eu não tenho participado do grupinho das namoradas. Não assisto aos treinos dos Supes. Elas provavelmente vão me ignorar. Não sou uma delas: sou uma farsa.

Para minha surpresa, elas sorriem quando me veem ali. As garotas se espremem nos assentos para me dar espaço. Elas falam seus nomes rápido demais para eu entender. A que fica ao meu lado me dá um meio abraço — talvez o nome dela seja Megan, mas estou com vergonha demais de admitir que não tenho certeza.

A empolgação de todas me engole como se fosse um pó mágico. Quando os jogadores voltam para o segundo tempo, eu rio com elas. Só um pouco.

Acompanho todos os movimentos de Jamie, analisando a técnica dele do jeito que apenas outro jogador consegue fazer.

Ele é talentoso, mas retraído. Já deve ter jogado em uma liga Junior A ou universitária antes. Há algo de fascinante no modo como ele patina, uma leveza que me lembra o balé. Ele nunca vai precisar confirmar que, na sua vida de verdade, ele fez patinação artística, porque eu sei que fez.

As meninas me parabenizam, como se eu tivesse algo a ver com a proeza do Jamie. Elas também me dão crédito pelo Levi.

Meu irmão é um tipo de patinador completamente diferente do Jamie. Levi é dominante no gelo. Velocidade máxima, sem recuar, nascido para jogar no ataque. Ele não parece nada com nosso pai, nem joga do mesmo jeito, mas o talento de Levi está no seu DNA.

Eu e ele crescemos no gelo. Primeiro, éramos nós três: meu pai, Levi e eu. Depois só eu e meu irmão. Stormy e Travis se uniram a nós e, depois, Mike.

Mesmo Levi sendo três meses mais novo, eu era a protegida dele. Quando eu jogava na liga feminina antes do ensino médio, ignorava tudo à minha volta, menos a voz do meu irmão. Quando ele me elogiava, eu acreditava de verdade.

Meu coração explode de orgulho quando Levi passa patinando. O *patch* com a letra C, de "capitão", está costurado acima do peito esquerdo da camiseta dele. Acima do coração.

Tenho muitos motivos para ser uma Esquilo Secreta: Lily, Tio David, meu povo, minha cidade e aqueles meninos Nish do norte de Minnesota. Ao assistir aos Supes jogando, eu coloco Levi e o time dele na minha lista.

— Quero te mostrar minha nova tatuagem — fala a Talvez-Megan no banheiro depois do jogo. — Antes que eu me esqueça, você e o Jamie formam um casal muito fofo.

Eu costumava zoar essas garotas pela incapacidade de ir fazer xixi sozinhas. Agora estou conversando na cabine ao lado.

— Ah, obrigada. Você e o Tanner também.

Talvez seja melhor não comentar sobre como o Tanner sempre fica de olho nas meninas que Levi pega quando ele acha que ninguém está vendo.

Ser uma Esquilo Secreta abriu meus olhos para mentiras. Sem filtro do que é relevante ou não. Igual quando minha prima, Josette, colocou um implante coclear e ouviu todos os sons como se fosse uma coisa só. Ela precisou aprender a filtrar os barulhos.

Quando eu saio da cabine, Talvez-Megan está com o zíper aberto e mostra com orgulho uma tatuagem de um apanhador de sonhos abaixo do umbigo. Um design de teia errático, com penas que vão até onde estariam os pelos pubianos dela se não tivessem sido depilados.

— Legal, né? — pergunta ela.

— Sua virilha precisava se proteger de pesadelos?

Eu ergo uma sobrancelha.

Ela ri enquanto fecha o zíper.

— Apanhadores de sonhos são muito sensuais.

Quando Lily e eu estávamos no Conselho Jovem do Povo Ojibwe, tinha um jogo chamado Bingo do Racismo. Era só ouvir um comentário que reforçava um estereótipo que a gente ganhava um ponto. Apanhadores de sonhos eram um tópico recorrente. Ponto fácil. E tinha vários outros.

Você não parece indígena.

Deve ser bom ter entrada garantida na faculdade.

Que nome de índio *é legal para pôr no meu cachorro?*

A tatuagem da Talvez-Megan teria servido para mais um quadrado no bingo: pessoas indígenas como fetiches sexuais. Quanto mais ela fala, mais quadrados eu marco na minha cartela imaginária.

— Estou homenageando os *índios* — responde ela. — Além do mais, eu sou parte *índia*, então está tudo bem. Minha bisavó era *índia*.

Lily, temos uma vencedora!

— Bingo! — sussurro para mim mesma quando saímos do banheiro.

Eu espero no saguão lotado para parabenizar os Supes pela vitória. Acabo encontrando Ron lá. Quando os pais de Mike acenam para nós e caminhamos na direção deles, eu repasso algumas informações importantes.

— Mike Edwards está no segundo ano do ensino médio e entrou no time esse ano, o primeiro que ele esteve elegível a entrar. O pai dele é procurador, um dos melhores da região. O sr. Edwards patrocina o ônibus da torcida para que superfãs do time possam assistir aos jogos fora da cidade. — Eu me lembro de algumas fofocas. — Supostamente todo mundo precisa assinar um termo de confidencialidade sobre o que acontece no ônibus.

— Então… Precisamos pegar um lugar nesse ônibus — diz Ron.

— Bem, boa sorte. Tem uma lista de espera imensa e é caro.

Ron balança a cabeça, inconformado com a intensidade da cultura de fã. Finalmente, conseguimos alcançá-los. O sr. Edwards está concentrado conversando com o treinador Bobby.

— E como vai a sua avó? — pergunta a sra. Edwards. Ela sempre está perfumada. Chanel nº 5 é sua marca registrada.

— Na mesma — respondo. — Este é o tio do Jamie, Ron Johnson. — Eu me viro para Ron. — A sra. Edwards comprou a loja de roupas da minha avó há alguns anos.

Eles se cumprimentam.

— Helene Edwards. Acho que não nos conhecemos quando o time foi escalado. Meu filho, Michael, é goleiro. É um prazer conhecê-lo.

O treinador pisca para mim quando o sr. Edwards termina de se gabar do desempenho de Mike. Ele levanta os punhos fechados para fazermos nosso cumprimento de sempre.

Eu faço as apresentações.

— Ron, esse é o treinador Bobby.

— Bobby LaFleur. Eu treinei essa aqui por quatro anos — diz ele, sorrindo para mim. — Melhor defensora híbrida. Entende de hóquei como ninguém. Talvez até melhor do que o irmão.

Sem jeito, eu tento me concentrar em ouvir Macy conversando com um cara ao lado da máquina de refrigerante. Ele tenta pegar na mão dela, e ela se retrai como se fosse se queimar com o toque. Seus olhos escuros estão arregalados. O cara a observa se afastar antes de ficar encarando os pés por um bom tempo.

O que quer que ele tenha tido com Macy com certeza acabou.

Eu volto minha atenção para a conversa quando o sr. Edwards interrompe o treinador para se apresentar para Ron com um aperto de mão quase agressivo. Ele deve ter vindo direto do trabalho, porque ainda está de terno e gravata. Mike tem os olhos azul-acinzentados do pai. Eu me pergunto se ele vai raspar a cabeça, assim como o pai, se também ficar careca antes do esperado.

— Seu filho fez um ótimo gol — diz o sr. Edwards para Ron.

— Sobrinho — explica Ron. — Sim, ele estava ansioso para esse primeiro jogo.

Eu sorrio.

— Sr. Edwards... — começo.

— Pode me chamar de Grant. Você já é adulta agora. — Os olhos dele brilham.

— Grant — balbucio, como se estivesse aprendendo a falar e essa fosse minha primeira palavra. — Ron e eu queríamos perguntar sobre o ônibus da torcida. Será que a gente consegue entrar na lista de espera? Eu queria ir nos jogos de fora. Ron também, se conseguir um substituto para as aulas de sexta. Ele é professor na Sault High.

Pode-Me-Chamar-De-Grant sorri.

— Vou ver o que consigo fazer. Querem ir na semana que vem? Ver o que acham da experiência? — Ele olha de mim para Ron.

— Sério? Seria incrível! — comemoro.

Os jogadores deixam o vestiário com suas roupas normais, recém-saídos do banho e ansiosos para ver o público.

Enquanto Jamie e Mike cruzam a multidão até nós, eu observo Levi com Stormy ao lado, absortos na legião de fãs empolgadas. É como assistir a uma representação humana de fagocitose, com meu irmão e o melhor amigo fazendo o papel das bactérias sendo engolidas por uma ameba faminta gigante.

— Você jogou muito bem — elogia Ron, dirigindo-se a Jamie e dando um tapinha nas costas dele.

Jamie segura minha mão enquanto Pode-Me-Chamar-De-Grant comenta todas as melhores jogadas da noite.

Levi se liberta das fãs para vir me abraçar. Stormy vem logo atrás.

Nós fomos colegas de equipe no ano passado em Sault High. Os pais de Stormy sempre assistem aos jogos dele, a menos que um ou outro esteja na farra bebendo. Nenhum dos dois está aqui hoje, e é o primeiro jogo dele como Supe. É complicado.

— Arrasou, Stormy — digo. A expressão dele se acende.

Depois foco em Mike. Ele é meu alvo. Eu vou ser uma Esquilo Secreta ativa, em vez de ficar esperando que uma pista caia no meu colo.

Durante a temporada regular de hóquei, o sr. e a sra. Edwards faziam jantares de domingo pós-jogo. Eu sempre participava. Nós assistíamos aos vídeos do jogo e estudávamos nossos erros.

Talvez haja alguma pista no escritório do sr. Pode-Me-Chamar-De-Grant. Ele representa vários clientes suspeitos. Quem sabe ele até guarde alguns arquivos em casa? Levi comentou que os pais do Mike tinham planos de voltar a fazer esses jantares pós-jogo para os Supes. Será que consigo um convite?

Eu dou um leve empurrão em Mike com minha mão livre.

— Você foi incrível.

É verdade. Mike parece ser pesado e metódico, mas na verdade é absurdamente rápido. Ele tem um instinto apuradíssimo e reage em um instante. É um excelente goleiro.

— Ah, mas ele deixou uma passar — diz Pode-Me-Chamar-De-Grant em um tom casual que parece um pouco carregado.

Mike desvia o olhar. A sra. Edwards procura algo na bolsa de marca.

Já vi o pai de Mike puxá-lo para um canto do saguão inúmeras vezes e brigar com ele, sussurrando enquanto abre uns sorrisos amarelos para quem passa por perto.

— Não é estratégia deixar o mensageiro viver? — comento.

Pode-Me-Chamar-De-Grant me olha duas vezes.

— Isso é hóquei, não *A arte da guerra* — responde Mike com um sorriso minúsculo.

— Filho, hóquei é *A arte da guerra* — diz Pode-Me-Chamar-De-Grant enquanto me analisa. A sobrancelha esquerda e o canto da boca dele se erguem ao mesmo tempo. — Você lê Sun Tzu?

Eu sorrio, modesta. Ninguém precisa saber que aprendi minha estratégia militar assistindo a *Mulan* um milhão de vezes com as gêmeas. O vilão deixa um vigia viver para avisar ao imperador que os hunos estavam chegando.

— Mike, você me ajuda a configurar meu novo BlackBerry? — pergunto, tentando agradá-lo.

— Você finalmente comprou um? — Levi entra na conversa. — Porque o seu celular flip é pré-histórico.

— Pré-histórico — repete Stormy.

— Claro, Daunis Defesa. Pode ser amanhã? — questiona Mike.

— Amanhã é dia de jogo — avisa Pode-Me-Chamar-De-Grant. — O que acha de vir no domingo para jantar e assistir aos vídeos da partida?

Ele olha para minha mão entrelaçada à de Jamie antes de levantar o olhar. Então nos encara intensamente, como se tivesse um laser movido à verdade. Sempre me sinto culpada por algo quando ele está por perto.

— Daunis, por favor, traga o Jamie e o tio dele também — diz a sra. Edwards.

Eu concordo com a cabeça antes de ir até a máquina de refrigerante. É a única desculpa que consigo pensar para fugir do olhar de laser de Pode-Me-Chamar-De-Grant. Qual foi a palavra que o Ron usou para descrever a sensação de quando o sentido aranha está em alerta?

Peculiar.

CAPÍTULO 24

No domingo, vamos juntos no carro de Ron até a casa de Mike. Com uma tigela de cristal com tiramisù caseiro no colo, vou respondendo às perguntas de Ron sobre quem vai estar no jantar.

— O Levi, então com certeza o Stormy. Um ou dois dos melhores jogadores dos Supes. O técnico e seus dois assistentes. E provavelmente o Bobby. Ele e o sr. Edwards são bons amigos desde que o treinador ajudou Levi, Mike, Stormy e Travis em um acidente três anos atrás.

— Acidente? Daunis, esse é o tipo de coisa que você deveria contar pra gente. — Jamie aperta o nariz.

— Travis estava brincando com uma arma de pressão depois de um dos treinos — começo. — Levi, Stormy e Mike estavam com ele. Uma bala atingiu a minivan que estava passando e quebrou a janela. A motorista, que ficou coberta de vidro, era a mãe de um colega de equipe e acabou perdendo a visão de um olho. Os meninos não falaram quem havia atirado. O treinador os convenceu a contar a verdade para que quem tivesse disparado pudesse assumir a responsabilidade. Travis confessou. Ele foi julgado por todo mundo na cidade e nunca mais voltou a jogar.

— Você deveria ter falado antes, é um histórico importante — afirma Jamie. — Mais alguma coisa que você convenientemente esqueceu de relatar? O que sabe sobre Grant Edwards?

Fico irritada com o tom dele.

— Vocês deviam ter pedido para Vó June ou Minnie Mustang serem suas informantes. Elas sabem todas as fofocas.

— Você está nos ajudando a conhecer melhor a cidade — comenta Ron.

— Vocês querem uma X9? — Balanço a perna tão rápido que o tiramisù chacoalha no meu colo. — Os pais de Dana Firekeeper morreram em um acidente de carro causado por um motorista bêbado quando ela era criança. Dana se formou em direito e foi o primeiro membro do nosso povo a se tornar juíza. Antes dela, todos os juízes eram não indígenas ou de outros povos.

Eu me viro para fitar Jamie, que está sentado no banco atrás de Ron.

— A mãe de Mike foi Miss Michigan e o talento dela era ginástica rítmica. Dizem que ela vem de uma família mafiosa da parte sul do estado. O pai de Mike foi um superatleta em Sault High. Ele ganhou uma bolsa de estudos por excelência em dois esportes, e escolheu hóquei em vez de luta livre.

Ron é a próxima vítima do meu olhar raivoso de X9.

— A mãe do Stormy foi sequestrada quando ficou devendo dinheiro demais para um traficante da capital quando o per cap começou. O pai dele e o tio tiveram que entregar os cheques para conseguir pagar o resgate.

As fofocas jorram de mim como uma torneira aberta.

— Vó June já foi casada cinco vezes. Duas delas com o mesmo cara e uma vez com o irmão dele.

Jamie volta a ser meu alvo.

— Sabe o churrasco que o treinador Bobby faz todo ano? Você viu alguém com cerveja na mão? Não. Porque ele quer comemorar de um jeito seguro e divertido antes de as aulas começarem. Não aceita nenhum tipo de álcool ou drogas. E ele me dava carona depois dos jogos, assim minha mãe não precisava me esperar no estacionamento da escola no frio. Ele me defendia e, antes de mim, defendia Robin Bailey, quando os treinadores de outras escolas não queriam que jogássemos no time.

Eu encaro o vazio, agitada demais para olhar para um deles.

— Eu sei o que vocês vieram fazer aqui. Mas as pessoas daqui são boas. A sra. Edwards começou um programa de doações na loja da minha avó para que meninas que não conseguem bancar um vestido para o Shagala ou o baile de formatura possam ir. Na última nevasca, a Polícia da Reserva montou equipes com motos de neve para ir verificar como estavam os Anciãos e entregar comida. Quando a balsa ficou presa no gelo, nosso povo ofereceu quartos gratuitos para os moradores de Sugar Island que estavam presos no continente. Eu não gosto de como vocês vêm para cá, acendem uma lanterna e esperam que as baratas saiam correndo pra todo lado.

Me corrói por dentro como eles querem saber sobre as coisas ruins sem saber sobre as boas.

— É como se... vocês não ligassem para nossa história — concluo.

— Certo — responde Ron.

Jamie fica em silêncio, só me encara por um segundo e se vira para a janela.

Se a comunidade fosse uma pessoa doente ou ferida, o FBI simplesmente iria cortar a infecção fora ou imobilizaria os ossos. Amputaria, se necessário. Problema resolvido.

Eu sou a única que vê a pessoa como um todo, e não como apenas uma ferida.

O sedã azul-marinho de Ron destoa dos outros carros de luxo estacionados em frente à casa de vidro e metal. As sobrancelhas de Jamie se erguem cada vez mais ao ver cada modelo pelos quais passamos.

Suspirando dramaticamente, eu aponto para cada veículo.

— Mercedes da Dana. Hummer do Levi. Jaguar do Mike. E a BMW do treinador. — Eu vejo a expressão de Ron espelhar a de Jamie. — Não tem nada de suspeito com carros assim. Todos eles têm muito dinheiro, menos o treinador. Ele ganhou esse carro num campeonato de pôquer alguns anos atrás.

A sra. Edwards nos recebe na porta. Eu entrego a sobremesa como se fosse uma bomba e ela a recebe de bom grado. Jamie carrega a sacola com meu BlackBerry novo. Quando Ron entrega um saco de salgadinhos para ela, eu não consigo evitar o sorriso, mesmo ainda estando irritada. Ele lembra um parente que leva gelatina como sobremesa para o churrasco.

Dana me dá um abraço rápido antes de ir embora. Ela sempre contribui com uma travessa de lasanha nos jantares de domingo.

Faz apenas seis meses desde a última vez que eu estive em um jantar de domingo nos Edwards, assistindo aos jogos dos nossos Demônios Azuis de Sault na TV de plasma gigante, analisando cada jogada e pensando em como melhorar. O treinador e o sr. Edwards encenando os movimentos como atores. O Antes foi há uma vida inteira.

No Agora deste Novo Novo Normal, eu fico de mãos dadas com Jamie no sofá. O jogo de hóquei na TV não é meu. Eu não estou aqui como uma jogadora, mas como uma tamboril, prestigiando meu namorado. Olhando ao redor, percebo que Jamie provavelmente pensa que todo mundo é suspeito. Inclusive meu irmão e os amigos dele — correção: *meus* amigos. Os pais de Mike. Treinador Bobby. E, sentado ao lado de Levi, Alberts, técnico dos Supes há dois anos.

Algumas pessoas não queriam que Alberts fosse contratado porque ele é negro. *Para manter a tradição do nosso hóquei*, o que na verdade significa *hóquei é para meninos Zhaaganaash ricos*. Meu pai passou pela mesma merda. O esporte pode não se importar com a sua cor, mas muitos dos fãs se importam.

A sra. Edwards diz para todo mundo se servir e pegar um lugar à mesa. Ela lembra GrandMary. Ninguém ficou surpreso quando a mãe de Mike comprou a boutique. Ela havia sido gerente de lá, e antes disso, a melhor cliente. A sra. Edwards até se parece com GrandMary: magra, cabelo curto, roupa impecável, e nunca é vista sem um colar de pérolas.

Eu ficava com raiva quando GrandMary falava maravilhas da sra. Edwards na frente da minha mãe. Minha avó sempre valorizou um estilo mais clássico, um "cuidar de si mesma". Eu me lembro de uma vez, alguns anos atrás, de estar experimentando vestidos na loja e ouvir GrandMary comentar que eu estava quase ficando grande demais para os tamanhos disponíveis. Minha mãe nunca permitiu que ela falasse um *a* para mim sobre meu corpo, meu peso ou qualquer coisa relacionada à minha aparência. *Daunis e eu vamos embora da cidade sem olhar para trás se você não respeitar isso.* Eu tinha ouvido minha mãe falar exatamente isso. Mas GrandMary deve ter ouvido algo do tipo em pelo menos mais uma ocasião, quando Tia Teddie foi pela primeira vez na mansão para me ver e mamãe insistiu para GrandMary e Vô Lorenzo que eu não deixaria de ver minha família Firekeeper.

Eu só queria que minha mãe cuidasse de si da mesma forma.

Quando vejo Mike indo para a cozinha, onde a comida está servida, faço questão de me posicionar bem atrás dele. Eu me sento ao lado de Mike na mesa de mogno, que reflete o brilho do lustre cheio de pequenos enfeites de cristal. Nos sentamos em cadeiras de acrílico desconfortáveis. As janelas que vão do chão ao teto mostram uma vista espetacular das luzes brancas, vermelhas e azuis da Ponte Internacional e uma visão panorâmica da cidade do outro lado do rio. Parece que estamos em um diorama ou um palco. Hoje estou expandindo meu papel de Namorada do Jamie para também ser A Garota Que Está Interessada Em Tudo O Que Mike Edwards Diz.

— O Shagala não vai ser a mesma coisa sem a sua avó — comenta Pode-Me-Chamar-De-Grant, com uma expressão séria demonstrando respeito. — É a melhor noite da cidade — fala ele para Jamie e Ron. — Jantar, dança e nossas mulheres belas como nunca. — Os olhos dele se demoram um pouco demais nos meus.

Eu semicerro os olhos. Deve ser assim que ele faz os jurados decidirem a favor de seus clientes: dando a quantidade certa de atenção para cada um. Antes dessa coisa do Pode-Me-Chamar-De-Grant, eu nunca pensei nele como nada além do pai do Mike. Agora ele é um tipo nojento de pervertido.

— Mas não é bobo? — Eu mantenho o tom de voz casual. — Todo aquele dinheiro sendo gasto para uma arrecadação de fundos? Não seria mais fácil doar tudo o que a gente gastaria com ingressos e vestidos? Assim todo mundo poderia ficar em casa. — Eu sorrio.

Pode-Me-Chamar-De-Grant ri da minha fala absurda.

— Bem, mas aí não seria tão divertido, não é mesmo?

— É o melhor mês de vendas da loja — comenta a sra. Edwards.

— Ajuda o time — diz Levi. — As pessoas são mais leais quando fazem parte de alguma coisa.

— Por falar nisso — continua a sra. Edwards para mim —, eu tomei a liberdade de encomendar um vestido para você, já que o Shagala é daqui a duas semanas. Espero que confie em mim. — Ela se vira para Mike. — O vestido da Macy chegou, e ela já fez os ajustes. Vou encomendar um *corsage* de pulso para você entregar para ela.

Eu me mexo na cadeira.

— Você vai com a Macy? — pergunto para Mike, tentando disfarçar a irritação.

Macy Manitou é como uma infecção urinária, aparece nos piores momentos. Levi responde por ele.

— Ela não está namorando ninguém e o Mike precisava de companhia. Eu e Stormy vamos com umas gêmeas do colégio St. Ignace... Carla e Casey, ou Colleen, algo assim.

— Tenho certeza de que elas estão radiantes com o seu entusiasmo — comento.

Levi sorri. Talvez eu seja a única pessoa no mundo que consiga zoar ele sem sofrer as consequências.

A conversa agora é comandada pelo treinador Bobby, que está falando sobre uma menina do outro lado do rio que entrou na seleção feminina do Canadá. Não me surpreende, ela era a melhor centroavante que já vi em ação.

— Não é tarde demais — fala Bobby, quase cantando, para mim. Ele explica para Jamie: — Daunis pode conseguir a dupla cidadania e se tornar elegível para jogar na seleção de qualquer um dos dois países.

Eu fico tensa com a atenção repentina. Ainda me dói. Me tornar médica não era meu único sonho. Medicina e hóquei. Jogar na seleção feminina era algo que sempre quis. O treinador não sabe que esse sonho foi destruído há cerca de um ano. Agora, Tia Teddie é a única pessoa que sabe o que eu fiz. Há dois verões tomei uma decisão que mudou tudo.

— Você deveria estar jogando como defensora titular e se preparando para Torino — diz Bobby, quase como uma bronca, se referindo às Olimpíadas de Inverno.

— Não, eu entendo — responde Levi. — A família está aqui. Ir embora assim é difícil. Fico feliz que não tenha ido, Daunis. — Ele gesticula para Jamie. — Aposto que você também está.

— Sem dúvida. — Jamie olha em meus olhos como se eu fosse a única pessoa nessa sala, e fica muito calor de repente.

Sinto um frio na barriga com a sinceridade das palavras dele. Aperto minha coxa por debaixo da mesa para acordar do transe desse momento romântico. Por um segundo, eu me esqueço que Jamie está fingindo.

Qualquer menção ao bloqueio da Liga Nacional de Hóquei é como dar comida aos tubarões. Alberts e Pode-Me-Chamar-De-Grant dizem que o bloqueio vai durar a temporada inteira. Levi e os meninos ficam do lado de Bobby, que acredita que não vai durar tanto. Ron é tipo a Suíça, então se declara neutro no assunto. Quando chega a um ponto em que eu e Jamie entramos na conversa, reparo que Ron está nos observando.

O debate sossega, e eu conto algumas histórias das melhores defesas que Mike fez.

— Lembra aquela vez que ele cortou o disco como se fosse uma bola de vôlei? Estava vindo alto e aí ele... — Eu imito o movimento de uma cortada no vôlei. — E quando ele caiu de costas e ainda conseguiu defender o gol com a perna?

Os pais de Mike sorriem orgulhosos do filho, que está vermelho como um pimentão.

— Está bem, chega. Vamos lá, Daunis Defesa. Vamos configurar seu celular novo — diz Mike para me fazer parar de falar.

Hora da Esquilo Secreta. Eu sigo Mike quando ele pega a sacola com o celular.

— A gente vai continuar falando de você! — grita Levi enquanto descemos um andar.

Meu plano é esquecer algo no quarto dele, assim eu tenho uma desculpa para voltar daqui a alguns minutos. O escritório de Pode-Me-Chamar-De--Grant fica bem ao lado do quarto dele. Meu coração acelera quando penso em rever os móveis que ficavam no escritório do Vô Lorenzo. Quando GrandMary vendeu o negócio e o prédio no centro para a sra. Edwards, ela incluiu os móveis do escritório do meu avô que ficava no segundo andar. Eu começo a imaginar que meus pés são pesados como urânio para não começar a fazer uma Dança da Fumaça, com passos rápidos feito o bater de asas de um beija-flor.

Eu já estive no quarto do Mike outras vezes quando a fila para o banheiro principal estava longa. Há um banheiro reversível entre o quarto dele e o escritório do pai. Era fácil esquecer que ele existe ali porque não tem uma porta que leva para a sala de estar.

O quarto do Mike me faz morrer de rir, especialmente o altar para Gordie Howe. A camisa 9 do uniforme está em exposição em uma caixa de vidro na parede, pendurada acima de uma mesa com uma vela acesa na frente de uma foto autografada da lenda dos Red Wings. Eu espio o mais novo modelo de iMac na escrivaninha. Um pôster está preso acima da cabeceira da cama king--size: o time de 2002 dos Red Wings posando com o troféu da Stanley Cup. As paredes têm prateleiras cheias de troféus de hóquei, livros e artigos decorativos dos Red Wings.

Nós nos sentamos na beira da cama, e eu pego o celular. Mike me passa um tutorial de como mexer nele. Mesmo que eu goste da sensação de ter o BlackBerry em mãos, eu faço uns grunhidos para que ele se sinta importante.

— Por que chamam de BlackBerry se ele é azul? E essa bolinha no meio é meio estranha — reclamo, mexendo no cursor do aparelho.

Mike olha para mim e nós dois rimos. Quando ele termina o tutorial, eu deixo meu celular antigo deslizar da minha mão até o canto da cama. O carpete abafa o barulho da queda. Voltamos para o andar de cima.

Bobby e Pode-Me-Chamar-De-Grant estão encenando as jogadas de ontem. Eles têm a mesma altura e tipo físico, e, somando isso às calças jeans e camisetas dos Red Wings, eles parecem gêmeos.

Enquanto todo mundo assiste à performance dos dois, eu aproveito para descer e "procurar" meu celular antigo. Entro correndo pelo quarto de Mike e vou até o banheiro. Minhas ações vão entrando em sincronia com o plano que monto na cabeça: trancar a porta do banheiro de Mike, ligar a luz e o exaustor barulhento, tentar abrir a porta do escritório de Pode-Me-Chamar-De-Grant, soltar o ar aliviada por estar destrancada.

Consegui.

Operação Esquilo Secreta:
1. Analisar o lugar apenas com a luz do banheiro;
2. Pegar o cobertor dos Red Wings que está no sofá, dobrá-lo e colocar na fresta da porta;
3. Acender a luz.

Prendo a respiração quando vejo a mobília do escritório: mesa, aparador e estantes combinando. O tom marrom-arroxeado do jacarandá esculpindo linhas simples, bem diferente dos móveis com adornos feitos à mão que estão na biblioteca do Vô Lorenzo na mansão. Passo os dedos pelo tampo da mesa.

A queimação que antecede o choro começa em meu nariz, como se alguém estivesse segurando um pote de carbonato de amônio para eu cheirar e me deixar alerta de novo.

Não perde tempo, parente. Está desperdiçando a luz do dia.

4. Remover a câmera digital escondida em meu sutiã para tirar fotos de cada estante para documentar os conteúdos: livros que podem ter um título interessante, talvez algo ligado à química, ou porta-retratos com fotos do pai de Mike em eventos de hóquei que se encaixam com as atividades de tráfico de drogas na região dos Grandes Lagos ou mostrem que ele tem contato com alguém que seja suspeito.

Quando Tia Teddie coloca o celular e o batom dela no sutiã, chama isso de "bolsa Nish" ou "bolso alto". Meu bolso alto é um espaço vazio que mal cabe a câmera sem ficar parecendo um único peito.

5. Olhar as pastas nas gavetas do aparador e fotografar a etiqueta de cada pasta.

Trancado. Um pequeno obstáculo. Sem problemas. Tenho um plano B.

6. Puxar por completo a primeira gaveta à direita para pegar a chave que fica em um pequeno gancho na parte de trás.

Não está lá. Um grande obstáculo. Falando um monte de palavrões sem fazer barulho, eu olho ao redor procurando algo para ajudar no meu plano C. O que eu vejo me faz congelar.

Minhas pegadas. Marcadas no carpete branco como uma trilha de pegadas na neve.

A voz de Tio David vem até mim. *Resolva o problema, Daunis. Encontre a sua necessidade. Avalie seus recursos. Monte um plano. Organize seus passos.*

Meus passos são o problema. Mas eu não tenho recursos, apenas troféus, placas comemorativas e livros. Muitos livros.

Livros.

Eu corro até a estante e pego um livro de arte que parece ter a mesma largura da boca do aspirador. Segurando a lombada, eu arrasto o livro para imitar as marcas do aspirador no carpete. O resultado não é exatamente perfeito, mas fica parecido. Eu apago a luz e coloco o cobertor de volta no sofá. Vou andando até chegar no banheiro e sinto o suor escorrer da minha testa, atravessar meu rosto e descer pelo meu pescoço.

De volta ao banheiro, escondo o livro de arte no armário. A garota no espelho respira fundo. Eu a encaro, ela parece muito diferente de mim. Mas pisco e volto a ser quem sou. Dou descarga, lavo as mãos e jogo um pouco de água gelada no rosto. O último passo é passar o aromatizador de ambiente em spray como se eu tivesse acabado de ter feito o maior número dois da vida.

Eu abro a porta do banheiro e pulo de susto.

Mike. Parado na minha frente. Com um meio sorriso. Os olhos azul-acinzentados brilhando.

— Pode parar, Daunis. Eu sei o que você está armando.

CAPÍTULO 25

A comida no meu estômago parece apodrecer na hora. Mike sabe. Ele bloqueia minha passagem pela porta do quarto. As mãos dele estão nos bolsos dianteiros da calça. Ele parece... entretido.

— Você voltou aqui — diz ele, constatando o óbvio.

Mike Edwards sabe.

— Banheiro — digo, também repetindo o óbvio. — E eu tinha esquecido meu celular. — Vou até o canto da cama, pego o aparelho e mostro para Mike antes de colocar de volta em meu bolso.

— Não... Eu sei o que você está procurando. — Ele caminha até mim. Em passos lentos. Cheio de si.

Merda. Beleza, como eu saio dessa? Grito? Dou uma joelhada no pajog dele? Ou os dois?

Ele para na minha frente. Eu fecho os olhos, me preparando para ele dizer que sou uma espiã fajuta procurando coisas no escritório do pai dele e...

Lábios molhados encostam nos meus.

— Que droga é essa? — Eu o empurro.

— O quê? — Mike parece tão surpreso quanto eu. — Você está dando em cima de mim a noite toda.

— Eu... eu...

Rapidamente relembro tudo o que disse e fiz hoje. Merda. Eu dei atenção a cada palavra dele, mas não pelo motivo que ele pensou.

— Eu vi a sua reação. Ficou com ciúmes quando disse que vou levar a Macy para o Shagala — continua Mike. Ele parece realmente confuso. — E... nem somos mais do mesmo time.

— Mas somos amigos — respondo. Desde quando ele entrou no time titular com Levi.

— Você era amiga do TJ antes de começarem a namorar.

— TJ não era do Mundo do Hóquei.

— É por que eu sou mais novo?

— O quê? Não. Sim. Não. — Ainda estou tentando entender o que está acontecendo. — Eu te conheço desde sempre. Você é como se fosse meu irmão.

— Eu não sou seu irmão — diz ele, entediado.

— Mas o Levi...

— Pode acreditar quando digo que não tenho medo do Levi. Esse pode ser o nosso segredinho. — Esse sorriso. Na mesma hora eu percebo que essa é uma versão de dezessete anos de Pode-Me-Chamar-De-Grant.

Jamie. Só agora eu me lembro do meu namorado.

— Eu namoro — digo.

— Não, não vai durar. Jamie parece ser alguém que vai jogar por uma temporada ou duas e se mandar daqui.

— Talvez eu vá embora com ele.

— É mesmo? — Ele ri como se eu tivesse dito algo ridículo. — Achei que você não quisesse ir embora porque aqui você é tipo a realeza. Todo mundo conhece você. Lá fora... — Ele gesticula para um lugar qualquer. — Bem, lá fora você não é ninguém.

Será que Mike tem razão? É assim que as pessoas me veem? Eu sempre me senti deslocada, tanto na cidade quanto na reserva.

— Mas eu não gosto de você assim. Não desse jeito. — Eu tento qualquer coisa. — Tem outras meninas por aí que gostam de você.

— Você se acha boa demais pra mim? — Ele diminui o tom de voz, quase como uma ameaça. — Porque você não é, tá? Melhor do que eu.

Esse Mike — instantaneamente agressivo — me assusta. Eu procuro pelas palavras certas para neutralizar a situação e ele se acalmar. Não consigo pensar em nada. Eu quero que Jamie venha procurar por mim. Agora.

— Meu pai está certo — sibila ele. — Garotas são apenas distrações. Eu achei que você fosse diferente. Mas não.

Ele me olha com desprezo, se vira e vai embora.

Não foi assim que imaginei que seria essa noite.

Eu achei que conhecia Mike Edwards. O amigo engraçadão do meu irmão. *Meu* antigo colega de equipe. O garoto que gosta de tecnologia e que configurou meu celular hoje. Eu conheço aquele garoto.

Mas o que me beijou e se recusou a aceitar minha recusa?

Eu não reconheço.

É esse o tipo de situação que vai acontecer durante a investigação de drogas? Vou descobrir coisas sobre as pessoas que eu achava que conhecia?

De volta ao primeiro andar, eu fico em pé perto da ilha da cozinha, ao lado da sala de estar. O vídeo ainda está passando na TV, e todo mundo comemora quando Mike bloqueia um tiro desesperado feito pelos adversários.

Jamie se aproxima de mim. As sobrancelhas erguidas como antenas ativadas por preocupação.

— Está tudo bem? — pergunta ele no meu ouvido. Eu balanço a cabeça e ele continua: — Então posso colocar meu braço na sua cintura?

Eu balanço a cabeça de novo, e dessa vez é de verdade. O braço de Jamie desliza pela minha cintura e fica levemente apoiado em meu quadril.

Eu me encosto nele, de repente me sentindo exausta.

Quando é hora de ir, a sra. Edwards me devolve a tigela de cristal da minha mãe lavada. Eu agradeço pela ótima noite e evito olhar para Mike quando os meninos se despedem.

— Te vejo amanhã cedinho — diz Levi.

— Espera. Queria tentar correr uma distância maior, então preciso ir mais devagar. Mas não quero atrapalhar. Vou sozinha.

— Posso ir junto? — pergunta Jamie.

— Vai trocar a gente por uma menina? Ah, qual é... — provoca Levi com um sorriso imenso.

— Seria ótimo — respondo.

Eu me sento no banco traseiro com Jamie na volta para casa. Ele pega minha mão e eu não puxo de volta.

— Os pais do Mike fazem isso todo domingo? — pergunta Jamie.

— Uhum. Todo domingo durante a temporada de hóquei. Ano passado foi durante nossos jogos da escola. Eu jantava na mansão à tarde e depois jantava de novo à noite na casa dos Edwards.

— O pai do Mike e o treinador Bobby sempre fazem aquelas encenações mesmo?

— Uhum. Comida e entretenimento — respondo.

Jamie entrelaça os dedos nos meus. Em vez de ficar tensa, eu me derreto até quase virar líquido.

— A sobremesa que a sua mãe fez é a minha favorita. Fala isso pra ela, por favor.

— Sua favorita de verdade? — provoco.

— Minha favorita de verdade. — Ele aperta minha mão. — Cara, que legal analisar os jogos que acabamos de jogar. E a casa deles? Nunca estive num lugar assim. Era o tipo de coisa que só vejo em revistas. Acha que vão nos convidar de novo?

Eu não consigo deixar de sorrir. Jamie está parecendo uma criança voltando da Disney. Tenho certeza de que ele já jogou em vários times de hóquei e participou de vários jantares como esse. O que os Superiors têm que o deixa tão fascinado?

Quando Ron para na frente da minha casa, eu pergunto se ele já foi no novo lava-rápido que abriu no centro. Esse é o código para saber se é seguro falar sobre a investigação no carro.

Ele faz que sim com a cabeça.

— Eu tirei fotos de todas as estantes do escritório do sr. Edwards. — Coloco a mão no meu sutiã e percebo Jamie se mexer meio sem jeito ao meu lado. Eu reviro os olhos e tiro a câmera. — Infelizmente, não consegui mexer em nenhum dos arquivos. A mesa de trabalho dele já foi do meu avô, então pensei que a chave para abrir as gavetas estaria no mesmo lugar, mas me enganei.

Ron olha para mim por um bom tempo antes de falar.

— Isso é muito útil. Obrigado.

Eu desejo boa-noite e pego a tigela de cristal. Jamie sai do carro também e andamos juntos até a porta da frente.

— Eu deveria te beijar, para caso sua mãe esteja nos observando? — sussurra ele.

A luz acima da porta acende. Nós rimos.

Jamie se aproxima e beija minha mandíbula em vez da minha bochecha.

— Noooooossa… — falo devagar. — Eu achei que os Supes tinham uma mira melhor.

Ele está de costas para a rua. Eu sou a única que consegue ver o sorriso dele alcançar seus olhos e mover a cicatriz no rosto. Eu quero beijá-la. Em vez de ponderar sobre esse impulso, eu só vou em frente. *Combustão osmótica*.

Meus lábios encostam na bochecha dele, sinto a ondulação no meio da pele macia. Jamie respira e isso faz com que eu sinta uma sensação gostosa se espalhar pelo meu corpo. Eu dou um beijo. Um beijo leve e perfeito que faz com que a cicatriz seja esticada por um sorriso que eu sinto, mas não consigo ver.

Deixo Jamie sozinho na calçada enquanto subo os três degraus da entrada em um pulo só.

Jamie não está na frente da minha casa na manhã seguinte. E não é normal ele se atrasar. Eu estava ansiosa para correr com ele hoje, ainda mais depois de ontem à noite.

E se ele não tiver gostado? Aí me lembro do sorriso que ele abriu quando encostei no rosto dele. Ele gostou, sim.

Eu me concentro na minha oração. Nessa manhã peço por gwekowaadiziwin. Não deixo de perceber a ironia. Pedir honestidade enquanto engano as pessoas. Flocos de semaa aterrissam nas folhas amarelas na base da árvore.

Folhas. Caindo.

O outono começa essa semana. As cores do outono chegam mais cedo aqui na Península Superior; a primeira neve a cair pode acontecer entre o começo de outubro e o final de dezembro. Meu aniversário é no dia 1º de outubro. Daqui a menos de duas semanas.

Merda. O clima pode atrapalhar minha caça aos cogumelos.

Eu termino de me alongar na calçada quando Jamie vem correndo na minha direção.

— Você está atrasado — digo quando o alcanço na rua.

Ele murmura um pedido de desculpas e não fala mais nada.

Nós vamos na direção oposta à rota de sempre. Quanto menos eu vir Mike Edwards, melhor. Meu ritmo é praticamente o mesmo de quando estava com os meninos nos últimos dias.

— Eu achei que você queria focar na distância — comenta Jamie.

Ele me acompanha com facilidade, quase não transpira.

— Mudança... de planos. Preciso... ir para... Duck Island... procurar cogumelos... antes do tempo... mudar.

— Vai matar aula?

— Digamos que... seja tipo um... estudo... independente... sobre fungos.

Nós corremos rio acima em direção ao parque Sherman. É uma sensação boa me desafiar assim. Quanto mais rápido terminarmos, mais cedo consigo ir até a ilha.

— Acho que você não deveria matar aula — diz ele quando damos a volta no parquinho perto do rio.

— Por que... você... ainda está... pensando... nisso?

— Porque quando a investigação terminar você vai voltar à sua vida normal. Vai deixar a investigação e todos os envolvidos no passado. Vai jogar hóquei em Michigan. Ou em um lugar novo. Não deixe que essa investigação mude toda a sua vida.

Eu paro. A cara de pau dele de *me* dar conselhos sobre mudanças sendo que foi *ele* quem mudou. De ontem para hoje. A raiva traz um gosto amargo de vergonha quando lembro do meu impulso de beijar a cicatriz de Jamie ontem à noite.

— Que foi? — pergunta ele, correndo de volta até mim.

A expressão confusa dele me irrita.

— Tudo *já* mudou. — Eu me divirto com o fato de ele recuar um pouco quando eu começo a falar. — Mudou no instante em que Travis atirou na Lily — respondo, enquanto tento pegar fôlego. — Não. Antes disso... Quando ele tirou o revólver da calça. Não. Quando meu tio morreu... ou quando ele começou a agir estranho porque estava ajudando vocês.

Lanço um olhar frio para ele.

— E não posso jogar hóquei na universidade.

Jamie acha que eu deveria jogar hóquei. Como se minha vida pudesse voltar ao Antes.

— Por que não?

— Você não tem acesso a essa informação — repito as palavras que ele usou lá em Marquette.

Ele não sabe nada sobre a decisão idiota que mudou meu futuro. Afinal, Jamie só está aqui temporariamente. Quando a investigação terminar, ele vai voltar para a vida antiga dele.

Eu corro o resto do caminho até chegar em casa. Diferente da noite em Sugar Island em que ele me perseguiu, Jamie não me alcança.

Dessa vez, ele me deixa ir.

Minha mãe está entrando no carro quando chego em casa. Ela me assopra um beijo para não ficar coberta pelo meu suor. Quando sai com o carro, abaixa o vidro para acenar para Jamie, que acena de volta.

— Minha filhota te venceu dessa vez — diz ela, orgulhosa.

— Com certeza. — O sorriso dele é simpático, mas não faz a cicatriz se mexer.

Jamie não me acompanha no alongamento pós-corrida, mas também não vai embora. Ele fica ali parado, me olhando.

— Daunis, acho que eu deveria ir correr com os meninos de agora em diante.

— Ah.

Mais mudanças. *Não deixe o mentiroso saber que ele te afeta*, digo para mim mesma.

— Eles estão começando a me tratar como mais do que um colega de equipe — explica ele. — Seria bom ouvir as histórias deles. Conseguir mais informações.

— Claro — digo, mantendo a voz tranquila. — Sem problemas. — Eu aponto para minha casa. — Bem, preciso tomar uma ducha e pegar a balsa. Cogumelos alucinógenos me aguardam.

Eu não olho para trás quando me arrasto pelos degraus da entrada.

"Cogumelos alucinógenos me aguardam"? Que nerd.

Lily, eu acho que meu relacionamento de mentira já era.

Estou progredindo bem. Não encontrei uma espécie desconhecida, mas estou chegando na parte norte. Eu poderia terminar hoje se não fosse por três coisas.

Primeiro, as folhas estão me atrapalhando. A cada dia que passa tem mais folhas no chão. O maravilhoso carpete colorido faz com que eu demore mais em cada seção da ilha.

Segundo, eu paro todo dia às onze horas, corro para pegar a balsa, busco Vó June e a levo para o almoço, como sempre. Meu intervalo me custa pelo menos três horas do dia.

Vale cada minuto.

Eu fiz um acordo comigo mesma. Posso muito bem mentir sobre onde estive e deixar as pessoas pensarem que passo o dia em alguma aula ou na biblioteca, mas preciso cuidar da Vó June e ajudar os Anciãos.

Só evito encontrar minha tia, porque não sou boa o suficiente para manter toda essa atuação na frente dela. Tia Teddie me manda mensagem e me liga todos os dias me convidando para uma visita. Toda vez eu minto. Estudando. Passando o dia com Jamie. Fazendo um favor para Vó June ou para minha mãe. É difícil, e eu sinto falta de dormir lá com Pauline e Perry, mas sei que ela iria perceber de cara que tem alguma coisa errada. Tia Teddie não deixa passar nada.

Hoje ainda tem um terceiro motivo que me impede de completar minha pesquisa. Preciso pegar a balsa assim que o almoço for servido para me encontrar com Ron no local de partida do ônibus da torcida. É uma viagem de cinco horas até Green Bay, em Wisconsin, onde todos os times da liga vão participar de jogos comemorativos no fim de semana.

Operação Esquilo Secreta vai pegar a estrada.

※

Vó June entra no refeitório, que parece mais lotado do que o normal. Eles devem estar servindo fígado acebolado hoje. Eu não sei o que tem em um órgão esponjoso de vaca que faz Nokomis e Mishomis de toda a região virem aqui. Mas é o que acontece.

Eu congelo quando vejo Tia Teddie ao lado de Minnie Mustang. A sala fica em silêncio. Todo mundo olha para mim. Até Seeney Nimkee me encara do outro lado da sala. Minha tia me chama.

Merda. Isso parece uma intervenção.

O que foi que eu fiz?

CAPÍTULO 26

Depois de um abraço rápido, Tia Teddie pede para eu me sentar.
— Eu preciso pegar um café e o almoço da Vó June — digo.
— Não, querida — responde Vó June. — Você precisa se sentar.
Ela também faz parte dessa intervenção? Mil vezes merda. Chi moo.
E se isso aqui tiver a ver com a investigação? O quanto elas sabem?
Qual é o mínimo de verdade que eu posso contar antes de parecer mentira?
Minha tia coloca um envelope grande e amarelo na minha frente. Oi?
— O que é isso, tia?
— Só abre — responde ela. — Eu não queria fazer isso aqui, mas você tem me evitado.
A culpa faz minhas bochechas arderem. Eu abro o envelope e duas fotos caem dele. Meu coração para quando vejo duas crianças patinando com um homem grande.
A foto colorida é do meu pai, Levi e eu. Eu procuro o cachecol verde-escuro dele, mas não está ali. A outra foto é em preto e branco e mostra meu pai me segurando no colo. Sou um bebê e meu cabelo escuro está todo arrepiado. Olhos grandes. Pele pálida em comparação à dele. Ele olha para mim e sorri.
Sem palavras, fito minha tia.
— Vire — diz ela.
Sem dúvidas é a letra do meu pai. Ele escreveu uma palavra no verso: N'Daunis. Colocar o *n* na frente da palavra funciona como o pronome possessivo "meu". *Minha filha.*

— Josette achou as fotos quando estava limpando o sótão da mãe. Tia-avó Nancy tinha algumas caixas cheias de fotografias. Continue — pede ela.

Eu tiro a pilha de documentos do envelope. O primeiro no topo me faz arfar.

FORMULÁRIO PARA REGISTRO DE MEMBROS — CONDIÇÕES ESPECIAIS.

Tia Teddie balança a cabeça, me pedindo para olhar os documentos.

Uma carta reconhecida em cartório da minha mãe declarando que ela era menor de idade quando me teve e que os pais dela se recusaram a incluir o nome do meu pai na certidão de nascimento. Depoimentos de Theodora Sarah Firekeeper-Birch, Josette Elaine Firekeeper e Norman Marshall Firekeeper — que escreveu o apelido "Monk" entre parênteses porque ninguém usa o primeiro nome dele desde que o padre o batizou. Há uma árvore genealógica da família Firekeeper com o nome de três parentes destacados. Tia Teddie identificou cada um com o grau de parentesco. Eu nunca soube que minha prima Josette era de segundo grau. Ou que Monk é na verdade meu tio-avô, mesmo sendo um ano mais novo do que minha tia. Todos os três atestaram que Daunis Lorenza Fontaine é filha biológica de Levi Joseph Firekeeper.

— Você precisa esperar até seu aniversário de dezenove anos para dar entrada no formulário, junto com um teste de paternidade que você e eu vamos fazer para comprovar o parentesco — comenta Tia Teddie.

Meu aniversário é no dia 1º de outubro. Daqui a sete dias.

Isso.

Eu quero isso desde quando entendi que ser Anishinaabe e ser membro registrado do povo não eram exatamente a mesma coisa.

Fico zonza ao lembrar do esforço da Vó June para conseguir isso para Lily também.

Eu posso me tornar membro do povo. Apesar de que... Isso não vai mudar nada para mim.

Eu sou Anishinaabe. Desde quando vim ao mundo. Antes mesmo, quando meu novo espírito veio para cá. E vou ser Anishinaabe até mesmo quando meu coração parar de bater e eu começar minha jornada para o próximo mundo.

Busquei a validação da minha identidade em outras pessoas durante a vida inteira. Agora que é algo possível, eu entendo que não *preciso* disso.

— Miigwetch. — Eu respiro fundo. — Mas não preciso de uma carteirinha para dizer o que eu sou.

— Eu sei que não, Daunis. Mas pense sobre o assunto — sugere Tia Teddie. — É um presente do seu pai.

Eu reflito a respeito. Tenho os traços dele. A altura. A habilidade no gelo. Minha mãe diz que tenho até a risada dele. Meu pai me deixou vários presentes. E tudo o que eu sempre quis era ter tido mais tempo com ele.

Uma vez, durante os três meses que namorei TJ, fui à casa dele para assistir ao jogo dos Packers e Lions. A irmã mais nova dele, Teela, ficou abraçada com o pai no sofá, com a cabeça apoiada no peito dele. Todo mundo comemorava falando alto, mas ela dormiu ouvindo o coração do pai batendo. Eu ansiava por um momento assim.

— A sua decisão não é apenas sua. É por seus filhos. Netos — lembra Vó June.

Dizem que a gente deve pensar sete gerações à frente na hora de tomar grandes decisões, porque nossos futuros ancestrais — aqueles que ainda não nasceram, que um dia vão se tornar Anciãos — vão viver com as consequências do que foi decidido hoje.

A investigação. Eu me lembro de Ron sugerindo que virar um membro registrado poderia me ajudar. Será que ele tem razão? Fico envergonhada só de considerar uma coisa dessas.

Outro pensamento me domina: como ele bem lembrou hoje cedo, Jamie está aqui temporariamente. O FBI só se preocupa com o que está acontecendo agora. Eles não conseguem nem imaginar que as ações deles podem ter consequências duradouras.

Talvez seja mais importante ainda que eu faça parte dessa investigação, porque eu sou a única pensando sete gerações à frente.

— Certo — cedo. — Quero me inscrever.

Tia Teddie dá um sorriso. Eu senti falta disso.

— Tem mais um requisito — explica ela. — Você precisa do depoimento de três Anciãos do povo que não sejam da família ou estejam a pelo menos três graus de separação.

Minha mente começa a correr pelas opções de pessoas que podem me ajudar. Vó June com certeza. Minnie também. Talvez eu possa pedir para Jonsy Kewadin?

Seeney Nimkee se aproxima da mesa. Ela coloca uma folha de papel na minha frente. É um depoimento atestando minha paternidade e assinado por ela. Reconhecido pela juíza Dana Firekeeper.

Eu tento falar, mas as palavras ficam presas na garganta. Eu me levanto e a abraço. Ela dá uns tapinhas nas minhas costas.

Quando Seeney me solta, Vó June me entrega o segundo depoimento. Eu não consigo parar de piscar. Não para invocar meu pai, mas porque com as lágrimas nos olhos eu mal consigo ver a fila de pessoas que se forma atrás de Vó June e Minnie.

O formulário para ser membro registrado do povo vai ter depoimentos de 26 Anciãos.

※

Eu alterno entre sorrir e chorar durante todo o trajeto até a arena Chimakwa. As portas do bagageiro já estão fechadas, então entro no ônibus da torcida com a mochila nas mãos. A funcionária do ônibus recebe meu cheque, que cobre os custos de transporte, aperitivos e duas diárias. Eu espero, pensando se os boatos são verdadeiros e ela vai me entregar um termo de confidencialidade para assinar.

— Tudo certo. Pode procurar um lugar. — Ela abre uma cerveja e me oferece.

O sobrinho dela se formou comigo. Ela sabe que não tenho idade para beber. Eu aceito.

Alguém grita meu nome do fundo do ônibus. Pode-Me-Chamar-De-Grant aponta para a poltrona vaga ao lado dele. Eu procuro outra opção e fico aliviada de ver que Ron guardou um lugar para mim.

O time viajou ontem. Os jogadores que ainda estão no ensino médio têm um cronograma especial para que as aulas não interfiram no calendário de jogos. Até o Ron, professor, conseguiu um substituto por meio período. É que existem condições especiais quando o assunto é hóquei.

A maioria dos passageiros é Zhaaganaash; só vejo outros dois membros da reserva. Conto para Ron que tem uma fila de trailers e vans seguindo o ônibus e que boa parte deles está cheia de Nishnaabs que preferem ir por conta própria.

— Por quê? — pergunta Ron, observando as cinquenta ou mais pessoas bebendo e conversando ao redor.

Quando os alto-falantes do ônibus começam a tocar os primeiros acordes de "Don't Stop Believin'" da banda Journey, quatro fileiras de mulheres surtam e começam a gritar e dançar.

— Por isso. — Aponto com a boca para elas.

Muitos já estão giishkwebii, e nem saímos da cidade ainda. Eu ouvi histórias demais para saber o motivo.

Ron ri e revira os olhos discretamente.

— Algumas dessas pessoas são daquelas que dizem que indígenas não sabem beber e que o per cap não compra civilidade — sussurro.

Umas das mulheres está tão possuída pela magia da voz de Steve Perry que mostra os peitos para um motorista de caminhão que passa do lado do ônibus enquanto seguimos pelo sul da I-75. Todo mundo comemora quando o cara buzina em agradecimento. Eu rio com a expressão de choque de Ron.

Ainda estou animada, lembrando, emocionada, de cada Ancião me entregando um depoimento e me abraçando. É um sentimento tão profundo que deve até existir uma palavra em anishinaabemowin para isso. Em anishinaabemowin, os substantivos podem ser animados — vivos — ou inanimados. Vou perguntar para minha tia se sentimentos são animados também, porque esse tem uma boa energia.

Enquanto a viagem continua, pego um livro da minha bolsa. De acordo com o programa de Literatura Americana, preciso entregar um ensaio na semana que vem sobre *O som e a fúria*.

Eu passo as próximas duas horas tentando ler. De canto de olho, reparo que Ron está me olhando.

— O que foi? — pergunto, fechando o livro.

— Você não vira uma página há cerca de vinte minutos — observa ele.

— É um livro bem difícil! É o fluxo de consciência de alguém, os pensamentos todos jogados, o tempo mudando. É difícil acompanhar.

Lily ia me ajudar a entender as metáforas do livro.

— Benjy — diz Ron, falando o nome do narrador da primeira parte do livro.

Meu queixo cai.

— Você já leu Faulkner?

— Tempo é o tema, Daunis. Os pensamentos de Benjy não estão presos no tempo, mas o irmão, Quentin, está preso a isso.

Uau. E aí está: a metáfora que me escapa. Todo mundo consegue encontrá-la menos eu?

— Histórias deveriam ir de A para B e então para C — defendo.

— Talvez seja a cientista em você dizendo isso, querendo que tudo siga uma ordem exata.

— Nem pensar. Você também é um cientista, Ron. Além disso, por que seguir uma ordem é ruim? Como a taxonomia: categorizar organismos vivos e extintos em um sistema de classificação de oito níveis: domínio, reino, filo, classe, ordem, família, gênero e espécie. A mesma coisa com a tabela periódica. Regras são boas. Como confiar no desconhecido?

Ron sorri.

— O pensamento não linear pode ser desarticulado, como os pensamentos do Benjy, mas se você der um passo para trás ou acompanhar até o fim, às vezes as coisas se encaixam.

— Hummm... — digo, convencida.

— Talvez a questão aqui seja paciência. Confiar que as respostas vão ser reveladas quando você estiver pronta.

Surpresa, eu me viro e finjo voltar a prestar atenção no livro, piscando para conter as lágrimas enquanto o ônibus entra em Wisconsin.

Nós acabamos de ter uma conversa que não tinha nada a ver com a investigação.

Ron me lembra Tio David, que sempre teve paciência para me explicar as coisas que eu não entendia. Não me lembro de ter pensado no meu tio hoje. Quer dizer que o luto está chegando ao fim?

Vai chegar um dia em que vou deixar de pensar na Lily? O luto é um desgraçado, daqueles bem cruéis e sorrateiros. A gente ama a pessoa e ela se vai. Passado. Aí a gente se esquece dela por uma hora, um dia, uma semana. Como pode? Isso acontece porque as memórias são instáveis: elas podem sumir. Eu queria ajudar na investigação por causa da Lily. Agora meus motivos não são tão claros. Eu tenho pavor de pensar no mundo — e em mim — seguindo em frente sem a Lily.

※

O resto da viagem de ônibus é como uma neblina. Ela não se desfaz até eu estar sentada na arquibancada do jogo, quando Pode-Me-Chamar-De-Grant se senta ao meu lado. A sra. Edwards não viaja para os jogos de fora da cidade na época do Shagala, que já está chegando; é a época do ano em que ela fica mais ocupada, e mesmo assim é a favorita dela. Eu sei que ele não vai fazer nada com Ron sentado ao meu lado, mas eu ainda tento ao máximo ignorá-lo.

Eu me concentro nas conversas rolando ao meu redor. Quando escuto alguém atrás de mim mencionar o per cap, meus ouvidos ficam atentos. Acontece o tempo todo: escuto algum Zhaaganaash falando sobre a reserva em geral, ou sobre um Nish específico. E o que falam sobre minha comunidade quando acham que ninguém está ouvindo? Nunca é bom. Agora é minha chance de me afastar antes de ouvir algo do tipo.

Eu me preparo para levantar e sair, mas percebo que ou vou ter que passar quase por cima do Ron e de mais um monte de gente à esquerda, ou do sr. Pode-Me-Chamar-De-Grant à direita. Merda.

— O filho da Tina Cheneaux — diz um dos homens.

Eu o reconheço como o advogado que uma vez ofereceu seus serviços para que eu tivesse certeza de que receberia minha "parte de direito" do patrimônio do Vô Lorenzo. Eu mandei ele ir para o inferno.

Ele deve estar se referindo a Ryan Cheneaux, um garoto com quem eu me formei.

Ryan é um babaca bajulador, sempre falando merda sobre Nishnaabs. Querendo que você explique por que membros registrados podem caçar em épocas diferentes do que é permitido pelas leis estaduais. Eu já vi jovens Nish tentando explicar as leis de demarcação enquanto Ryan respondia sem pudor que elas eram conceitos legais ultrapassados, tão antiquados quanto feudos e feudalismo. Quanto mais frustrados os meninos ficavam, mais inflamado Ryan parecia. Como se o objetivo dele não fosse aprender, e sim fazer você desperdiçar tempo e energia.

— Não brinca — fala o outro homem. — Quando é a audiência dele?

— Em 4 de outubro. O comitê de registro encaminhou para o Conselho do Povo tomar uma atitude. Ele teve que entregar o formulário antes de fazer dezenove anos.

Ryan Cheneaux está se inscrevendo para ser membro? Fico mais atenta a cada palavra, mesmo que elas me deixem revoltada.

— Eu não sabia que o pai do Ryan era Joey Nodin — diz um dos homens.

— É, Tina Cheneaux não queria que ninguém soubesse. Joey teria lutado pelo per cap dele também.

— E dá para culpar ela? — Todos eles riem.

— O menino ganhou na loteria. — Eles riem ainda mais.

— Você ficou com alguma coisa? — pergunta alguém.

O advogado responde.

— Uma porcentagem do per cap dele por dez anos.

Eles comemoram. Alguém dá alguns tapas nas costas dele.

Não percebo quão tensa estou até Ron tocar no meu braço. Ele me lança um olhar de compreensão, também ouviu tudo. Relaxo o corpo e tento me concentrar no jogo. Mas minha mente pensa em Lily.

Todo povo tem o direito soberano de decidir quem é membro ou não. Minha melhor amiga não conseguiu nem tentar se registrar por causa do jeito que o escritório de filiação do povo Ojibwe de Sugar Island calcula o quantum de sangue indígena: frações de sangue indígena baseados na nossa linhagem. O primeiro marido de Vó June era de um povo originário do Canadá, então Lily não tinha pedigree o suficiente. Havia ancestrais demais do outro lado do rio, e eles não têm o tipo "certo" de sangue indígena. Vó June tentou apelar com o Conselho do Povo, falar para eles: *Ninguém me disse que eu não devia trepar com alguém do outro lado do rio. A gente estava aqui antes dessa fronteira existir. Todos vocês têm parentes do outro lado.* Mas o Conselho rejeitou o apelo para a inscrição de Lily.

Mas se eu enviar minha documentação antes do dia 1º de outubro, o Conselho vai analisar minha inscrição e a do Ryan na próxima reunião.

A identidade dele não é problema meu, eu digo para mim mesma.

Em vez disso, eu penso na alegria que brotou em mim a cada abraço dos meus Anciãos. Eu queria que Lily tivesse tido um momento assim.

☀

Quando Ron e eu voltamos para o ônibus nos levar até o hotel, ele intencionalmente anda mais devagar, pois assim ficamos afastados da torcida.

— Espero que você entenda, Daunis, por que eu disse para o Jamie que seria melhor dar uma diminuída nessa coisa de namorada e namorado — diz Ron baixinho.

Há? É por isso que o Jamie estava agindo estranho na segunda e tem estado tão distante a semana toda?

Fico pensando em como responder Ron. Faço como uma Esquilo Secreta: quero informações sem ter que entregar nada em troca.

— Você vai ter que me explicar — digo, como se fosse Ryan Cheneaux numa discussão.

— Agentes disfarçados, ainda mais os jovens, às vezes ficam muito envolvidos com suas missões. Eles desenvolvem conexões emocionais com suspeitos ou informantes. Acontece com tanta frequência que eu, como agente mais experiente em campo, preciso ficar de olho.

Ron espera eu falar alguma coisa. Quando não respondo, ele para de andar.

— E o que eu vi no domingo à noite? Ao menos um de vocês não estava fingindo.

CAPÍTULO 27

O saguão do hotel é visto como o "alto-mar" dos times de hóquei, porque é o único lugar onde os Supes e os fãs podem se reunir depois do jogo. Supes não podem ir para o andar onde está rolando a festa da torcida, e as namoradas não podem ir para o andar dos jogadores. O alto-mar é vigiado pelos tubarões — a equipe técnica e alguns acompanhantes que ficam como vigias.

O treinador Albert anuncia que os jogadores têm só mais uma hora em alto-mar, porque vão precisar acordar cedo para treinar. Mas amanhã o toque de recolher será mais tarde.

Quando me sento ao lado de Jamie, ele olha ao redor.

— Ron ficou na festa com o pessoal mais animado da torcida — aviso, pegando na mão dele.

Agora que sei que Jamie se afastou por ordem de Ron, me pergunto o que ele vai fazer quando o supervisor não estiver por perto. Meu coração dá uma cambalhota de empolgação por ele não ter tirado a mão da minha. Eu quero que as coisas voltem a ser como na noite em que o beijei e senti o sorriso dele. Uma mudança boa, pelo menos.

Jamie mal se mexe, mesmo quando todo mundo está rindo de Levi imitando Mike no gol. Meu irmão parece estar jogando Twister sozinho.

Agora imitando Stormy, Levi levanta os punhos fechados.

— Vem pra cima, vem! Vem pra cima! — repete ele até que as palavras soem como "*vencima*".

Levi comemora com o melhor amigo e o nomeia "Vencima Nodin, o melhor *enforcer* que Sugar Island já viu".

Não é verdade. Meu pai foi o melhor *enforcer*.

Às vezes me preocupa perceber que Levi esqueceu muitas coisas sobre o pai. Sempre que menciono o cachecol em que a gente se segurava enquanto ele nos puxava pelo gelo — verde-escuro, macio e longo —, Levi jura que na verdade a peça era verde-celeste. Ele também jura que o cachecol está na casa dele, mas não conseguiu encontrar.

Levi se aproxima de mim e Jamie, abrindo um sorrisão e fazendo movimentos de um lado para o outro, imitando a leveza de Jamie no gelo. Aí complementa com sua melhor imitação de Patrick Swayze em *Dirty Dancing*.

Jamie abre um sorriso tímido que não chega aos olhos nem faz a cicatriz se mexer.

— Seu namoradinho tem umas manhas — diz meu irmão.

Eu me aproximo e dou um beijo na bochecha de Jamie. O maxilar dele se contrai. Percebo então que, mesmo sendo parte do disfarce, meu beijo não é bem-vindo. A dor da rejeição fica ainda maior quando reparo no jeito quase mecânico com que ele segura minha mão.

Para com isso, Daunis, digo a mim mesma. *Não deixe que ele tire o seu foco. A investigação é para proteger a comunidade. Conseguir respostas.*

Enquanto meu irmão continua o jogo de imitações com os outros jogadores, peço para Jamie me seguir. Eu levo ele para o canto mais afastado do alto-mar.

— Escuta — começo. — Eu não ligo para o que o Ron disse sobre conexão emocional e tal. Eu não vou te beijar se isso deixa você desconfortável, mas a gente ainda precisa ficar de mãos dadas em público. Pela investigação. Fingir que a gente é um casal é o melhor jeito de você ser acolhido na cidade.

Que ironia. As mesmas pessoas que talvez não me aceitem vão adorar o novato porque ele é um Supe que me namora de mentirinha.

Jamie não fala nada. Só olha para os pés. A bota dele é muito diferente das que estou acostumada a ver. É de couro. Polida. Estilosa. Urbana.

— Você tem que confiar em mim. Eu aguento — aviso. — Estou aqui pra ajudar.

— Eu sei que está — diz ele, encontrando meu olhar e engolindo em seco. — O que acontece quando alguém descobre a qual povo pertence?

O que isso tem a ver com a investigação?

— Tem mais de quinhentos povos reconhecidos pelo governo federal, Jamie. E cada um é diferente do outro. — Ele está com uma expressão suplicante. Será que tem outros motivos para estar trabalhando disfarçado em uma comunidade indígena? — Eu só posso falar por Sugar Island. Primeiro, a pessoa é criança ou adulta?

— Adulta. Isso importa?

— É menos complicado registrar uma criança que seja elegível. Se os pais forem membros e o nome deles estiver na certidão de nascimento do filho, é um processo fácil, desde que tenha o quantum sanguíneo mínimo. Com adultos é diferente. Depois que a reserva construiu o cassino, rolou uma pressão para encerrar o registro de novos adultos. Então a galera tem até o aniversário de dezenove anos para se inscrever, mas com o per cap é raro que alguém espere tanto tempo. — Eu procuro no rosto dele uma pista que explique por que a gente está falando sobre isso. Pensei que a distância dele fosse relacionada ao aviso de Ron, mas talvez ele esteja pensando em outra coisa.

— Então, se você não se afiliar antes de virar adulto, já era? — pergunta Jamie.

Eu penso sobre Ryan e eu, ambos tentando no prazo final.

— Não necessariamente. Sugar Island tem exceções para pessoas que foram adotadas e…

Os olhos dele se arregalam com a palavra. *Adotado*.

— Foi o que aconteceu com você, não foi? — Eu estava falando normalmente, mas agora minha voz é um sussurro.

Jamie não responde. Ele desvia o olhar de novo.

— Famílias procuram por bebês que foram adotados antes da criação do Ato de Proteção a Crianças Indígenas, que proibiu que crianças indígenas fossem levadas de suas casas e comunidades. Sabia que até hoje algumas pessoas deixam pratos e lugares a mais na mesa para os filhos que não estão aqui?

Eu já vi esses pratos, mas nunca pensei como seria ser a pessoa a quem eles são destinados.

— Ei. — Eu puxo a manga da camisa de botão marrom dele, mas logo recuo com receio de deixá-lo desconfortável. — A gente faz cerimônias para quando alguém volta para casa, depois que o Conselho vota pelo registro. — Eu me aproximo o máximo que posso sem fazer contato físico. — Essas cerimônias são poderosas. Curativas. Talvez outros povos também façam. Talvez o seu povo faça. Nós não esquecemos de quem perdemos.

Ele pisca rápido e pigarreia.

Quando abre a boca, não ouço sua voz, mas a sinto sobre mim como um cobertor numa noite fria.

Miigwetch.

Albert dá o aviso de cinco minutos para o toque de recolher.

Passamos por casais se beijando como se nunca mais fossem se ver. Nos apertamos no elevador lotado. A mão de Jamie segura a minha. Não é para manter as aparências, porque ninguém consegue ver.

Antes de chegar ao meu andar, ele mexe o polegar, fazendo carinho na minha mão. Um movimento simples, mas delicado, que me faz perder o fôlego. Eu me distraio listando os músculos que ele está tocando. *Primeiro interósseo dorsal, segundo interósseo dorsal...*

Quando o elevador apita, meus olhos encontram os de Jamie. Enquanto as tamboris se soltam dos namorados, Jamie se aproxima e para a um centímetro dos meus lábios.

— Tudo bem? — sussurra ele.

— Sim — respondo.

Os lábios dele são macios como plumas. Seu beijo é perfeito e suave.

Ninguém comenta. Afinal, por que falariam alguma coisa? Um beijo entre tantos que estão rolando no elevador. Eles não sabem que foi a primeira vez que nos beijamos na boca.

A festa pós-jogo está bombando quando saio do elevador. As pessoas vão de um quarto para o outro. Todas as portas estão abertas. A música rola solta no corredor: Big & Rich nos aconselha a "economizar um cavalo e montar num cowboy".

Encontro Ron. O sorriso em seu rosto me diz que ele já passou da primeira cerveja.

— Tudo bem com o Jamie? — pergunta ele.

— Uhum — respondo. — Vou dormir. Juízo, hein?

— Pode deixar, chefe — responde ele.

Eu olho para trás e rio enquanto Ron entra em outro quarto para uma de suas rondas.

No final do corredor, a porta ao lado da minha se abre, e a mulher que mostrou os peitos no ônibus aparece. Ela é casada com um cara velho cuja família comprou terrenos em Sugar Island de Nishnaabs que estavam passando por um período difícil. A casa deles é na ponta sul da ilha. Quando a vejo aqui no corredor, tenho a impressão de que uma família de esquilos decidiu habitar seu cabelo durante o inverno.

Pode-me-chamar-de-Grant, com uma toalha enrolada na cintura, fica parado na soleira da porta observando-a ir embora e depois se vira para mim.

O descarado está com uma expressão tão orgulhosa que me pergunto se ele vai sair pelo corredor para ser ovacionado pela galera. Mas ninguém nem olha. O Mundo da Torcida tem regras diferentes, ou melhor dizendo, não tem regras. Ou talvez homens como ele saibam que as regras não se aplicam a eles.

Eu passo direto por ele, tentando não olhar para o peito nu. Existe um nome científico para um abdômen sarado, mas esqueço.

— Olá, Daunis Fontaine — diz ele com a voz grave, como se fosse um motor engatando a primeira marcha.

Eu coloco o cartão do jeito errado na fechadura, e a luz fica vermelha. Viro do outro lado e outra luz vermelha. Ele ri e coloca uma trava na própria porta para não ficar trancado para fora do quarto. Os pés descalços dele o levam até minha porta em três passos.

— Você está mexendo.

Ele pega o cartão sem pedir e com calma coloca no encaixe. A luz fica verde.

— O movimento certo faz toda a diferença, Daunis Fontaine.

— Obrigada — respondo, parecendo GrandMary com o tom polido e formal dela.

Ele ri.

— Estou à disposição.

Fecho a porta antes de ele sugerir qualquer coisa. É a segunda semana de uma temporada de seis meses. Mais ou menos vinte e duas semanas evitando Pode-Me-Chamar-De-Grant.

No dia seguinte, Bobby fica todo agitado quando tento pegar uma das caixas de discos de hóquei que ele empilhou para levar para a arena.

— Você não deveria estar levantando peso com esse seu ombro — diz ele.

— Já estou 100%, treinador.

Dá para ver que ele não está convencido, mas, como está com as mãos ocupadas, não consegue me impedir de pegar uma caixa e acompanhá-lo até a arena.

Quando chego à seção de visitantes das arquibancadas, coloco a caixa ao lado de outra. Resolvo ajudar um pouco mais e uso minha chave para cortar a fita adesiva que lacra o topo. As namoradas vão ficar subindo e descendo os degraus da nossa seção para pegar os discos de hóquei e distribuir para os fãs. Eu decido ajudá-las hoje, já que não preciso entrar na pista.

A caixa que eu abro tem discos normais.

— Treinador, esses são os certos? Não tem o logo dos Supes neles.

— Ah, é porque esses vão ser doados.

Bobby vem correndo para mostrar o desenho de um apanhador de sonhos neles. Ele olha ao redor e aponta para onde Pode-Me-Chamar-De-Grant está sentado, ao lado da conquista da noite passada.

— Grant Edwards vai doar todos esses para um programa de jovens indígenas. Mas não comenta nada, porque ele gosta de ser discreto.

— Espera aí, mas então as crianças Nish ficam com discos malfeitos? — Fico imediatamente irritada, porque metade dos apanhadores de sonhos parecem estar borrados.

— Fontaine, todo mundo está tentando fazer o que pode por aqui.

Quando chega a hora de nos sentarmos, dou uma olhada para o lugar vazio entre Ron e Pode-Me-Chamar-De-Grant antes de me espremer ao lado de Talvez-Megan.

— Ei, galera, é a Daunis! — Depois de me dar um abraço lateral, Talvez-Megan me entrega uma sacola de presente. — Isso é de todas nós. A gente queria ter te entregado ontem, mas alguém esqueceu onde estava guardado.

Ela lança um olhar furioso para a fileira de tamboris.

Coloco a mão dentro da sacola e sinto o tecido de uma camisa de hóquei. Pego a camiseta azul-marinho dos Supes com o logo da onda prateada na frente.

— A gente ia colocar o sobrenome do Jamie, mas algumas questionaram se você não ia querer o do Levi também — diz uma das namoradas. — E Megan disse que você costumava jogar com Mike e Stormy. E você meio que é a embaixadora do time. Mas todos esses sobrenomes seria... demais.

— Aí a gente achou que o seu nome seria melhor — completa Megan.

Eu viro a camisa e vejo DAUNIS escrito nas costas em letras brancas e prateadas.

— É perfeita — falo, com a voz embargada. Sinto um misto de choque e surpresa com a generosidade delas, além de humildade e gratidão pela consideração que tiveram comigo, ainda que eu não tenha agido da mesma forma com elas. Acima de tudo, estou feliz.

Durante o primeiro intervalo, visto com orgulho minha camisa e distribuo uma pilha de discos com o logo dos Supes na seção de visitantes. Reconheço a maioria dos fãs. A moça que tomou conta do bazar beneficente do Hospital Memorial da Guerra depois de GrandMary passa a mão no meu braço.

— Estou rezando pela sua avó — diz ela.

Meu celular vibra no bolso traseiro. Eu ignoro e continuo distribuindo discos. Quando entrego um para uma menina que se formou um ano antes de mim, ela lê algo no celular e começa a chorar. Escuto outro celular vibrando.

Meu coração acelera. Mais alguém olha para o celular. As pessoas se encaram com expressões de choque, e vejo uma garota cobrir a boca com a mão. Largo os discos e pego meu celular para ler que notícia ruim está se alastrando pela arquibancada.

TIA TEDDIE: Robin morreu. TJ disse que foi overdose.

CAPÍTULO 28

A notícia se espalha rápido. Todo mundo está comentando. Tenho que sair daqui.

Enquanto corro para a saída, escuto partes de conversas. Muitas pessoas estão chateadas e confusas, mas meus ouvidos captam algumas frases que se destacam no barulho da multidão.

— Robin Bailey? Não pode ser.

— Achei que ela fosse uma dessas *índias* que tinham futuro.

— É isso que dá receber o per cap. Eu falo, esse pessoal não sabe lidar com dinheiro e bebida.

— Meu Deus, até os inteligentes são burros.

Os abutres já estão cercando o cadáver da Robin.

A raiva domina meu corpo. Uma mistura de odores parece invadir meu nariz: fumaça acre, carne apodrecendo, WD-40, químicos e suor. Coço o nariz enquanto corro até o banheiro. Consigo sentir o cheiro e o gosto metálico de sangue no fundo da boca. Substâncias químicas e efluentes gasosos de um laboratório. Urina. A bexiga da Lily se soltando quando ela caiu de costas. O corpo faz isso quando você morre. Todos os músculos falham.

Eu não aguento. Estou sentindo todos os cheiros de novo.

Ao chegar à última cabine do banheiro, minhas pernas cedem na hora em que fecho a porta. Eu me sento no canto e puxo minha camisa dos Supes para cobrir a cabeça. Como uma tartaruga. Puxo o ar até que o único cheiro que sinto é do meu próprio suor e do desodorante, me balançando para a frente e para trás, em choque por mais uma garota que se foi cedo demais.

※

As namoradas estão aglomeradas do lado de fora da cabine. Escuto-as sussurrando, e então Megan tenta entrar se arrastando por baixo da porta. Estico a perna para evitar que isso aconteça. Aqui não tem espaço para a empatia delas.

— Daunis, o jogo acabou. A gente tem que voltar para o hotel — dizem elas, se revezando.

Uma delas deve ter chamado Ron. Eu o escuto falar para as garotas irem; a van está esperando. Está tudo bem. Ele vai me esperar e vamos pegar um táxi de volta para o hotel em vez do ônibus da torcida.

Quando elas vão embora, Ron só se senta do lado de fora. Fica no chão em silêncio, exceto nos momentos em que alguém entra e vê um homem no banheiro feminino. Aí ele manda a pessoa cuidar da própria vida.

— Pode usar. — avisa ele a quem aparece. — Ninguém vai te incomodar.

Eu só vejo a parte de baixo dele, com os joelhos próximos ao peito, como eu. Os sapatos são os mesmos do dia em que me levou para a sala do Tio David, os que têm a sola barulhenta.

Alguém deve ter falado com um segurança, porque eu escuto passos pesados se aproximando.

— Senhor, recebemos reclamações de um homem no banheiro feminino.

— Sou eu mesmo — responde Ron. — Estou cuidando da namorada do meu sobrinho. Ele joga nos Superiors. Ela recebeu uma notícia ruim hoje. Só quero ter certeza de que está bem.

A voz de Ron é firme. Ele não vai sair sem mim.

Não quero que o segurança piore a situação.

— Já vou sair — digo. Minha voz está rouca mesmo que eu não esteja chorando.

O sapato direito de Ron faz barulho quando vamos para fora esperar o táxi. Por mais estranho que pareça, me concentrar no sapato barulhento dele me ajuda a dar um passo de cada vez.

※

Ron me leva de volta para o hotel e, quando vê Jamie me esperando no alto-mar, ele nos deixa a sós. Deve ter achado que Jamie merece um desconto.

Nós nos sentamos no sofá em frente à lareira. Ele coloca o braço ao meu redor sem perguntar nada. Eu me encosto nele e solto o ar.

O clima hoje está diferente. Todo mundo está quieto. Os jogadores devem ter ouvido a notícia sobre Robin durante o jogo, porque tiveram um péssimo terceiro tempo.

Levi está sentado sozinho, olhando pela janela. Não consigo nem imaginar no que ele está pensando. Meu irmão levou Robin para o Shagala no penúltimo ano dela na escola, quando ele estava no nono ano. Cogito me aproximar, mas não tenho energia.

Levi se levanta.

— A gente jogou que nem uns merdas hoje porque não estamos lendo uns aos outros ainda — diz ele.

Espera... Ele não está pensando na Robin?

Levi continua.

— A gente tem que ser irmãos. Saber o que o outro está pensando antes dele dizer. A gente precisa jogar melhor.

Os meninos assentem, até os locais que conheciam Robin. Ninguém fala nada sobre ela ou sobre o fato de que essa é mais uma morte relacionada a drogas em nossa comunidade.

Ninguém se importa.

Jamie me abraça mais forte, observando minha perna direita balançar como se toda a raiva em mim estivesse concentrada ali. Ele me olha: *O que posso fazer para ajudar?*

Estamos lendo um ao outro.

Eu me levanto e estico as pernas, tentando reverter a sensação de que tudo está apertado.

— Opa! Você tem alguma ideia de como a gente pode fazer o time melhorar? — pergunta Levi. — Compartilhe sua sabedoria, Daunis Defesa!

Eu fico na ponta dos pés, descendo e subindo, como se estivesse me preparando para correr, mas quando vejo todo mundo olhando para mim, congelo. A expressão de Jamie é um aviso silencioso: *Pense com muito cuidado no que vai falar.* Estou com medo do quão fluente estou em Jamie. E se Ron estiver enganado e Jamie for apenas um ator melhor do que eu? Um mentiroso melhor?

Toda manhã eu rezo por gwekowaadiziwin. Para ser honesta, pelo menos comigo mesma.

— Robin Bailey acabou de morrer! É assim que vocês lamentam a morte de uma ex-colega de equipe? — Olhando pela sala, vejo que metade das pessoas está olhando para os pés e a outra metade está olhando para mim como se eu estivesse tendo um colapso nervoso. Encaro Levi. — Mas continua aí se concentrando no jogo, porque a derrota de vocês hoje é a verdadeira tragédia.

Eu ando, furiosa, até o canto mais distante do alto-mar. Levi me intercepta. Os braços dele me dão um abraço apertado.

Ele sussurra em meu ouvido:

— Está tudo bem. Está tudo bem.

— Não. Não está tudo bem. Quantas pessoas têm que morrer para a gente fazer alguma coisa a respeito? — Estou aos soluços. — Robin era sua amiga também. E você está agindo como se nada tivesse acontecido!

Ficamos parados ali por alguns minutos enquanto a sala volta lentamente ao clima de antes. O nome de Robin aparece algumas vezes.

Levi suspira e então se solta do abraço.

— Ei, galera — diz ele em voz alta. — Daunis tem razão. A gente tem que fazer alguma coisa. — Todo mundo olha para Levi. — Robin era uma de nós.

— No que você está pensando? Talvez levantar uma grana? — sugere Mike, se unindo a nós.

Tinha esquecido que Mike levou Robin para o Shagala no ano passado. Ela ria quando as pessoas a zoavam por ter ido com meninos do nono ano como acompanhantes nos dois últimos anos na escola.

— É — responde Levi. — É isso!

— Gente — anuncia Mike. — Levi teve uma ótima ideia. Um jogo beneficente. — Ele sorri para Levi. — Que tal um jogo fora da liga?

— A gente pode juntar o dinheiro e fazer alguma coisa em nome dela. — Levi envolve meus ombros com o braço. — Talvez doar a grana e conscientizar as pessoas sobre prevenção às drogas.

— Levi, vamos jogar contra Sault High? — pergunta Mike. Ele olha para mim; é a primeira vez desde o que aconteceu no quarto dele. Ele sorri, como sempre. — Vamos lá, Dauny Defesa. A gente sempre disse que ia acabar com os Supes se tivesse a chance. Agora eu sou um Supe e posso dizer que chegou a hora. Supes contra o Demônios Azuis da Sault High! O time de hoje e os aposentados! Arrecadando dinheiro e arrasando!

Murmúrios se espalham pela sala. Cabeças concordando. Conversas empolgadas. Fica decidido que vão fazer o jogo beneficente no próximo fim de semana, na noite anterior ao Shagala.

Ao ver meus antigos colegas de equipe conversarem, as lágrimas que segurei na cabine do banheiro finalmente caem. Uma avalanche de lágrimas. Os meninos *se importam.* Lágrimas de orgulho. Por meu irmão estar fazendo algo bom. Talvez até lágrimas de alívio, porque as coisas com o Mike poderão voltar a ser o que eram. E eu fazendo parte disso. Dauny Defesa. Popô.

De repente, isso é tudo que eu quero. Que as coisas voltem ao normal. Ao Antes, quando Popô vivia em uma bolha. Antes da investigação — e do caos de não saber o que era real ou não.

A Filha do Guardião de Fogo cansou de ficar levantando o sol. O escuro está ótimo para mim.

Jamie se aproxima. Ele me abraça e não solta.

— O que você está fazendo? — diz ele no meu ouvido, com a voz grave e baixa. — O plano não era esse.

O clima no saguão mudou. As pessoas estão animadas. Esperançosas. Os meninos se juntam em uma rodinha de jogadores e namoradas, numa espécie de comitê de organização improvisado.

— Mas... é uma boa... não é? Minha comunidade. Fazendo o bem?

Eu uso a manga da minha camisa nova para limpar as últimas lágrimas do rosto. Jamie me puxa para o lado, para que ninguém possa nos ouvir, e sussurra:

— A gente precisa seguir o plano — insiste, cruzando os braços. Ele se mexe, desconfortável, e coloca as mãos no quadril.

Dou um passo para trás para observá-lo. A postura dele muda, fica inflexível. Um policial fazendo seu trabalho.

Eu finalmente entendo.

— Peraí. Quando você fala "a gente", não quer dizer eu e você. Você está falando do FBI — digo, enquanto finjo coçar o nariz para ninguém ler meus lábios. — Jamie, você não lembra o que minha tia contou sobre o pessoal que precisou trabalhar até mais tarde para consertar as camisetas de coruja? Eles sacaram qual era o problema e participaram da solução. *A gente* tem que consertar isso. A comunidade, não o... — Passo a mão na frente da boca de novo. — FBI.

A mandíbula dele fica tensa, como se eu tivesse falado algo desagradável.

— Bem, vocês não consertaram nada ainda — comenta Jamie.

— Você não percebe como é errado achar que a gente não vai conseguir resolver essas coisas sem o...? — Nem pronuncio a sigla dessa vez.

— Sinceramente, não — dispara ele, mais rápido do que qualquer resposta que deu até agora.

Não reconheço essa pessoa, e ele com certeza não me conhece. Ou a minha comunidade.

Jamie Johnson não nos enxerga.

— Você chega aqui querendo salvar a gente para depois ir embora. Não vai ficar para ver as consequências. Você não parou para pensar sobre a comunidade em momento algum. Já percebeu?

O rosto de Jamie está impassível. É uma máscara para protegê-lo... de mim.

O ardor em meu nariz volta a me incomodar. Penso em Robin.

Nenhum cara deveria provocar esse tipo de reação em você. Não importa quem ele seja...

Talvez eu precise me proteger de Jamie. Olho ao redor para ver se ninguém está prestando atenção na gente e dou um passo adiante. Esse babaca vai ver como Dauny Defesa joga no ataque.

— Talvez você entendesse se realmente tivesse um povo.

Ele dá um passo para trás. Pisca os olhos castanhos.

Cutuquei uma ferida. E foi mais forte do que eu pretendia.

James Brian Johnson, ou quem quer que ele seja, se afasta.

Em vez de me sentir vitoriosa, eu me sinto vazia.

Estou de joelhos, abaixada, limpando a boca, quando escuto uma discussão e choro. Lily e Travis estão andando na trilha.

"*Travis, eu te disse. Você precisa de ajuda. Isso tudo vai muito além de você. Você precisa de ajuda de verdade.*"

Ele agarra o braço dela quando estão a três metros de distância de mim.

"*Me diz como, Lil. Só me diz o que fazer, e eu faço.*"

Ela se solta.

"*Primeiro, você tem que me deixar em paz. Chega de ficar vindo aqui em casa querendo transar enquanto a Vó June não estiver. Eu preciso me concentrar nos* estudos e você precisa se concentrar em você. A gente tem que se cuidar, cada um na sua. Você ainda não entendeu? Eu não consigo cuidar de mim se estou sempre cuidando de você."

"Não, eu não consigo fazer isso sozinho. Eu preciso de você. Eu te amo." A voz dele treme.

"Precisar e amar não são a mesma coisa. O que você precisa está acabando com a parte do amor. Travis, pra mim chega. Acabou de verdade."

Travis puxa um revólver velho do cós da calça.

Eu acordo, me engasgando com o odor do corpo de Travis. O cheiro de substâncias químicas e suor parece mais forte nele do que em um rapaz comum.

Por que eu não me lembrava do que eles disseram até agora?

Será que Ron tinha razão quando disse que as respostas vão se revelar quando eu estiver pronta? O resto da minha memória vai voltar? Ou minha cabeça está inventando coisas?

Meu celular vibra na mesa de cabeceira.

JAMIE: Desculpa.

Não sei pelo que ele está se desculpando. Por desmerecer meu povo? Por agir da forma que agiu quando eu falei mal do FBI? Por ter revelado a informação sobre ter sido adotado e não ter qualquer conexão com seu povo? Por me beijar no elevador?

Talvez ele esteja se desculpando por ter aceitado esse trabalho.

EU: eu também.

Talvez eu lamente por tudo também. Por concordar em participar da investigação. Por, às vezes, me decepcionar com o meu povo de jeitos complexos demais para eu mesma entender, embora isso não signifique que o FBI seja a solução. Por me apoiar no Jamie com tanta facilidade. Ou quem sabe eu lamente por ter descontado tudo nele porque gosto de Jamie mais do que deveria. Ver a máscara de policial voltar foi um lembrete de que ele vai embora assim que o trabalho chegar ao fim.

Ser abandonada não fica mais fácil com o tempo.

JAMIE: Qual o número do seu quarto?
EU: 740

Ouço, no escuro, o barulho da porta da escada ao lado do meu quarto se abrir e se fechar com os movimentos cautelosos de alguém que está se esgueirando por onde não devia.

Meu coração acelera quando o vejo e ele entra no quarto. Jamie, vestindo uma calça de moletom e camiseta, o cabelo indo para todas as direções. Eu fecho a porta. Nós nos encaramos. O tempo desacelera do mesmo jeito que faz quando estou no gelo: tudo para durante um respirar longo e revelador.

Beijo Jamie suavemente, como no elevador. Mas não paro. Os pensamentos que passaram pela minha cabeça quando trocamos mensagens há poucos minutos ainda estão flutuando ao nosso redor. Mas, nesse momento, não quero perder tempo com as minhas preocupações. Só por hoje, eu quero fazer parte de algo bom. No Agora desse Novo Novo Normal, isso quer dizer estar com o Jamie.

Eu sinto o cheiro dele, do sabonete que lembra um lugar ensolarado. A boca dele tem gosto de menta. Meus dedos passam por seus cachos, que são ainda mais macios do que eu imaginei.

Ele me beija. Devagar. Como se quisesse aproveitar cada segundo. Os braços dele me envolvem. Músculos definidos e fortes.

Nossos lábios se abrem e minha língua encontra a dele. Ficamos desse jeito, tão suave como ondas que chegam à praia, pelo que parecem ser horas.

Quando Jamie se afasta, eu tento segurá-lo, não querendo que acabe. Sinto o riso baixo mover todo o corpo dele, pressionado contra o meu.

— Melhor não, Daunis — diz ele. — Não até tudo isso chegar ao fim. Não faço ideia do que vai acontecer. Vamos esperar outro dia.

— Mas já é outro dia — digo, brincando.

Nós rimos juntos, mais alto do que deveríamos.

Ele abre a porta do quarto com cuidado e sai para o corredor, não sem antes lançar um olhar que quase me faz correr atrás dele. Eu o observo abrir a porta da escada e fechá-la depois de passar. Fico em pé sozinha no corredor, e o último clique da porta se fechando estoura minha bolha de felicidade.

O que eu fiz? Beijei o cara que está investigando meu povo. O cara por quem eu sinto coisas bem reais. Toda essa situação ficou muito mais complicada hoje, e ainda nem tenho certeza da minha opinião sobre as atitudes de Jamie na investigação.

A porta ao lado da minha se abre. Pode-Me-Chamar-De-Grant coloca a cabeça para fora como uma tartaruga. Seus olhos brilham quando ele levanta a sobrancelha para mim, levando um dedo aos lábios.

— Shhh. Seu segredo está a salvo comigo, Daunis Fontaine.

Merda, um milhão de vezes merda.

Tudo acabou de ficar bem mais complicado.

CAPÍTULO 29

Na manhã seguinte, sou a primeira a embarcar no ônibus da torcida. Eu me sento na janela para deixar o assento do corredor para Ron. Olho para fora, repassando cada momento com Jamie. Se eu fingir que foi tudo um sonho, talvez Ron não descubra o que aconteceu.

Alguém se senta ao meu lado. Eu me viro para cumprimentar Ron, pronta para me fazer de inocente. Meu estômago revira quando dou de cara com Pode-Me-Chamar-De-Grant.

— Achei que você fosse toda certinha — diz ele num tom conspiratório. — Mas você é uma malandrinha que não cumpre regras.

— Eu não sabia que só dava para ser uma coisa ou outra.

— A gente sempre tem que fazer escolhas. Eu admiro as pessoas que escolhem o mais interessante.

Ele me observa como se eu fosse um dos colares da minha avó.

— E você, como advogado de defesa, não depende de gente que vive fazendo escolhas ruins?

— Pois é, Daunis Fontaine. Pois é. — Ele se levanta quando Ron entra no ônibus. — Às vezes o ruim e o interessante andam lado a lado.

Quanto mais perto chegamos de Sault, mais meu peito aperta. Eu queria que tudo o que aconteceu com Robin fosse um pesadelo do qual ela pudesse acordar e começar do zero.

Como ela foi se meter com MA? Ela é tão bem resolvida. Era.

Quais segredos escondia da gente?

Robin era da reserva. A mãe dela era uma Nodin, e Stormy e Robin são primos distantes. O pai dela pertence a outro povo. Eles moram no bairro seguinte à parte nova da reserva. Todo mundo gostava dela.

Não posso deixar mais ninguém morrer. Preciso ser uma Esquilo Secreta melhor. Mais ativa, menos passiva. Talvez eu devesse pesquisar sobre a vida da Robin... ver o que aparece.

Minha tentativa de arrancar informações de Mike foi um desastre. Será que devo tentar de novo, mas com Stormy? Ele era parente da Robin. Da Heather também. E se eu perguntasse para ele sobre as duas? Me oferecer como uma ouvinte prestativa, mas sem ficar tão em cima, assim ele não vai interpretar errado, como Mike fez. Não vou cometer o mesmo erro.

Primeiro preciso terminar minha pesquisa sobre os cogumelos de Duck Island. Foi lá que Tio David encontrou os cogumelos alucinógenos que ele suspeitava que Travis tenha adicionado na receita dos cristais de MA.

Ron pigarreia e coloca um papel dobrado dentro do livro que está no meu colo. Espero alguns minutos antes de abrir.

Uma lista de tudo que foi encontrado com Heather Nodin: a calça jeans com alfinetes, um cropped e um moletom vermelho. Não há menção de sutiã, calcinha ou do chinelo plataforma preto. Ela estava com uma carteira de tecido pequena com a habilitação, um documento de filiação ao povo, um pacote de camisinha XG com textura e 174 dólares. No bolso do moletom havia dois saquinhos, um com dois baseados enrolados e o outro com cristais de metanfetamina, assim como comprimidos feitos de uma mistura de metilenodioximetanfetamina e citrato de sildenafila.

Quando a mulher que mostrou os peitos no ônibus começa a fazer um striptease ao som de "Naughty Girl", da Beyoncé, aproveito a distração do pessoal à nossa volta. Aponto para o item da lista que diz que havia dois baseados.

— Tinha seis quando ela me mostrou — sussurro.

Os gritos ficam mais altos. Aponto para o próximo item da lista, o segundo saco encontrado no casaco dela.

— Ela me ofereceu ecstasy com Viagra. Eram comprimidos claros com manchas escuras.

Compartilho meus pensamentos com Ron, falando o mais baixo possível.

— Ela não estava com vergonha de vender nada disso no dia da fogueira. Se ela tivesse MA, eu teria visto. Então Robin deve ter pegado com outra pessoa depois de ter falado comigo. Parece que a viram passeando por Paradise. — Minha voz fica mais alta com a empolgação. — Você consegue rastrear de onde veio essa informação? Talvez se lembrem de alguma coisa, de um carro ou de alguém que tenha ido embora na mesma hora. Qualquer um com quem ela tenha tido contato pode ter feito isso.

Ele leva um dedo à boca. *Shhh*.

Abaixo a voz de novo e sorrio.

— Precisamos de um idioma secreto, tipo o que minha mãe e o Tio David tinham.

Merda. Eu me viro rapidamente para a janela para Ron não ver minha expressão.

E se Tio David tivesse um diário, mas não quisesse que mais ninguém lesse?

Eu conheço meu tio. As dúvidas que tive quando ele desapareceu foram fruto da má observação do comportamento dele e chegaram a uma conclusão errada. Tenho certeza de que ele coletava evidências e registrava tudo. Deve ter um diário em algum lugar. E eu aposto que está escrito em código, no idioma que só minha mãe e eu conseguimos entender.

Se eu encontrar esse diário e provar o que Tio David tentou fazer, todo mundo vai saber a verdade sobre ele e por que ele morreu. Também vão saber que a confiança da minha mãe no irmão não era ingenuidade ou ilusão.

Minha cabeça não para. Eu não me esqueci do que Jamie falou sobre o papel do FBI e o papel da comunidade. Estou ajudando a polícia ou o meu povo? Eu duvidava desde o começo se era a mesma coisa. Quanto mais envolvida eu fico, mais a minha investigação se distancia da deles. Não são mais duas trilhas paralelas.

Pelo resto da viagem, faço uma lista do que vou fazer quanto voltar, em ordem de prioridade.

1. Terminar a pesquisa em Duck Island.
2. Perguntar para minha mãe sobre o último diário do Tio David, onde ele pode ter guardado separado dos outros cadernos.
3. Perguntar para minha mãe se o Vô Lorenzo tinha uma chave reserva para as gavetas da mesa do escritório.

4. Esperar a oportunidade de falar sobre Heather e Robin com o Stormy.
5. Conversar com pessoas que conheciam Robin e tentar descobrir detalhes sobre o que ela fazia além de estudar em Lake State.

Por enquanto, não vou falar sobre o diário com Ron. Ou com Jamie. Depois que encontrar o que quero, eu penso sobre o que — ou se — vou contar para eles.

☼

Chegamos em Sault no começo da tarde. Eu atravesso a cidade voando para pegar a balsa até Sugar Island. Quando chego aonde parei na sexta-feira passada, restam umas cinco horas de luz.

Coleto três amostras. Duas são conhecidas. Uma é diferente de tudo o que eu já vi antes. Estou ansiosa para chegar em casa e conferir se ela está nos meus livros sobre cogumelos e fungos e nos catálogos on-line.

O dia está ensolarado e fresco, mas o tempo muda consideravelmente quando o sol se põe atrás das árvores do outro lado da ilha. O outono é uma estação instável. Às vezes se prolonga, às vezes faz uma rápida aparição.

Quando estou andando pela trilha, meu celular vibra sem parar com mensagens e ligações perdidas que só checo quando paro na fila da balsa.

JAMIE: Ei, tô de volta. Td bem?
JAMIE: Tá fazendo oq?
JAMIE: Tá ocupada?
JAMIE: Pq não responde?
JAMIE: Me liga pra eu saber q tá bem

Nossa. Ele é tipo a minha mãe.
Eu ligo. Jamie atende na mesma hora.
— Estou bem, viu? — digo como cumprimento. — Acabei de terminar minhas pesquisas aqui na ilha. Eu disse que aqui não tem sinal, só na parte norte ou perto da balsa.
— Bom, eu não sabia onde você estava.
— Hum... Jamie... Você está com raiva? Normalmente não fico informando o pessoal sobre onde estou.

— Mas essa não é uma situação normal, Daunis. Você está perambulando numas partes isoladas. Sozinha. Onde já achou um corpo. — A voz dele fica mais suave. — Promete me mandar mensagem quando for para algum lugar?
— Hesito, sem saber o que responder. — Por precaução. Beleza?

— Beleza. Mas você precisa prometer também. Por precaução. E para ser justo.

Ele ri.

— Beleza. Prometo.

— Tenho que desligar. Estão me chamando para embarcar — me despeço.

Quando paro na fileira de carros, desligo o jipe e olho ao redor. A mãe de Robin está no banco do passageiro do carro ao lado.

Nossos olhares se cruzam. Ela sorri com os olhos marejados. Meu corpo reage antes do meu cérebro. Saio do jipe. Em vez de abaixar o vidro da janela, ela também sai do carro.

Nós nos abraçamos.

— Eu sinto muito, muito mesmo, sra. Bailey.

Ela chora enquanto a balsa balança na água turbulenta. Eu não sei o que dizer para confortá-la, mas tento mesmo assim.

— Robin me ajudou outro dia. Na faculdade. Foi tão bom revê-la. Eu estava torcendo para a gente fazer alguma matéria juntas. Se precisar, posso ajudar a senhora a falar com os professores.

A sra. Bailey parece confusa.

— Robin não estava na faculdade — diz ela.

Fico confusa também.

— Como assim? Mas eu a vi na Lake State na outra semana.

— Não é possível. Robin ficou viciada em tomar remédios desde que quebrou a clavícula de novo no ano passado. — A sra. Bailey começa a soluçar copiosamente. — Estava usando metanfetamina...

O sr. Bailey sai do carro e dá a volta para abraçar a esposa.

— A gente estava tentando mandá-la para uma clínica de reabilitação, não para a faculdade — diz ele, com a voz falhando.

CAPÍTULO 30

Eu dirijo para casa, atordoada. No dia em que Robin me ajudou, ela estava com uma mochila nas costas, e entramos no centro acadêmico juntas. Éramos as únicas estudantes sentadas no café.

Exceto que... Robin Bailey náo estava no campus para assistir a aula alguma. Percebo que não a vi entrar em nenhuma sala. Então por que ela estava lá?

Assim que chego em casa, um pensamento ruim brota na minha cabeça. Por que uma garota viciada em remédios e MA estaria carregando uma mochila numa faculdade...

A vergonha toma conta de mim. Sou tão ruim quanto aqueles babacas falando merda da Robin durante o jogo quando souberam da overdose.

Duas garotas possivelmente vendendo MA. Ambas mortas.

Devo contar ao Jamie e ao Ron sobre o que descobri? E sobre a minha suspeita de que ela estava vendendo cristais ou comprimidos na faculdade? Será que espero até ter certeza?

Vamos, Daunis. Foco. Alguma coisa precisa fazer sentido.

Ouço barulho de plástico dentro da minha mochila. Os cogumelos.

Eu me sento na escrivaninha e pesquiso as três amostras que colhi hoje. Comparo cada um com as fotos de três livros e de diferentes sites — que já conheço tão bem quanto seus criadores e administradores.

Confirmo que os dois primeiros são espécies muito documentadas.

O último é preto com verrugas brancas no seu chapéu irregular. Ele também fede muito quando o tiro do saco plástico. Ao olhar de perto, percebo que as manchas brancas não são verrugas. São fungos brancos minúsculos crescendo no cogumelo preto, como se fosse uma versão cogumelo de um tamboril, completamente dependente do seu hospedeiro para ter nutrientes.

Pode ser esse. Um tipo novo. A ansiedade aumenta.

Logo em seguida, eu murcho.

Ele está no banco de dados. *Asterophora parasitica*. Um tipo raro, mas documentado.

Jogo o saco de cogumelos tamboris longe. Todo esse tempo desperdiçado para nada.

Não foi desperdício, Daunis. Descartar possibilidades faz parte do processo, Tio David me lembra.

A frustração me invade como se fosse lava. Devo ter deixado passar algo. Alguma coisa.

Merda. Três vezes merda. Quatro vezes. Um milhão de vezes merda.

O cheiro de biscoitos recém-assados entra por baixo da porta do meu quarto, assim como a pata de Herri tentando alcançar o saco de cogumelos. Eu pulo para pegá-lo antes que ela o alcance.

Preciso tomar mais cuidado. Os cogumelos podem ser tóxicos para Herri. Essas atitudes impulsivas podem ser perigosas para quem está à minha volta.

Eu me junto à minha mãe na cozinha, pego um biscoito de macadâmia do papel-manteiga na bancada. Ele derrete na minha boca, doce e saboroso. Beleza, os cogumelos não revelaram nada, então vou para o próximo passo do plano.

— Mãe, o Tio David tinha algum diário guardado em algum lugar além do escritório?

Ela me encara, intrigada, e olha para cima, como se estivesse procurando num arquivo mental.

— Ele começou com os diários quando éramos crianças, sabia? Sempre escrevia o que tinha feito no dia. — Ela sorri com a lembrança. — Guardava todos eles na nossa casa na árvore. Não era nada parecida com a das gêmeas, mas era perfeita para nós dois. A gente lia e jogava baralho. Ele escrevia no diário e depois o escondia num buraco que um esquilo fez uma vez. — Ela arranca um pedaço de um biscoito e come metade, suspirando. — Eles derrubaram a casa quando a gente era adolescente para ter espaço para a churrasqueira. A árvore foi junto. Por que a pergunta?

— Eu estava com saudades e pensando nele. Ainda mais nessas últimas semanas — digo, cautelosa. — Fiquei me perguntando o que ele fazia na época.

Minha mãe fica tensa. GrandMary e eu não acreditamos nela. Coloco o braço em volta dela e fico com vontade de dar mais do que uma desculpa silenciosa, mas não sei o que posso dizer sem revelar demais. Minhas reticências são uma mentira por omissão. Isso machuca minha mãe.

Quando a investigação terminar, posso contar a verdade. Ela sempre teve razão.

— Seu tio passava o tempo todo na escola, até onde sei — diz ela. — Você deve ter visto ele mais vezes do que eu naquelas últimas semanas.

— Eu me lembro dele organizando o depósito do laboratório de química — conto. — Ele não ficava satisfeito com uma organização por ordem alfabética ou algo do tipo. — Eu sorrio e a abraço mais forte. — Ele precisava colocar em ordem contrária seguindo o número do grupo do elemento e então em ordem decrescente pela massa atômica.

Qualquer um que entrasse no depósito só conseguiria enxergar jarros identificados de forma aleatória. Só quem conhecia a tabela periódica de frente para trás e de trás para a frente entendia a ordem. Às vezes ele pedia para um aluno de Química Avançada pegar um semimetal com o segundo menor número atômico do grupo. Nós esperávamos que a pessoa voltasse com o jarro com a etiqueta *silício*.

Parecia ser só uma nerdice do Tio David, mas agora percebo que ele talvez tenha feito isso para saber se alguém mexeu em algo.

Ron deve ter checado o depósito e procurado por digitais. Haveria impressões digitais de alunos, mas nada que apontasse alguém que estivesse roubando componentes químicos. Além do mais, Tio David não guardava nada tóxico ou radioativo. Era apenas um inventário que pudesse usar nas aulas ou em suas pesquisas.

Beleza. Mamãe não me deu uma resposta completa. Vou me recolher e tentar de novo depois. Por enquanto, sigo para minha próxima tarefa.

— Ei, mãe. Você concordou com a GrandMary quando ela incluiu os móveis do Vô Lorenzo na venda do prédio para a sra. Edwards?

— De onde veio essa pergunta? — questiona ela, surpresa.

Eu dou de ombros.

— Só fiquei me perguntando se ela pediu sua opinião primeiro.

— Não — responde minha mãe, seca. — Ela não pediu.

Mudanças são difíceis para minha mãe. Será que ela sempre foi assim? Mesmo no Antes, uma parte dela sempre ficou travada em 1985. No acidente em Sugar Island, quando ela contou para meu pai sobre mim.

— Será que GrandMary se lembrou de contar para a sra. Edwards sobre a gaveta da escrivaninha que emperra quando chove? Ou sobre o gancho da chave no fundo da primeira gaveta? — pergunto.

— Tenho certeza de que ela explicou cada detalhe quando entregou tudo para Helene e Grant. David não gostava de admitir, mas ele puxou isso da nossa mãe.

— Será que ela se lembrou da chave extra da mesa? — Eu deixo minha voz o mais casual possível.

— Ah, com certeza. Sua avó era bem minuciosa.

Meu coração afunda no peito. Nenhuma resposta de novo.

E algo ainda mais preocupante...

Mamãe acabou de usar um verbo no passado para falar de GrandMary. Um deslize inconsciente e minúsculo. Mesmo que a gente tente evitar, mudanças sempre acontecem.

Na segunda, Tia Teddie e eu temos hora marcada no laboratório do hospital. Ela marcou lá em vez de no Centro de Saúde da Reserva, onde ela é diretora, para que ninguém diga que usou seu poder para influenciar o resultado.

— Alguém faria mesmo esse tipo de coisa? — pergunto.

— Eu não ficaria surpresa — responde ela, preocupada.

Os resultados do exame de sangue, mostrando um parentesco biológico entre mim e ela, serão enviados diretamente para a secretaria de filiação do povo para serem adicionados ao meu pedido.

Dirijo do hospital para o departamento de filiação para entregar o formulário e os depoimentos em apoio. Stormy está aqui perguntando para a recepcionista se a identidade do povo é suficiente para cruzar a Ponte Internacional. Ele não consegue achar o passaporte.

— Você sabe como a alfândega é com os indígenas — diz minha tia para ele. — É um tiro no escuro esperar que eles reconheçam o Tratado de Jay.

Em teoria, o Tratado de Jay deixa que Nishnaabs cruzem livremente a fronteira, mas todo mundo reclama que cada vez a polícia exige um documento diferente. Pode ser que deixem você passar; pode ser que peçam o RG, a certidão de nascimento e um documento oficial que lista o seu quantum sanguíneo e o dos seus pais.

Quando ele se vira, parece decepcionado. Às vezes Stormy é um babaca, e outras vezes a gente só fica mal pelo que ele passou.

— O que você ia fazer do outro lado da ponte? — pergunto.

— Nada de mais — diz ele de forma casual. — Jogo dos Greyhounds. O técnico Alberts conseguiu ingressos para a gente. Para o time inteiro. A gente ia no shopping primeiro e depois jantar.

— E onde você acha que está seu passaporte?

Ele dá de ombros.

— Provavelmente na casa da minha mãe.

Olho ao redor.

— O Levi está esperando você no carro?

— Não. Eu vim andando depois da aula.

Está ventando muito e há uma tempestade vindo pelo Lago Superior.

— Vamos — digo. — Eu te levo até a ilha para você procurar seu passaporte.

— Sério?

A voz dele tem a quantidade certa de esperança para quase me fazer esquecer das vezes em que foi um babaca.

Na balsa, Stormy pega semaa do saquinho que eu deixo no porta-copos e faz uma oferenda silenciosa para o rio. De início, fico surpresa ao ver que ele conhece as tradições, mas, pensando bem, os pais dele participam das cerimônias quando estão bem. *Visão clara e coração aberto*, como diz Tia Teddie quando se refere a alguma coisa sem álcool ou drogas.

Quanto mais nos aproximamos da casa da mãe dele na parte antiga da reserva, menos confiante ele fica.

— É. Não vou achar. Deixa pra lá — afirma ele.

— Você consegue, Stormy — respondo, deixando minha voz leve para que ele saiba que estou zoando.

Ele ri e entra na casa. Fico esperando no jipe, até que a mãe dele abre a porta da frente, acena para mim e me convida para entrar. Shawna Nodin deve estar com a visão clara e o coração aberto hoje.

Ela me oferece um café e, mesmo que eu não tome com frequência, aceito. A pequena casa está impecável.

Tem várias fotos de Stormy nas paredes. São a única decoração, exceto por um pôster da conferência de Anishinaabemowin do ano passado. A imagem mostra uma escola residencial no fundo; na frente, há cabanas teepee logo depois de uma cerca ao redor da escola. Eu nunca havia visto essa foto antes, mas algo nela é desafiador e reconfortante. É a prova de que mesmo quando levavam os filhos embora, alguns pais os seguiam. Talvez eles tenham tocado tambores, cantado e rezado enquanto as crianças eram proibidas de falar o idioma do outro lado da cerca. Talvez uma delas ouviu as músicas que vinham de longe. Quem sabe até tenham sentido o cheiro das ervas queimando, levando as orações dos pais até o Criador.

Tem uma panela de sopa ou algo assim no fogão. O cheiro está uma delícia. Fico feliz por Shawna.

Fico ainda mais feliz por Stormy.

Meus ombros ficam tensos quando o pai de Stormy aparece no corredor. Muitos dos Nodin acham que eu sou mais Zhaaganaash do que Nish. Meu apelido de infância, Fantasma, foi dado por um Nodin que era um ano mais velho do que eu.

O pai de Stormy se senta na minha frente e acende um cigarro. Solta a fumaça na minha direção, me analisando friamente enquanto Shawna lhe serve uma xícara de café.

Stormy está fazendo uma bagunça no quarto. Batendo gavetas e xingando.

Quando o cigarro não passa de uma ponta apagada no cinzeiro, o pai de Stormy fala.

— A sua avó fez aquele negócio de bazar e tal. Aquela merda para ajudar o hospital.

Eu balanço a cabeça. GrandMary e os voluntários do hospital. O homem continua, como se estivesse guardando isso por anos, só esperando que eu aparecesse na sala dele para falar tudo o que achava da minha família.

— Mulheres Zhaaganaash velhas e ricas jogando carteado na frente de todo mundo. Aí paravam, ficavam dando voltas pelas mesas onde a gente estava vendendo as coisas. Bijuterias, couro, esculturas de madeira. — A fumaça do segundo cigarro vem até meu rosto. — Aquelas velhas podiam pagar dez vezes o valor de tudo nas mesas. Mas ainda pechincharam, querendo comprar mais barato.

A hostilidade crescente dele me deixa desconfortável.

No fim do corredor, parece que Stormy está destruindo o quarto.

Shawna se senta à mesa. Ela coloca a mão no braço do marido e começa a fazer um carinho discreto enquanto ele fala.

— Eu fui com meu avô. A sua avó fez careta para as cestas dele. Para os preços delas.

Não sei o que responder. Tudo que o pai de Stormy vê é minha família Zhaaganaash. GrandMary me ama, mas ela nunca gostou de pessoas indígenas. Mesmo antes de o meu pai aparecer. É difícil aceitar um não gostar, até odiar, de certas partes das pessoas que a gente ama.

Será que é possível o coração ser grande o suficiente para caber tanto o amor quanto esses sentimentos complexos?

— As cestas do seu avô são lindas — digo. — Valem muito mais do que ele cobra.

Ele solta um "pfffffff", ignorando meu comentário e apagando o cigarro no cinzeiro.

Stormy surge na sala logo depois com o passaporte azul em mãos e um sorriso vitorioso.

— Ei, mãe — começa ele. — Tem dinheiro aí para eu ir comer com o resto do time?

Shawna faz que não com a cabeça.

— Acabei de pagar o aluguel de outubro.

O pai dele se levanta e tira a carteira do bolso. Conta as notas. Stormy e o pai recebem o per cap todo mês, mas o do pai está bloqueado pelo tribunal municipal por conta de uns problemas com a lei e dos custos de advogados. Acho que o per cap do Stormy é a única fonte de renda que eles têm.

— Nove dólares — diz ele, entregando o que tem para o filho.

Mesmo com um câmbio muito bom, com nove dólares não dá para comprar mais do que um cachorro-quente e um refrigerante.

Stormy, Macy e eu fizemos nosso jejum de amadurecimento ao mesmo tempo, mesmo que eu seja um ano mais velha. Às vezes eu ouvia ao longe o pai de Stormy tocando tambor e cantando, só para que o filho soubesse que ele estava por perto.

— Miigwetch pelo café — falo para Shawna.

— Makade-mashkikiwaboo. Niishin — responde ela. — Bebida preta medicinal. É boa.

— Aho — digo. *É isso.*

Stormy e eu ficamos em silêncio no jipe. Ele olha fixamente pela janela enquanto seguimos para a balsa. É possível ver uma tempestade chegando. Folhas voam ao nosso redor.

O próximo item da minha lista de tarefas parece me chamar... mas não vou. Não parece certo usar esse momento para tirar informações de Stormy sobre as duas garotas mortas que por acaso eram suas primas. Uma Esquilo Secreta perfeita estaria focada na missão, mas não vou mais seguir as regras.

Quando chegamos à balsa, eu resolvo falar, porque o silêncio fica cada vez mais desconfortável.

— Sua mãe e seu pai parecem bem.

— Pfffff — faz Stormy, igualzinho ao pai. — Essa semana.

Ele faz outra oferenda para o rio. Afinal, é um novo rio toda vez.

Meu celular vibra com uma mensagem.

LEVI: Ei, tá com seu cartão de débito do canadá?
EU: sim
LEVI: Não tô achando o meu. Me empresta?
EU: sim. faz um favor, sem perguntas. senta c stormy, mike e jamie no jantar e avisa de cara q vc vai pagar antes deles pedirem

Saindo da rampa da balsa, a gente passa por uma fileira de carros esperando para embarcar. No meio do comboio tem um carro da Polícia da Reserva. Stormy gesticula para a figura grande atrás do volante.

— O fantasma do Natal passado — diz ele sobre o Policial Kewadin.

— Pfffff. Não tenho medo de fantasmas — respondo, imitando ele, o pai e o filme *Os caça-fantasmas*.

Stormy ri. Eu o deixo em Chimakwa para ele pegar o ônibus para o jogo dos Greyhounds. Levi me alcança antes de eu ir embora. Ele pega o meu cartão na mesma hora que Jamie chega ao estacionamento. Levi cumprimenta Jamie com um soquinho.

— Divirtam-se — falo. — E, Jamie, não esquece de me avisar quando for para qualquer lugar além da arena e do shopping. Para ser justo.

Jamie sorri antes de se inclinar pela janela para me dar um beijo. O beijo na bochecha é... decepcionante. Eu disfarço bem com um sorriso exagerado.

— Vamos logo, pombinho — chama Levi. — A gente vai se atrasar para o Naughty Nickel.

— Levi Firekeeper, não se atreva a levar Jamie nesse lugar! — Eu finjo revolta.

Os meninos riem.

— E o que é isso? — pergunta Jamie.

Eu reviro os olhos.

— Clube de striptease. O treinador não vai levar vocês lá, não importa o quanto Levi peça.

O céu fica cinza-escuro, com uma cortina de chuva gelada que cobre o estacionamento todo. Os meninos correm para o ônibus. Espero eles embarcarem em segurança antes de dirigir sob a chuva.

A ventania balança o jipe por todo o trajeto até minha casa. Tento me concentrar na estrada enquanto fragmentos de pensamentos vão e voltam na minha mente: *Duck Island foi um fracasso. E o desconforto perto do pai do Stormy? Nada do diário. Qual o motivo desse desconforto? Nada da chave extra da escrivaninha também. Aquela história sobre a GrandMary. Quando posso perguntar para o Stormy sobre as primas dele? É a cara da GrandMary fazer aquilo. Espero que tenha dinheiro na conta para o Levi pagar o jantar. O beijo do Jamie foi tão sem graça. Quem mais tem informações sobre Robin?*

Olho a hora quando chego em casa. Preciso checar o saldo da conta. Me certificar de que tem o suficiente lá para bancar o jantar. Levi nem sempre controla os gastos, e sabe-se lá o que vão fazer hoje à noite.

Vasculho a cesta onde minha mãe coloca todas as contas e extratos. O extrato da conta da herança está lá, assim como o da minha poupança.

Nada do Canadá... que estranho.

Apenas quando procuro os demonstrativos do ano passado no armário do porão que encontro um documento antigo da conta conjunta. Subo as escadas correndo e ligo para o banco pelo telefone fixo; dou meu nome, número da conta, data de nascimento e endereço.

— A conta está registrada em um endereço diferente — diz a atendente, passando o endereço de Levi. — Algum problema? Devo bloquear a conta?

— Não — respondo rápido. — É o endereço do meu irmão. Ele também tem acesso a essa conta. Usa mais do que eu.

Eu deveria mandar mensagem para o Levi avisando quanto tem de saldo na conta. Caso ele queira comprar alguma coisa no shopping antes ou depois do jantar...

— Quanto tem de saldo? — pergunto.

A gente costuma deixar cerca de quatrocentos dólares americanos na conta. Com o câmbio, isso vale mais ou menos quinhentos dólares canadenses.

— Quatro mil, oitocentos e cinquenta e seis dólares e setenta e sete centavos.

Puta merda.

— Você disse quatro *mil*?

— Sim. — Alguns segundos depois, ela continua: — Desculpe. Engano meu.

Solto um grande suspiro de alívio.

A atendente retoma:

— Eu passei o saldo do mês de agosto. O atual é de dez mil, oitocentos e cinquenta e seis dólares e setenta e sete centavos.

CAPÍTULO 31

Isso é mais do que a gente deixa na nossa conta conjunta.
 Um sentimento horrível me invade.
 O Levi está envolvido?
 É ridículo. Deve haver um motivo racional para ele guardar tanto dinheiro assim na nossa conta. Tenho certeza.
 A moça do banco pergunta se ainda estou aqui.
 — Uhum. — É o que consigo responder.
 — O extrato de setembro vai ser enviado na próxima segunda-feira. Você gostaria de trocar o endereço?
 — Não. Pode deixar como está. — Vou pegar os extratos com Levi, buscar respostas. — Seria possível registrar dois endereços na conta? — pergunto.
 — Não. Nossa política permite que enviemos apenas uma cópia física. — Logo em seguida, ela completa: — Mas você pode nos passar seu e-mail e autorizar que os extratos mensais também sejam enviados eletronicamente.
 Depois de aceitar a sugestão, eu desligo, mas continuo em pé na cozinha. Herri se esfrega na minha perna.
 Calculo todos os per cap de Levi. Ele completou dezoito anos em janeiro, ou seja, faz nove meses que está recebendo o valor de um adulto. Trinta e seis mil dólares por ano é o mesmo que três mil por mês, sem contar os impostos. Ano passado, por ser menor de idade, ele recebeu doze mil, o que seria mais

ou menos novecentos dólares por mês, com os descontos. Além disso, ele está pagando a mãe pelo Hummer que ela financiou para ele.

Quando a atendente do banco falou o saldo, a primeira coisa que pensei foi questionar se Levi estaria envolvido. Eu já sinto vergonha por ter me enganado sobre o Tio David. Será que não aprendi nada sobre tirar conclusões precipitadas sobre alguém que amo? Mas preciso seguir o que as pistas apontam. Não é?

Parece que está rolando uma batalha entre minha mente, meus instintos e meu coração. No Antes, eu confiava em coisas como ciência e matemática. Pensamento lógico. Mas isso quer dizer que devo ignorar meus instintos? Será que é tipo um gráfico de pizza, que ao aumentar um pedaço a gente tira um pouco dos outros?

Herri morde minha canela, irritada com o movimento incessante da minha perna. Eu tiro minha gata de perto.

— Vai incomodar a mamãe, sua peste.

Coloco Herri no corredor, fecho a porta do quarto e fico me revirando na cama. Tento ignorar o que aconteceu hoje pensando em Jamie. No beijo dele no elevador e, depois, no quarto do hotel. Imagino como seria o futuro com ele, e deslizo minha mão por baixo do cobertor.

Mas... por que o beijo hoje foi diferente? Logo antes de a tempestade chegar. Tempestade. Storm. Stormy. Preciso descobrir um jeito de interrogar o Stormy. O pai do Stormy... Sei bem o olhar que GrandMary deu para o avô do sr. Nodin. Ela fez a mesma coisa quando falei que a Vovó Pearl curou minha dor de ouvido com xixi.

Pfffffffff. O momento se foi.

Não tenho outra opção a não ser recitar a tabela periódica: hidrogênio, hélio, lítio, berílio, boro, carbono, nitrogênio, oxigênio, flúor, néon...

"Você tem ideia do que eu fiz para provar meu amor por você?"

Travis puxa um revólver velho do cós da calça.

Ele olha em direção ao som de espanto que fiz a três metros de distância. Mira a arma, trêmula, para meu nariz. Bochecha. Boca. Testa.

"Não atira. É a Daunis." *Lily olha para mim, boquiaberta.* "O que você está fazendo aqui?"

Sinto todos os cheiros: WD-40, pinho, o fedor de Travis, musgo, casca de árvore, amônia.

Eu vou morrer. Lily vai me ver morrer.

"Ela é de verdade?", pergunta Travis. "Porque os Pequeninos não me deixam em paz. Por todo lado."

Travis faz gestos na diagonal, se defendendo dos inimigos invisíveis como se empunhasse um facão. Ele não presta atenção em mim. Posso pegar a mão da Lily. Podemos correr dele. E entrar na caminhonete do Jamie.

Travis aponta a arma para meu rosto de novo. Estou apavorada. Não quero morrer. Eu quero minha mãe. Isso vai matá-la também.

"Travis, ninguém vai te pegar. Só me entrega a arma", diz Lily.

Ela estica a mão. Insistente. Uma palma aberta com os dedos esticados. Me dá. Agora.

Ele estica o braço para entregar a arma a ela. As mãos tremem a ponto de parecer que são espasmos.

"Travis, me dá a arma antes que você machuque a Dau…"

"Eu não consigo viver sem você." *A mão dele fica firme.* "Eu te amo"

PÁ!

Lily cai para trás, de costas, os braços abertos.

Travis a encara antes de olhar para mim.

"Eles estão com tanta raiva de mim", *ele fala baixinho.* "Os Pequeninos. Eu só queria que ela me amasse de novo. Ela é única pessoa que já me amou. Que acreditou em mim quando todo mundo me largou. Se ela tivesse experimentado, Dauny... Ela não quis. Então coloquei nos meus biscoitos. Ela não quis também. Esse era o único jeito."

Ele leva a arma até a têmpora.

Eu me levanto num pulo. Agradeço ao barulho que vem de fora do quarto por me tirar desse pesadelo. Não, não era só um pesadelo — era uma lembrança. O momento horrível em que Travis deixou a mão firme e atirou em Lily.

Eu conhecia Travis por quase toda a minha vida. Como ele pôde fazer aquilo com a Lily? Travis a matou ao mesmo tempo que dizia que a amava.

Espera. Eu sonhei com as palavras. As últimas palavras de Lily eram para me proteger.

Travis disse alguma coisa sobre… os Pequeninos.

[251]

Estou destravando memórias? Ou apenas imaginando?

Um dos Anciãos havia mencionado os Pequeninos. Demorou um minuto para eu lembrar: Leonard Manitou. O avô de Macy. Pior que ele não almoça no Centro para Idosos todos os dias. Quero perguntar para ele sobre os Pequeninos. E perguntar do jeito certo significa levar semaa para ele. Vou precisar pegar um pouco mais de tabaco hoje antes de ir buscar Vó June. Caso ele esteja por lá.

Escuto de novo o barulho vindo do lado de fora. É o chiado do esfregão passando pelo espremedor, a água chacoalhando no balde. O aroma familiar de pinho passa por baixo da porta. Um surto de limpeza noturna de mamãe.

— Ele me amava. Eu tenho certeza, David. Mesmo depois do que eu fiz.

Meu cérebro automaticamente traduz a mistura do francês de Grand-Mary com o italiano do Vô Lorenzo e o idioma que minha mãe e o irmão inventaram.

— Eu devia ter contado a verdade. Pouco importa o quanto fiquei chateada. Tudo poderia ter sido diferente. Minha bebê teria o pai dela.

Mamãe coloca o esfregão de volta no balde, mexendo a água com movimentos rápidos.

— David, ele me prometeu que tudo ficaria bem depois que entrasse num time. Ele achou que nossa mãe e nosso pai iriam aceitá-lo assim. "Tenha paciência, Grace. Tudo vai se resolver dentro do tempo indígena, só isso."

A risada da minha mãe é delicada. Ela espreme o esfregão de novo.

— Eu falei: "Isso não quer dizer estar sempre atrasado?", mas Levi disse: "O tempo indígena significa na verdade que as coisas acontecem quando têm que acontecer."

Ela começa a chorar.

Esse é o momento em que geralmente me cubro dos pés à cabeça. Mas hoje saio da cama, abro a porta e ando em silêncio pelo corredor.

— Por que o tempo indígena não deixa a gente voltar no tempo? Mudar o que não deveria ter acontecido? Nós não devíamos ter ido para a ilha. Eu não devia ter procurado por ele. Nunca devia ter aberto a porta daquele quarto. Ele disse que foi ela que o embebedou. Bem, eu também estava na festa, e não tinha ninguém o obrigando a beber.

Enquanto vou até a sala, as palavras dela ficam incompreensíveis devido aos fortes soluços. Meu cérebro preenche as lacunas. Essa não é primeira vez que a ouço falar sobre essa dor.

— Por que ele entrou na caminhonete no último segundo? Ele devia ter me deixado ir embora. Por que eu dirigi tão rápido? Por que não atropelei aquele maldito cervo, em vez de desviar? Por que eu menti e falei que era Levi dirigindo? Por quê?

Eu respondo da soleira da porta da cozinha. É a primeira vez que interrompo uma confissão dela.

— Porque naquela noite você queria contar para o pai sobre mim, mas, em vez disso, acabou encontrando ele na cama com a Dana — digo, o mais calma possível.

Ela corre para meus braços, chorando.

Continuo a falar:

— Porque você estava em choque e com raiva por ele ter te traído e não ter cumprido as promessas que fez. Porque você era uma menina de dezesseis anos que tinha medo do que seus pais iam fazer quando descobrissem que estava grávida de três meses.

Eu me abaixo para beijar a testa dela, do mesmo jeito que ela fazia comigo toda vez que contava uma história de ninar. Do jeito que ela ainda faz quando fico com febre. Há cura nesses beijos.

— Porque você entrou em pânico na hora em que a polícia apareceu, e quando tentou contar a verdade no hospital, ninguém acreditou. Depois seus pais te mandaram para Montreal para morar com alguns parentes. Quando voltou, meu pai já tinha se casado com a Dana. Foi ela que teve tudo o que ele prometeu.

Meu coração dói por ela, por essa vida movida por segredos e escândalos. Pelas feridas tão profundas que as cicatrizes ainda estão se formando. Camadas de queloides vermelhas imensas envelopam minha mãe até ela não conseguir mais se mexer. Deixando que ela fique presa no passado.

Feridas feitas pelas promessas não cumpridas de Levi Joseph Firekeeper, meu pai.

O rei das Mentiras de Homens.

Talvez a minha primeira ferida, tão profunda que nunca sarou.

Minha mãe não é a única a quem ele fez promessas.

Meu pai foi o primeiro homem que mentiu para mim.

Eu tinha sete anos de idade.

Ainda dói.

CAPÍTULO 32

Três dias depois do coração de Robin Bailey ter parado de funcionar de tanta metanfetamina no corpo, sua família e amigos lotaram a igreja de St. Mary's. Os pais dela são católicos que não seguem as tradições Ojibwe da jornada de quatro dias.

Alguns Nishnaabs misturam sua fé com a espiritualidade tradicional Ojibwe, colocando, por exemplo, semaa no incenso durante a missa. Outros, como os Bailey, mantêm as duas coisas bem separadas.

Eu me sento no banco mais próximo da janela com um vitral que homenageia os pais de GrandMary e Vô Lorenzo. Meus avós reivindicaram aquele banco como deles, extra oficialmente. Mamãe se senta nele sozinha aos domingos.

Parei de vir à missa no meu segundo ano do ensino médio. Num domingo, GrandMary comparou pessoas indígenas católicas com católicos convertidos, dizendo que os missionários franceses trouxeram uma religião organizada para os povos indígenas. Como se as pessoas que se convertem à Fé fossem, de certa forma, inferiores aos católicos "originais".

— Onde eu me encaixo nessa hierarquia? — perguntei a ela.

— Não me venha com essa, Daunis Lorenza. Você é uma Fontaine, não uma *deles*.

Todo domingo, dali em diante, eu me juntava ao Tio David em uma mesa reivindicada extra oficialmente em nosso restaurante favorito. Ele tinha percebido há muito tempo que, como filho gay de GrandMary, não teria acesso à área vip do paraíso dela.

O Deus em que acredito está aqui conosco, Daunis. Com você, comigo e nessas panquecas.

᙮

Fico surpresa quando as orações católicas voltam à minha mente com tanta facilidade. Fico ainda mais surpresa ao perceber que elas são reconfortantes.

Meu pensamento se volta para Robin sentada comigo no centro acadêmico depois de eu ter jogado meu livro em TJ Kewadin. Ela foi tão prestativa naquele dia.

Você não precisa ser uma super-heroína, Dauny. Tudo bem não estar bem.

Só queria que ela tivesse seguido o próprio conselho.

Robin quebrou a clavícula na mesma época em que machuquei o ombro pela primeira vez. Era o último jogo em casa do meu segundo ano e último ano de Robin, e um dos adversários se chocou contra nós duas como se fôssemos pinos de boliche e ele quisesse fazer um *strike*. O cara foi expulso do jogo, mas não antes de receber cumprimentos dos colegas de time. Robin e eu fomos parar no Hospital Memorial da Guerra.

Tia Teddie ficou comigo porque mamãe não aguentou me ver com tanta dor. Quando minha tia viu a receita que o médico novo tinha passado, ela a devolveu. *Eu não vou dar oxicodona para minha sobrinha de dezesseis anos.* O médico bufou, frustrado. *Eu garanto que o uso a curto prazo é seguro.* Tia Teddie não aceitou, me dizendo: "Menina, você vai tomar Tylenol e chá de ginigiinige."

Foi assim que começou com a Robin? Uma receita de dez dias de oxi e a ausência de uma tia hipervigilante? Talvez os pais dela tenham acreditado quando o médico disse que era seguro.

Talvez ela não achasse que pudesse pedir ajuda.

É difícil decepcionar as pessoas, e é mais difícil ainda quando as nossas próprias expectativas sobre nós mesmas são ainda maiores. Ainda mais sabendo que algumas pessoas adoram apontar e cutucar seus erros.

Nenhum cara devia provocar esse tipo de reação em você. Não importa quem ele seja ou o quanto todo mundo adora ele. Ou o quanto você quer ficar com ele.

Para quem Robin tinha dado esse poder? Havia um tom de cansaço no suspiro dela naquele dia na faculdade. Quem a fez se sentir o oposto de poderosa? Quem fez com que ela acreditasse que não tinha ninguém para ajudá-la, nem mesmo o rapaz que ela ainda queria?

Jamie e Ron verão Robin apenas como uma viciada ou — se minhas suspeitas estiverem corretas — também como uma traficante? Eles não conhecem a história dela. Eu não conheço a história dela, mas sei que ela tem uma. *Tinha* uma. Posso tentar descobrir qual era e compartilhá-la para ajudar na investigação.

Preciso fazer parte da investigação.

A comunidade precisa fazer parte da investigação.

O diretor da funerária fecha a tampa do caixão. A mãe de Robin faz um som que é uma versão amplificada do que eu fiz quando vi o corpo de Lily. O grito horrendo que eu não tinha percebido que vinha de mim mesma.

Quantas pessoas queridas ainda vão ter que passar por essa dor até que a investigação termine?

※

Após a missa, o tio de Robin convida todos para ir ao enterro e, depois, ao almoço em Chimakwa. Ele também anuncia o jogo beneficente na sexta-feira, daqui a três dias, para a Fundação Memorial Robin Joy Bailey.

A sra. Bailey olha para mim e sorri em meios às lágrimas.

Concordei em jogar no time de Sault High. Bobby convidou primeiro quem havia sido colega de Robin no time do colégio antes de preencher o resto da escalação com jogadores atuais.

A cidade inteira ajudou. Pode-Me-Chamar-De-Grant doou seus serviços para ajudar a montar uma fundação sem fins lucrativos. Dana se ofereceu para doar uma grande quantia em nome da família Firekeeper. O povo Ojibwe de Sugar Island doou um outdoor inteiro, anunciando o evento com a foto de formatura da Robin vestindo seu uniforme dos Demônios Azuis e se apoiando no taco.

Tudo foi feito de forma rápida, porque o próximo final de semana é o único em que os Supes não têm jogo até o campeonato entrar em recesso para o Dia de Ação de Graças. Os Superiors sempre têm o primeiro sábado e domingo de outubro livres para o Shagala. É o fim de semana mais importante do ano para a cidade inteira.

Não apenas para a cidade. É especial para mim também. Meu aniversário é na sexta-feira.

※

Não participo do almoço para levar Vó June para o Centro para Idosos. Ao passar pela pequena loja de conveniência a caminho da balsa, eu me lembro da semaa para Leonard Manitou. Fico aliviada de ver que eles têm uma boa variedade de tabaco. Tia Teddie diz que o tabaco para enrolar e fumar é forte demais para os pulmões e que é sempre melhor dar de presente tabaco de cachimbo. Eu compro alguns pacotes.

Quando chegamos para almoçar, olho pela sala, ansiosa. Algumas semanas atrás, Leonard comentou sobre os Pequeninos. Assim como Travis naquele dia horrível. A história de Leonard tinha alguma coisa a ver com ficar perdido na floresta. Mas talvez ele estivesse alucinando por causa do frio.

Depois de um tempo, sinto a decepção. Leonard não veio hoje.

Minnie faz o sinal da cruz quando a Vó June coloca ketchup no pastel. Eu como pensando num plano B. Talvez Minnie saiba o que o filho dela vai fazer hoje, mas... como perguntar? Não faço ideia.

Vó June e Minnie conversam sobre como determinar se uma pessoa é fluente em anishinaabemowin.

— Quando ela conseguir dizer "Tem um homem sentado num cavalo, comendo um pedaço de torta de maçã". Se ela consegue dizer isso, é fluente — declara Vó June.

— Que nada — retruca Minnie, bufando. — Ela só é fluente quando sabe quais palavras são animadas ou inanimadas, porque aí ela sabe quais são vivas.

Jonsy e Jimmer entram na conversa.

— A pessoa é fluente quando sabe diferenciar os dialetos — diz Jimmer.

— Ela é fluente quando o professor do idioma diz que ela passou na prova — afirma Jonsy, fluente em ser espertinho.

Na mesa ao lado, Seeney diz, em voz alta:

— Ela é fluente quando sonha no idioma.

A sala inteira fica em silêncio, as cabeças balançando e lábios franzidos indicando que chegamos a um consenso.

Nesse momento, Leonard Manitou entra. Eu me ajeito na cadeira e pisco, para o caso de estar sonhando. Ele vem até nossa mesa e entrega os refis dos remédios de Minnie. Depois de dar um beijo na bochecha dela, Leonard pega uma xícara de café, mas nenhuma comida. Ele se junta aos amigos numa mesa. Se ele comeu em outro lugar, não deve ficar aqui por muito tempo.

Assim que Vó June e Minnie terminam de comer, eu me apresso para recolher os pratos delas para levar até a cozinha.

— Por que essa pressa? — pergunta Vó June. — Minnie não ficou boa jogando pinocle da noite para o dia.

— Dá pra escrever um livro com tudo que você não sabe sobre baralho — retruca Minnie.

Depois de guardar as bandejas, cruzo a sala. Estou quase chegando à mesa de Leonard quando Tia Teddie entra. Jonsy grita do outro lado da sala.

— Ei, chefa, quanto é que a gente está te pagando?

Ignorando a pergunta, ela me agarra pelo braço e me leva para fora. Merda. Teddie está com raiva.

— É verdade que você vai jogar hóquei na sexta?

— É. Pela Robin — respondo, dando uma olhada no estacionamento.

— Mentira. Ela não iria querer que você arriscasse...

— Mas ela não está aqui — retruco. — Por isso vai rolar esse jogo.

Tia Teddie semicerra os olhos, me encarando.

— Eu não sei o que está acontecendo com você, mas eu vou descobrir. Pode ter certeza. — Ela me cutuca no peito com um dedo.

Fico esperando que ela saia em disparada, mas minha tia mal começou o sermão.

— Você está tomando decisões idiotas. Andando com gente nova. Não vai mais em casa brincar com as meninas.

Ela tem razão. Sou uma tia muito ruim. Mas ela não entende que estou fazendo isso pelo nosso povo. Para que as gêmeas nunca tenham que enterrar uma amiga... ou uma à outra. Sinto um calafrio só de pensar nisso.

Não posso te contar, tia. Sei que estou te magoando, mas é para a sua segurança.

— Você me responde uma a cada quatro mensagens. Sua mãe diz que você nunca para em casa.

— As aulas são...

— Daunis Firekeeper, não se atreva a mentir para mim! — grita ela. — É aquele Supe que você está pegando? Você vai mesmo ser uma dessas garotas que se perdem assim que vão para a cama com um cara?

Ela pensa mesmo isso de mim? Que eu me deixaria ser apagada por um homem?

— Eu não...

— TJ disse que não confia no Jamie.

O quê? Fico chocada demais para responder de imediato; nós nos encaramos, sérias.

[258]

— Você conversa com ele? Depois do que ele fez comigo?

Eu odeio a estridência em minha voz.

Tia Teddie respira fundo, mas, antes de ela começar a falar, eu continuo:

— TJ Kewadin não tem direito de falar comigo ou sobre mim, jamais!

— Tem alguma coisa acontecendo — rebate ela.

— Não. Não tem.

Dou alguns passos para trás.

Antes de me virar, digo:

— Tia, eu achava que podia contar com você.

Espero o carro de Tia Teddie ir embora antes de voltar para o refeitório. Os Anciãos fazem questão de não olhar para mim. Todos sabem que ela gritou comigo e acham que provavelmente mereci.

Mas eu gritei de volta. Alguma coisa está mudando entre mim e ela. Não sei se é uma coisa boa ou ruim. Talvez os dois. Não era a Lily que sempre dizia que eu tinha uma linha de pensamento extremista?

Eles seguem com as atividades normais. Vó June e Minnie jogam pinocle com Jonsy e Jimmer. Seeney está montando um quebra-cabeça, mas olha para cima às vezes.

Quando Leonard Manitou volta à mesa depois de pegar mais mukade makade-mashkikiwaboo, estou sentada na cadeira ao lado. Deslizo o pacote de semaa pela mesa e deixo do lado da xícara de café dele.

— Mishomis, você pode, por favor, me contar sobre os Pequeninos? Se não for uma boa hora, a gente pode se encontrar quando for melhor para você.

Tia Teddie me ensinou que, quando se dá semaa de presente e em seguida se pede algo em troca, é bom dar uma opção para a pessoa caso ela precise pensar a respeito.

Por favor, que seja agora, eu peço em silêncio. Minha perna balança embaixo da mesa.

Leonard coloca a mão no saco de tabaco para cachimbo e concorda com a cabeça. Meu alívio vira ansiedade.

— Você disse que estava perdido na floresta?

Assim que falo isso, sinto vergonha. Minha impaciência foi mais forte do que eu. Ouço minha tia brigando comigo: *Você é melhor do que isso, Daunis!*

Ele olha para cima e para o lado. Acessando os arquivos de memórias.

— Eu tinha uns cinco anos, estava correndo atrás de um coelho com meu estilingue. Era uma boa comida na época. Ainda é boa. O que eu não daria por um pouco de waabooz-naboob...

Ele engole a memória de uma sopa de coelho, e eu faço uma breve prece para que seja deliciosa e o mantenha satisfeito.

— A neve estava forte. Os flocos eram maiores que meu polegar. Perdi a trilha, mas continuei andando. Achei que acabaria chegando em casa, ou em outra casa, pelo menos, porque eu era um moleque rápido. Tenho certeza de que minha mãe chamou por mim, mas eu estava longe demais.

Ele olha pela janela, perdido em pensamentos.

— Não fiquei com medo até escurecer. Coloquei os braços por dentro do casaco, assim, ó. — Ele cruza os braços e coloca as mãos nas axilas. — Procurei um pinheiro para ficar debaixo e me encostar. Mas ficou tão frio. Já sentiu frio assim?

Eu me lembro de tremer na rocha do jejum, com meu cobertor de lã e lona de plástico. O pai de Stormy tocava o tambor a distância. Se eu precisasse, poderia tê-lo chamado e alguém viria me ajudar. Minha experiência não foi como a de Leonard. Faço que não com a cabeça.

— Logo os Pequeninos chegaram. Menores do que eu, porém mais velhos. As histórias que a gente ouvia sobre eles não davam medo, não. Eram pequenos arruaceiros que gostavam de pregar peças, como amarrar nós nas roupas do varal da minha mãe. Eu sempre gostei de uma boa travessura, então fui atrás deles. A gente chegou numa pedra. Uma daquelas rochas antigas que sempre estiveram aqui. Eu estava na pedra e aí passei por dentro dela. Viajando com a correnteza por debaixo da ilha. Como uma rodovia. Passando nem sei por onde.

O rosto dele se ilumina.

— Uma vez a gente levou a Macy para um parque aquático quando ela era kwezan. Ela desceu nos túneis. Corajosa. Rindo toda vez que era jogada para dentro da piscina onde o pai esperava. Me fez pensar sobre essas nascentes. Minha neta é como eu. Eu não tive medo.

Eu o espero continuar a falar, mas sem pressa. O que importa é poder me sentar com Leonard Manitou e ouvir o que quer que ele tenha a dizer, quando estiver pronto. Estamos no tempo indígena.

— Eles me levaram de volta para casa pela pedra. Ouvi meu pai me chamando. Gritei de volta e ele me encontrou. Fiquei perdido por dois dias e duas noites, é. Contei onde eu estava. Meu pai disse que era impossível, mas minha mãe e minha nokomis sempre deixavam presentes para os Pequeninos. Um dedal de cobre. Pequenas tocas de tricô. Semaa. Remédio de gordura de urso.

Vovó Pearl deixava coisas assim do lado de fora. Quando Art cuida do fogo cerimonial, minha tia faz um prato de comida para deixar na beira da floresta. Eu sempre ouvi falar dos Pequeninos, mas nunca prestei muita atenção nas histórias.

Deixou as botas do lado de fora e elas foram parar na cabaninha do banheiro? É coisa dos Pequeninos.

Nós no cadarço dos sapatos? Os Pequeninos estão pregando uma peça em você.

Tem lenha espalhada pelo chão? Devem ter sido os Pequeninos.

Eu nunca ouvi nada de ruim sobre os Pequeninos… até Travis mencioná-los naquele dia.

— Você acha que eles são maldosos ou ficam com raiva de alguém?

Tento demonstrar uma curiosidade normal, em vez da curiosidade que martela meu coração na expectativa de será-que-Travis-me-deu-uma-pista.

Leonard pensa por um tempo. Tempo suficiente para eu me questionar se ele esqueceu a pergunta.

— Eu tinha um primo que cheirava gasolina. A gente sempre encontrava ele desmaiado do lado do carro. Uma vez, ele disse que os Pequeninos brigaram com ele. Mas ele continuou cheirando. Eu perguntei se eles ainda vinham brigar com ele, mas aí ele já não era ele. Sabe o que quero dizer, né? — Leonard Manitou dá alguns tapinhas na lateral da cabeça. — Ele me falou que, da última vez que apareceram, os Pequeninos choraram por ele. E meu primo nunca mais os viu.

— Isso foi com o seu primo? — pergunto.

— Skinny Manitou. Mas a avó dele o chamava de Elmer. Ele desenhava de um jeito que você jurava que era uma fotografia. Uma pena. Tacou fogo em si mesmo. Derramou gasolina e acendeu um cigarro. — Ele balança a cabeça.

— Chi miigwetch — digo.

— Alguém que você conhece está cheirando gasolina?

Eu faço que sim.

— Mais ou menos isso.

CAPÍTULO 33

Como tudo nessa investigação, a história de Leonard Manitou me deixa com mais perguntas do que respostas. Acordo na manhã seguinte nem um pouco mais perto de responder às questões de ontem. Com o que o Travis estava se metendo, e por que ele achava que os Pequeninos estavam com tanta raiva dele? Ele viu mesmo alguma coisa ou era alucinação? Será que outros Anciãos têm histórias sobre os Pequeninos ou cogumelos que eu poderia tentar aprender?

Será que é possível encontrar uma resposta sem acabar caindo na toca do coelho?

Sigo em direção à balsa com os pensamentos a mil. Leonard Manitou tinha quase a mesma idade das gêmeas quando se perdeu na floresta. Os Pequeninos o levaram por dentro de uma pedra? Macy, corajosa, sendo lançada no fim de um escorrega no parque aquático. Conhecendo ela, deve ter feito uma pose tipo a da Docinho de *As meninas superpoderosas*, com o punho esticado no ar.

As palavras da Tia Teddie ainda doem em mim. Como ela pôde acreditar que eu estaria agindo assim por causa de um homem? Largar ela e as gêmeas por causa do cara novo da cidade? Vir dizer que TJ Kewadin acha que Jamie não presta? Não é da conta dela, muito menos da dele.

Se TJ está atrás de homens babacas, tenho um espelho que ele pode pegar emprestado.

Ao cruzar o rio, faço uma oferenda do novo saquinho de semaa. Agradeço a história de Leonard Manitou antes de fazer um pedido.

— Eu preciso muito conseguir uma resposta hoje — digo em voz alta.

Olho o relógio. Última aula na Sault High. Os meninos estão indo para Chimakwa para o treino dos Supes. É o momento ideal para perguntar para Levi sobre a grana na conta e, com sorte, ele explicar tudo.

É estranho ver o saguão de Chimakwa vazio. É a calmaria antes da avalanche de treino de hóquei, torneio municipal de vôlei, amistosos de basquete, aula de dança, programas extracurriculares, mães passeando com carrinhos de bebê na pista de corrida interna e cursos complementares da Universidade da Reserva.

Tem um quadro em que se lê ARRECADAÇÃO DE FUNDOS DOS SUPES ao lado da lojinha. O jornal de hoje ocupa a maior parte do espaço, com pequenas fotos de Robin ao redor da primeira página. A manchete diz: SUPERIORS DE SAULT CONTRA OS ASTROS DO DEMÔNIOS AZUIS NA SEXTA! Nenhuma menção a Robin. A foto principal é do capitão do time, Levi, ao lado dos dois treinadores, Pode-Me-Chamar-De-Grant, Dana e outros bambambás que doaram. Eu procuro o nome de Robin no artigo, mas só encontro no quarto parágrafo.

Ela já é um assunto em segundo plano.

Eu me afasto do quadro, andando de costas até chegar ao corredor que leva às quadras de vôlei.

As portas do saguão se abrem. Os meninos riem. Vozes conhecidas. Falando sobre as meninas que estão pegando ou querem pegar. Suspirando, decido permanecer escondida. Não quero entrar no mundo do hóquei ainda.

— Quem é aquela *indiazinha* com os peitos bonitos? — pergunta uma voz que não reconheço.

— A Macy Pegadora? — pergunta Mike.

Eles riem.

— Espera, galera! — exclama Levi.

Passos se aproximam de mim quando ele encontra os outros.

A voz desconhecida faz outra pergunta.

— Bem, e quem é a grandona que o Johnson tá comendo? Ela tem uma bunda linda.

Minhas mãos se fecham.

— Você está maluco, cara? — grita Levi novamente antes de eu ouvir o barulho de um soco. — Nunca mais fala assim dela. Ela vale dez de você.

— Cara, é a irmã dele — avisa Mike.

Eu espio pelo canto da parede, dividida entre agradecer ao Levi e ficar chateada por ele ter partido para a violência. Stormy e Mike afastam meu irmão do cara que tenta controlar o sangue saindo do próprio nariz.

— Se você ousar olhar para ela de novo, nunca mais vai jogar hóquei na vida — sibila Levi, flexionando os dedos para checar se estão machucados.

Estou em choque. Nunca vi meu irmão tão furioso. A voz e a postura dele são irreconhecíveis.

Mike percebe minha presença e cutuca Levi.

— Ei, Daunis — cumprimenta Mike num tom exageradamente simpático.

— Podem ir na frente — diz Levi para eles. — Você, não. — Ele segura o rosto do menino que está sangrando. — Pede desculpas para ela.

O garoto faz o mínimo de contato visual comigo. O suficiente para eu ver a vergonha e o medo que está sentindo.

— Desculpa aí — diz ele, a voz abafada pela mão.

Levi olha o garoto correr para longe, e eu observo meu irmão. Não gosto desse brilho no olhar dele, porque não é de raiva, e sim de satisfação. O brilho some assim que ele me dá um abraço apertado.

— Você me viu dando uma de *enforcer* pra cima dele? — Levi deixa a voz mais leve, me balançando antes de soltar. — O pai ficaria orgulhoso de mim, defendendo sua honra e tal, né?

— Levi, você foi muito além de um *enforcer*. Foi... assustador, para ser sincera — admito.

— Ei, ninguém pode desrespeitar minha irmã.

— Mas os meninos falam coisas sobre outras garotas o tempo todo. *Você* fala assim. — Meu choque finalmente se cristaliza, e eu consigo pensar direito. — Se você fica tão irritado assim quando os comentários são sobre mim... talvez deva pensar sobre o que você e seus amigos falam sobre as outras garotas.

Boquiaberto, Levi me encara. Demora cerca de meio minuto até que a ficha dele caia.

— Eu nunca pensei nisso — comenta.

Quando me abraça de novo, me sinto esperançosa. Ele não é um *enforcer* violento; ele é meu irmão. Não é perfeito, mas é capaz de aprender. Eu o abraço de volta, mais apertado dessa vez.

Então, por algum motivo, nós dois começamos a rir como crianças com uma piada interna, e Levi brinca de me empurrar.

— O que você está fazendo aqui, afinal? — pergunta ele. — Esperando o pombinho?

Como se tivessem combinado, Jamie entra no saguão. Abre um sorriso de orelha a orelha e, com um só movimento, me pega pela cintura, me rodopia e continua andando.

Uau. Essa foi boa.

— Suave! — grita meu irmão para Jamie, que segue para o vestiário.

Então Levi me encara, esperando que eu responda à pergunta dele.

O que ele me perguntou mesmo? Por um momento, não consigo pensar em mais nada além de me imaginar dançando com Jamie no Shagala. E na minha prova de roupa hoje na loja da sra. Edwards, coisa que não estou ansiosa para fazer. Não vou àquela loja desde quando era da GrandMary. Talvez não seja tão ruim. Experimentar um vestido que não faço ideia de como é. Ou de quanto vai custar.

Dinheiro. Banco. Arrá! Eu rio.

— Eu liguei para o banco do outro lado do rio para ter certeza de que tinha grana suficiente para pagar o jantar. Por que você está guardando tanto dinheiro na nossa conta conjunta?

Levi parece confuso por um instante, mas então também tem seu momento *Arrá!*.

— Ah, aquilo lá. — Ele também ri. — Eu vou comprar um terreno perto de Searchmont. Um belo investimento, né? Aí achei que era mais fácil usar a conta canadense.

— Que empresário! — digo, aliviada. Tenho minha resposta e pronto. — Por que em Ontário? Bobby está sempre procurando lugares por aqui.

— Nenhum dos negócios do treinador decolou de verdade — responde Levi. Ele inclina a cabeça. — Posso perguntar uma coisa? Você promete não ficar brava?

— Ok — digo, hesitante.

— GrandMary não está, tipo, melhorando... né?

Eu olho para baixo.

— Se ela morrer, você vai pedir transferência para a Universidade do Michigan? Ou vai ficar por aqui, agora que tem algo rolando com o Jamie?

É bom poder demonstrar surpresa de verdade, pelo menos uma vez.

— Não sei. Eu tinha um plano para a minha vida, mas agora tudo mudou.

— Quem sabe você precisa de novos planos? — pergunta Levi. — O treinador sempre diz que "Falhar na hora de planejar é o mesmo que planejar para falhar", lembra?

Eu sorrio.

— Como você, que passou metade do tempo que passei com o treinador, cita a sabedoria de Bobby LaFleur melhor do que eu?

Ele dá de ombros e abre um de seus sorrisos perfeitos.

— Que tal investir em mim? — questiona Levi, soando como uma criança empolgada de repente. — Uma oportunidade de negócio para a gente trabalhar juntos? O seu cérebro genial e o meu? Seríamos imbatíveis.

— Hum... GrandMary sempre diz para não misturar negócios com família e amigos — respondo.

Ele arqueia uma sobrancelha.

— Por que não?

— Porque sempre vão pensar que é uma democracia, mas um negócio de sucesso precisa de um líder para tomar as decisões difíceis e ser escroto.

— GrandMary disse *escroto*?

— Eu traduzi para você — afirmo.

Nós rimos.

— Mas, sério... — continua ele. — Talvez esse conselho sirva para as pessoas em geral, mas a gente é especial, né? A gente cuida um do outro e sempre manda a real.

Levi tem razão. Quando algo dá errado, nós cuidamos um do outro.

— Por falar em falhar em se planejar, o que você vai fazer no seu aniversário? — pergunta ele.

Eu imito o dar de ombros exagerado do meu irmão.

— Jogar hóquei pela Robin. Ir para o Shagala no sábado com o Jamie.

— Os pais do Mike vão fazer o pós-festa deles na suíte Ogimaa. A gente podia dar uma festona na casa dele. Tem alguma coisa especial que você queira ganhar?

De repente, me vem à mente uma coisa que quero. Não, uma coisa da qual preciso.

— O cachecol do pai. Você sempre diz que deve estar em algum lugar na sua casa. Pode procurar?

Meu oitavo aniversário foi o primeiro sem meu pai. Levi tentou me animar, mas nada funcionou. Até o dia em que ele me deu uma foto de nós dois com meu pai. Meu irmão e eu estávamos nos revezando para brincar de lutinha com ele. Eu tinha acabado de pular da poltrona do Vovô Ted para as costas dele. Levi devia ter saído, mas continuou atacando pela frente. A câmera pegou meu pai no meio de uma risada. Eu tinha muito medo de esquecer coisas sobre ele, até ver aquela foto. Esse foi o presente de Levi no meu oitavo aniversário: a risada retumbante do nosso pai.

Ele ria assim quando puxava a gente pelo rinque com o cachecol. Mesmo que agora eu saiba que deve ter sido doloroso para ele patinar com as pernas machucadas, ele era feliz quando ficava no gelo com a gente.

Levi me abraça.

— Por você, com certeza.

※

Eu chego cedo para a prova do vestido.

— Ora, ora — diz a sra. Edwards. — Já estava achando que você não viria e que eu teria que mandar alguém buscar você.

Eu a sigo para onde ficava o escritório do Vô Lorenzo, uma sala com vista para a rua Ashmun. Agora as janelas têm cortinas transparentes que vão até o chão. A mesa dela é uma mesa de jantar de vidro que fica em frente a um quadro de cortiça imenso, cheio de amostras de tecidos, e com uma moldura decorada. Na parede oposta de tijolos expostos, ela montou um trio de espelhos gigantes. Os dois da lateral estão virados para dar uma sensação de que a gente está num camarim, e tudo fica completo com uma pequena plataforma elevada.

— Ah, sra. Edwards. Ficou lindo — digo, genuinamente maravilhada.

— É verdade, você e a Grace não tinham visto como ficou desde a reforma. Estou expandindo para vender vestidos de noivas. Até arriscando alguns designs próprios. — Ela faz uma pausa antes de perguntar: — Você acha que sua mãe vai gostar?

— Mamãe não lida muito bem com mudanças — respondo, dando a ela o maior eufemismo do mundo. — Mas não importa, porque ficou incrível. GrandMary teria adorado.

A sra. Edwards fica com os olhos marejados antes de se recompor e chamar a alfaiate que herdou de GrandMary. A mulher mostra um vestido vermelho fazendo uma firula. Eu me forço a sorrir, porque estão olhando para mim. Vestidos nunca foram a minha praia.

Minha primeira surpresa é que preciso vestir de baixo para cima — ao invés de jogá-lo por cima dos ombros —, porque é uma calça. Uma calça pantalona de seda com uma sobreposição transparente. Quando piso na plataforma, a calça parece ser uma saia. Tem um bolso fundo de cada lado.

— Tira o sutiã — pede a alfaiate.

— Sério? — Eu olho ao redor. — Mas e a parte de cima?

— Você já está com ela.

Fico sem nada na parte de cima e me viro para me ver de vários ângulos, até perceber uma espécie de véu preso nas costas.

Com um sorriso no rosto, a alfaiate se curva para pegar uma das partes do véu, jogando o tecido por cima do meu ombro. Ela faz o mesmo com o outro lado antes de prender as pontas da seda vermelha na minha cintura.

A parte de cima da roupa mostra a pele logo acima do meu umbigo.

— Caramba — digo.

A sra. Edwards ri.

— Isso é bom ou ruim?

— Não sei. Hum… É meio impressionante.

— Olha, você é a única que consegue usar algo assim — diz ela, me elogiando. — Um decote desses ficaria cavado demais em qualquer uma. Ah, não me olha assim. Vamos colocar alguns pedaços de fita dupla-face para não ter nenhum deslize.

Ninguém esqueceu que os peitos de Janet Jackson apareceram durante o show de intervalo do Super Bowl esse ano.

— Vem cá, você tem bobes de cabelo? — pergunta ela.

— Hum… não?

A sra. Edwards balança a cabeça, descrente.

— Passa lá em casa hoje à noite, eu te empresto os meus. É só secar o cabelo com um secador, espirrar um pouco de spray fixador e enrolar pequenas mechas neles até a sua cabeça ficar parecendo um capacete. Quando tirar, puxa a parte da frente e faz um rabo de cavalo alto, passa o colar de pérolas da sua mãe ao redor e prende com um grampo. Não as pérolas de verdade, mas umas falsas bonitas. E peça para Grace os brincos de pérola e rubi da sua avó.

Eu só tenho furos nas orelhas porque a Lily me obrigou. Ela disse que ou eu ia ao shopping do outro lado do rio e furava, ou ela iria me fazer beber graspa até eu desmaiar e ela mesma iria furar.

A sra. Edwards aperta o nariz.

— Eu não vou conseguir fazer você usar maquiagem, né?

Eu balanço a cabeça, ainda perplexa com o tutorial do penteado.

— Me faz um favor e passe um batom vermelho. Pela sua avó.

Eu suspiro e aceito.

Enquanto estou pagando pelo vestido e um tubo dourado de batom vermelho que a sra. Edwards insistiu ser perfeito para mim, meu celular vibra.

TIA TEDDIE: Vem aqui em casa hoje. Às 20h. Importante.

Ainda me dói saber que ela preferiu ouvir o TJ a mim. Mas não parece certo ficar brigada com minha tia.

Quando minha mãe voltou para Sault comigo ainda bebê, foi a Tia Teddie que contou para ela sobre meu pai, Dana e o filho. Foi ela quem me levou para Sugar Island para passar um tempo com meu pai e meus avós Firekeeper. Foi ela quem me deu a notícia terrível de que meu pai tinha morrido.

Eu sempre fui uma Firekeeper. Tia Teddie fez isso ser mais do que um nome. Ela me fez ser parte da família.

EU: ok. 20h.

A sra. Edwards tenta abrir a primeira gaveta da antiga cômoda que serve de balcão. É onde ficam as sacolas pequenas.

— Daunis, esse móvel é lindo, mas cada gaveta tem vontade própria. Ou elas ficam presas quando está úmido, ou o trilho não fica no lugar.

GrandMary me fez passar tantas horas atrás desse balcão que eu conheço cada centímetro dele. Dou risada.

— Eu sei. Eu sempre procurava por um tesouro escondido. Tinha certeza de que ia acabar encontrando um compartimento secreto nele, mas nunca achei.

— Tantas lembranças de infância maravilhosas aqui — diz a sra. Edwards, com um sorriso. — Os ajustes vão ser feitos hoje à noite ou amanhã de manhã. Pode vir buscar amanhã depois do almoço — avisa ela. — Você sabe que vamos ficar abertos até tarde amanhã e na sexta, mas vai ficar cada vez mais caótico.

Estou praticamente flutuando quando volto para o jipe. Nunca fiquei tão empolgada para ir ao Shagala. E o jeito como o Jamie me rodopiou em Chimakwa…

Ai, Lily, eu queria que você estivesse aqui.

Como eu posso ficar tão feliz e tão triste?

GrandMary... Eu devia passar em EverCare com Jamie a caminho do Shagala. Talvez ela tenha um momento de lucidez. Mas ela não vai gostar nada do meu decote.

Queria que meu pai estivesse aqui.

Tio David também. Meu tio teria ajudado minha mãe a superar a quantidade de pele à mostra que vou deixar no sábado. Ele sempre ajudou a irmã com todos os segredos e escândalos.

Segredos.

Meu coração para.

Era a mesa do Tio David na escola que tinha uma gaveta secreta.

CAPÍTULO 34

Fico aliviada quando vejo que o carro de Ron não está no estacionamento da Sault High. Se eu não encontrar nada, não quero que ele esteja por perto para ver minha decepção e vergonha. E se minha suspeita estiver correta? Significa que Tio David queria que eu encontrasse.

Depois de ler a pesquisa dele vou saber se ele queria que eu compartilhasse isso com o FBI.

Parte de mim queria que eu pudesse pedir ao Jamie para vir comigo. Quero que ele esteja comigo se houver um caderno escondido ou não. Mas... se houver, Tio David iria querer que eu, e apenas eu, lesse.

A secretária me faz registrar a entrada mesmo que estejamos no fim do dia. Quando faço isso, ela me pergunta sobre GrandMary e mamãe.

— Minha avó está na mesma. Obrigada por perguntar, sra. Hammond. — Penso rapidamente em uma mentira plausível. — Mas minha mãe não tem estado muito bem esses dias. Ainda está de luto. Queria saber se posso ir até a sala do Tio David. A gente deixou algumas coisas por lá. Quadros e tal. Talvez ter essas coisas por perto faça bem a ela.

No dia em que empacotei as coisas dele, tive uma mistura de sentimentos. Um luto devastador. Uma descrença impressionante. Um fio de dúvida enquanto repassava o comportamento distraído e inexplicável dele nas semanas e meses que anteciparam seu sumiço. Foi o suficiente para despertar uma fúria e, então, uma vergonha tremenda de sentir raiva do meu tio por ter me deixado sozinha para cuidar da minha mãe sem a ajuda dele.

— Claro, querida. Pode ir. Eu fico aqui até as cinco.

Corro até a sala de aula.

Sem fôlego, eu me sento à mesa, que mais parecia um tanque militar cinza. Minha mãe deveria ter chamado uma empresa de mudança para levar o móvel para a mansão, mas ainda está aqui na sala dele. Três gavetas do lado esquerdo, duas do outro. A última gaveta à direita era onde ele escondia lanches para me dar energia durante os treinos. Às vezes, Levi vinha aqui depois da aula para pegar alguns para ele e os meninos. Tio David não se importava.

"Tem o suficiente para todo mundo", dizia ele. "É por isso que eu deixo a maior gaveta cheia."

Eu me lembro do terceiro dia de passagem da Lily: o dia para aprender sobre novos mundos. Quando Ron, com seu sapato barulhento, me trouxe aqui. Eu abri a gaveta de lanches e fiquei decepcionada ao ver que estava cheia de arquivos escondendo o fundo falso.

Tio David me mostrou só uma vez. Eu tinha dez anos. Ele estava muito empolgado com o emprego novo.

Os kits de dissecação estão do outro lado da sala, no armário, ao lado dos microscópios. Ele deixava os mais completos na prateleira de cima. Eu removo duas ferramentas idênticas da caixa fechada. Uma sonda Huber Mall e uma espécie de vareta de quinze centímetros de aço cromado com uma ponta angular. É como uma sonda dentária, só que mais delicada.

Abro completamente a última gaveta e me ajoelho ao lado dela para começar meu trabalho. Os arquivos estão organizados em ordem alfabética, então faço pilhas organizadas pelo chão. Meus dedos tocam os buracos quase imperceptíveis de cada canto do fundo de metal. Eu me concentro em dois cantos que são diagonais, deslizo a ponta angular nas aberturas minúsculas antes de alinhar as ferramentas. Meu coração está acelerado. Eu levanto a ponta das ferramentas, e elas erguem a tampa de metal que cobre um fundo com cinco centímetros de profundidade e outro um pouco menor em comprimento e largura do que a gaveta.

É isso. A pista mais importante até agora.

Não consigo olhar. Mas e se...

Olho para baixo e vejo um caderno simples, com espiral. Ali. Bem ali.

Eu sabia! Tio David registrou tudo. Eu conheço mesmo meu tio.

Encosto a tampa de metal na parede. Na mesma hora ela desliza e cai, fazendo um barulho alto.

— Daunis? Ainda está aqui, querida? — chama a sra. Hammond do corredor.

— Estou — respondo, colocando o caderno para trás, prendendo-o na calça jeans.

Os passos dela se aproximam enquanto eu rapidamente encaixo o fundo falso no lugar e guardo os arquivos de volta. Quase derrubo uma das pilhas.

Fecho a gaveta três segundos antes de ela chegar. Tempo suficiente para eu ver as sondas no chão. Eu me sento de costas para a parede e cubro as ferramentas com a perna.

— Voltar aqui é mais difícil do que pensei — digo.

Com o máximo de cautela, pego as sondas quando me levanto. A sra. Hammond se aproxima, e temo que ela tente me confortar. Levanto a mão esquerda para mantê-la longe.

— Estou bem — afirmo, me sentando na beirada da mesa.

Finjo me recompor, o que demanda uma atuação espetacular, porque estou me tremendo toda. Há uma chance de o segredo que Tio David levou para o túmulo estar no caderno escondido nas minhas costas suadas. Meu corpo me dá cobertura para colocar as sondas de volta no kit e fechá-lo.

Olho ao redor da sala procurando alguma coisa que pertencesse ao meu tio. Espio a caixa decorativa com a coleção dele de pedras e minerais do Lago Superior.

— Aquilo era do Tio David. — Aponto para a caixa antes de ir até lá e tirá-la com cuidado dos ganchos. — Isso aqui e o kit de dissecação ali na mesa são tudo que resta. Bem, com exceção da mesa. Muito obrigada, sra. Hammond, tenho certeza de que minha mãe vai ficar muito feliz de ter essas coisas por perto. Vou me certificar de que ela peça para a mesa ser retirada durante as férias de fim de ano. E pode deixar que vou dizer para ela que você mandou oi.

Ela se oferece para carregar o kit para mim, e eu deixo. Estou surfando numa onda de satisfação como Esquilo Secreta, movida por nervosismo e pelo segredo escondido nas minhas costas.

Quando chegamos ao jipe, agradeço de novo pela ajuda enquanto guardo os dois itens. A secretária vem me abraçar e, fingindo não entender o que ela ia fazer, seguro as mãos dela. Eu as aperto gentilmente em um gesto de agradecimento, como se me faltassem palavras.

— Depois que sua mãe melhorar, espero que reconsidere sua decisão de ficar em casa. Eu sei que esses jovens *índios* têm dificuldade na faculdade porque não estão preparados acadêmica ou socialmente, mas você não é como eles, Daunis.

Fico realmente sem palavras. Só consigo encará-la, boquiaberta, sem acreditar no que ouvi.

— Bem, não tenho nada de ruim para falar sobre *índios*. — A sra. Hammond olha ao redor, nervosa. — Você sabe que não sou preconceituosa.

※

Tento não me focar no Bingo do Racismo da sra. Hammond enquanto penso nos lugares aonde posso ir para ler o caderno do Tio David sem que ninguém me atrapalhe. Definitivamente não será em casa, porque minha mãe vai estar fazendo o jantar. Nem na faculdade, porque conheço pessoas demais por lá. Assim como nas lanchonetes. Talvez a mansão? Ou o EverCare?

É isso. Vou fazer companhia para GrandMary e dizer às enfermeiras que estou estudando.

Mando duas mensagens idênticas para minha mãe e Jamie.

EU: estudando pra prova. desligando o celular. chego tarde em casa. nos falamos amanhã.

Andando pelo corredor, estalo as costas por força do hábito. Os músculos no meu pescoço e nos meus ombros parecem cordas de guitarra que foram puxadas demais.

Entro no quarto de GrandMary e encontro minha mãe chorando na poltrona. Ao lado de uma cama vazia.

— O que aconteceu?

Minha boca é a única parte do meu corpo que consegue se mexer. O resto está congelado de medo.

Minha mãe olha para cima, surpresa.

— GrandMary está bem — diz ela, se levantando num pulo. — Foi um problema no encanamento. Precisaram mudar alguns pacientes de quarto.

Eu a observo, e ela não descia os olhos dos meus. Os dela estão inchados e vermelhos de tanto chorar. A expressão dela é sincera, aberta... exausta.

— Você teve um dia ruim? — pergunto gentilmente.

— Não, querida, tive um dia bom. GrandMary também teve. Só encontrei isso aqui. — Ao lado da poltrona, na mesa de cabeceira, está o caderno de contagem. O armário está vazio. Ela deve ter encontrado enquanto levava as coisas para o novo quarto.

— Eu não queria te chatear com isso — digo, pegando o caderno.

Quando o coloco na parte de trás da calça, sinto também o caderno de Tio David. O segredo de Tio David.

— Eu sei — diz ela. — Hoje foi mesmo um bom dia. Encontrei uma das minhas alunas no mercado. Uma garotinha tão alegre. — Minha mãe fica radiante. — Me senti em uma montanha-russa quando li esse caderno. — Ela para e pensa antes de continuar: — Sabe esses dias em que todos os sentimentos vêm de uma vez e aí parece que tudo é… demais?

Sorrio, sentindo os formigamentos pré-choro no nariz. Sei bem do que ela está falando.

— Vou deixar o jipe aqui e vou com você de carro. A gente aluga um filme e pede comida — sugiro, feliz por minha mãe aceitar.

Os dois cadernos nas minhas costas vão ter que esperar. Porque hoje foi um dia daqueles.

Na quinta-feira, quando termino minha corrida, vou visitar GrandMary no quarto novo e buscar o jipe. Meu dia segue como sempre: banho, aula, Vó June, balsa, Sugar Island, almoço, ouvir a anedota do dia de Vó June. Hoje ela está com raiva dos membros do clube de leitura dos Anciãos. Eles não aceitaram a sugestão dela de ler um livro do James A. Michener. Mas o que a deixou irritada de verdade foi o que Seeney Nimkee disse: "Se formos ler uma história sobre o Havaí, prefiro que seja de um autor indígena havaiano."

Como sempre, Seeney está certa.

Achei que estaria ansiosa para os meus planos de ir à tarde buscar minha roupa para o Shagala e depois ir até a mansão ler o caderno de Tio David. Era o que eu estava esperando — informações que pudessem ajudar na investigação. O último contato com meu tio.

Mas, em vez disso, volto com Vó June pelo caminho mais longo. Eu me ofereço para fazer algumas tarefas por ela. Quando ela recusa, vou para a loja de vestidos. A sra. Edwards me recebe com pressa, mas eu insisto em deixar outros clientes passarem na frente. Enquanto isso, o medo vai crescendo dentro de mim, até eu estar sentada no jipe, com o motor desligado, parada na garagem da mansão.

E se as últimas anotações de Tio David revelarem o que aconteceu com ele? E se ele estivesse assustado ou magoado? E se o caderno me trouxer mais questões do que respostas?

E se? E se? E se?

Balanço a cabeça. E se o caderno ajudar alguém? E se puder consolar minha mãe?

Repito essas duas últimas perguntas enquanto ando até a biblioteca e me sento à escrivaninha do Vô Lorenzo, na cadeira de couro. Meu corpo todo treme. Encaro o caderno azul.

Será que devo começar pela última página? Passo as mãos pela parte de trás, tentada a ir direto para o final.

Não. Viro o caderno para começar por onde ele começa. No Antes.

Eu preciso merecer a história de Tio David.

☀

O primeiro registro é de 2 de setembro de 2003, o primeiro dia do meu último ano na escola. Tio David escreveu a maior parte em inglês. Quase todo dia escolar tinha um registro. Ele gostava de anotar as perguntas mais interessantes feitas pelos alunos, deixando espaço para fazer anotações depois, escritas em outra cor.

Em vez do nome dos alunos, ele usava as iniciais e o horário da aula. Alguns alunos tinham um símbolo. Logo percebo qual era o meu: um coração. Quando Tio David falava em código com minha mãe sobre mim, eu era *N'Coeur*. A palavra em francês para "coração" com o *N'* de anishinaabemowin para posse. *Meu coração*.

Meu tio me amava e acreditava que eu ia encontrar as pistas que deixou para mim. Quando meu nariz fica quente e minha garganta aperta, decido não lutar mais contra o que meu corpo quer. Pego os lenços que estão na mesa e me deixo sentir.

Ele colocou aqui as ideias para o meu projeto na feira de ciências do último ano. Eu me esqueci do plano de comparar o batimento cardíaco em repouso antes e depois de passar por uma defumação com sálvia e wiingashk. O objetivo era identificar se há uma diferença concreta entre Nishnaabs que usam medicina tradicional em comparação com um grupo que não usa esses medicamentos. As notas de rodapé dele dizem *reduzir variáveis?* e *Escala Likert para identidade cultural?*.

A gente havia conversado sobre tentativas de quantificar identidade cultural. Eu não me sentia confortável em pedir para os participantes responderem à pergunta "Quão indígena você é?" com um número. Tio David me desafiou a pensar em uma pergunta que se encaixasse na Escala Likert.

Eu acredito que a defumação (uma prática cultural que envolve queimar e inalar a fumaça) com medicina tradicional, como mashkodewashk (sálvia) e wiingashk (sweetgrass), vai melhorar meu bem-estar físico e mental.
- ☐ Concordo totalmente
- ☐ Concordo
- ☐ Não concordo nem discordo
- ☐ Discordo
- ☐ Discordo totalmente

Acabou que não fiz nenhum projeto no meu último ano. Eu estava vivendo, sonhando e respirando hóquei naquela época. Quando Tio David não questionou minha decisão de não participar, achei que tinha algo de errado.

Em outubro, ele começou a escrever mais sobre um aluno específico. O símbolo dessa pessoa era uma lâmpada com um sorriso grande. O estudante — Lâmpada — fazia muitas perguntas espertas.

Ryan Cheneaux era conhecido na escola inteira como alguém que fazia muitas perguntas. Mas as "perguntas" dele nem sempre tinham um ponto de interrogação no final. Eram mais um fluxo de ideias ou monólogos com uma grande antecipação que terminava com "É isso mesmo?". Não era uma questão, e sim uma busca por validação.

Pergunta: Seria Ryan Cheneaux a Lâmpada?

Resposta: Não. Ryan Cheneaux não preenche o requisito "esperto".

Falando em "esperteza", Macy Manitou vem à mente. Provavelmente mais até do que Levi. Eu me lembro de uma vez em que Tio David me perguntou qual era a diferença entre esperteza e inteligência. Eu disse que a pessoa podia ser inteligente e não ser esperta, mas não ser esperta sem ser inteligente. Para ser esperta a pessoa também precisaria de certo nível de astúcia e criatividade, coisas que não são necessárias para ser inteligente. Sem dúvida, Macy poderia fazer perguntas espertas, perguntas difíceis, perguntas sarcásticas... se quisesse. Mas fizemos algumas matérias juntas, e ela nunca levantava a mão. Se era chamada, respondia certo. Macy joga no ataque em tudo, menos na aula.

Pergunta: Seria Macy Manitou a Lâmpada?

Resposta: Sem perguntas = sem Lâmpada.

Eu me lembro das perguntas incessantes de Travis, desde o ensino fundamental. Ele falava sem parar ao longo de todo o trajeto até o prédio da escola onde fazíamos as aulas de Química. Às vezes, ele e Levi tinham grandes discussões que sempre começavam com um deles falando: "Me diz uma coisa..." Travis estava em todas as matérias avançadas comigo até começar a matar aula e largar a escola no último semestre antes da formatura. Ele fazia com que as aulas fossem divertidas. Mesmo quando Mike ou Levi ou algum dos amigos do meu irmão estavam na turma avançada comigo, eu sempre me sentava ao lado de Travis. Ele era inteligente e esperto, e fazia boas perguntas.

Não consigo imaginar que a Lâmpada brilhante e sorridente seja outra pessoa além de Travis Flint.

Um mês depois, perto do feriado de Ação de Graças, Tio David escreveu, palavra por palavra, uma pergunta da Lâmpada:

> Se uma planta venenosa for jogada num substrato, todo o substrato passa a ser venenoso? As plantas adubadas com esse substrato morreriam, ou elas conseguiriam sobreviver ao veneno? Se sobrevivessem, o veneno continuaria nas raízes e folhas?

Estico minhas pernas enquanto penso sobre o que li até agora. Será que a pergunta da Lâmpada era sobre a origem da MA-X? Faço uma série de agachamentos da biblioteca até a cozinha e volto com uma garrafa de água da geladeira. Foi assim que tudo começou... com a dúvida de um aluno precoce?

Quando volto a ler o caderno, fico inquieta. Balanço as pernas, nervosa, enquanto me aproximo da data das férias de fim de ano.

No começo de dezembro, Tio David tentou ajudar Lâmpada a desenvolver uma metodologia de pesquisa para testar a toxicidade de plantas e como ela se dispersa para outras matérias orgânicas. Lâmpada estava impaciente. Em vez de montar um plano organizado, com um passo a passo, quis um atalho. Pouco depois, os registros diários mencionando Lâmpada estavam com um risco por cima e um comentário na margem dizendo: *não apareceu*.

Eu me lembro das muitas vezes em que Travis matava aula, aparecia no dia seguinte e tirava dez numa prova surpresa.

Em 8 de dezembro de 2003, Tio David escreveu: *Champignons*.

A palavra em francês para "cogumelos".

Os registros de Tio David dali em diante estão no idioma que ele e minha mãe inventaram. Demoro um pouco mais para ler porque preciso traduzir. Estou acostumada a ouvir — e não ler — o híbrido entre francês, italiano e palavras estranhas inventadas.

Uma das anotações menciona *canard isola*. *Canard* é "pato" em francês; *isola* é "ilha" em italiano. *Canard isola*, então, é Ilha do Pato, Duck Island. Ele não abrevia isso para DI; em vez disso, usa CI, o que me confunde em um primeiro momento, porque me faz pensar em "informante confidencial".

Deve ter sido em dezembro que ele percebeu que Travis estava usando cada vez mais drogas. Tio David escreveu em código que estava preocupado que Lâmpada estivesse se metendo com o que não devia.

Foi por volta dessa época que percebi que Travis estava faltando demais e, quando aparecia nas aulas, parecia fora de si. Lily e Travis começaram a brigar — e não do jeito fofo que faziam, como quando discutiram se Zamboni era um nome melhor para menino ou menina.

Nas férias de fim de ano, Lily descobriu que Travis estava cozinhando metanfetamina. Ela tentou conversar com Angie Flint para conseguir ajuda profissional para ele. Lily desabafou comigo, dizendo que mães arranjam desculpas para os filhos. *É uma merda quando a mãe fica deixando o menino fazer o que quer em vez de fazer com que se torne um homem.*

Continuo a ler. Em janeiro, as anotações mencionam *Cheelegge*. Não acho que é uma das palavras inventadas. Tento falar em voz alta as sílabas e mudar a entonação.

— Cheel-egge. Cheel-eggy. Chee-leggy. Chee-leg. Chee-leh-jeh.

É isso.

C-h-e-e é a escrita fonética da palavra *chi* em anishinaabemowin. Grande. *Legge* é "lei" em italiano. *Grande lei*.

Cheelegge era a palavra que David usava para falar do FBI.

CAPÍTULO 35

Tio David começou a trabalhar com o FBI em janeiro. Eles lhe contaram sobre os cogumelos alucinógenos nas drogas que estavam aparecendo na região. Talvez tivesse sido nesse momento que meu tio percebeu que a pergunta de Lâmpada sobre plantas venenosas podia ter a ver com fungos.

A primavera chegou cedo, então meu tio foi colher cogumelos. Anotou que precisava pesquisar o período de crescimento deles e planejou voltar lá todo mês. Deve haver cogumelos que crescem quando o clima fica mais quente e os dias, mais longos. A chuva é outro fator; uma chuva forte pode produzir algo que não estava ali um mês atrás.

Ele começou nos pedaços de terra em Sugar Island que pertencem à família de Travis. As anotações se tornam registros da exploração dele em Duck Island. Ele colheu cogumelos por seções, assim como eu, com a diferença de que ele foi da parte norte até a parte sul. Ele usou potinhos biodegradáveis para marcar o espaço, em vez de uma linha.

Abro um sorriso. As lições deles fazem parte de mim. Eu sou mesmo a melhor pessoa para continuar a investigação de onde Tio David parou.

Ele documentou cada espécie de cogumelo e fungo que encontrou no começo inesperado da primavera e deixou um espaço nas margens para listar o nome científico de cada um deles. Não há nenhuma margem vazia — todas as amostras tinham nomes.

Com uma exceção.

No dia 4 de abril de 2004, Tio David encontrou uma espécie de cogumelo parasita que não estava listado em nenhum dos livros de referência ou banco de dados on-line. Ele fez um desenho do suspeito. Parece o *Asterophora parasitica*. As anotações dizem que ele cresce em uma variedade de cogumelos alucinógenos. O cogumelo parasita se alimentava de um hospedeiro alucinógeno em decomposição e provavelmente também é alucinógeno. Um cogumelo tamboril. Ele adicionou uma sequência de pontos de interrogação e exclamação, que era o jeito de demonstrar que estava empolgado com um espécime desconhecido.

Meu coração dispara diante da possibilidade de descobrir o que meu tio descobriu. Talvez fosse um cogumelo alucinógeno até então desconhecido e que foi adicionado a um lote de metanfetamina — e que foi parar nas mãos de meninos de treze anos numa reserva indígena ao norte de Minnesota.

Viro a página. Meu coração murcha à medida que leio os resultados da análise de Tio David sobre o cogumelo tamboril. Ele não tem os mesmos componentes alucinógenos que seu hospedeiro.

Ele escreveu: *Não há conexão entre os champignons e cattiva medicina*. Ele usou uma palavra em italiano para descrever a metanfetamina, chamando de "medicina ruim". Eu penso sobre o que ele acabou de me dizer. Os cogumelos são um beco sem saída. Tio David sabia disso e escondeu essa informação do FBI. E ele queria que eu, só eu, soubesse disso.

A última anotação foi no dia 9 de abril de 2004. Na Sexta-Feira Santa. Ele queria conversar com a mãe de Lâmpada.

Ele escondeu o caderno no fundo falso da gaveta.

Minha mãe fez o boletim de ocorrência dois dias depois, quando meu tio não apareceu para o jantar de Páscoa. Eu choro de novo. Dessa vez, parece que a tristeza se alojou nos meus pulmões — respiração pesada, rouca e acelerada. Lamento tanto ter deixado meu luto de lado e permitido que a raiva ocupasse esse lugar. Eu queria poder me lembrar da última conversa que tive com Tio David além de dar um oi e de pegar os lanches na gaveta.

Se você soubesse que seria a última vez que veria alguém, diria algo profundo? Diria o quanto essa pessoa significa para você? Perguntaria algo que sempre quis saber? Pediria perdão? Agradeceria?

A biblioteca está escura quando me afasto da mesa e vou para a sala de jantar. Eu me sento no meu lugar de sempre e me lembro do último jantar de Páscoa. GrandMary estava na cabeceira da mesa. Minha mãe estava ao meu lado. O lugar de Tio David, vazio. Pisco para me livrar das lágrimas até ouvi-lo entrando pela porta, pedindo desculpas para GrandMary antes mesmo de se sentar. O trânsito estava parado na Ponte Internacional. Nunca demorou mais de duas horas para voltar para os Estados Unidos. Ele pisca para mim.

— Tio David — digo, olhando para o assento do outro lado da mesa. — Obrigada por deixar as pistas para mim. E por me dar as habilidades para conseguir decifrá-las. Sou muito grata a você.

☼

Dirijo até a casa que Jamie e Ron alugaram. Jamie abre a porta. Ron está corrigindo provas na mesa da cozinha. *JAG* está passando na TV.

— Querem dar uma volta? — pergunto.

Eles aceitam. Nós andamos alguns quarteirões até o Projeto Playground, perto dos campos de beisebol. É uma estrutura de madeira gigante, como a que Art construiu para as gêmeas. Essa aqui foi construída por voluntários, e foi o povo que forneceu os materiais.

Preciso de mais algumas informações antes de decidir o que fazer com o caderno.

— Bem, terminei o projeto de pesquisa de cogumelos em Duck Island.

Graças à noite fria, minhas palavras saem como vapor, se dissipando em segundos, como um segredo que literalmente se desmancha no ar.

Eles arregalam os olhos.

— Não encontrei nada — digo rapidamente. — Mas fiquei pensando: quando foi que Tio David começou a trabalhar com o FBI? Tipo, em que mês?

Eu já sei, mas preciso que eles me deem o maior número de informações.

— Janeiro — responde Ron. — Os jovens em Minnesota ficaram doentes na última semana de fevereiro. A época é importante?

— Pode ser que sim. Tem muitas espécies de cogumelos que brotam em épocas diferentes. Foi um inverno suave; talvez tenham crescido só naquela época, numa primavera que chegou mais cedo. A não ser que a gente consiga reproduzir as condições de fevereiro, não vamos conseguir a mesma amostra que Travis tinha.

Ron solta um suspiro frustrado.

Ok. Que outra informação eu posso coletar agora?

— Talvez ajude se eu souber mais sobre os outros garotos. Eles eram de qual povo? E como eles estão agora?

Ron não pode me dizer o nome da reserva e não sabe como eles estão. Mantenho a expressão serena para disfarçar a raiva e a frustração.

— Jamie disse que eles alucinaram que homens os perseguiam na floresta. A gente tem mais detalhes dessa alucinação? Era apenas visual ou envolvia os outros sentidos? Quem sabe até misturasse os sentidos? Isso acontece às vezes, né? Eu esqueci como se fala quando as pessoas conseguem ver música ou sentir o gosto das cores...

Fale menos e escute mais, digo a mim mesma, irritada.

Ron dá de ombros.

— Não faz sentido. Eles estavam apavorados num minuto e logo depois imploravam por mais MA. Disseram para a equipe médica que havia homens atrás deles, e a maioria não falou mais nada, principalmente depois que os pais chegaram. Talvez isso tenha acontecido, isso que você falou sobre os sentidos misturados, porque a visão deles estava distorcida. Um garoto comentou que os homens que os perseguiam eram bem pequenos.

Os Pequeninos.

Os Pequeninos encontraram os jovens na floresta e brigaram com eles.

O FBI presumiu que a coisa adicionada à metanfetamina-X era um cogumelo alucinógeno porque os jovens anishinaabe viram algo que não fazia sentido. Os investigadores ficaram em choque com as circunstâncias da alucinação e acreditaram que era efeito colateral de algum tipo de cogumelo desconhecido. O que quer que tenha sido adicionado na produção da MA-X, não causou alucinações.

Porque os Pequeninos são reais.

Travis disse que os Pequeninos estavam com raiva dele. Mas e se eles estivessem alertando o Travis, como fizeram com o Skinny, primo de Leornard Manitou?

O que era assim tão ruim para fazer com que os Pequeninos seguissem os meninos pela floresta para alertá-los?

Se o aditivo da MA-X não era um cogumelo alucinógeno, então o que era?

Tenho que pensar no que ainda preciso descobrir. Há conexões que estou quase conseguindo fazer, mas preciso repassar as informações de novo, sem interrupções ou distrações.

Passo 1: Não demonstrar nenhuma reação que pode denunciar que estou próximo de uma descoberta.

Passo 2: Pensar em uma desculpa para ir embora.

Passo 3: Ir para casa e pensar.

Eu suspiro do mesmo jeito que Ron fez agora há pouco.

— Bem, o que faço agora? Porque estou sem ideias.

Ron começa a falar, mas eu interrompo.

— Já sei, já sei. O fruto proibido. Eu que trago as informações, não você. — Eu sorrio para Jamie, que está apoiado no escorrega. Ele está deixando Ron falar tudo. — Mas será que não dá para você me dar uma dica, tipo "Faça o que fizer, Daunis, mas não compre drogas do pessoal da torcida"?

Eu me viro rapidamente para Ron.

— Espera... você deu. Ron, quando a gente estava no carro voltando de Marquette, você falou: "Não podemos te dizer para procurar por telefones descartáveis nos equipamentos do time de hóquei." — Eu balanço a cabeça e dou um sorriso relutante. — Entendi o que você fez. Esperto.

Nós voltamos para a casa deles. Ron diz boa-noite e entra. Jamie me leva até o jipe. Eu coloco meus braços ao redor dele, ansiosa para beijá-lo.

Em vez disso, Jamie dá um beijo suave em minha testa, como a minha mãe faz.

Eu me afasto, confusa. Ele se abaixa para me beijar na bochecha.

Mas ele não beija.

— Entendi o que você fez. Esperta — sussurra Jamie no meu ouvido.

Eu dirijo, minha mente a mil. O que ele quis dizer? Do que o Jamie está suspeitando?

Viro na minha rua e vejo o carro de Tia Teddie na entrada da garagem.

Merda. Eu esqueci que tinha marcado de ir à casa dela hoje à noite. São dez horas, e eu disse que ia às oito.

Estaciono ao lado do carro dela. Antes mesmo de eu tirar a chave da ignição, ela já estava vindo até o jipe, pisando duro.

— Tia — começo, com a intenção de explicar o meu cansaço. A resposta para no meio da garganta.

Ela está com o mesmo olhar de "*Não fode*" da noite da festa de cobertor.

— A única escolha que você tem agora é se sentar no meu carro ou pegar o seu e me seguir até a ilha — anuncia ela. — Mas não tenha dúvidas, Daunis Firekeeper, você vem comigo.

CAPÍTULO 36

Decido ir no meu próprio carro. Paramos lado a lado na balsa. Fico encarando o horizonte à frente, sem ousar olhar para o lado. Procuro o saquinho no porta-copos e jogo um punhado de semaa no rio.

— Me ajude com o que vem a seguir — peço.

O timing de Tia Teddie é péssimo. Preciso desse momento para conectar todas as pistas, não para levar bronca. Além do mais, as palavras de Jamie ainda estão pairando na minha mente. O que ele acha que sabe?

Ela me segue até chegar na casa dela. Tem um clarão de fogueira vindo da floresta, por trás do celeiro. Hoje não é lua cheia, então não pode ser fogo cerimonial. Talvez alguém tenha morrido e eu não fiquei sabendo.

Estaciono perto da casa, ao lado do carro de Josette. Ela deve estar cuidando das meninas enquanto Art cuida do fogo.

Tia Teddie caminha ao meu lado em direção à clareira, que tem uma vista para a reserva de povos originários do outro lado do rio. Nossas respirações aparecem e somem ao mesmo tempo.

Art está em pé ao lado do fogo, mexendo nele com uma pá. Há várias pedras na fogueira. Nós as chamamos de avôs porque elas estão aqui desde sempre, vendo e ouvindo tudo.

Eu olho para o doodooswan. A abóboda curvada da tenda do suor está coberta por lonas e cobertores. A entrada de pano está aberta pelo lado leste.

— O que está acontecendo, tia?

— Intervenção do suor — anuncia ela.

— E você pode fazer uma coisa assim?
Nunca ouvi falar disso antes.
— Sou uma Nish kwe moderna e acabei de inventar, tá?

Ela me passa uma saia florida de algodão. Sua mão firme é igual à de Lily quando tentou pegar a arma de Travis.

Visto a saia por cima da calça jeans e tiro o resto por baixo. Tiro touca, casaco, moletom dos Red Wings, meias e sapatos. Mesmo descalça e vestindo só uma camiseta e a saia, não sinto frio. O fogo está forte.

Deveria estar mesmo. Teve duas horas para crescer.

Tia Teddie segura um pequeno embrulho de mashkwadewashk. Há vários tipos de sálvia, tanto versões masculinas quanto femininas. Mashkwadewashk serve para limpar as energias negativas. Ela acende uma com uma brasa que Art oferece em uma pá velha. Nós nos defumamos com a fumaça da sálvia feminina e nos preparamos para suar.

Tia Teddie entra no doodooswan.

Art espera eu entrar para depois, com a pá, colocar uma das pedras-avós no centro da tenda. Só então ele fecha a entrada com cobertores.

Há uma cerimônia dentro do doodooswan. Cura. Retomar o equilíbrio. *Doodooswan* significa "útero da Mãe Terra". Você entra na sua mãe e sai renascida. Eu fico de quatro, como um bebê, imitando o que minha tia faz. Engatinhando para a frente, eu rezo. Não para pedir ajuda de um dos Sete Ensinamentos, mas reconhecendo o Ensinamento. Dabaadendiziwin. Humildade: a consciência de que eu faço parte de algo muito maior do que minha própria existência.

Eu me rendo.

Depois, Tia Teddie e eu nos sentamos perto do fogo, vestidas de novo. Como não consegui encontrar minha touca, ela me entregou um gorro de lã para colocar no cabelo úmido.

Nós bebemos água gelada antes de provar a sopa de canjica e a *galette* de mirtilo que Art trouxe para nós antes de ir dormir. Aproveitamos nosso pequeno banquete enquanto observamos as brasas brilhantes. O caldo salgado e os pedaços macios de canjica alimentam algo profundo dentro de mim. Quando mordo a *galette*, o sabor forte dos mirtilos, misturado com o sabor levemente adocicado do bolo, me lembro do meu Festival de Frutas Silvestres.

Tive minha primeira lua com treze anos. Mamãe avisou à minha tia. Tive que fazer um jejum e fiquei um ano sem comer nenhuma fruta silvestre. Nada de morangos no começo do verão. Sem tortinhas de framboesa ou amoras pretas. E, o mais difícil de tudo, sem mirtilos — os meus favoritos.

Tia Teddie até me levou para colher mirtilos e testar meu autocontrole. Fomos nas florestas ao norte de Paradise, que foram como um presente do sol forte de agosto. Ela saiu andando e me deixou com um balde para pegar mirtilos maduros. Eu tinha que lembrar o tempo todo que não podia comê-los e morria de medo de esquecer e acabar colocando um na boca sem pensar. Ao fim do dia, ela me olhou como se tivesse visão de raio-X. Encarei o olhar severo dela. Resisti à tentação, sabendo que jamais conseguiria esconder uma mentira dela. Infelizmente, agora eu sei que consigo.

Meu jejum de um ano terminou com um banquete. Tia Teddie, mamãe, Vovó Pearl e minhas primas e tias Nish se juntaram para honrar minha passagem. Minha mãe me ofereceu um morango maduro. Precisei recusar três vezes, mas na quarta me inclinei e o peguei com a boca. O sabor doce foi até a ponta dos dedos das mãos e dos pés. Peguei um punhado dos meus amados mirtilos e admirei cada um deles, me deliciando com a variação entre amargo e doce. Era como se eu estivesse comendo pela primeira vez. A passagem para me tornar uma mulher foi cheia de alegria, orgulho, pertencimento e poder para observar as coisas simples com novos olhos.

Sou tomada por um sentimento de gratidão profunda por poder me sentar aqui do lado de Tia Teddie, diante do fogo. Ela me mostrou como ser uma Nish kwe forte — cheia de amor, raiva, riso, tristeza e alegria. Mas ela não é perfeita: é uma mulher complexa e às vezes exausta, mas, principalmente, corajosa. Ela ama pessoas imperfeitas com todo o coração.

Ela abre os olhos e sorri, cansada.

Esse é o momento em que eu deveria contar para ela o que está acontecendo. Mas sei que não é seguro envolvê-la nisso. O risco é diferente para ela. Não se trata apenas da minha tia. Ela não está sozinha na jornada. Wiijiindiwin.

Em vez de falar, eu me concentro no prato de comida que Art colocou em um toco de árvore na orla da floresta. Ao lado do prato, estão um pouco de sálvia feminina, uma colher de cobre e minha touca.

— Oferendas para os Pequeninos — explica Tia Teddie. Eu rapidamente coloco a *galette* na boca para esconder minha surpresa. — Art os ouviu na floresta enquanto estávamos no doodooswan. Eles vêm ver como estamos, como Animikiig durante uma tempestade, esperando nos ver vivendo Anishinaabe minobimaadiziwin.

— Será que eles ficam bravos se a gente mexe com o que não deve?

Prendo a respiração e observo o rosto dela, e todas as sombras e luz que vêm das brasas do fogo estão se apagando.

— Acho que sim. Mas quem entende de medicina ruim não vai deixar esse tipo de coisa correr solta por aí. Nas mãos erradas, as pessoas podem fazer o mal só por não saberem no que estão se metendo. — Ela me encara. — Aqueles que conhecem as tradições, que conhecem de verdade a medicina ruim, que fica do lado oposto da cura, respeitam o poder dela.

Ficamos sentadas em silêncio. Tio David e Tia Teddie usaram a expressão *medicina ruim*. Lily também, no dia em que ela foi para cima do TJ por ter terminado comigo. Meu tio explicou no caderno que não havia conexão entre os cogumelos e a medicina ruim — o código dele para a metanfetamina-X. E agora a minha tia diz que medicina ruim é o oposto da cura.

— Você precisa tomar cuidado, Daunis, quando estiver perguntando sobre as tradições. — Ela olha para mim do mesmo jeito que Seeney Nimkee faz no Centro para Idosos às vezes. — Tem um ditado sobre medicina ruim: "Conheça o seu irmão, mas não o procure."

Tia Teddie pega semaa da cesta de cedro. Ela coloca um pouco na mão esquerda e faz uma oração em silêncio.

Eu me levanto, fazendo o mesmo. Solto a semaa nas últimas cinzas do fogo.

A voz dela me cobre como um cobertor.

— Por favor, tome cuidado. Nem todo Ancião é um professor da nossa cultura, e nem toda pessoa que ensina nossa cultura é uma Anciã. Tudo bem ouvir o que as pessoas têm a dizer e só manter o que fizer sentido para você. Tudo bem renunciar ao restante. Confie em você mesma para entender a diferença entre uma coisa e outra.

Tia Teddie não tem estado presente nos últimos tempos porque eu fiz isso acontecer. Mas parece que ela entende que estou seguindo em frente sem ela. Algo muda entre nós duas enquanto assistimos ao fogo virar cinzas. Como se tivéssemos passado do momento em que eu era uma criança para o momento em que sou uma mulher adulta.

— Eu confio em você para saber com quem quer compartilhar partes de si e quando não fazer isso — declara ela. — Amo que você está entendendo isso muito antes do que eu entendi. Eu tomei tantas decisões idiotas. Cometi erros terríveis tantas vezes ao longo da vida. Entreguei demais de mim para homens que não me mereciam.

Enquanto a ouço falar, começa a nevar: flocos grandes e bonitos. Flutuando ao nosso redor como penas minúsculas.

— Eu conheci Art há muito tempo, nas cerimônias. Não pensava nele como um possível namorado. Era meloso demais, não fazia meu tipo. — Ela sorri e suspira. — Eu saía com um cara na época. Achava que a Terra girava ao redor dele. Ele era lindo, inteligente e muito divertido. Mas olha, quando a gente brigava... era um horror. — Ela sente um calafrio e aperta o casaco contra o corpo. — Ele roubava todo o oxigênio do cômodo, e não me deixava respirar. Se as coisas davam certo do meu jeito, em vez do dele, era culpa minha. O único jeito de fazê-lo feliz, de ver a versão legal que ele mostrava para as outras pessoas, era me diminuir.

A voz dela falha.

— É difícil acreditar quando alguém diz que te ama, mas precisa conter e controlar todas as coisas que fazem você ser *você*.

Ela para de falar para colocar semaa nas cinzas.

— Então eu larguei ele. Voltei para as tendas do suor. Fiquei sóbria para as cerimônias. Parecia que o Criador estava me devolvendo o ar. Eu me reencontrei com o Art. Aí o enxerguei de verdade.

Tia Teddie fecha os olhos quando flocos de neve caem nas bochechas dela.

— Ah, e eu consegui fazer muita besteira. Eu comprava brigas com Art para ver como ele reagia quando estava com raiva. Eu falava coisas horríveis... e ia embora. Ele me perguntava por que eu fazia aquilo. — Lágrimas começam a cair. — Eu respondi que queria me preparar para quando fosse a vez dele. "Isso não é amor", ele falava. "Amor significa honrar o seu espírito. Não só o da outra pessoa, mas o seu espírito também."

Quando ela olha para mim, parece estar em paz.

— Eu encontrei meu caminho de volta para minobimaadiziwin, para a boa vida. Eu amo e sou amada. Sou fiel ao Criador e a Wiijiindiwin. — Ela aponta com o queixo para a casa dela, onde o marido e as filhas dormem. — Honre o seu espírito. Se ame.

Eu preciso me concentrar nos estudos e você precisa se concentrar em você. A gente tem que se cuidar, cada um na sua. Você ainda não percebeu? Eu não consigo cuidar de mim se estou sempre cuidando de você.

Quando Lily disse para Travis que estava tudo acabado, ele sacou uma arma. Amor não é controle. Se ele realmente a amasse, iria querer que ela tivesse uma boa vida. Mesmo que não fosse com ele. Mas ele fez o oposto do amor. Travis mirou e pensou apenas nele mesmo.

※

Quando nos afastamos do fogo e vamos em direção à casa, Tia Teddie me convida para dormir no sofá, mas decido pegar a última balsa para a cidade. Enquanto dirijo, a neve diminui.

Estaciono embaixo de um poste de luz ao chegar no embarque. Meu carro é o único aguardando. Eu me cubro com a colcha da Lily e dou uma olhada no caderno. A buzina da balsa apita para avisar que já saiu da cidade. Chegará em cinco minutos.

Abro o caderno na entrada do dia 4 de abril, sobre a pesquisa em Duck Island. Essa e as quatro páginas seguintes são anotações de quando ele encontrou o cogumelo parasita não documentado e analisou suas propriedades alucinógenas, questionando se havia alguma conexão entre esses cogumelos e a MA-X.

Eu arranco as cinco páginas para que não haja provas de que ele chegou a um beco sem saída. Qualquer um que ler o caderno vai presumir que os esforços de Tio David foram incompletos, em vez de malsucedidos.

Os jovens Nish de Minnesota não tiveram uma alucinação coletiva. Eles viram os Pequeninos avisando para não mexer com medicina ruim.

Enquanto o FBI estiver procurando cogumelos alucinógenos, eles vão deixar nossos outros tipos de medicina em paz.

Pego os pedaços das páginas arrancadas que ficaram na espiral do caderno e os fósforos que Lily guardava no porta-luvas. Toda evidência dessa parte da pesquisa do Tio David é queimada sobre uma pedra na beira da estrada. Ela queima rapidamente, e estou de volta ao jipe a tempo de o taifeiro sinalizar para seguir em frente.

A última viagem da balsa de hoje é exclusivamente minha. Saio do carro no meio da travessia e solto um pouco de semaa por cima do balaústre do barco. Ela carrega minha oração de gratidão. *Miigwetch por confiar em mim com as informações sobre os cogumelos. E chi miigwetch pela responsabilidade de proteger meu povo ao não compartilhar essas informações com o FBI.*

Porque acho que sei o que Travis fez para criar a metanfetamina-X.

CAPÍTULO 37

Depois que Lily terminou com Travis nas férias de fim de ano, ele continuou tentando voltar com ela. Mandou entregar uma pizza em formato de coração durante uma aula de literatura. Escreveu o nome dela com tinta spray na neve do lado de fora da sala. Ficou em pé no estacionamento da escola depois da aula com uma caixa de som acima da cabeça, tocando a música oficial deles, como se ele fosse John Cusack no filme *Digam o que quiserem*.

Algumas das tentativas até davam certo, e a Saga Lily e Travis ganhava um novo episódio. Mas sempre chegava ao fim, como nas temporadas anteriores.

Travis já não era mais o palhaço da turma. A beleza dele foi sumindo, junto com seu peso. Mesmo quando ele estava definhando, algumas garotas diziam para Lily como era romântico o que ele fazia nas demonstrações de *Vamos nos dar outra chance*.

Ela e eu nos perguntamos como seria no Dia dos Namorados. Travis estava se preparando para algo que, tudo indicava, seria épico. Já tinha rolado entrega de vários buquês de flores. O armário da escola já tinha ficado lotado com o doce favorito dela. Numa vez que nevou o dia inteiro, o jipe da Lily era o único carro no estacionamento que não estava coberto de neve. Eu percebia que ela ficava cada vez mais tentada a voltar com Travis a cada gesto romântico.

O Dia dos Namorados caiu num sábado. A gente achou que ele faria alguma coisa na sexta-feira, porque já não era mais bem-vindo na casa da Vó June. Era por isso que ele sempre fazia as coisas na escola ou nas proximidades.

Na sexta-feira, então, Travis seguiu Lily até a balsa depois de ela ter me deixado na casa de Tia Teddie para passar o fim de semana. Ele saiu correndo da caminhonete e sentou no banco do passageiro do jipe antes mesmo que minha amiga percebesse o que estava acontecendo. E então concluiu seu maior ato de romantismo: ofereceu a ela o remédio do amor. Não explicou onde ou como conseguiu. Só disse que eles podiam combinar de tomar juntos, no Dia dos Namorados.

Lily saiu do jipe. Deixou ele lá e subiu as escadas da balsa até a pequena sala de espera. Ela me ligou e pediu para eu ir buscá-la. Quando a gente se encontrou, Lily me contou o que aconteceu. Ela estava com o coração partido.

Algumas semanas depois, eu estava no carro da minha mãe e vi Travis em um posto de gasolina na reserva. Fiquei arrasada. Ele estava com uma aparência horrível, completamente absorto em seu vício.

A essa altura, Travis Flint já havia criado a MA-X e sido o primeiro usuário.

Na noite em que matou Lily, Travis disse que os Pequeninos estavam com raiva dele. *Eu só queria que ela me amasse de novo.*

De alguma forma, Travis descobriu o remédio do amor. O tipo de medicina ruim sobre a qual minha tia me alertou.

Quando Lily se recusou a experimentar o remédio, Travis deve ter colocado na fórmula dos cristais, que ele chamava de biscoitos. O que ele achava que era um remédio do amor era na verdade o oposto. Amor de verdade honra o seu espírito. Se você precisa de um remédio para criá-lo ou mantê-lo, isso é controle e posse. Não amor.

Algumas semanas depois, em uma reserva em Minnesota, um grupo de jovens experimentou os cristais enquanto estavam na floresta. Todos eles ficaram doentes. Não apaixonados por uma garota que nunca conheceram, mas infectados pelo desejo incontrolável por mais MA.

Eu posso fazer a minha parte para proteger nossas medicinas, ao mesmo tempo que sei que há mais gente fazendo o que pode para preservar e proteger nossos vários tipos de ensinamentos sobre elas.

Na volta, eu paro na casa de Jamie e Ron de novo. Dessa vez, coloco o caderno na abertura do correio na porta da frente.

Ao andar para meu jipe, meus passos ficam mais leves. Sinto como se tivesse tirado um peso imenso dos ombros. Compartilhei apenas o que Ron e Jamie precisam saber.

Na manhã seguinte, apresso minha rotina matinal, visto a roupa de treino e saio correndo porta afora. O sol nasce a cada dia um ou dois minutos mais tarde do que no dia anterior. Mesmo na escuridão, vejo uma figura conhecida se alongando ao lado do meu jipe.

— Feliz aniversário, Daunis! — grita Jamie.

Talvez ele não consiga ver, mas abro um dos meus maiores sorrisos, incapaz de conter a empolgação. Fico feliz que as primeiras palavras que trocamos não sejam sobre a investigação. Hoje é um dia especial demais.

Minha oração de hoje é por zaagidiwin. Amor é o primeiro dos ensinamentos que recebemos ainda quando bebês — antes mesmo de nascer, quando os novos espíritos estão viajando e nossos corpos se formando sob o ritmo do coração da nossa mãe. O amor dos nossos pais, família e do Criador estão conosco quando respiramos pela primeira vez neste mundo.

Eu me pergunto o que meu pai pensou e sentiu quando me segurou nos braços pela primeira vez. Mamãe disse que Tia Teddie entrou em contato duas semanas depois de termos voltado de Montreal. Ela perguntou se podia dar uma carona para mim e minha mãe para Sugar Island. Minha família Firekeeper queria me conhecer. Meu pai queria me pegar no colo.

Depois do nosso aquecimento, Jamie e eu corremos até o parque Sherman. O ritmo revigorante faz com que seja uma corrida silenciosa. Quando chegamos ao parque, Jamie para em vez de dar a volta, como sempre fazemos.

— Preciso mijar — diz ele, andando até a árvore mais próxima.

Alongo as pernas e observo o outro lado do rio. Admiro como o sol nascendo atrás de mim ilumina o horizonte canadense.

— Ron não vai ao jogo hoje — comenta Jamie, chegando por trás de mim. — Ele vai para Marquette entregar o caderno como evidência e analisar o conteúdo com outro agente.

Assinto, mas não digo nada. A investigação continua. O FBI tem o trabalho dele e eu tenho o meu. A verdade sobre a metanfetamina-X era uma parte da investigação. Ainda preciso descobrir quem está distribuindo a droga e quem assumiu a produção depois que Travis morreu.

— O que você vai fazer hoje para comemorar seu aniversário? — pergunta ele, mudando de assunto.

— Correr, EverCare, aula, almoçar com Vó June e passar a tarde com minha mãe antes do jogo.

— Posso te levar para jantar depois do jogo? Para comemorar?

— Seria ótimo — digo.

— Você não me disse qual é a cor do seu vestido. Eu queria comprar um *corsage* para você, assim como a mãe do Mike fez para a Macy.

— É vermelho, mas não curto essas coisas, acho meio estranhas. Não se preocupa com isso. — Eu decido focar no que realmente tem me preocupado. — Por que você achou que eu estava sendo esperta ontem à noite?

— Você estava interrogando o interrogador — responde Jamie. — Conseguindo informações sem dar nada de importante em troca. E tinha todo o lance da sua linguagem corporal.

Aparentemente, minha tentativa de manter o rosto neutro ontem falhou.

— O que você percebeu? — pergunto, ao mesmo tempo ansiosa e hesitante para ouvir a análise dele.

— Que você é uma pessoa intensa. Que ama profundamente. Que tem momentos de raiva e tristeza. Consegue ser engraçada. Até boba, às vezes. — Eu ouço um sorriso na voz dele.

Depois de alguns passos, ele continua a falar:

— Ontem à noite, Ron estava contando para você detalhes sobre a investigação que matou o seu tio. E você estava calma, Daunis. Você perguntou o que aconteceu com os jovens Nish de Minnesota, e quando Ron não tinha uma resposta para dar, você não ficou irritada como quando me perguntou em Marquette. Você se importa bastante com eles e o que aconteceu depois que tiveram aquela alucinação. A única vez em que você reagiu foi quando se lembrou dos telefones descartáveis.

Será que eu consigo ser menos discreta? Devo ser a mais indiscreta das espiãs.

— Você está agindo por conta própria — continua Jamie. — Escondendo coisas.

— Eu não...

— Era um caderno de cento e cinquenta folhas com apenas cento e quarenta e cinco páginas.

Merda. Acabou.

— O Ron sabe?

— Eu contei as páginas quando ele estava no banho. — Jamie olha para mim. — Acho que vão perceber em breve. Provavelmente hoje.

Eu não respondo até chegarmos à minha casa para fazer os alongamentos.

— Jamie, você confia em mim quando digo que o que escondi não era para ser visto pelo FBI?

Ele responde com uma pergunta:

— Você confia em mim?

Jamie me deixa pensando se ambas as perguntas têm a mesma resposta: *Não sei, e o risco é alto demais para qualquer tipo de incerteza.*

CAPÍTULO 38

Já é fim de tarde quando chego em Chimakwa com minha bolsa de equipamentos pendurada no ombro bom. Assim que entro no vestiário feminino, um cheiro inesperadamente forte me faz lembrar todas as boas jogadas que já fiz. A mistura de produtos de limpeza com fedor de suor é poderosa.

— Feliz aniversário para mim — sussurro antes de praticamente saltitar até meu antigo armário.

Uma olhada para o armário de Robin ao lado do meu acaba com qualquer sorriso. Eu já imaginava que hoje seria uma montanha-russa de sentimentos. Jogar hóquei mais uma vez... mas pelo pior motivo possível.

Meu celular vibra quando estou vestindo meu uniforme.

TIA TEDDIE: Ainda não sei se consigo te ver jogando. Eu entendo o motivo, mas é irresponsável.

Sinto um nó na garganta. Ela nunca deixou de ver nenhum jogo meu.

— Você ainda sabe jogar? Já faz tempo.

Macy está amarrando os patins pretos decorados com flores feitas com tinta acrílica.

— Uhum. Titulares têm boa memória — retruco.

Só um pequeno lembrete de quem começava o jogo no gelo para quem assistia do banco.

Assim que ficamos prontas, Macy e eu deixamos o vestiário juntas. As arquibancadas estão se enchendo de gente que quer assistir ao aquecimento. Nós entramos na pista lado a lado e imediatamente batemos nossos tacos para todas as kwezanwag que se sentem mais vivas quando seus patins de hóquei tocam o gelo.

※

Na hora do jogo, meu corpo sente o delicioso nervosismo antes da batalha. O aperto no estômago, o tremor nas pernas... Dá vontade de vomitar. É a adrenalina. Estar no gelo é música para os meus ouvidos, comida para minha fome. O treinador Bobby me escala como defensora esquerda, e é como uma segunda pele. Eu respiro, me transformo, e tudo que não for uma fera tenaz some.

Vou para o centro do rinque, espero o juiz soltar o disco, para que Levi e meu colega de equipe briguem por ele. Levi vai mirar o disco em Stormy, que está à minha direita. Às vezes eles funcionam como uma entidade, como se meu irmão controlasse quatro pernas e quatro braços. Levi é o hospedeiro e Stormy faz o que ele quer sem vontade própria.

No momento em que sinto que meu corpo vai explodir com tanta adrenalina, o juiz solta o disco, e algo mágico, mas familiar, acontece. O tempo desacelera por um instante, o suficiente para a calma tomar conta de mim. Observo o disco cair, em câmera lenta, e mal encostar no gelo antes dos reflexos super-humanos de Levi reagirem e o taco dele mandar o disco para Stormy. Eu intercepto e passo para Quinton, meu colega de equipe do ensino médio, que o leva para a rede dos Supes.

O tempo acelera, e agora eu sou o Exterminador do Futuro. Superconcentrada, consigo processar num piscar de olhos as ações para bolar um contra-ataque estratégico e uma agressividade determinante que force os oponentes a recuarem.

Meu time logo encontra seu ritmo, defendendo o disco e montando jogadas. Nós sabemos que Quinton fica a meio caminho da rede, pronto para o passe. Ganhamos o campeonato estadual dois anos atrás e chegamos até as quartas de final na última primavera. Somos fluentes em jogar como um só.

Os Supes, individualmente, são jogadores melhores. Mas eles ainda não se consolidaram como time. Ou, como meu irmão diria, eles ainda não estão lendo um ao outro. Levi fica irritado e xinga um colega de equipe por não ter a mesma mentalidade que Stormy e Mike. Apesar de os dois serem novatos no time, eles jogam com Levi há dez anos.

No último tempo, levo um empurrão de Stormy no quadril e continuo em frente. *Enforcer* nenhum vai me atrapalhar. Checo minha retaguarda e roubo o disco. Macy, que entrou há alguns minutos, está esperando nas laterais. Já fizemos essa dança antes. Stormy corre até mim de novo, mas eu passo o disco por trás para Macy, que passa para Quinton. Ela corre para a rede, onde, três segundos depois, recebe o disco de volta e lança. O braço de Mike parece feito de elástico e se estica até o canto superior para bloquear o lance do Macy.

Droga. Foi quase.

Stormy se choca contra mim. Eu sou jogada contra o muro e as placas de acrílico, onde quico e caio em cima do ombro. Eu gemo.

N'Daunis, bazigonjisen!

Rapidamente me levanto e movimento o ombro esquerdo para avaliar a dor. Arde.

Não. Não. Não. Talvez eu só precise relaxar o nervo.

O treinador Bobby me manda para o banco. Meu substituto e eu damos um soquinho com a mão direita quando nos cruzamos. Eu me sento e giro o ombro em círculos. Dói demais.

Um minuto depois, Macy volta para o banco e se senta ao meu lado.

— Stormy acertou você em cheio — diz ela.

— Pois é — respondo, com a dor ainda irradiando do meu ombro esquerdo. Mantenho os olhos no disco e resisto à tentação de olhar para qualquer outro lugar. Se minha tia estiver aqui, tenho certeza de que ela está me encarando de onde quer que esteja. Balanço as pernas, com medo do inevitável.

— O seu namorado joga bem — diz Macy.

Eu demoro alguns segundos para perceber que ela está falando de Jamie.

— Pois é. Para ser sincera, eu mal prestei atenção nele.

Ela ri.

— Nossa, que namorada prestativa!

— Ele que se dane. Não é do meu time.

— Vale tudo no amor e no hóquei?

— Fora do gelo, ele é meu. No gelo, ele é deles — respondo, apontando com o queixo para Levi.

A parte sobre Jamie não estar no meu time... Talvez não seja mais verdade.

Você confia em mim? A voz dele ecoa na minha cabeça.

Eu assisto ao rapaz que me substituiu estragar toda a defesa. O Substituto de Merda era um ano mais velho que Robin, então nunca jogou contra Levi.

Meu irmão encontra todas as oportunidades e falhas. O único jeito de vencê-lo é ficar do lado dele e montar uma estratégia com o seu melhor contra-ataque se ele baixar a guarda.

Se eu decifrei o Substituto de Merda em dois minutos, com certeza Levi já fez o mesmo.

— Me coloca de volta! — grito para o treinador Bobby, ficando de pé para pular o muro.

— Senta e cala a boca, Fontaine! — responde ele.

Resmungo e fico quieta, eu e minha raiva.

Macy ri.

— Você só tem um braço bom para jogar. Vai fazer o quê?

Ela imita um pinguim, deixando os braços colados no corpo e batendo como nadadeiras.

O Substituto de Merda deixa uma abertura para Levi passar, receber um passe do Jamie e atirar para o gol. O barulho da sirene do gol dos Supes confirma a mira do meu irmão.

— Eu teria me chocado contra o Levi. Levado uma falta e me sacrificado pelo bem maior! — grito para Macy.

Nós perdemos, mas por pouco. Mesmo que meu time tenha jogado melhor, não conseguíamos marcar em cima de Mike. Observo meu irmão na fila de cumprimentos pós-jogo e fica óbvio: ele está furioso. Levi sabe que os Supes levaram uma surra.

O rosto de Jamie se ilumina quando nos encontramos na fila. O frio em minha barriga aumenta quando nos tocamos.

Você confia em mim?

No vestiário, confiro se Tia Teddie não está esperando para me dar uma bronca. Quando vejo que a barra está limpa, mando uma mensagem para meu médico. Então tiro a camisa com cuidado e gemo de dor.

— Quer que chame o treinador? — oferece Macy enquanto me ajuda a tirar o equipamento.

— Não, já pedi para o dr. B me encontrar no hospital depois de eu tomar banho.

— É, boa ideia essa do banho. Você está fedendo.

Ela aperta o nariz como se estivéssemos presas num banheiro químico no meio do verão de Sugar Island.

— Vai à merda — digo, brincando, e ando em direção aos chuveiros.

— Vai você — responde ela, me seguindo.

— Vai você que eu tô cansada.

Eu ligo o chuveiro e me lavo com uma das mãos, deixando o braço esquerdo colado no corpo.

— Abusada... — Macy ri.

Ela sempre tenta ter a última palavra.

— Sou mesmo — retruco, deixando que nossa troca de farpas me distraia da dor.

Eu me enxugo devagar e me visto. Quando tento fechar o zíper da calça, Macy solta um suspiro cansado e me ajuda.

Assim que a gente chega ao saguão, a multidão comemora. O grito me traz lembranças, era desse jeito nos jogos da escola. Eu tinha esquecido como esse momento é incrível: o apoio da comunidade.

O hóquei une a minha comunidade. Indígena e não indígena. Todas as idades. Todos os bairros. Aqui em Chimakwa, um centro comunitário financiado pelo Povo Ojibwe de Sugar Island, todos se uniram para apoiar nossos times. Eu só espero que eles lembrem que hoje jogamos por Robin Bailey.

Com a bolsa no ombro bom e minha jaqueta por cima, como um cobertor, abro caminho no meio da multidão. Jamie está a poucos metros de distância com alguns dos meninos. Quando toco o braço dele, ele me olha, chocado.

— Que foi?

Dou uma olhada para checar se vesti meu moletom ao contrário.

— Eu achei que você jogava bem — sussurra Jamie em meio ao caos. — Mas, Daunis, você é incrível.

Não sei o que fazer com o elogio dele. Dou de ombros e gemo de dor.

Ele pega minha bolsa antes que eu diga qualquer coisa.

— Tudo bem?

— Ah, levei uma pancada — respondo, fingindo não ser nada demais.

— Olha ela aí. — Mike nos interrompe. — Dauny Defesa!

— A gente acabou com vocês — diz Stormy.

— Não foi o que eu vi — rebato, ignorando-o.

— Está tudo bem — afirma Levi, dando um empurrão em Jamie forte o suficiente para minha bolsa escorregar do ombro dele. — O objetivo aqui era aprender a jogar como um time unido.

O objetivo era fazer alguma coisa pela Robin. Lanço um olhar ameaçador para Levi, que ajuda Jamie com minha bolsa. Como ele pode ver isso como só mais um jogo? Levi levou Robin para o Shagala no penúltimo ano dela.

Nenhum cara devia provocar esse tipo de reação em você. Não importa quem ele seja ou o quanto todo mundo adora ele. Ou o quanto você quer ficar com ele.

Ouço as palavras de Robin na minha cabeça. Ela estava falando do Levi? Ele tem fama de pegar e largar. Ou, como os meninos dizem, *comer e correr*.

— Por que você está me olhando assim? — pergunta Levi. — Lascou o ombro quando o Stormy te empurrou? — Ele se vira para Jamie. — Ela tem um ombro ruim. Sempre sai do lugar.

— Sério? Há quanto tempo isso? — questiona Jamie para Levi, olhando para mim.

Os pais do Mike se juntam a nós. Evito fazer contato visual com Pode-Me-Chamar-De-Grant; não o via desde o ônibus na volta de Green Bay.

— Feliz aniversário, Daunis — diz a sra. Edwards. — Como foi jogar para os Demônios Azuis mais uma vez?

— Maravilhoso — respondo.

É bom demonstrar meus sentimentos verdadeiros. Hoje, a Esquilo Secreta está de folga.

— Um baita aniversário — diz Pode-Me-Chamar-De-Grant. — Jogo de hóquei e se tornar membro registrado do povo.

Fico boquiaberta. Ele coloca o dedo em frente os lábios do mesmo jeito que fez na porta do quarto do hotel.

Shhh. Seu segredo está a salvo comigo, Daunis Fontaine.

Ele continua a falar:

— Você não sabia? O Conselho se reuniu hoje porque o Cacique Manitou e outros membros vão viajar para Washington na segunda que vem.

— Uhul! — grita Levi, me dando um abraço e me girando no ar.

Mantenho os dois braços colados no corpo, do mesmo jeito que Macy fez ao imitar um pinguim agora há pouco.

Sinto como se estivesse em uma centrífuga. Quando Levi para, fico enjoada — e só em parte por causa dos rodopios. O outro motivo é por Pode-Me-Chamar-De-Grant estar tão interessado na agenda do Conselho do Povo.

Meu coração fica mais leve quando as gêmeas me chamam do outro lado do saguão. Elas estão sentadas nos ombros de Tia Teddie e Art. Pauline está mastigando uma mecha do rabo de cavalo. Mamãe está com eles. Olho para o rosto de Tia Teddie, procurando por um sinal de que ela está chateada comigo, mas só vejo um sorriso.

Aceno com o braço bom e vou até eles. Jamie fica ao meu lado.

— Por favor, não comenta sobre o meu ombro — sussurro para ele antes de nos juntarmos à minha família.

Seguro a mão de Jamie, com ele parado do meu lado esquerdo. Assim não vou precisar mexer muito o ombro machucado. As gêmeas, agora saltitando no chão, ganham abraços laterais que dou com o braço direito. Mamãe me beija e diz no meu ouvido como está orgulhosa de mim.

— Feliz aniversário para o mais novo membro do nosso povo!

A voz de Tia Teddie falha quando ela vem me abraçar. Eu disfarço a dor e finjo que Pode-Me-Chamar-De-Grant não estragou esse momento especial.

— Ah, tia, isso significa tanto para mim! Miigwetch pela ajuda!

Mamãe enxuga as lágrimas de felicidade. Sei que ela sempre quis isso para mim.

— Jamie quer me levar para jantar — anuncio.

— Tenho que mimar um pouco a aniversariante — diz ele.

Mamãe dá um longo abraço em Jamie, e sei que é de coração. Jamie ri das piadas de Art e acena com a cabeça quando Tia Teddie diz alguma coisa que não consigo ouvir. As gêmeas querem fazer um "bate aqui" no ar ao mesmo tempo com ele. Jamie as encoraja a sincronizar os pulos para alcançarem os braços esticados dele. Ele ri quando as duas acabam se batendo de propósito e, depois, quando finalmente conseguem.

Nossos olhos se encontram. Os dele estão brilhando de alegria junto a um sorriso estontante que faz a cicatriz em seu rosto se mexer. Parece que estamos em sintonia. Estamos aqui com todo mundo e, ao mesmo tempo, em um lugar só nosso.

Nesse lugar, James Brian Johnson tem dezoito anos e espera conseguir uma bolsa na Universidade do Michigan, ou na Michigan Tech. E qualquer faculdade com um ótimo curso de medicina para mim. Nós fazemos planos de morar nos dormitórios no primeiro ano e depois procurar um lugar fora do campus. O calendário de jogos de hóquei dele se encaixa perfeitamente à minha vida, porque preciso voltar para casa para visitar minha mãe. Ele se junta a mim para oferecer semaa toda manhã, agradecendo por todo dia ser um presente.

É um belo sonho.

A pessoa é fluente quando sonha no idioma. Eu presumi que Seeney estivesse falando de sonhar enquanto dorme. Não pensei sobre os sonhos que surgem no meio do dia.

Uma única lágrima desliza por meu rosto.

Ele não tem dezoito; tem vinte e dois.

Ele tem outro nome. Um passado. Uma vida além desse trabalho.

Tento imaginar um lugar onde poderíamos ficar juntos no Depois da investigação. Mas esse sonho, baseado na nossa realidade, é turvo e distante demais.

Andamos até o jipe. Ele coloca minhas coisas no banco de trás.

— Onde você quer jantar? — pergunta.

Com meu braço bom, toco os cachos úmidos dele. Meus dedos contornam a cicatriz e param na artéria carótida. Cada pulsação é uma confirmação de que Jamie é real. Ele está aqui comigo no Agora do Novo Novo Normal.

Eu beijo o pescoço dele. Cada batida do coração se mexe sob meus lábios. Inspiro profundamente e seguro o ar como se pudesse mantê-lo aqui comigo. Sinto o cheiro do sabonete e do seu aroma natural encherem meu pulmão.

Você confia em mim?

— Jamie, você pode me levar até o hospital?

A enfermeira me diz para vestir a camisola e avisa que o dr. Bonasera já vem me atender. Ela orienta Jamie a amarrar minha camisola nas costas e deixar meu ombro nu.

Assim que a porta se fecha, eu me viro de costas para ele e tento tirar meu moletom largo, puxando o braço saudável pela manga. Jamie levanta o moletom por cima da minha cabeça. Ele joga meu cabelo por cima do ombro direito, deixando minhas costas nuas.

Nem tentei vestir um sutiã depois do banho. Eu teria que pedir a ajuda de Macy, então foi mais fácil ficar sem. Ele beija meu ombro tão de leve que mal parece que me tocou.

Por trás de mim, Jamie segura a camisola na minha frente, passa seus braços por cima dos meus ombros, e eu enfio o braço bom pelo buraco. Ele passa a camisola por cima do meu ombro dolorido com cuidado e a amarra.

— Você está com cheiro de morango — diz ele, cheirando a lateral da minha cabeça.

Alguém bate na porta, e logo em seguida dr. B entra.

Ao ver Jamie, o médico o cumprimenta com um aperto de mãos. Ele se apresenta como meu namorado. Digo para Jamie que a esposa do dr. Bonasera é a enfermeira-chefe do EverCare.

— Ok, Daunis, vamos ver o que temos aqui — diz dr. B com um tom de voz tranquilo.

Eu me tensiono toda quando ele toca meu ombro. Está dolorido, mas já esteve pior.

— Não está deslocado — afirma ele, para o meu alívio —, mas foi uma bela pancada.

— Então nada de tipoia. Só pegar leve? — digo, prescrevendo meu próprio tratamento.

— Espera aí. Não tão rápido, Daunis — dispara o dr. B.

Ele pega uma caneta do bolso do jaleco e pressiona a ponta na parte superior do meu braço.

— A gente precisa mesmo fazer isso agora? — pergunto, me concentrando nas mãos em meu colo.

— Ele não sabe?

— Não sei o quê? — pergunta Jamie, assustado.

Continuo fascinada pela artéria ulnar passando pelas costas da minha mão, um rio azul quase imperceptível sob a pele.

— Você não contou para o seu namorado? — A voz do dr. B é calma, mas com um tom de decepção.

Quero lembrar ao dr. B do sigilo médico, mas, quando olho para ele, seus olhos gentis estão cheios de preocupação. Dou de ombros apenas com um ombro e me decido.

— Ele pode ver — digo.

Encaro Jamie enquanto dr. B desliza a caneta pelo meu braço. Eu só sei o que ele está fazendo porque estou acostumada com a avaliação sensorial. Apenas quando a caneta está logo acima do meu cotovelo que eu digo.

— Bem aí.

Eu explico para Jamie.

— É nesse ponto que eu sinto a caneta tocar minha pele. Tudo acima disso é dormente.

CAPÍTULO 39

O dr. Bonasera puxa uma minitrena do bolso da calça. Ele mede a distância até o osso do meu cotovelo e anota no prontuário.

— Você teve muita sorte hoje, mocinha. Toda vez que machuca esse ombro, corre o risco de lesionar ainda mais o nervo. — Dr. B olha para Jamie. — Uma complicação da cirurgia que ela fez no verão passado para tratar a instabilidade crônica do ombro.

No verão antes do último ano no ensino médio, enquanto todo mundo achava que eu estava no acampamento Marie Curie da Michigan Tech, eu estava em Ann Arbor com minha tia. A cirurgia devia ter consertado o meu ombro. Eu não queria arriscar ter ferimentos no meu último ano no time de hóquei da escola. A gente tinha a chance de ser bicampeão estadual. A Universidade de Michigan queria que eu fizesse parte do time feminino de hóquei. Tia Teddie pagou pela cirurgia para que não aparecesse no extrato do plano de saúde da minha mãe e usou uma procuração que minha mãe tinha assinado anos antes.

O cirurgião explicou os riscos, mas eu tinha certeza de que a cirurgia iria resolver o problema. Eu era a filha de Levi Firekeeper. Hóquei estava no meu sangue.

— É sério? — Jamie olha para mim. — E por que você jogou hoje?

Ele parece bravo.

Eu me sinto como uma formiga, pequena e indefesa.

— Meu time só perdeu porque Levi conseguiu passar por aquele substituto de merda — digo.

Dr. B olha por cima dos óculos para mim e depois fala para Jamie.
— Ela é demais, né?
— É, sim — diz Jamie, apertando a ponte do nariz.

De volta ao jipe, Jamie pergunta onde eu gostaria de jantar.
— Que tal a gente pegar uns hambúrgueres no drive-in? — sugiro.
Ele ri.
— Eu estava esperando algo mais... comemorativo?
— Você já comeu o hambúrguer com bacon e queijo deles?
Depois que a gente pega a comida e meu milk-shake de morango de aniversário, dou as coordenadas para Jamie ir reto pelo campo de golfe e seguir o rio.
— Vira aqui — peço, depois de alguns quilômetros.
— É uma trilha no meio da floresta — comenta ele.
— Eu sei. Pode seguir por ela. — Um galho arranha o teto do jipe. — Minha tia e Art quase compraram esse pedaço de terra em vez da casa deles na ilha. Ainda está à venda.
— Uau — diz Jamie quando a estrada acaba em uma clareira que mostra Sugar Island do outro lado do rio.
— Viu? É mais bonito ainda durante o dia. — Entrego o saco de hambúrgueres para Jamie, o chá gelado dele e meu milk-shake. Pego os cobertores de Lily no porta-malas, feliz por ter conseguido tirar o cheiro de quando os usei para levar o lixo com MA. — Vem. Jantar e festa.
A gente passa por uma lareira de pedra e uma chaminé caindo aos pedaços, tudo o que restou da casa que ficava aqui. No fim do terreno, estico os cobertores na grama perto das barreiras de metal que separam onde estamos da pseudopraia do outro lado. Ainda tirando o peso da minha asa quebrada, eu me sento na colcha. Tiro os sapatos e me sento de pernas cruzadas. Assim como fiz no dia da tempestade, quando nos sentamos juntos na garagem, eu me cubro com metade do cobertor e deixo a outra metade para Jamie. O cheiro me lembra uma fogueira. Ele se senta ao meu lado, e nós abrimos o saco com o meu jantar de aniversário.
— O primeiro gole de um milk-shake de morango é o melhor — afirmo, oferecendo o copo de isopor branco para Jamie. Ele dá um gole.
— Você tem razão — responde Jamie, e se aproxima para me beijar.
É tão repentino que os lábios dele encontram meu sorriso.

Meu jantar de aniversário continua, alternando entre beijos e mordidas nos hambúrgueres de bacon e queijo, e um milk-shake de morango compartilhado, enquanto ouvimos o barulho das ondas quebrando.

A vários metros de distância, um navio cargueiro passa silenciosamente.

— É hora da festa — falo. — Sabe quando os patos deixam uma ondulação em V quando nadam na lagoa? Navios fazem a mesma coisa. É a Onda Kelvin. Em alguns minutos, as ondas daquele cargueiro lá longe vão chegar aqui na praia.

— Bom, então vamos aproveitar esse tempo — diz ele.

Esse beijo é urgente, nossas línguas se encontram e se afastam. Quando Jamie beija meu pescoço, eu olho para as estrelas. Levanto o braço bom para segurar os cachos dele nas mãos.

— Daunis, posso fazer isso em você? No seu cabelo? — pergunta ele, ainda beijando meu pescoço.

Jamie se lembra das regras que a gente definiu no carro a caminho da casa do treinador Bobby.

Passar a mão no meu cabelo era algo que TJ fazia, e eu não achei que iria suportar ter esse tipo de intimidade de novo com alguém. Ainda mais com alguém que está fingindo.

Jamie está perguntando com sinceridade.

— Pode — respondo, olhando para as estrelas.

Fico de joelhos e me sento sobre os calcanhares. Frente a frente com Jamie. Ele faz o mesmo. O cobertor desliza de nós na mesma hora que as ondas começam a ficar mais fortes.

Jamie beija de leve minha boca enquanto suas mãos passam pelas minhas têmporas. O beijo dele fica mais urgente à medida que os dedos se enroscam no meu cabelo.

Movo minha mão esquerda para testar o ombro machucado. Está sensível, mas não dolorido. Apoio a mesma mão no peito de Jamie, e meu braço bom fica ao redor dele. Coloco a mão por baixo do casaco e da camiseta dele para sentir os músculos de suas costas.

As ondas ficam mais intensas, fortes o suficiente para chegarem até a barreira. O mar parece sincronizado com os beijos cada vez mais intensos de Jamie enquanto ele acaricia meu cabelo desde o topo da cabeça até o meio das minhas costas.

Quando as ondas se acalmam, eu o afasto, empurrando seu peito.

— Deita, por favor — peço.

Ele obedece e se estica para me abraçar. Eu me deito na dobra do braço dele e puxo o cobertor até nossos ombros. Nós olhamos para as estrelas.

— Você perdeu as Ondas Kelvin.

— Valeu a pena — diz Jamie, me abraçando mais forte.

A gente ri.

— Posso te perguntar uma coisa, Daunis?

A voz dele é gentil, mas não tem mais o tom de brincadeira.

Sinto uma coisa estranha: medo da pergunta e ao mesmo tempo vontade de me abrir. Talvez eu esteja tão acostumada a me fechar que essa é minha primeira reação.

Eu faço que sim.

— Por que arriscar piorar sua lesão para jogar hoje?

Espero minha primeira reação — dizer ao Jamie que não é da conta dele — passar. Essa pausa me permite ir a fundo e realmente pensar sobre a pergunta dele, assim como pensar sobre o que quero compartilhar.

— O gelo é onde me sinto mais próxima do meu pai — confesso, começando pelo mais óbvio. — Finjo que ele está me assistindo. Tem alguma coisa no cheiro do rinque, no taco em minhas mãos... Como se abrisse um portal de memórias, acho.

Ficamos em silêncio, vendo as luzes intermitentes de um avião cruzarem o céu. Eu gosto do fato de Jamie não ter pressa para preencher o silêncio, me permitindo pensar sobre o que dizer em seguida.

— A cirurgia devia ter resolvido o problema, mas metade do meu braço ficou dormente. Era uma área pequena, mas eu continuei jogando. Aí me machuquei de novo durante a temporada regular e de novo nos play-offs. A cada vez, a sensação de dormência ia descendo mais.

Eu me sento e olho para Jamie.

— Você tem ideia de como foi difícil abrir mão de uma coisa que eu amava tanto? De como faz sentido eu me deixar levar pela tentação, só hoje, para imaginar meu pai torcendo por mim?

Passo o dedo pela cicatriz dele. Jamie faz o mesmo em meu rosto, como se eu tivesse uma cicatriz no mesmo lugar.

— Eu quero ficar com você — declaro.

— Eu também quero você — responde ele. — Mas a gente precisa pensar bem sobre isso. Estamos no meio dessa situação toda e não sabemos como vai terminar.

O comentário dele me dá um choque de realidade. É doloroso lembrar que, embora ele pareça se encaixar tão bem no meu mundo, não pode ficar aqui.

Já fui abandonada antes, mas sempre foi uma surpresa. Eu achei que iria doer menos se eu soubesse o que iria acontecer, mas agora percebi que saber não diminui a dor, só a antecipa.

Hoje eu gostaria de poder escolher a ignorância.

— Será que só hoje a gente pode não pensar nisso? — sugiro. — Só eu e você no olho do furacão. Amanhã a gente volta para a tempestade. Mas hoje à noite somos só nós dois.

As estrelas nunca vão brilhar tanto quanto os olhos desse garoto.

Já passo os detalhes importantes.

— Sem ISTs, e eu uso diu. Mas você ainda vai ter que usar camisinha.

— Também não tenho ISTs — responde Jamie. — Mas vamos ter que passar numa farmácia.

Eu beijo a bochecha dele.

— Tem um pacote de camisinhas no porta-luvas, cortesia da Lily.

— Eu gostava muito dela, Daunis. Ela era uma ótima amiga para você.

Ele me beija de volta.

Eu assinto.

— A melhor.

Ele corre até o jipe e logo em seguida está de volta. É necessário um alto nível de atletismo para lidar com a logística de tirar as roupas e se manter sob o cobertor. A gente ri toda vez que o cobertor sobre nós escapa e o vento gelado toca nossa pele. Eu mantenho meus lábios nos dele, mesmo quando estamos rindo.

Jamie coloca as mãos quentes por baixo do meu moletom. Sinto um arrepio com o toque dos polegares se mexendo em sincronia.

Ele olha para mim.

— Tem certeza, Daunis? Podemos parar a qualquer momento.

— Eu sei — respondo. — Eu quero.

Eu me mexo e encontro o ângulo perfeito. Nada mais importa além de nós dois.

Quando Jamie geme, eu tapo sua boca. Ele ri de leve e beija suavemente meus dedos. Jamie tenta me manter parada, mas fico me mexendo até soltar um gemido e, pela primeira vez, o Novo Novo Normal faz todo o sentido do mundo.

— Eu te amo — sussurra ele.

Não. Não. Não. Por favor. Isso não.

Eu saio do meio dos cobertores, tentando respirar o ar gelado enquanto visto minha calça e tento subir o zíper. Calço meu tamanco de volta.

Jamie também se levanta num pulo. Ele faz o mesmo que eu e veste a calça preta. A camisa de botão marrom está aberta. Sombras dançando em seu peito e abdômen; a respiração rápida dele só faz com que os músculos se sobressaiam mais.

— Daunis, o que foi? O que aconteceu?

Eu me curvo, como se tivesse levado um soco no estômago. Inspiro com força antes de ficar em pé e gritar:

— Você estragou tudo!

— Espera... Você está chateada porque eu disse que amo você?

Meu nariz fica quente, e sinto um nó na garganta.

— Dizer que te amo é o mesmo que estragar tudo? — repete Jamie.

Quando ele fala desse jeito, parece que eu que estou errada.

— Eu sei tudo sobre as Mentiras de Homens — digo, ficando frente a frente. — Tudo bem. Podemos fingir que nunca aconteceu.

Junto os cobertores e ando rápido em direção ao jipe.

Jamie está respirando fundo como se estivesse tentando se acalmar, e então vem atrás de mim.

— Mentiras de Homens... É assim que você chama... — A voz dele fica mais alta. — Aquele policial da reserva mentiu para você?

— Cala a boca. Isso não tem nada a ver com ele.

Eu me sento no banco do passageiro e ligo o aquecedor.

— Quem mais mentiu pra você? — pergunta ele, dando a volta até o banco do motorista.

— Todo mundo.

Estou pescando com meu pai. O lugar favorito dele no lago Duck. Meus pés balançando dentro da água.

Um sanguessuga preso no meu mindinho do pé. Meu pai joga sal para que se solte. Finge comer o bicho.

Nós rimos. Meu pai e eu. O rosto dele muda quando ele olha para o outro lado do lago.

— Então eu estou mentindo quando digo que te amo?

Jamie balança a cabeça, como se tivesse pena de mim. A pena dele me irrita.

— Você é o maior mentiroso de todos — afirmo. Uma vozinha dentro de mim me lembra: *Isso não é verdade. Você sabe quem é o maior mentiroso.* — As suas mentiras parecem mais verdadeiras porque você não sabe o que é real. Você nem sabe quais partes são verdade e quais são coisas que você inventou para essa missão.

O único barulho que se ouve é o do motor e do aquecedor ligado.

— Daunis, não estou entendendo. — A voz dele é suave. — Por que você está me afastando assim?

— Retire o que disse — peço baixinho. — Sobre me amar.

— Por favor, me diz por quê.

— Ele me levou para pescar no lago Duck — começo. — Coloquei meus pés na água, e um sanguessuga pegou meu dedo mindinho. Tinha um saleiro na caixa de pesca. Ele jogou sal, disse que estava temperando e fingiu comer o bicho. Nós dois rimos, e então ele olhou para longe, para o pôr do sol, e ficou triste.

Quando eu repito as palavras para Jamie, não é a minha voz que escuto.

Eu preciso ir para longe, N'Daunis. Só por um tempinho. Quando eu voltar, tudo vai ser diferente. Vamos ter uma vida boa juntos. Ninde gidayan, N'Daunis.

— "Você tem meu coração, minha filha." Foi a última coisa que meu pai disse para mim.

Estou de saco cheio do tremor na minha voz, então compenso isso aumentando volume dela.

— Você não entendeu ainda, Jamie? O amor é uma promessa. E as promessas que você faz e não cumpre são as piores de todas.

CAPÍTULO 40

Ficamos em silêncio durante a volta para Chimakwa, onde Jamie tinha deixado o carro estacionado. Enquanto passo do banco do passageiro para o do motorista, ele me detém e me abraça.

— Daunis, tudo bem se você não disser, não sentir ou tiver medo. Tem a investigação e tem a gente. Eu te amo e não vou a lugar algum além do baile com você amanhã.

Fecho os olhos. Como ele tem coragem de falar que não vai a lugar algum? Sobre amanhã, tudo bem, mas ele não pode prometer nada além disso.

— Toda vez que você se sentir triste ou preocupada, aperta a minha mão. Vou apertar de volta para você não se sentir sozinha. — Ele desfaz o abraço e segura minha mão. Aperta uma vez para cada palavra. — Eu. Te. Amo.

Na noite seguinte, estou no meio da sala quando Jamie bate à porta e minha mãe o deixa entrar. Assim que me vê, o queixo dele cai. Ele fica parado — de terno preto e com o cabelo com gel penteado para trás, imóvel. O clima em casa e entre nós está ótimo, exceto pela minha mãe enxugando lágrimas que caem por vários motivos. Jamie não precisa falar nada; tudo está sendo dito por seus olhos.

Agradeço em silêncio à sra. Edwards e à alfaiate. O macacão ficou perfeito. A fita dupla-face está funcionando. O batom está no meu bolso lateral, caso eu precise retocá-lo. Os brincos de pérola e rubi de GrandMary substituem os meus brincos simples do dia a dia. As únicas instruções que não segui foram as do penteado. Quis meu cabelo natural para que pelo menos uma coisa fosse familiar quando eu me olhasse no espelho.

Mamãe ri e abraça Jamie quando, a caminho do carro, ele ainda mal consegue falar. É só quando a gente está dentro da caminhonete que ele consegue dizer alguma coisa.

— Você está incrível.

Jamie me entrega uma caixa de presente pequena.

Dentro, encontro um bracelete de miçangas com o desenho de um morango numa faixa de veludo e couro preta. Na mesma hora eu reconheço o trabalho da minha prima Eva. Ela brinca com os tons de vermelho das miçangas para que cada morango realmente pareça ser doce. É maravilhoso.

— Eu sei que a investigação pode mudar tudo num piscar de olhos, Daunis. Mas a gente pode ter algumas certezas nesse mundo. O que eu sinto por você é uma delas. E o que aconteceu ontem à noite também.

Os dedos de Jamie tocam suavemente a parte interna do meu pulso, as veias se destacando em minha pele clara, quando ele coloca o bracelete em mim. Deixo o braço esticado, admirando o presente.

Eu repasso a lembrança da noite anterior na mente. A certeza do toque dele. E o jeito como o meu coração se abriu um pouco para deixar que a confiança entrasse e ficasse ali.

Andamos pelo resort Superior Shores como se fosse um desfile e cada casal fosse um carro alegórico. A multidão vibra durante todo o percurso entre a entrada do hotel e o salão principal.

Levi e sua acompanhante estão logo na nossa frente. Stormy e seu par, logo atrás, seguidos por Mike e Macy.

As pessoas fazem "oooh" e "aaah" ao verem o caleidoscópio de trajes de gala. O vestido sem alças de Macy, uma explosão de pedras brilhantes, é um dos favoritos do público, é impressionante. As pessoas ficam boquiabertas quando veem o meu. Eu apenas rio e aceno com a mão que não está segurando firme em Jamie.

Tia Teddie e as gêmeas nos chamam, então todos os quatro casais saem do desfile. Quando seguimos até elas, ficamos atrás de um par andando bem devagar. Jamie aperta minha mão duas vezes e me guia ao contornar o obstáculo.

— Bem, já sei que apertar três vezes significa "eu te amo". Então duas vezes quer dizer para andar rápido? — brinco.

Ele aperta um tempão e para.

Dou risada quando ele me puxa para um beijo. Então aperta minha mão duas vezes e continua andando.

Nós posamos para fotos na grande escadaria que leva até o segundo andar onde acontecem as conferências. Os degraus decorados com um carpete floral vibrante e um corrimão de mogno polido compõem um ótimo cenário. Tia Teddie dirige a sessão de fotos como se a gente estivesse num episódio de *America's Next Top Model*. Eu me concentro nos rostos empolgados de Perry e Pauline.

— É a última, eu prometo. Agora uma com Daunis e os meninos — diz Tia Teddie, finalmente.

As gêmeas seguram as mãos de Jamie, então ele pede para não aparecer na foto para ficar rodopiando as duas.

— Vamos, Popô! — exclama Levi.

Meu irmão parece estar dentro de um sonho, em pé na escada, olhando para as pessoas na multidão. Sua família, amigos, time, cidade. Ele está radiante.

— Faz uma pose de super-herói, Tia Daunis! — grita Perry.

— É! — concorda Jamie, levantando Pauline como se ela fosse a bailarina principal de *O lago dos cisnes*.

Coloco as mãos na cintura e tento não rir ao olhar para a câmera. Levi, Stormy e Mike fingem estar morrendo de medo aos meus pés. Mais uma vez, Jamie olha para mim com deslumbramento e respeito.

Quando estamos todos sentados no salão, as comemorações começam. Pode-Me-Chamar-De-Grant dá as boas-vindas a todos no Shagala 2004. Cacique Manitou oferece uma benção em anishinaabemowin. Macy solta um *lee-lee* para o pai.

O treinador Alberts apresenta o meu irmão e elogia o espírito de liderança dele como capitão do time, e então chama Levi para fazer o discurso de abertura. Ele para e me abraça antes de subir ao palco.

— Estou tão orgulhosa de você — sussurro. — Eu e o pai. Eu sei que ele está aqui hoje.

Todo mundo comenta como Levi está lindo de terno quando ele passa, um deus do hóquei que faz todos sorrirem ao ir até o pódio. Ele começa pedindo desculpas ao ancestrais se falar alguma das nossas palavras Ojibwe errado. Meu irmão se apresenta em anishinaabemowin, e então traduz o que disse. Quando Levi segue com o discurso, ergo uma sobrancelha. A voz que eu escuto não é a dele.

Meu irmão usa um tom exagerado, faz pausas dramáticas. Quanto mais ele fala, mais eu o vejo se colocar no papel de *"Eu não sou nada mais do que um modesto garoto indígena"*. Uma senhora Zhaaganaash está enxugando as lágrimas porque está comovida com as palavras do meu irmão, que fala sobre o quanto o hóquei significa para ele. Quando Levi diz ser uma esperança para o povo, eu literalmente sinto um calafrio. A única coisa faltando é uma flauta tocando ao fundo e uma águia pousar no ombro dele.

Levi está parecendo com certas lideranças que montam todo um espetáculo alegando serem Tradicionais, com T maiúsculo. Elas julgam outros num piscar de olhos, mas armam um escândalo quando alguém aponta suas falhas.

Levi termina de falar, e o público brada em admiração. Ele cumprimenta várias pessoas e os Supes enquanto volta para seu lugar.

Ele sorri para mim.

— E aí, mandei bem?

— Hum... Foi meio... falso. Como se você estivesse montando um espetáculo para os Zhaaganaash.

Levi ri, como se minha reação fosse o entretenimento da noite.

— Estou só dando o que as pessoas querem ver.

Ele começa a comer a salada que está na mesa.

— Nossa. E quem é você para julgar? — Macy ri do outro lado da mesa. — Você virou membro por causa de um voto.

A raiva e a vergonha me invadem. O teste de paternidade, os vinte e seis depoimentos de Anciãos e todos os outros documentos não foram suficientes para alguns membros do conselho. Eles ainda quiseram deixar claro que, para eles, eu sempre vou ser estrangeira.

O superpoder de Macy é fazer comentários sarcásticos e provocações incômodas. Algumas Nish kwewag têm a habilidade de demonstrar que não estão rindo *com* você, mas com certeza *de* você. Me irrita quando Macy Manitou consegue fazer exatamente isso.

Levi balança o guardanapo como se pedisse uma trégua.

— Qual é, Macy? É o que irmãos fazem. — Ele abre um sorriso caloroso para mim. — Eles falam a verdade. Dauny está mandando a real. Além disso, está na hora do presente de aniversário dela.

Levi coloca uma caixa de sapatos embrulhada em cima da mesa.

Meu coração dispara. Ele deve ter encontrado o cachecol.

Abro o embrulho, retiro de dentro as camadas de papel de seda branco e vejo... que não é o cachecol. É uma gargantilha masculina com miçangas feitas de ossos, sólidas e inestimáveis.

Encaro Levi, a pergunta silenciosa no ar. Ele ri e balança a cabeça.

— É a gargantilha da roupa de dança do pai. Encontrei quando estava procurando o cachecol. — Levi olha para o pedaço de bolo na frente dele. — Desculpa não ter encontrado, mas eu queria que você ficasse com isso.

Não falo nada, ou vou começar a chorar. Meu pai usou isso. Ele usou isso quando dançava.

Quando abraço meu irmão, ele sussurra no meu ouvido:

— Deixei uma surpresa para você em casa.

Minha voz treme quando respondo:

— Chi miigwetch.

Depois do jantar, Pode-Me-Chamar-De-Grant e a sra. Edwards se revezam para apresentar os jogadores e suas acompanhantes. Começam com Levi, o capitão do time, e sua acompanhante indo para a pista de dança. Depois os jogadores são chamados pela ordem que entraram no time. Demora um tempinho para eles chegarem nos Supes novatos.

— De Rockville, Maryland, Jamie Johnson e nossa querida Daunis Fontaine.

Começam os aplausos e gritos com meu nome e vários apelidos.

Seguro a mão de Jamie, que me leva até o lugar ao lado de Levi e sua acompanhante. Ele aperta minha mão três vezes. Minha respiração acelera, e sinto um frio na barriga. Não estou pronta para apertar a mão dele de volta, mas estou pronta para aproveitar a noite.

Quando a música começa, coloco meus braços ao redor da cintura dele e fico admirando o lindo bracelete que ele me deu. Nós dançamos uma música lenta.

Jamie cheira meu cabelo e suspira, contente. Fico feliz por não ter usado nenhum dos produtos que teriam mascarado o cheiro do meu xampu de morango.

— Chi miigwetch, Ojiishiingwe — digo para ele, e apenas ele, ouvir.

Ele ergue uma sobrancelha.

— Ojiishiingwe — repito. — Significa "Ele tem uma cicatriz no rosto".

— Oh-JEE-sheeng-weh — pronuncia Jamie, devagar. Ele repete até o nome sair naturalmente. E então diz: — Miigwetch… Você tem um nome indígena?

— Um nome espiritual, sim.

Ele espera que eu diga qual é.

Eu entreguei demais de mim para homens que não me mereciam, Tia Teddie me disse.

Jamie e eu estamos bem. Temos muito o que aprender um sobre o outro. Não sei nem o nome verdadeiro dele, e até eu saber isso — e muitas outras coisas — acho que me sinto confortável com o que já compartilhei até agora. E mais nada.

— Ainda não, Ojiishiingwe — respondo. — Depois que isso passar. Outro dia.

— Amanhã é outro dia — brinca Jamie.

Nós dois sorrimos.

A música seguinte é cheia de energia e traz uma multidão de pessoas para a pista de dança. Os dançarinos fazem duas filas, os casais ficam um de frente para o outro, com espaço suficiente entre eles para que o casal da ponta dance enquanto passa pelo corredor. Olho para Jamie enquanto evitamos ser o primeiro casal. Estou curiosa para saber se ele vai ser tão bom quanto imagino.

Levi está ao meu lado. Quando chega a vez dele de dançar, ele tenta me puxar como par.

Puxo meu braço de volta e dou risada.

— Qual é? Dança com o seu par, seu sem noção.

Ele ri e se aproxima da menina, que está esperando por ele com um sorriso no rosto.

Levi faz alguns passos das antigas, como o Electric Slide e O Corredor. Vó June tinha razão: Levi é o dançarino da família.

Quando chega nossa vez, encontro com Jamie no começo da fila.

— Desde já peço desculpas — falo. — E cuidado com meu ombro.

— Deixa comigo — diz ele, dando uma piscadinha.

Jamie me gira, e todo mundo comemora. Atrás de mim, ele segura meu braço machucado junto ao meu corpo, o cotovelo dobrado e sua mão na minha sobre minha barriga. Ele estica o outro braço, firme, e me guia pelo corredor. Jamie dança do mesmo jeito que patina, com uma facilidade imensa para demonstrar habilidade e graciosidade.

Na vez em que Levi imitou Jamie no alto-mar, era uma imitação exagerada de Patrick Swayze. Os movimentos de Jamie são delicados como lâminas de patins recém-afiadas deslizando no gelo. Ele me rodopia, sempre tomando cuidado com meu braço machucado. Terminamos com uma onda de gritos e aplausos.

Fomos incríveis. Tudo graças ao Jamie.

Mike e Macy foram os próximos, os movimentos robóticos dele contrastam com os rebolar de dança do ventre dela. Os pais de Macy vêm em seguida, e todo mundo pira quando o Cacique Manitou e sua esposa fazem uma variação da Dança de Dois Passos de um pow wow.

Então TJ dança com Olivia Huang. Ela se formou no ano depois de mim e antes de TJ. Ele tem movimentos surpreendentemente leves para um homem tão grande. TJ sorri para ela enquanto passam pelo corredor. A testa dele brilha, e suor escorre pelas têmporas.

Não sinto meu estômago revirar. É uma sensação de *"eu conhecia essa pessoa, agora não conheço mais"*.

Jamie e eu sorrimos um para o outro. Ele gesticula para irmos nos sentar.

— Tudo bem? — pergunta ele.

— Aham. — Dou um beijo na bochecha dele. — E vou ficar ainda melhor depois de ir ao banheiro.

A fila do banheiro mais próximo está enorme, então subo a escadaria floral para usar um dos banheiros das salas de conferência. No meio do caminho, Ron me chama.

Espero por ele no topo da escada.

— A gente precisa conversar. Agora — diz ele.

Não deve ser coisa boa.

Encontramos uma sala de reunião vazia ao lado de uma festinha particular bem barulhenta. Não quero ficar tão perto dele, mas a gente não pode deixar ninguém ouvir essa conversa que com certeza vai ser bem desconfortável.

— O que aconteceu ontem à noite?

Ele espera a minha resposta, sem pressa para preencher o silêncio.

— Como assim?

— Não me enrola. E não responde a minha pergunta com outra. O que aconteceu ontem à noite?

Não vou morder a isca. Não é da conta...

— E antes de dizer que não é da minha conta, lembre-se de que tudo que ele faz é, sim, da minha conta.

— Você sabia que ia ter o jogo ontem. Bem, eu machuquei o ombro, e Jamie me levou ao hospital para o meu médico checar se eu estava bem. E agora aqui estamos.

— "Aqui estamos." Fazendo o quê, exatamente? Eu vi vocês dois na pista de dança. O que foi aquilo?

Fico em silêncio.

— Ele te contou como conseguiu aquela cicatriz? — pergunta Ron. — Na primeira missão disfarçado? Uma operação antidrogas que deu errado e alguém decidiu cortar ele. Se o reforço não tivesse chegado a tempo, teriam feito um estrago bem maior.

Em choque, tento conectar o que Ron está contando com o dançarino me esperando no andar de baixo. O que mais o Jamie está escondendo de mim?

— E agora esse rolo com a informante. Isso pode atrapalhar toda a investigação.

— Não é só um rolo — afirmo. — Jamie e eu conseguimos fazer parte da investigação e ter uma relação que não está muito bem definida ainda.

Ron balança a cabeça, frustrado, acho. Mas o que mais ele pode fazer a respeito?

— Daunis, você entende que ele não é Jamie Johnson de verdade, né? Ele é um agente disposto a fazer qualquer coisa para compensar o erro que cometeu na sua primeira missão disfarçado. Inclusive usar você.

— Como assim?

— Foi o Jamie quem sugeriu que ele deveria se aproximar de você.

Encaro meu reflexo no espelho do banheiro feminino, as palavras de Ron ainda ecoando na minha cabeça.

Foi Jamie que teve a ideia de se envolver comigo? Como isso pode ser verdade e ontem à noite também ser verdade?

Meu celular apita, e me sinto grata por sair do transe.

###-###-####: É o TJ. Lado de fora do banheiro. Vou entrar.

Quase não tenho tempo de entrar numa das cabines quando a porta se abre.

— Daunis?

Meu nome parece estranho e impessoal vindo do TJ.

Suspiro.

— O que foi?

Ele checa as outras cabines para ter certeza de que estou sozinha. Os pés imensos dele ficam plantados em frente à minha, que está trancada.

— O cara com quem você está não presta.

Uau. Parece que ninguém gosta muito do Jamie.

— Volta pra sua namorada — falo, cansada.

— Eu vou. Isso não é ciúmes. Você seguiu em frente, eu também. É que ele não presta mesmo.

— Como você sabe? — Minha voz sai monótona.

TJ fica em silêncio. Então inspira fundo e solta o ar de uma vez.

— Se ele é o mais novo melhor amigo do seu irmão, ele não presta.

Chega. Eu abro a porta com força e o encaro.

— Como você se atreve a dizer isso? Você é a última pessoa que pode julgar alguém aqui.

— Eu imaginei que uma hora teríamos que falar sobre isso — diz ele. — Escuta: terminei com você porque Levi e os amigos dele me ameaçaram.

— Isso não faz o menor sentido. Você estava no último ano. O maior cara da escola. Eles eram o quê, calouros? Mike estava no nono ano ainda.

— Eles disseram que iam dar um jeito de acabar comigo.

— Ah, qual é? Só porque a gente começou a namorar? — retruco.

— Porque nós começamos a transar.

— Isso é loucura.

— Eu disse para o Levi não encher o saco. Ele ficou puto porque eu não tinha medo dele. De um jeito assustador. Ele falou que ia chamar uma galera para me pegar, que ia cortar meu tendão de Aquiles e acabar com a minha carreira no hóquei.

Se você ousar olhar para ela de novo, nunca mais vai jogar hóquei na vida.

Minha cabeça parece estar boiando numa piscina. Empurro TJ para o lado e ando cambaleante até a pia. O banheiro tem uma cesta de toalhas de algodão em vez de papéis toalha. Molho uma delas com água fria e passo no rosto.

TJ continua:

— Eu fui falar com a Polícia da Reserva. O policial disse que eu ia precisar de sorte para fazer alguém acreditar em mim em vez de no Menino de Ouro.

Ele tenta fixar o olhar no meu reflexo.

— Eu sou muitas coisas — diz ele. — A pior é ser um covarde por ter terminado com você sem dizer nada. Mas eu não sou mentiroso.

Eu procuro por todo o espelho, mas não consigo achar o rosto dele.

— Você está errado, TJ.

— Eu não estou errado sobre o seu irmão. E eu precisava te avisar sobre esse cara com quem você está se envolvendo e do que o seu irmão é capaz. Achei que você merecia saber, que gostaria de saber. — TJ balança a cabeça. — Mas parece que eu estava errado sobre outra pessoa... Você.

Ao sair do banheiro, paro ao lado de um alto-falante tocando música eletrônica para recuperar o fôlego. Fico aliviada com a batida forte, que abafa o que ouvi no banheiro.

A música termina, e alguém aparece ao meu lado.

— Ahhh. Daunis Fontaine.

Vovó Pearl sempre diz que coisas ruins vêm em três. Eu me preparo.

— Aquela foi uma pancada feia, hein? — diz Pode-Me-Chamar-De-Grant. — Como está o ombro hoje?

— Bem melhor — respondo.

— Ah, que ótimo. — Ele parece aliviado demais. — Me avise se precisar de alguma coisa para ajudar com isso.

— Obrigada, estou bem. — falo, mantendo o rosto impassível.

— Ótimo. — A voz dele fica mais grave. — Tenho um vídeo muito interessante no meu quarto. Vem comigo, vou te mostrar.

Estou prestes a mandar esse velho tarado à merda quando ele continua:

— Da câmera de segurança do meu escritório em casa.

Congelo quando Pode-Me-Chamar-De-Grant abre um sorriso.

— Que curiosa que você é, Daunis Fontaine.

CAPÍTULO 41

A caminho do hotel, olho para trás. Pode-Me-Chamar-De-Grant está a dez passos, cumprimentando alguém. Minhas pernas tremem. Eu sou uma formiga na calçada; o olhar dele é uma lupa me queimando.

Pense numa explicação plausível, Daunis. Você também é uma boa mentirosa. Julga todos os homens que já mentiram para você, mas nunca se olhou no espelho.

Pode-Me-Chamar-De-Grant me ultrapassa no ponto em que o centro de conferências se conecta ao hotel. Eu o sigo quando ele entra em um corredor menor. Outra curva até chegar ao elevador de serviço. Sinto meu estômago revirar quando percebo que ele desviou dos elevadores principais para que ninguém nos veja juntos.

Ele aperta o botão, e as portas se abrem. Ele indica com a mão para eu entrar primeiro, um sorriso simpático no rosto. Normal. O mesmo que usa com outros pais.

Eu bufo e entro.

Você consegue. Ele gosta de conversar. Deixe que ele fale o que sabe. Se perceber algum indício de que ele sabe da investigação, você precisa avisar a Ron e Jamie.

Jamie. Ele nunca falou que a ideia de inventar esse namoro falso veio dele.

Você confia em mim?

Sinto o lugar onde ele beijou meu ombro machucado no hospital ficar quente. Uma memória tátil. Ontem à noite, ficar com ele.

Ding.
O elevador abre as portas no último andar. Quando elas se fecharam?
Pare de pensar no Jamie. Foco. Seja como Gaagaagi, um corvo que resolve problemas.

Tenho uma ideia ao andar até a suíte Ogimaa, onde os Edwards fazem anualmente a festa pós-Shagala. Ela fica mais concreta a cada passo. Porque tem um pingo de verdade.

Você estava no escritório para tirar fotos porque era uma chance de ver os móveis do Vô Lorenzo. Mamãe se refugiava da boutique de GrandMary no escritório do pai no andar de cima, onde ele escondia tesouros nas estantes, livros para ela, Tio David e para você.

Talvez ele até deixe você comprar os móveis de volta. Porque quando alguém que você ama morre, você encontra paz em coisas que te conectam às lembranças que você tem.

Ao entrar no quarto, eu pisco, surpresa. Não é uma suíte. É um quarto comum.

— Por que...

Eu aterrisso de barriga para baixo na cama, a pergunta presa na minha garganta.

Grant. Ele me empurrou. Sinto o peso de alguém sobre mim, mas dessa vez não é Jamie. Não há ninguém soltando bombinhas por perto.

Isso não pode estar acontecendo.

— Por que você é tão curiosa, Daunis Fontaine? — A respiração dele está quente no meu pescoço. — Eu te conto o que quiser. Só precisa pedir com jeitinho.

Meus braços e pernas se mexem enquanto tento me virar, tentando agarrar ou arranhá-lo. Sem conseguir tirá-lo de cima de mim, grito de desespero, mas o som é abafado pela colcha da cama.

— Vocês, meninas do hóquei, são meu ponto fraco.

Meninas do hóquei. Ele mexeu com a Robin também? Era dele que ela estava falando?

Canalizo minha raiva fulminante e luto com mais força. Tento apoiar meus cotovelos e joelhos para me virar, mas não consigo me livrar de Grant. Estou imobilizada.

— Toda essa energia e habilidade. Coragem, curvas... — diz ele.

A mão dele alcança o zíper nas minhas costas. Eu congelo. Ele continua.

Isso não deveria estar acontecendo.

Os lençóis estão limpos. Tem cheiro de amaciante. Lavanda.

Um minuto depois, eu assisto do alto do quarto. O que ele faz com ela.

※

Sozinha no elevador, eu observo as paredes espelhadas. A garota no reflexo está respirando rápido. Ela penteia o cabelo com os dedos trêmulos. Pisca sem parar.

Pisca.

Pisca.

Pisca.

Pisca.

Ding.

Quando as portas do elevador se abrem, o cabelo dela não parece mais um ninho de esquilo.

Viu? Não aconteceu nada.

※

Volto para o salão, a música fica mais alta. Jamie está sentado na mesa com Stormy e o par entediado dele. O Shagala está bombando.

— Cacete — diz Stormy. — Nunca pensei que você fosse dessas meninas que demoram uma vida no banheiro.

Ignorando-o, abro meu maior sorriso para o meu par.

— Vamos dançar.

Somos tão díspares. Jamie dança tão bem. Uma mistura de Baryshnikov e Denzel em um termo preto e sapatos formais. Jamie Johnson, dançarino e ator.

Não pense sobre aquilo, Daunis. Nada aconteceu. Só dance.

Então eu danço.

Há uma pausa estranha quando a música termina e o DJ começa a tocar a próxima. Assim que o som de um tambor troveja pelos alto-falantes, o salão se enche de gritos e *lee-lees*.

Eu rio com a expressão de choque de Jamie com o caos que se instala. Todo Nish corre para a pista de dança para uma música honorária. A maioria dos Zhaaganaash sai correndo; alguns deles parecem assustados. Eu rio ainda mais.

Com as mãos na cintura, fico no lugar e me balanço pelos calcanhares no ritmo dos tambores. É o mais próximo de uma dança que posso fazer enquanto ainda estou de luto.

Jamie fica nas laterais, assistindo à minha parte favorita do Shagala, como se ele nunca tivesse visto algo tão incrível.

Stormy dança ao meu lado. Eu sempre esqueço que ele é um Dançarino do Lobo, assim como o pai. A regalia deles inclui a cabeça de um lobo com uma faixa de couro, como se fosse uma capa e capuz. Ele se inclina para a frente com os cotovelos dobrados como se segurasse um leque de penas em uma das mãos e uma machadinha na outra. Balançando a cabeça de um lado para o outro, Stormy ergue a mão que segura a machadinha na direção da mesa mais próxima. Um homem Zhaaganaash olha com atenção e depois imita o movimento para os amigos e faz um grito de guerra.

As pessoas naquela mesa não entendem que a dança do Stormy é uma homenagem a Ma'iingan. O Lobo é parte do Clã do Urso. Eles são nossos protetores e curandeiros.

Eu pego o presente de Levi no meu bolso antes que os tambores de honra da música toquem. Quando eles começam, ergo a gargantilha do meu pai e agradeço. Eu uso a mão esquerda e seguro o presente o mais alto que posso. Sinto meu ombro gritar de dor. Quando abaixo o braço, os espasmos se alastram pelo meu corpo inteiro.

Levi vem até mim, seus passos de hip-hop sincronizados com a batida dos tambores. Quando nossos olhares se cruzam, eu beijo a gargantilha e a levanto mais uma vez para o Criador. O sorriso do meu irmão brilha mais forte do que nunca.

Eu sou a kwe mais sortuda do mundo por ter um irmão assim.

Depois de uma música rápida, o DJ nos dá um descanso tocando uma mais lenta. Um violão toca devagar. Keith Urban canta sobre criar lembranças.

Jamie beija meu ombro. Eu me afasto.

— Ainda está dolorido?

Os olhos castanhos dele estão cheios de preocupação.

— Não, não é isso... — Eu desvio o olhar. Pego a gargantilha do meu bolso e a estendo para Jamie. — Pode me ajudar a colocar?

Ele levanta meu cabelo e o deixa cair por cima de um ombro só. Minhas mãos estão sobre as alças da blusa, para ele não tentar beijar aquele lugar de novo. Os dedos de Jamie tocam minha nuca quando ele prende as hastes de couro, e eu me controlo para não me retrair.

Nós dançamos em silêncio, minha cabeça apoiada em seu ombro. Ele não me vê piscando até não ver mais Pode-Me-Chamar-De-Grant.

Funciona.

Tenho seis anos. Uma kwezan feliz, usando o vestido que GrandMary escolheu para mim. Meu pai me levanta para meus pés ficarem em cima dos pés dele e nossos passos serem um só. Eu olho para cima, preocupada, lembrando que as pernas dele doem mais quando está chovendo, como hoje. Ele sorri. Cheio de amor.

Gizaagi'in, N'Daunis.

Eu digo para Jamie que quero ir embora.

— Tem certeza? Levi falou que tinha uma festa depois daqui.

— Não! — exclamo, antes de conseguir me controlar. — Desculpa, eu estou exausta. O cansaço bateu.

Nós saímos de mãos dadas. Ele aperta minha mão três vezes.

Passamos por Macy saindo do banheiro feminino, linda e cansada de tanto dançar. Eu solto a mão de Jamie, corro até Macy e a empurro de volta para o banheiro. Ela afasta minhas mãos.

— Que porra é essa? — grita ela.

Eu rosno no ouvido dela:

— *Nunca* fique a sós com Grant Edwards.

Jamie e eu continuamos andando em silêncio, falando apenas com algumas pessoas ao redor. Dou uma gorjeta e agradeço à moça da chapelaria que me entrega o xale de lã da minha mãe. Jamie faz o mesmo com o valet que traz a caminhonete. Só depois que saímos do resort Jamie fala comigo.

— O que foi aquilo com a Macy?

— Nada.

Meu xale disfarça a força com que estou me apertando.

— Parecia que você ia bater ou beijar ela — diz ele casualmente.

Eu movo apenas um ombro.

— Só tinha que falar uma coisa urgente para ela.

— Está tudo bem, Daunis? Você parecia bem na pista de dança. — Ele olha para mim. — Mas parece que a Macy te deu uma espécie de gatilho.

— Jamie, eu disse que foi um dia cansativo.

Não preciso fingir estar exausta.

Ele segue o rio até chegar à cidade. Eu me concentro no navio cargueiro entrando nas Eclusas Soo.

Vocês, meninas do hóquei, são meu ponto fraco.

Um tremor desce pela minha coluna.

Grant Edwards abusou de Robin. Robin era viciada em analgésicos, mas morreu de overdose de metanfetamina.

A voz trêmula do sr. Bailey. *A gente estava tentando mandá-la para uma clínica de reabilitação, não para a faculdade.*

O comentário de Grant Edwards sobre o meu machucado no ombro. *Me avise se precisar de alguma coisa para ajudar com isso.*

A rota que Jamie faz para casa passa pela faculdade.

Você devia contar as coisas para a gente, não esperar que a gente faça as perguntas, Jamie disse.

— Estacione atrás do centro acadêmico — digo, antes que possa mudar de ideia. — Quero conversar.

Jamie me encara, mas dirige pelo estacionamento vazio com vista para a Ponte Internacional. Se ele acelerasse, a caminhonete poderia passar pelo meio fio e sair voando.

Você confia em mim?

Ah, como eu queria, Ojiishiingwe.

Eu imagino como vai acontecer.

EU: Grant Edwards talvez esteja envolvido com a venda de MA. Com certeza ele tem alguma coisa a ver com o vício da Robin.

JAMIE: Como você sabe?

EU: Ele me perguntou sobre meu ombro hoje. Disse que podia ajudar se eu precisasse de alguma coisa.

JAMIE: Isso não é evidência suficiente.

EU: Bom, que tal isso aqui como evidência: Grant Edwards abusou sexualmente de mim hoje à noite no quarto de hotel dele. Ele me segurou e, quando terminou, apertou meu ombro machucado. Disse que podia fazer a dor sumir. Quando não respondi, ele riu e disse que eu iria atrás dele pedindo mais... assim como a Robin. Isso é o suficiente para o FBI ir atrás dele?

JAMIE: O que fez você ir para um quarto de hotel com o pai do Mike? Como pôde fazer algo tão idiota? Você deveria ser inteligente, mas só vejo um monte de conhecimento teórico e nem um pingo de prática. Por que não gritou por ajuda? Como você simplesmente desistiu de reagir?

Que curioso. A voz de Jamie brigando comigo é igualzinha à minha.

Nós andamos até a beirada. Eu paro, tremendo e tonta, enquanto a coragem que tenho desce ladeira abaixo. Longe do meu alcance.

Eu não posso contar para ele.

Me lembro do que Ron disse. *Daunis, você entende que ele não é Jamie Johnson de verdade, né?*

Eu me viro para ele.

— Qual o seu nome verdadeiro?

Assustado, Jamie se recompõe antes de responder.

— Eu quero muito te falar, mas não vou.

Ele olha para a Ponte Internacional por um bom tempo. Provavelmente contando as luzes nos arcos duplos do lado dos Estados Unidos para ganhar tempo.

— Daunis, se der alguma coisa errado na investigação, é mais seguro para você saber o mínimo possível sobre mim. Quando a gente descobrir quem está no comando do cartel de drogas, se eles acharem que você tem uma informação útil... você estaria em perigo. Contar essas coisas pode te prejudicar.

Sou eu que fico em choque agora. Eu o encaro com uma fúria que faz meu sangue ferver. Quando eu falo, minha voz sai fria:

— Porque informantes correm o risco de se machucar. Ou morrer. Não é?

— Daunis, o que está acontecendo?

— Quando você entrou nessa investigação, você leu todo o material. Ficou sabendo de tudo, né?

— É... — confirma ele, com cuidado. Sabe que tem alguma pegadinha nessa conversa.

— Então você sabia que um informante, meu tio, morreu em circunstâncias suspeitas. — Eu considero a expressão séria dele como um sim. — E você me estudou. Leu o meu projeto da feira de ciências. Sabia que eu tinha um pai indígena e uma mãe branca. Que a gente teria isso em comum.

Jamie dá um passo em minha direção e tenta me abraçar.

Eu levanto a mão para afastá-lo.

— Quem sugeriu que um agente deveria se aproximar de mim? De quem foi a ideia de recrutar uma pessoa sofrendo o luto por um monte de gente como informante?

Vejo surpresa e culpa tomarem conta de Jamie. Espero vê-lo apertar o dorso do nariz, mas ele só me encara. Sustento o olhar dele como se fosse um jogo. Ele pisca primeiro.

— O que você precisa entender é que... — começa ele, chegando mais perto.

Meu punho se choca com o nariz dele. O estalo de seu nariz e a voz de Stormy invadem minha mente. *Mire para além da cabeça. A força está toda na intenção.*

— Que merda é essa? — grita Jamie, levantando as mãos para proteger o nariz depois que o soco já foi dado.

Minha garota! Ouço a voz grave do meu pai como se ele estivesse do meu lado. O orgulho sobrepõe a raiva por um instante. Levi Joseph Firekeeper era mais do que um deus do hóquei; ele era o melhor *enforcer* deste lado da ponte.

— Isso é por ter tido essa ideia! — grito.

Eu corro até ele e levanto o punho de novo.

— E isso é por botar em prática, mesmo sabendo que eu poderia me machucar. Mesmo depois de ter me conhecido.

Eu erro quando ele desvia para longe do meu punho.

Sem nada para segurar o meu impulso, tropeço e caio de cara no chão. Em vez do cheiro da grama, sinto cheiro de lavanda. Apavorada, eu me viro de barriga para cima. Meus braços e pernas se movem no ar. Todos os chutes e socos que não consegui dar antes.

Ron sai correndo do carro. Logo em seguida, está agachado ao meu lado.

— Você está bem?

Ele me ajuda a levantar.

Meus pulmões doem com o esforço de respirar tão forte o ar gelado de outubro.

Ron olha para Jamie.

— Que merda é essa que está acontecendo aqui?

Jamie fica parado, em choque.

— Ron, alguma coisa acon... — Jamie começa a falar, alarmado.

— Você já era — interrompe Ron. — Você vai ser removido desse caso. Vai ter sorte se alguém te deixar ser um guarda de trânsito.

Jamie não deve ter ouvido o parceiro literalmente demiti-lo, porque ainda está olhando para mim.

— O que aconteceu com você, Daunis? — A voz dele treme.

Eu quero muito contar... mas não vou.

Ron me leva de volta para o carro. Abre a porta do passageiro.

Olho por cima do ombro. Jamie está a três metros de distância. Os braços ao lado do corpo. O nariz ensanguentado pinga na camisa branca. Ainda esperando uma resposta.

E eu dou.

— O que aconteceu comigo, Jamie? Você.

CAPÍTULO 42

Ron presume que estou tremendo por causa do frio. Ele pega um cobertor do porta-malas e enrola em mim, depois me ajuda a entrar no carro antes de prender o meu cinto de segurança.

Ele acelera.

— Eu te levo para onde você quiser — diz. — Para a sua casa? Para Sugar Island? Para a casa de June Chippeway?

— Casa — digo, sem hesitar.

Dessa vez, não tem outro lugar onde gostaria de estar.

— Se você puder me contar, eu gostaria de saber o que aconteceu entre você e Jamie hoje à noite — pede Ron, virando na minha rua.

Minha mãe deixou a luz da porta da frente acesa.

Permaneço dentro do carro. Sentada ali com ele. Parece tão familiar. Reconfortante, até. Como na vez em que o treinador Bobby me trazia para casa depois dos jogos de fora da cidade. Eu quase espero que minha mãe venha até aqui.

Por que estou chateada com Jamie, mas não com o agente sênior Ron, por me colocar em perigo, uma coisa hipotética que se tornou real hoje?

Ron sempre esteve focado na investigação. Ele é legal comigo. Eu sou uma informante prestativa. Mas quando a investigação terminar, Ron Johnson vai acordar no dia seguinte e abrir o dossiê do próximo caso. A bússola profissional dele sempre aponta para o norte; ao perceber um problema, ele recalibra os ponteiros para não sair da rota.

Jamie fez com que eu acreditasse que era mais importante para ele do que esse trabalho.

Existe uma história sobre o Primeiro Homem, aquele que recebeu o nome de Anishinaabe. Ele estava em uma jornada para encontrar seus pais e irmão gêmeo, mas se distraiu com uma bela canção vinda do Leste.

Talvez Ron tenha percebido isso, o motivo pelo qual Jamie não serve para trabalhar disfarçado. Ele não sabe recalibrar.

— Eu confrontei o Jamie sobre o lance do nosso namoro de mentira ter sido ideia dele e... talvez eu tenha quebrado o nariz dele. Eu errei o segundo soco, e foi aí que você apareceu — explico. — Foi uma luta unilateral.

Ron demora um minuto para organizar as ideias.

— Ele teve duas missões. A primeira deixou aquela cicatriz na cara dele. Agora, um nariz quebrado. O rosto dele é literalmente um mapa de decisões erradas. — Balançando a cabeça devagar, ele continua: — É melhor ele trocar de carreira antes que fique parecendo o Quasímodo.

Eu me surpreendo quando começo a rir e acabo soltando um ronco ao tentar me conter. Ron começa a rir também, e eu perco o controle. Nossas gargalhadas tomam conta do carro enquanto enxugo as lágrimas.

Finalmente, digo boa-noite. Ron me espera destrancar a porta da frente e acenar para ele antes de ir embora. Eu entro, esperando ouvir minha mãe pedir uma retrospectiva do Shagala, mas a casa está em silêncio. Ela deixou um bilhete no prato em que colocamos as chaves.

Vou dormir na mansão hoje.
Espero que você e o Jamie tenham tido uma ótima noite.
Te vejo amanhã depois da missa. Te amo – Mamãe.

Ela não dorme na mansão desde o derrame de GrandMary. Por que hoje? A menos que... Minha mãe está me dando privacidade? Ela achou que eu iria convidar o Jamie para vir aqui?

Talvez minha mãe — que estava sempre saindo escondida com meu pai — esteja tentando ser compreensiva de um jeito que os pais dela nunca foram.

Eu me arrumo para dormir e me enfio debaixo das cobertas, exausta, mas não consigo relaxar. Em vez de recitar a tabela periódica, toco na gargantilha ainda em meu pescoço.

Meus dedos passam por todas as miçangas, como se fosse o terço de Grand-Mary. Não rezo a Ave-Maria ou o Pai Nosso. Digo meu nome espiritual, o nome que inicia toda oração que faço para o Criador. O nome que vou revelar apenas para alguém que seja digno de mim.

Esse dia estranho termina antes que eu chegue ao final da gargantilha.

Travis encara Lily no chão antes de se virar para mim.

"Eles estão com tanta raiva de mim", ele fala baixinho. "Os Pequeninos. Eu só queria que ela me amasse de novo. Ela é única pessoa que já me amou. Que acreditou em mim quando todo mundo me largou. Se ela tivesse experimentado, Dauny. Ela não quis. Então coloquei nos meus biscoitos. Ela não quis também. Esse era o único jeito."

Ele leva a arma até a têmpora.

Fecho meus olhos com força para fazer tudo isso sumir. As palavras que ele diz logo em seguida.

"O jeito que a cidade inteira me tratou quando eu disparei aquela arma de pressão. O caco de vidro no olho daquela moça. Arranhou a córnea dela. Mais um sacrifício para o deus do hóquei. Levi disse que ia ser eternamente grato se eu dissesse que tinha sido eu. Ele foi o único calouro jogador de hóquei que entrou no time da escola. Todo mundo amava ele. No gelo. Fora do gelo. Na reserva. Na cidade. Era para o Levi ser o melhor de todos nós. Eu aceitei. Disse para o treinador Bobby que fui eu. Lily acreditou em mim quando eu contei a verdade para ela. Ela só não queria te magoar. Ela é a melhor. Você não entende? Eu precisava levar ela comigo."

Eu abro os olhos a tempo de ver a cabeça dele caindo para o lado.

Toco minha gargantilha com uma das mãos enquanto, com a outra, abafo o choro. Eu fico nessa posição até Zaagaasikwe, como se espera, levantar o sol para começar um novo dia.

Quando a luz do sol entra no meu quarto, meus olhos vão direto para a roupa vermelha jogada na cadeira. Nunca mais quero vê-la. Resolvo me concentrar na caixa de presente em cima da mesa. Papel de presente verde metálico, um laço prateado no topo do que parece uma caixa de sapatos.

Deixei uma surpresa para você em casa.

A fala de Levi me lembra o brilho no rosto dele quando beijei a gargantilha do meu pai e a ergui durante o rufar de tambores de honra.

Meus dedos tocam meu pescoço. Cada miçanga é uma lembrança da noite de ontem. Jamie. Grant Edwards. TJ. Stormy. Macy. Ron. E... Travis.

Era para o Levi ser o melhor de todos nós.

Eu trago o presente para a cama e abro o pacote brilhante.

É um porta-retrato com uma foto de mim, Levi e nosso pai. Enquanto admiro o presente, sinto meu sorriso aumentar. Meu irmão e eu estamos sentados cada um em um joelho do nosso pai, que nos segura com os braços. Levi e eu temos quatro anos. Meu sorriso é igual ao do meu pai e o rosto de Levi é igual ao da mãe, mas a felicidade em nossos olhares é a mesma.

Levi disse que ia ser eternamente grato se eu dissesse que tinha sido eu. Todo mundo amava ele. No gelo. Fora do gelo.

Eu amo meu irmão. Mas e se ele não for o que pensei?

Visto minha roupa de corrida — calça legging, camiseta e casaco de moletom.

Minha oração matinal começa com meu nome espiritual, meu clã e de onde eu sou. Qual dos Sete Ensinamentos devo incluir?

E se eu pedir o que não devo? Como um pássaro que pede amor ao Criador mas que, de tão apaixonado pelo novo companheiro, acaba voando de encontro a uma janela e quebrando o pescoço.

Tudo tem um preço. Consequências inesperadas. Aquilo que nunca se imaginou.

Flocos de semaa saem voando da minha mão trêmula.

Minha oração termina com uma confissão: *estou com medo.*

Corro como se estivesse sendo perseguida por alguma coisa. Uma respiração quente na minha nuca.

Apenas quando paro percebo onde estou. Sugar Island, do outro lado do rio. A grama ainda contém as marcas dos pneus do jipe.

Há dois dias, eu estava feliz. Beijando Jamie. Compartilhando partes minhas com ele.

Parece que foi há uma eternidade.

Ontem, meu irmão estava vivendo um sonho. Capitão do time. Deus do hóquei. Príncipe do Shagala. O orgulho de Sault Ste. Marie e Sugar Island. TJ o chamou de Menino de Ouro.

E se as histórias horríveis sobre Levi forem verdade?

Criador, eu não aguento mais. Eu só quero ser uma menina ignorante vivendo dentro da própria bolha.

Refaço o caminho por onde vim. Diminuo o ritmo quando me aproximo de casa. Exausta e temendo o que vem pela frente.

Mamãe ainda não voltou da missa. Um banho quente deve aliviar a tensão em meu corpo. Enquanto espero a água encher a banheira, vou para meu quarto e encaro o computador.

Hoje é 3 de outubro. A moça do banco disse que os extratos mensais são enviados depois do primeiro dia do mês. Talvez eles esperem o próximo dia útil e o extrato de setembro só chegue amanhã.

Tudo que preciso fazer é olhar se recebi algum e-mail do banco. Senão, posso ficar no banho até meus dedos enrugarem antes de seguir com meu dia.

E se estiver ali? Quero que confirme a justificativa do Levi sobre investir em terras perto de Searchmont. Porque, assim como foi com Tio David, eu deixei a semente da dúvida brotar.

Prendo a respiração enquanto abro minha caixa de entrada.

Chegou na sexta-feira à tarde. Logo depois de um e-mail da sra. Bonasera com o assunto *"Leia isso para sua mãe"*. A sra. B sempre manda artigos de revistas médicas que tenham a ver com a condição de GrandMary. O meu papel é traduzi-los para mamãe.

Clico no extrato do banco.

O saldo no começo e no final de setembro é o mesmo que a moça do banco me disse: US$ 10.856,77. Mas ao longo do mês meu irmão depositou vinte mil dólares e então os transferiu para uma conta no Panamá.

A decepção toma conta de mim.

Levi está envolvido.

A água desce pelo ralo da banheira. Eu não me lembro de mudar de ideia sobre o banho.

Levi está envolvido.

Encaro o espelho no aparador. As perguntas vão se multiplicando exponencialmente na minha cabeça. Eu me prendo a uma questão para me manter firme e pergunto para meu reflexo:

— Desde quando?

Paro na casa de tijolos pintados com as venezianas anil e o conjugado acima da garagem dupla. Não há nenhum carro na entrada. Espio pela janela da garagem. Vazia. Dana Firekeeper sempre fica hospedada no resort no fim de semana do Shagala. Levi e Stormy devem estar na casa do Mike sem nenhum adulto por perto.

A entrada dos fundos da garagem está aberta. Eu entro, e Waylon rosna atrás da porta que leva para a casa. Quando chamo o nome dele, o tom muda de cão de guarda para amigo. Uma escadaria estreita na outra ponta da garagem leva para a segunda entrada, para o quarto de Levi. Trancada. Imaginei.

Vou para o quintal e olho para as janelas triplas no segundo andar da garagem. Sinto um aperto no peito. Estremeço com a sensação da pele quente ficando úmida com a manhã fria de outubro.

A chave extra ainda está debaixo do gnomo de jardim, perto do canteiro de flores ao lado da entrada dos fundos. Destranco a porta e coloco a chave de volta no lugar.

Quando entro na casa, Waylon solta um urso de pelúcia em meus pés. Jogo o brinquedo, e o pastor alemão sai correndo pelo corredor.

As fotos de escola do Levi estão penduradas ao longo da escada, começando com a mais recente, do último ano. Meu irmão vai ficando mais jovem a cada degrau. As fotos do ensino fundamental mostram um adolescente confiante e nada esquisito. O sorriso cativante dele nunca muda, mas sua expressão fica mais suave nas fotos da primeira série. No topo das escadas, ele é uma criança adorável no jardim de infância.

Waylon cutuca minha mão com o brinquedo. Arremesso o urso, que aterrissa em frente à foto mais recente de Levi. No andar de cima, há uma porta de correr que leva para a pequena varanda de ferro com vista para o quintal. O começo da escada leva ou para a casa principal ou para o apartamento na garagem. Tento abrir a porta de Levi. Também está trancada.

Respiro fundo e solto o ar num suspiro exagerado.

Alguns anos atrás, assisti ao meu irmão invadir o próprio quarto. Ele havia perdido a chave, e Dana ainda não tinha escondido a extra no jardim. Stormy, Mike, Travis e eu estávamos no quintal, olhando Levi escalar as treliças que contornam a porta dos fundos para chegar à varanda. Mike nos fez gritar "Homem-Aranha" para encorajar Levi, que pulava com facilidade para o telhado da garagem e abria uma janela. Como sempre, ele mal parecia se esforçar.

Waylon sobe a escada para ficar ao meu lado. Luto pelo urso coberto de baba e jogo de novo para onde está a foto do último ano de Levi. Parece ser uma corrida entre mim e o cachorro. Quem vai chegar ao seu objetivo primeiro?

Viro a maçaneta da porta de correr e piso na varanda estreita. Fecho a porta. Meus quadríceps cansados tremem por antecipação, e ouço os meninos gritando "Homem-Aranha". Eu só tenho tempo para respirar duas vezes antes de pular a curta distância para o teto da garagem.

Aterrisso de quatro, e meu ombro grita de dor. O topo do telhado não parecia tão íngreme visto de baixo, ou nas minhas lembranças. Na mesma hora, digo a mim mesma para não olhar para baixo — mas faço justamente isso. Quase faço xixi na calça.

Que idiotice. Realmente importa há quanto tempo Levi está vendendo metanfetamina? E quantas provas a mais eu quero?

Waylon late do outro lado da porta como se estivesse concordando. Eu me forço para controlar a respiração e fico deitada ali até meus batimentos normalizarem.

Vou andando de lado em pequenos passos até alcançar a janela mais próxima. Quando olhei do quintal para as janelas de cima, elas estavam um pouco abertas para deixar um pouco de ar fresco entrar. Dana sempre deixa o aquecedor no máximo, como se a casa fosse uma tenda de suor desde outubro até abril. Ela não se importa se a conta vai ser alta; Levi nunca vai acordar tremendo de frio.

Meu coração dispara quando mexo na tela da janela. O plano, que eu estou improvisando, é colocá-la de volta depois de entrar no quarto, mas a tela se solta de uma vez, e eu quase perco o equilíbrio. Quando ela cai, eu me agarro ao parapeito.

Conto quanto tempo demorou para a tela atingir o piso de pedras do quintal. Se eu cair do telhado, vai demorar aproximadamente dois segundos até eu me espatifar.

Abro a janela até conseguir passar pela abertura. Aterrisso de forma desastrada enquanto Waylon late do lado de fora da porta do quarto de Levi. Fico em pé.

E agora?

Começo pela mesa de cabeceira ao lado da cama *queen*. Ao lado do abajur há um tubo grande de loção hidratante para as mãos e uma caixa de lenços. Credo. Tenho que me preparar. Vasculhar o quarto do meu irmão significa ver coisas que nunca mais vou esquecer.

Sigo para a cômoda e para a escrivaninha dele, abro todas as gavetas. Mexo em todas elas, procurando por documentos secretos na parte de baixo.

Levi não tem prateleiras de livros como Mike, só um beliche encostado numa das paredes. Os lençóis na cama de baixo estão bagunçados. Stormy dorme ali, o que pode ser confirmado também pelo saco de Cheetos no chão. A cama de cima está arrumada perfeitamente, como se fosse uma cama de hotel. Mike dorme aqui, mas não com tanta frequência quanto Stormy.

Olho embaixo de cada colchão, tomando cuidado para deixar tudo como estava. Do lado de fora da porta, Waylon arranha a porta para me lembrar de que ele ainda quer brincar.

Uma TV de plasma gigantesca ocupa o espaço acima de uma mesinha com pilhas de jogos de videogame ao lado do PlayStation 2 de Levi e do Xbox de Mike. De frente para a TV estão três cadeiras gamer, tão baixas em relação ao chão que parecem uma mistura de pufe com cadeirinha de bebê. Uma quarta cadeira está no canto. A cadeira do Travis. Mas talvez Levi deixe Jamie usá-la.

Abro a porta de correr do guarda-roupa para ver metade do que tem ali. Roupas, sapatos, bolsas de lona com equipamento de hóquei. Olho cada caixa ali dentro. A maioria está cheia de folhetos com a programação de torneios de hóquei, revistas de hóquei e desenhos de jogadas de hóquei: um monte de Xs e Os em formações e linhas traçadas entre eles.

Que coisa idiota. O que estou fazendo aqui?

Começo a suar por causa do aquecedor e entendo o porquê de Levi deixar as janelas abertas. Olho pela janela sem tela e vejo um esquilo numa árvore concordando com a minha idiotice.

Volto a olhar o guarda-roupa e vasculho o outro lado, onde ficam as roupas. A prateleira do topo tem caixas menores e uma cesta de vime. Vou pela ordem. Há uma caixa de sapatos, da mesma marca que Levi usou para embrulhar a gargantilha do meu pai. Dentro dela estão os extratos bancários da nossa conta conjunta.

Ele ainda não recebeu o extrato de setembro, então começo por agosto. Checo o saldo do começo e do final do mês antes de olhar as movimentações.

Ele transferiu dez mil dólares para o mesmo banco no Panamá. No mês em que Lily morreu.

Olho o extrato de julho. Outra transferência.

E de novo em junho.

E maio.

Em abril ele transferiu quinze mil dólares.

Foram vinte mil em março, fevereiro e janeiro. Em 2003 ele transferiu a mesma quantidade em dezembro, novembro e outubro.

A temporada de hóquei acontece entre a metade de setembro até a metade de abril. Levi transferiu mais dinheiro nos meses em que havia jogos de hóquei. Mas ele ainda estava movimentando dinheiro pela nossa conta nos meses sem jogos.

Como ele consegue vender metanfetamina o ano todo? É por isso que ele sempre pega o barco da Dana para ir para Mackinac Island no verão?

Não há nenhuma movimentação suspeita em setembro de 2003. Só houve jogos na metade do mês, mas o extrato mostra apenas algumas compras no shopping do outro lado do rio. Foi a mesma coisa nos meses do verão passado.

O que aconteceu de diferente em outubro? Por que Levi começou a traficar nessa época?

Entendo bem depois do que deveria.

As transferências começaram quando Levi virou um Supe. Mas como um menor iria autorizar transferências de um banco canadense para um no Panamá? Ele estava no segundo ano do ensino médio quando entrou no time. Só fez dezoito em janeiro.

Enquanto isso, eu estava no último ano. Fiz dezoito em outubro e...

Meu irmão era menor de idade; eu, não.

Fico congelada no chão ao lado da caixa de sapatos. Mais de um ano de extratos bancários espalhados ao meu redor.

Será que o Levi fez essas transferências no meu nome?

O chão treme quando a porta da garagem se abre. Waylon sai correndo para o andar de baixo, latindo.

Alguém chegou em casa.

CAPÍTULO 43

Dobro os extratos imediatamente, ouvindo o carro entrar na garagem. Parece que é a Mercedes da Dana, não o Hummer gigantesco. Termino assim que ela entra na casa pela porta da garagem.

Waylon late sem parar.

— O que foi, garotão? — pergunta Dana do pé da escada.

Ele está me dedurando.

Waylon sobe correndo assim que termino de organizar os extratos na caixa de sapato.

Squic.

O barulho me assusta.

O esquilo fala comigo do peitoril da janela. Alcanço o saco de Cheetos por perto e jogo um biscoito na janela. Ele deveria fugir. Em vez disso, avança pelo quarto e faz mais barulho.

Squic.

Waylon corre para o segundo andar. O latido dele atiça o esquilo, que começa a correr pelo quarto, assustado demais para conseguir achar o caminho de volta para a janela.

— Mas que maluquice é essa? — grita Dana, correndo escada acima.

E se ela conseguir destrancar a porta?

Minhas mãos tremem tanto que derrubo a cesta de vime quando coloco a caixa de sapatos de volta na prateleira. Ela escapa das minhas mãos.

Dana tenta girar a maçaneta.

Quando me viro para pegar a cesta, a tampa saiu. Pego pela abertura e sinto algo macio em meus dedos.

Meu coração para.

Viro a cesta de cabeça para baixo. Encaro o chão, onde o cachecol do meu pai caiu.

Verde, como os olhos da minha mãe.

Levi o escondeu de mim. Meu irmão estava com ele esse tempo todo.

Waylon enlouquece ao lado de Dana, e o esquilo corre pelo quarto.

— Aqui é a juíza Dana Firekeeper. — Logo penso que ela está falando comigo, mas então ela continua: — Moro na Hilltop Court, no 124. Tem alguém na minha casa. Meu cachorro está enlouquecido e tem alguém no quarto do meu filho.

Dana ligou para a polícia.

Coloco a tampa de volta na cesta e de volta à prateleira. *Por favor, Waylon, late mais alto para abafar o som da porta do guarda-roupa.*

BUM.

Dana chuta a porta enquanto corro para a outra, que leva à garagem.

BUM.

Tiro a tranca de segurança e agarro a maçaneta com o botão de trava no meio. Abro a porta e aperto o botão para que tranque de novo. Não posso fazer nada com a tranca.

BUM.

Chego ao primeiro degrau e fecho a porta.

CRACK!

Dana entra no quarto de Levi, e eu praticamente deslizo pelos degraus da escada. Enquanto corro para a porta dos fundos da garagem, Dana grita ao ver o esquilo correndo pelo quarto. Waylon fica louco da vida.

Fico colada à parede da garagem, logo abaixo de uma parte do telhado, para o caso de Dana olhar pela janela. Então contorno as paredes, tentando ouvir passos me seguindo, de olho no meu alvo: a rua atrás das árvores que levam à frente da casa.

Os latidos diminuem, como se Waylon estivesse descendo o corredor. Escuto o barulho de algo delicado se quebrando — talvez um vaso de cristal — e Dana xingando alto.

Aproveito a oportunidade e saio correndo.

Mesmo sem ninguém em casa, eu me tranco no banheiro. Meu coração bate forte como o de um Waabooz depois de fugir. Sinto algo ácido se formar no meu estômago, e um segundo depois estou vomitando bile verde-amarelada. Fico exausta, abraçada com a privada.

O vazio em mim é substituído por algo muito pior.

Nibwaakaawin. Tia Teddie me disse a tradução disso uma vez, explicando cada parte da palavra para que fizesse total sentido: *Ter sabedoria é viver com os olhos abertos.*

Eu quis ser como minha tia a vida inteira. Do mesmo jeito que uma pessoa sonha em ser bailarina, mas não com os dedos quebrados e anos de treino. Eu queria ser uma Nish kwe forte e sábia, mas nunca pensei sobre quanta perspicácia eu precisaria ter.

Eu queria descobrir quem estava envolvido no esquema de tráfico que matou Lily e Tio David. Assim como Robin e Heather. E aqueles jovens em Minnesota que ficaram doentes com MA-X.

A pessoa que eu estava procurando, todo esse tempo, era Levi.

Sabedoria não é algo dado. Em sua forma mais crua, é a mágoa de saber de coisas que você não gostaria.

Mamãe chega em casa enquanto meu estômago reclama. Ligo o exaustor para abafar o som. Os pés dela formam sombras debaixo da porta, ao lado das patas de Herri, que tentam pegar uma presa invisível.

— Tudo bem, meu amor? — A voz gentil dela está preocupada.

— Tudo. Só comi uma coisa que não caiu bem.

Espero mamãe se afastar da porta, mas ela volta alguns minutos depois.

— Eu trouxe Gatorade para você.

Assim que ela menciona a bebida, minha garganta seca implora por um gole.

— Pode deixar na porta? — respondo, com a voz rouca.

Mamãe não vai poder me ajudar dessa vez. Tento golfar fazendo menos barulho, assim ela vai embora.

Eu não a escuto mais; ela deve ter se afastado do quarto. Abro um pouco a porta. Herri se enfia pela abertura assim que há espaço para seu corpo gorducho passar.

— Você está grávida?

Mamãe está sentada com as costas apoiadas na parede oposta à porta do banheiro.

Sinto um calafrio ao pegar a bebida amarela.

— Não... Eu uso anticoncepcional.

Minha mãe desvia o olhar. Procuro pistas da reação dela.

— Fico tão feliz por você ter a Teddie. — Minha mãe não parece feliz, mas sim decepcionada. — Mas você também tem a mim. Você... pode falar sobre seus problemas comigo em vez de guardar segredos. — Ela respira fundo e devagar. — Se você se meter em alguma confusão... eu sempre vou te ajudar.

— Se eu roubar um banco, você dirige o carro da fuga? — pergunto, sorrindo.

Ela assente.

— E iria me certificar de que você estaria com o cinto de segurança.

Eu me arrasto até minha mãe, e ela beija minha testa. Apoio a cabeça no ombro dela.

O peso dos meus segredos é exaustivo. Minha vida inteira foi cheia de segredos. Mesmo quando era um zigoto, eu flutuava em um saco amniótico de segredos.

Se eu contar um segredo para ela, será que vou vomitar todos eles de uma vez? E qual eu contaria primeiro? Começo com o mais antigo e sigo a partir dele? Ou o último a chegar vai ser o primeiro a sair? Tio David teria me dito para começar com o mais importante e seguir em ordem decrescente.

Decido começar com o segredo que é a base de todos os outros.

— É difícil te contar coisas porque não quero que você se preocupe ou fique decepcionada. Eu já te trouxe tanta dor.

— Dor? — A surpresa dela é sincera. — Daunis, você é a maior alegria da minha vida.

— Mas... eu sou o motivo da sua vida estar empacada. Se eu não tivesse nascido, talvez as coisas teriam sido diferentes entre você e o meu pai.

Então eu digo a pior coisa que já ouvi sobre mim.

— Eu fui a primeira de todas as coisas ruins que aconteceram com vocês dois.

Ela olha para mim chocada, e então tem um momento de epifania. O rosto dela se ilumina.

— Filhos nunca devem ser culpados pela vida dos pais. Pais são adultos; nós somos responsáveis por nossas escolhas e como lidamos com elas. — Mamãe se senta mais ereta enquanto fala. — Se estou num limbo, é porque eu escolhi ficar nele. Até a falta de ação é uma escolha poderosa.

Mamãe se levanta, agora com os olhos abertos. Ela estende a mão para mim. Eu aceito. Ela me levanta e me dá um abraço apertado que sinto fluir por todo o meu corpo. O gesto segue pela crosta da Terra, pelo manto e vai até o núcleo.

— Minha vida, minhas escolhas — diz ela. — Não suas.

Minha segunda tentativa de tomar um banho de banheira funciona melhor. Mamãe prepara a água para mim e usa sua espuma de banho favorita. Quando minha mente me leva de novo até Levi e o que preciso fazer, ligo a torneira e desapareço em meio a espuma e bolhas com essência de lavanda.

Uma hora depois, visto minha calça jeans com os dedos enrugados. O top que eu visto tem alças largas que cobrem o roxo em meu ombro. Para esconder a evidência. Ao vestir minha camisa de manga comprida dos Red Wings, meus braços erguidos ficam parados por um instante. E eu sinto as palavras dele na minha nuca.

As câmeras do corredor gravaram você vindo até aqui por vontade própria.

Vai ser sempre assim agora? Esses flashbacks? Um cheiro? Lembrar de coisas que ele disse que eu gostaria de esquecer? Uma marca de mordida que ainda vou enxergar muito depois de ter sumido da minha pele?

Eu queria nunca ter aceitado ser informante.

— Daunis, meu amor. Eu acabei de lembrar: o Levi passou aqui ontem antes de ir para o Shagala. Ele estava tão lindo naquele terno. — A voz da minha mãe viaja pelo corredor à frente de seus passos. — Você não comentou nada sobre ontem à noite. Como foi?

Observo meu reflexo no espelho de corpo inteiro ao lado da porta do quarto.

— Foi bom — digo.

Bom. Bom. Bom.

Minha mãe continua a falar na soleira da porta.

— Só bom? Você e o Jamie brigaram? — pergunta ela, intrigada.

— Tipo isso — respondo.

— Quer conversar?

— Está tudo bem, mãe.

Eu sorrio, na esperança de que a ruga de preocupação no topo do nariz dela suma. E some. Ela olha ao redor do quarto e fixa o olhar no presente aberto.

— O que o Levi te deu?

Pego o porta-retratos na minha mesa da cabeceira e viro para ela. O primeiro sorriso de mamãe é pela foto. O segundo é pelo meu pai. Vinte anos depois, ela continua apaixonada por ele. Eu me sinto dividida entre ver o sentimento dela como algo bom ou como uma âncora que a prende em um lugar. Talvez seja os dois? Eu não sei como.

Relutante, ela desvia o olhar da foto.

— Ele não te deu outro presente? — pergunta minha mãe.

Eu olho ao redor.

— Acho que foi só isso — respondo.

— Mas ele entrou aqui com duas caixas, uma embrulhada em papel de presente e outra simples. Ele disse que deixaria as duas aqui no quarto.

Dou de ombros e sinto o ombro esquerdo dolorido. Devo estar imaginando coisas, mas quase consigo sentir os dedos dele me segurando.

Mamãe diz que está na hora de ela ir para o EverCare. Preciso de alguma coisa antes de ela sair?

Eu quero respostas.

Não, não preciso. A curiosidade matou o gato. A dúvida o despedaçou.

Mamãe sai. Assim que a porta da frente se fecha, procuro pela segunda caixa de Levi. Ele me deu a gargantilha no Shagala ontem à noite e deixou a foto para eu encontrar hoje. Onde está o outro presente?

Ao procurá-lo, me sinto em um *déjà vu* de hoje mais cedo, após vasculhar o quarto do meu irmão. Checo embaixo do colchão, debaixo da cama, cada gaveta da escrivaninha e da cômoda, todas as prateleiras da estante. Paro e me pergunto, em voz alta, se estou enlouquecendo. Sem resposta. Vou até o guarda-roupa. Primeira prateleira. Segunda prateleira. Caixas de sapatos. Meus sapatos "Foda-Se". Tiro dos cabides as roupas que GrandMary queria que eu usasse. Na parte de baixo do guarda-roupa há um cesto de roupas para lavar e minha bolsa de hóquei. Meu uniforme fedorento vai apodrecer se eu não lavar. Pego a bolsa para deixá-la no sol.

Há uma caixa de papelão embaixo dela. Foi essa que minha mãe viu?

Por que Levi esconderia um presente de aniversário para mim?

Deixo de lado a camiseta fedida, o short suado, o uniforme completo e as meias.

Quando abro a caixa, ela está cheia de discos de hóquei. Não entendo por que isso seria um presente. Vasculho a caixa e pego um disco do fundo, como se fosse um tesouro perdido.

É um disco de hóquei com o apanhador de sonhos borrado, do mesmo tipo que vi no fim de semana em Green Bay.

Razões que me fazem odiar esses discos malditos:

1. Apanhador de sonhos... sério?
2. A impressão ruim desses tais apanhadores de sonhos que vão para os jovens Nish.
3. Doados por Grant Edwards, foi o que o treinador Bobby disse.
4. Não pesam o mesmo que os discos normais.

Eu só percebo o último item da lista quando pego um dos discos. É um pouco mais leve, a maioria das pessoas não iria reparar, mas como alguém que joga há anos — e dormia com um disco embaixo do travesseiro antes de todo jogo —, eu reparo.

Passo o polegar pela parte de baixo do disco e percebo uma rachadura bem fina. Outra reclamação para minha lista. Encaro a parte de baixo e vejo que a rachadura segue toda a circunferência do disco. Não é uma rachadura. É uma tampa. Uso a parte de borracha do meu mouse pad para segurar o disco no lugar enquanto giro a tampa.

Um papel toalha forra o espaço meio cheio no centro. Removo as pontas do papel para revelar o tesouro secreto que tem devastado minha comunidade e tantas outras.

Os cristais parecem diamantes crus e sem acabamento. Amostras turvas e de menor qualidade. Feitos de forma aleatória, sem cuidado com os protocolos precisos. Os meus cristais eram muito melhores. Até os do Jamie conseguiriam ser vendidos por mais do que essa porcaria.

O tesouro secreto é a resposta para uma pergunta que eu ainda não tinha pensado em responder até agora: como Levi distribui os cristais em outras comunidades?

A pergunta que não quero fazer: Por que meu irmão deixaria uma caixa com esses discos no meu quarto?

※

A matemática, assim como a ciência, tem um idioma. Mesmo que eu não tenha o mesmo amor pela matemática que tenho pela ciência, sou suficientemente fluente em números, letras, símbolos e conheço o jargão.

Cientistas e matemáticos abordam problemas de formas diferentes. Cientistas coletam dados para refutar uma hipótese nula — a ausência de uma diferença ou uma relação. Em contrapartida, matemáticos buscam provar uma teoria, em vez de refutá-la. Uma prova é um conjunto de declarações condicionais que usa a lógica para chegar a uma conclusão, logo, transformando uma teoria em um teorema. Um teorema aprofundado é prova de que é particularmente longo ou complexo, ou inclui conexões inesperadas.

Agora, preciso das duas abordagens para resolver isso aqui. Eu me sento na cama com o cachecol do meu pai no pescoço, a gargantilha dele em uma das mãos e o papel toalha com cristais de metanfetamina na outra. Uma batalha feroz está acontecendo na minha cabeça.

A Hipótese Nula que Levi Firekeeper Não Tem Nada a Ver com o Tráfico de Metanfetamina *versus* O Teorema de Daunis Fontaine Sobre o Envolvimento do Irmão com Coisas Ruins

Se o FBI está investigando a movimentação de MA se alinhando com o cronograma de jogos dos Supes, então os suspeitos incluem jogadores, família dos jogadores, equipe técnica e fãs.

Se Tio David escondeu o caderno onde apenas eu poderia encontrar e o escreveu num código que ele sabia que eu poderia decifrar, então ele queria que eu soubesse que o novo tipo de cogumelo que ele encontrou não tinha conexão com a metanfetamina-X e não causou a alucinação coletiva.

Se os jovens Nish não estavam tendo uma alucinação coletiva causada por cogumelos, então o que eles tiveram foi um encontro com seres espirituais Anishinaabeg.

Se meu tio escolheu não revelar essa informação que leva a um beco sem saída para o FBI, então a intenção dele era que continuassem numa caçada inútil.

Se Tio David sumiu sob circunstâncias misteriosas depois de conversar com a mãe de Lâmpada — um aluno brilhante envolvido com os cristais — e dizer que estava preocupado com ele, essa mãe, Angie Flint, precisa ser interrogada sobre a morte do meu tio.

Se os discos falsos são o meio usado para distribuir a droga, então a pessoa doando os discos — Grant Edwards — está envolvida.

Se os extratos bancários mostrando transferências internacionais estavam no quarto do capitão do time, então aquele jogador — Levi Firekeeper — é parte do tráfico de MA e está lavando dinheiro com a parte dele dos lucros.

Se as transferências foram feitas no *meu nome* para uma conta internacional e os discos foram colocados no meu guarda-roupa, então esse jogador — meu irmão — está armando para mim.

Se Levi está armando para mim, então ele é parte do esquema de MA e está ligado aos horrores que essa droga causou em nossa comunidade e em todos os lugares onde ela foi distribuída.

Se Levi está montando todo esse plano ao meu redor, cada vez mais próximo de mim, o que ele vai fazer agora?

Meu celular vibra com uma mensagem ao mesmo tempo que ouço uma batida forte na porta. Reajo como se fosse culpada por alguma coisa e escondo o cachecol dentro do meu vestido laranja no guarda-roupa. O disco coube no bolso do vestido.

Pego o celular e corro até a porta.

RON: Você teve alguma notícia do Jamie depois de ontem?

Meu primeiro pensamento: *Óbvio que não!*
Segundo: *Deve ser o Ron na porta.*
Terceiro: *Por que o Ron iria me mandar uma mensagem e bater na porta ao mesmo tempo?*
Na porta, a última pessoa que eu esperava ver.
Dana.
Sou tomada pelo medo. Será que ela me viu sair correndo da garagem de sua casa?
Ela está tremendo e chorando. Não de raiva. Ela está com medo.
— Pode me ajudar? — pede Dana. — É o Levi. Acho que ele está em perigo.

CAPÍTULO 44

Dana, nervosa, entra na minha casa antes que eu possa reagir. Está tão ofegante que eu a levo na mesma hora para se sentar na cadeira da mesa de jantar.

Saco de papel marrom — minha mãe sempre guarda alguns no armário da cozinha para usar nos presentes para os alunos.

Volto com um e instruo Dana a se abaixar e respirar dentro dele.

— Hum... quando você hiperventila, seu corpo libera gás carbônico rápido demais — comento. — Reciclar a respiração ajuda a equilibrar a quantidade de oxigênio e gás carbônico.

Ela ri dentro do saco e depois começa a tossir.

Envergonhada, desvio o olhar.

— Desculpa, estou falando besteira.

Eu me apoio nos calcanhares, ansiosa para ela se acalmar e me dizer o que está acontecendo.

Dana passa a mão na garganta. Deve estar seca.

Chá — minha mãe e ambas as minhas avós fariam uma xícara de chá agora.

Corro para a cozinha e encho a chaleira com água da torneira. Depois que a boca do fogão está ligada no máximo, volto para a mesa com uma xícara e vários sacos de chá.

— Por favor — diz Dana, erguendo o olhar. — Tome um também. Tenho muitas coisas para te contar.

Será que tenho mesmo coragem de denunciar meu irmão ao FBI?

Dana escolhe chai, e eu faço o mesmo. Quando a chaleira começa a apitar, a respiração dela já voltou ao normal. Sirvo a água quente nas xícaras e volto para a mesa com uma caixa de leite e um potinho de açúcar.

Minhas mãos tremem, assim como as de Dana. Mal deixamos o chá esfriar e já colocamos o leite. Usamos o leite para isso. Bebo um gole e percebo que minha mãe não deve ter tirado todo o detergente da minha xícara. Dou uma risada sem graça e coloco açúcar para conseguir continuar bebendo.

O que ela vai contar, independentemente do que seja, deve ser mesmo horrível, porque já terminei meu chá e ela ainda não deu um pio.

— Levi se meteu com alguma coisa ruim — diz Dana, finalmente.

— O quê? Ruim como?

Eu espero estar fingindo bem minha surpresa.

— Tem a ver com a confusão do Travis. Sinto muito pela sua amiga, a Lily.

Estremeço com a menção a ela, surpresa com a força do meu luto.

— Travis era uma má influência — continua Dana —, mas meu menino sempre foi um bom amigo. Ele ia para Sugar Island tentar ajudar o Travis. Até o Stormy soube quando desistir, mas o Levi continuou tentando.

Levi vai para a ilha com frequência, mas sempre achei que fosse para levar o Stormy em casa, porque ele não curte voltar sozinho, nunca sabe como os pais vão estar até ele pisar dentro de casa.

— Meu menino sempre achou que a bondade era mais forte do que as trevas. — Dana bate a colher como se estivesse mandando uma mensagem em código Morse. — Mas minha nokomis dizia que você não pode ficar perto das trevas por tanto tempo sem que elas afetem você.

Dana achava que Levi estava passando tanto tempo com Travis para fazer intervenções bem-intencionadas, mas, na verdade, ele traficava os cristais que Travis estava produzindo. Quando foi que Dana percebeu?

— Essas trevas afetaram ele? — pergunto.

A boca de Dana treme, e ela assente.

— Ele me contava tudo. A maioria dos meninos não conta as coisas para a mãe, mas Levi sempre contava. Depois que ele entrou naquele time e virou um Supe, percebi que ele se afastou. Só um pouco, no começo.

Dana continua a falar de Levi, a voz cada vez mais distante, como se estivesse vindo do fim do corredor, do outro lado da mesa. Eu me concentro nas palavras dela.

— Tentei convencê-lo a não comprar o Hummer. Era demais para um menino de dezesseis anos. Ele ficou tão irritado que acabei comprando pra ele. Sei que não deveria, mas eu queria que as coisas voltassem a ser como antes.

Levi pode ser teimoso quando quer alguma coisa. Ele encheu meu saco para acompanhar Stormy no Shagala do ano passado, embora fosse a última coisa que eu queria fazer.

— Eu fui ao Shagala com o Stormy... — Eu me distraio, sem saber por que estava contando isso.

Que estranho.

A boca da Dana se move, mas só consigo ouvir a última mensagem do Ron. Na minha cabeça. A voz dele se repete. Ficando cada vez mais urgente.

Você teve alguma notícia do Jamie depois de ontem?
Você teve alguma notícia do Jamie depois de ontem?
Você teve alguma notícia do Jamie depois de ontem?

— ... um dos professores dele também percebeu. Veio conversar comigo.

Você teve alguma notícia do Jamie depois de ontem?

— Me dá licença um instante? Preciso mandar mensagem pra uma pessoa — digo, sem ter certeza de que as palavras saíram da minha boca.

Eu me levanto. Minhas mãos tocam o tapete antes de eu perceber que estou no chão.

Levante-se! N'Daunis, bazigonjisen!

Herri toca meu nariz com o dela, pequeno e gelado. Eu dou risada.

Dana fala comigo como se eu fosse um bebê. Um cervo bebê que não consegue se equilibrar. Ela me ajuda a levantar. Ela é tão gentil comigo.

Reconheço o perfume dela. É o mesmo da minha mãe. Meu pai sentia o mesmo cheiro com as duas?

Ela me leva até a porta da frente. Nós andamos mais devagar ao chegar nos degraus. Tudo está girando.

— *Pofissor?*

Isso é importante. Eu acho.

Dana solta um suspiro cansado. Ela me ajuda a entrar na caminhonete.

— Vocês, Fontaine, sempre bagunçam tudo.

Tio David foi se encontrar com a mãe de Lâmpada.

Não era Angie Flint.

PARTE III

NINGAABII'AN

(OESTE)

SEGUINDO PARA O OESTE, A JORNADA FOCA NOS FRUTOS MADUROS E NA COLHEITA, UM MOMENTO DE MUDANÇAS CONSTANTES.

CAPÍTULO 45

Eu amo acampar, o cheiro de fumaça preenchendo o ar e deixando sua marca em tecidos, cabelo e pele.

Espera aí. É cheiro de acampamento, mas com o ar parado. Um lugar fechado e mofado.

Minha cabeça pulsa acompanhando o coração. Mais cheiros: cheiro de mofo e um pote de xixi por perto. Luto para abrir um olho, como se estivesse quebrando a cola de um olho miniingwe.

Retângulos finos de uma luz laranja saem de um fogão a lenha do outro lado da sala. A luz treme, jogando faixas laranja nas paredes e vigas arredondadas.

Pisco devagar, tentando focar a visão nas coisas ao meu redor.

É um trailer de alumínio com um teto arredondado e apenas uma janela, do tipo que vendedores de comida usam em pow wows. Art os chama de latas de sardinha.

Levanto a cabeça. Ou pelo menos tento. O trailer está girando como uma centrífuga.

— Daunis.

Levanto a cabeça ao ouvir a voz de Jamie. Ele parece gripado, mas minha mente está uma confusão. Ele repete meu nome. Cada vez o som parece pulsar dentro do meu crânio.

— Daunis. Daunis. Daunis.

Meu grunhido consegue virar uma palavra.

— Paraaaa.

— Você está bem? O que fizeram com você?

O hálito de Jamie está azedo. Ele tenta me abraçar, mas a sensação de ser segurada assim faz meu coração acelerar.

— Nã-não. — Eu o empurro. — Seu bafo fede.

— A gente foi sequestrado e está num trailer aleatório, mas é o meu bafo que te incomoda?

Até o riso leve de Jamie tem um som nasal e entupido.

Sequestrados. Trailer. Eu me levanto num pulo.

— Aiii — resmungo.

Minha visão está turva com os fogos de artifício dentro da minha cabeça. Quando melhoro, olho ao redor e vejo que o lugar está praticamente vazio. Só um fogão a lenha, uma mesa dobrável, algumas cadeiras dobráveis de metal e a cama barulhenta onde estou deitada.

— Há quanto tempo estou aqui? Por que você está aqui também?

— Os meninos me pegaram ontem à noite quando eu estava chegando em casa. Achei que o Levi tivesse descoberto que você me deu um soco e que ele queria me bater por seja lá o que eu tenha feito.

A lembrança do meu punho quebrando o nariz dele volta. Seguido pelo motivo de ter feito isso.

Há luz suficiente vinda do fogão para eu ver o roxo ao redor dos olhos de Jamie, transformando-o num guaxinim. Dois olhos roxos e um nariz quebrado.

— Eu mereci, Daunis. Ron não deveria ter sido o único a te contar as coisas quando voltamos de Marquette. Você tinha o direito de saber, antes de concordar em ser minha namorada, que fui eu quem teve a ideia de a gente fingir que era um casal. Mas, eu juro, isso foi antes de te conhecer. Quando você era só uma pessoa que fazia parte de um caso, e eu achei que tomar essa iniciativa ajudaria a minha carreira.

Processar as palavras dele exige um esforço considerável, com a minha mente embaralhada como está agora. Jamie interpreta meu silêncio como uma deixa para continuar falando:

— Levi passou lá em casa, mas ele parecia feliz, não bravo. Me convidou para a festa do Mike e perguntou sobre o meu nariz. Eu estava pensando numa desculpa quando o Mike me eletrocutou com um *taser*. Eles devem ter injetado alguma coisa em mim, porque acordei aqui hoje de manhã. — Ele olha para o relógio no pulso. — Já passou das oito da noite. Você está aqui faz seis horas.

Pedaços de lembranças voltam a mim. Chá. Herri. Dana.

Ela me drogou com alguma coisa… deve ter sido um "Boa Noite, Cinderela". Lembro o nome da substância em meio a névoa. Rupinol.

— Dana disse alguma coisa quando me trouxe aqui? — Minha voz treme de raiva, sobrepondo a tontura causada pela droga.

— A mãe do Levi está envolvida? — Jamie fica assustado. — Daunis, um cara usando um capacete de moto de neve escondendo o rosto te trouxe nos ombros. Ele te colocou aqui dentro antes de me eletrocutar de novo. Nem consegui me mexer. Aí ele algemou uma perna sua na cama.

Algemou? Eu mexo as pernas. Há um barulho de correntes vindo do lado esquerdo.

Dana não me trouxe aqui? Então… quem mais faz parte disso?

Jamie ainda está falando. Tento me concentrar na história dele.

— … tirou as farpas do *taser* e colocou uma lenha no fogão. Levou no máximo cinco minutos.

Lembranças vão se formando… a menos que eu esteja criando imagens que se encaixam na história.

O que você fez com ela? Me responde, seu…

A voz de Jamie é uma lembrança vaga.

— Eu estava no chão e você xingou alguém?

— Isso! Você lembra! — exclama Jamie. — Isso foi logo antes de eu levar o choque.

— Era Grant Edwards?

Esquadrinho o trailer e então me mexo para olhar embaixo da cama. De cabeça para baixo parece que alguém usou ela de tambor.

— Não vi os olhos dele, mas o sujeito tinha o mesmo porte, acho.

Eu me retraio ao sentir a mão de Jamie no meu braço quando volto a me sentar.

— Ei, você está bem. Não tem ninguém aqui, Daunis. — Há um pouco de agitação na voz dele.

Evito o olhar curioso de Jamie e me concentro nas lembranças distorcidas que começam a voltar.

— Eu estava numa caminhonete com Dana. O barulho da balsa parecia distante. Ela riu quando eu pedi semaa para fazer uma oferenda. — Eu sinto um calafrio e olho para Jamie. — Minha mãe vai ligar para minha tia, elas vão me procurar e chamar a polícia. Quando tentarem falar com você, Ron vai dizer que você sumiu também e que está te procurando.

— Ele está? Você falou com ele? Por que ele não chegou aqui com reforços? — Jamie olha para a porta, esperando que Ron apareça.

— Ele me mandou uma mensagem perguntando se tive notícias de você.

— Não pode ser. — Jamie parece confuso. — Ron deveria estar recebendo sinal do meu relógio. — Ele levanta o pulso.

— Sério? — pergunto, impressionada com o relógio modernoso dele, um acessório estilo James Bond.

— Sim. Via satélite. As coordenadas da minha localização são enviadas para o FBI.

Satélites. Levanto a mão para fazê-lo parar de falar.

Analise o problema.

Estamos presos em um trailer em Sugar Island.

A armação enferrujada da cama grita quando me levanto. Uma sensação de náusea e mais tontura. Jamie fica ao meu lado com os braços esticados.

Ele me segura como fez na pista de dança, me guiando e protegendo meu ombro ao mesmo tempo. Isso foi ontem à noite. Como é possível? Uma vida inteira de coisas horríveis já aconteceu desde então.

— Obrigada — falo.

A corrente é pesada e comprida; consigo chegar até a mesa em frente à janela.

— Você está...

— Shhh — interrompo. — Estou ouvindo.

Nós ficamos completamente parados, tentando ouvir qualquer som para além da janela.

Ondas pequenas chegando à praia.

— O que você está ouvindo, Jamie?

Tio David me ensinou a não fazer perguntas direcionadas. Caso contrário, você instiga as respostas que gostaria de ouvir.

— Ondas — confirma ele. — Consigo ouvi-las desde que acordei.

— O que mais consegue me dizer sobre o padrão das ondas?

É bom pensar como uma cientista.

— São só ondas pequenas, Daunis.

— Se a gente estiver na costa oeste, qualquer navio cargueiro que passar vai gerar uma...

Minha mente fica em branco, e esqueço o nome que se dá àquelas ondulações quando elas chegam à praia. Odeio me sentir confusa dessa forma.

— Uma Onda Kelvin? — pergunta Jamie. — Como a gente viu na sexta-feira à noite?

— Sim! É isso! — exclamo. — Quanto maior o navio, maiores as ondas. Você reparou alguma mudança nas ondas? Dependendo do tráfego de navios, pode demorar horas até que um navio passe.

— De que importa de que lado... — A voz dele para.

Vejo o momento terrível em que a resposta atinge Jamie como um soco no estômago.

— Penhascos e cavernas. — A voz dele é como uma âncora caindo na parte mais funda do Lago Superior. — Você disse que o lado leste de Sugar Island só tem penhascos e cavernas. Não tem nenhum sinal de celular exceto perto da balsa ou na parte norte. Satélites não conseguem captar um sinal de GPS atrás de pedras, cimento ou água.

A tristeza no rosto dele me deixa nervosa. Ele é um adulto. Vinte dois anos. Um policial.

Ainda assim, de alguma forma, sou a pessoa menos apavorada neste trailer. A que fala em voz alta o que nós dois precisamos ouvir.

— O FBI não sabe onde estamos, Jamie. Eles acham que estamos mortos em algum lugar na água, como a Heather. Ron não vem.

CAPÍTULO 46

Em meio ao silêncio arrasador, nós ouvimos vozes se aproximando.
— ... aposto cenzão que alguém vai ceder essa semana.
Reconheço a voz de Mike.
— Jogadores ou os donos dos times? — pergunta Levi.
Estão falando sobre o bloqueio da liga nacional. Maldito hóquei.
Jamie tira o relógio do pulso num segundo, se agacha na minha frente e segura minha perna solta.
— Não estava ligado quando me eletrocutaram, mas está ligado desde que acordei — sussurra ele, tirando meu tênis de corrida e colocando a pulseira elástica no meu tornozelo. — Deve ter bateria suficiente ainda. — Meu cadarço está folgado o suficiente para ele calçar o tênis em mim de novo. — Se tiver alguma chance de você ir com eles, aproveita. — Ele se levanta e me encara. — Não importa o que aconteça, Daunis. Entendeu?
Mal dá para enxergar um feixe de luz pela janela suja quando eles se aproximam do trailer.
— Não importa — diz Mike. — Seja lá quem aceitar a primeira oferta, vai estar na posição mais fraca.
— Que nada. — Levi soa como se tivesse dez anos.
Meu irmão entra primeiro. Sem fazer contato visual, ele coloca uma lanterna de acampamento na mesa e recolhe o balde de plástico que serve como urinol. Ele vai até a porta, deixando Mike passar com um pedaço de lenha.

— Ei, pombinhos — diz Mike com um sorriso amarelo. — Estamos atrapalhando vocês?

Espero Stormy entrar e fazer as piadas nojentas de sempre, mas ele não aparece. Deve estar cumprindo seu papel de *enforcer* e estar de guarda do lado de fora.

Mike abre a portinhola do fogão e coloca a madeira em cima das que já estão queimando lá dentro.

Levi volta e coloca o balde ao lado de uma linha reta de fita escura no chão. Uma linha paralela está a vários metros de distância.

Linhas marcam até onde vão as correntes. Uma linha para nossos pés; outra para nosso alcance. O balde, a mesa e a janela estão dentro da zona de perigo. Além dela, o fogão, porta do trailer — e a liberdade.

Mike tira o colete acolchoado e o pendura em um gancho próximo da porta. Ele fica em pé atrás da mesa, encostado na parede do trailer com cara de quem está se divertindo com a situação.

Encaro Levi, mas ele não olha para mim. Em vez disso, ele tira a mochila das costas e pega um rolo de papel toalha antes de jogar o resto dos itens na mesa: garrafas de água, bebidas isotônicas e barras de proteína. Sinto sede quando uma garrafa aleatória cai da mesa e vem rolando até a cama.

Jamie derruba a garrafa ao tentar pegar. Ele a entrega para mim quando finalmente consegue alcançá-la. Bebo metade antes de oferecer o restante para ele. Ele gesticula para eu terminar de beber. Água gelada cai no meu estômago vazio.

— Sua recompensa por ser tão bonzinho com a Dauny Defesa. — Mike joga uma garrafa de água para Jamie, que mal consegue agarrar essa também. — Ainda bem que você não joga basquete.

Eu cerro os dentes. *Vamos ver se vocês gostam de Dauny Ataque.*

— O que está acontecendo, Levi? — questiono.

— A gente precisa da sua ajuda — diz ele, finalmente me encarando.

Jamie segura minha mão.

Agora não é hora para ser meloso com esse negócio de três apertos.

Ele para em dois. O código dele do Shagala. Dois apertos significam: *Continue.*

— A gente quem? — pergunto. — Você e os meninos? Sua mãe que me drogou? Quem é "a gente"?

Levi balança a cabeça.

— Esquece todo mundo. *Eu* preciso da sua ajuda.

— É assim que você pede ajuda? — Eu balanço a perna presa no ferro. — Você comprou essas algemas numa loja de materiais de construção?

— A gente achou numa cabana. Parece que todas aquelas histórias sobre o Al Capone eram verdade.

— Então agora você quer ser gangster? — Então repito minha primeira pergunta: — O que está acontecendo, Levi?

— Uma oportunidade de negócios...

— Uma o quê?! — grito.

Jamie aperta minha mão uma vez, como um choque. Código de apertos do Shagala: *Pare.*

Devolvo o aperto com mais força: *Não, para você.*

— Só me escuta. — Levi engole em seco. — Eu tentei falar sobre isso naquele dia no Chimakwa. Quando soquei aquele babaca que falou merda de você.

— Você tentou?! — Minha surpresa é genuína.

— É. Eu perguntei se você ia ficar em Sault porque começou a namorar o Jamie. — Levi aponta com a cabeça para ele. — Perguntei se você e eu poderíamos trabalhar juntos algum dia.

O dia em que pedi o cachecol do meu pai para Levi. O cachecol que ele, mentindo, disse que não sabia onde estava.

— Que tipo de negócio faz você se envolver com essa merda aqui? — Eu balanço a perna de novo. — Porque eu pensei que você queria comprar uma casa e alugar para a galera da universidade ou algo do tipo.

Os dois apertos de Jamie significam que estou no caminho certo de novo.

— É o seguinte... — Levi sempre começa seu discurso de capitão antes do jogo desse mesmo jeito. — Às vezes eu ficava no corredor do lado de fora da sala do seu tio. Antes do treino.

— Você ficava no corredor à espreita tipo um *stalker*?

Levi aparecia na sala de vez em quando para pegar alguns lanches para ele e os meninos, mas sempre achei que estivesse só de passagem.

Levi dá de ombros e continua:

— Ele ficava te perguntando sobre química. O que aconteceria se você misturasse uma coisa com outra? E você ficava pensando em voz alta até descobrir se era uma coisa venenosa ou qual reação teria.

Um calafrio percorre meu corpo. Ele ficava ouvindo meu tio e eu jogando O Que Aconteceria?.

— Eu sabia que você era esperta, Daunis — diz Levi. — Mas ficar ouvindo como a sua cabeça funciona me fez perceber que você é uma gênia.

Fico surpresa ao ver a expressão dele se encher de admiração. Odeio que meu primeiro instinto seja apreciar esse sorriso orgulhoso dele.

— Ver vocês dois nesse chove-não-molha está me cansando — interrompe Mike, se aproximando.

Jamie me segura firme e me faz dar um passo para trás. A adrenalina dele flui por nossas mãos dadas e chega a meu corpo.

— É o seguinte — diz Mike, imitando Levi. — Dois anos atrás, eu estava ajudando Levi e Stormy a escrever um plano de negócios na aula do treinador Bobby. A gente estava trocando ideias, besteiras, tipo abrir um puteiro. Aí o Levi disse: "Por que os traficantes das cidades grandes ficam com mais dinheiro do per cap do que os membros?" Ele tinha razão: se as pessoas vão comprar essas coisas, por que não comprar de um negócio local? — Ele se vira para Levi. — Você e o Stormy fizeram outro plano, de colocar uma franquia do restaurante Tim Hortons em Chimakwa, né?

Alguma coisa está errada, mas não consigo entender o que é. Esse negócio que a Dana colocou no meu chá... é como se eu estivesse sempre dois segundos atrasadas para fazer uma jogada.

— Que tal você contar a próxima parte, do Travis? — propõe Mike, pegando uma das cadeiras dobráveis e se sentando no limite da zona de perigo. Ele não oferece a outra cadeira para o meu irmão.

Quando Levi abre a boca, meus pensamentos falam comigo. *É isso aí. Como aconteceu. Como viemos parar nesse trailer.*

— A mãe do Travis namorou um cara de Las Vegas que foi contratado para a sala vip do cassino. Ele ganhava uma boa grana em gorjetas e gastava a maior parte com a Angie. Até comprou um carro novo para ela.

Tento identificar o que está diferente no Levi. Ele parece mais novo.

— Enfim, acabou que o pôquer não era o único negócio dele — diz Levi. — Ele a fez ir da vodca para os cristais. Angie ficava louca a noite inteira e não acordava de ressaca. Perdeu peso. Até deu rebite de graça para os amigos dela da reserva.

O fato de ele usar gírias para falar de metanfetamina com tanta facilidade me irrita.

[363]

— Como você... — começo, pronta para brigar, mas Jamie aperta minha mão para que eu pare.

Os pensamentos dele estão na minha mente também: *Não se altera. Só deixa eles falarem.*

Levi continua:

— Travis não estava mais jogando na liga, então ele ficava na pista antiga da cidade tentando participar de algum jogo. Ele nunca disse se o cara de Las Vegas deu MA para ele ou se ele pegou, mas ele disse para a gente que não era nada de mais. Que ajudava ele a patinar mais rápido. Dava energia para jogar por horas.

Levi não conta o papel que teve no fato de Travis não jogar mais em nenhum time da liga.

Mike entra na conversa. Os dois sempre fazem esse diálogo vai e vem.

— O cara de Las Vegas começou a brigar com a Angie porque ela não estava vendendo o tanto que devia. E tinha o lance de que a Polícia da Reserva não podia mexer com ele aqui por não ser indígena. Mas eles podiam vigiar o cara, e o cassino podia demitir ele. Meu pai disse que o povo se livra de arruaceiros durante o período de um ano de teste de novos empregados. Eles não precisam de justa causa e a pessoa não pode recorrer — explica Mike com um sorriso. — Alguém deu a dica para o cara vazar da cidade.

— Travis podia ajudar a mãe dele com o negócio — comenta Levi. — Ele queria, Daunis. Ninguém o forçou a nada. Ele era esperto e descobriu como fazer cristais melhores do que os do cara de Las Vegas. O único problema era aumentar a produção. A única coisa que a gente fez foi investir num negócio promissor.

É a única coisa que eles fizeram, eles dizem. Mas...

Levi não sabe que eu sei que ele fez muito mais do que investir e que não foi forçado a entrar nisso. Levi foi um distribuidor, colocou em risco a carreira no hóquei...

O que você faria se pudesse se safar de qualquer coisa? Se você crescesse cheio de privilégios? Se tivesse um amigo como o Travis, que admitiu a culpa por algo que você fez?

É a vez de Mike continuar a história.

— Travis virou o melhor cliente dele. Começou até a colocar cogumelos alucinógenos na receita dos cristais. E no Natal passado, quando ele estava chorando por aí pela Lily, ele experimentou um monte de coisa louca.

Minha respiração falha ao ouvir o nome dela.

— Levi até tentou fazer alguns experimentos com a MA, mas taí uma coisa que seu irmão não sabe fazer.

Mike lança um olhar... irritado para Levi.

Os pelos do meu pescoço ficam arrepiados.

— Bem, duas coisas, na verdade. — continua Mike. — Levi não conseguiu propor um simples plano de negócio para a irmã no ano passado, e isso poderia ter evitado todas essas merdas que aconteceram.

Levi não manda Mike ir à merda. Ele só fica em pé ali, ouvindo.

A voz de Mike tem certa cadência agora.

— Se você estivesse no nosso time, Dauny, poderíamos ter conseguido ajuda para o Travis. A Lily ainda estaria viva.

— Não fala o nome dela! — grito, com o coração na garganta.

É verdade. Eu poderia ter salvado minha amiga. Era só eu...

Não cai nessa, Daunis, Jamie diz dentro da minha cabeça.

A parte cientista do meu cérebro acorda. Eu me lembro de todas as vezes que Levi tinha uma ideia e Mike dava a sugestão que faltava e montava um plano. Às vezes um composto químico é inofensivo num estado, mas pode se tornar tóxico sob certas condições. O Mike é o catalisador.

Quando Mike me beijou, uma das desculpas que usei era que meu irmão não ia gostar daquilo.

Pode acreditar quando digo que não tenho medo do Levi.

Levi pode ser o capitão do time no gelo, mas nesse trailer quem manda é Mike Edwards.

— Você é o cérebro — sibilo para Mike.

O goleiro sempre consegue antecipar onde o disco vai parar.

Jamie aperta minha mão. *Pare.*

— Ah, Dauny, é difícil ser a pessoa mais inteligente do lugar. — Mike se levanta. — Achei que a gente tivesse isso em comum. Pelo visto, meu pai tinha razão: "Vencedores são mais espertos do que perdedores. Vencedores veem oportunidades que os perdedores veem no retrovisor" — diz ele, imitando Grant. — Eu achava que meu pai era um otário, mas o Tenacious G está sempre dois passos à frente de todo mundo. Ele sempre joga para ganhar.

Mike e Levi se encaram. Meu irmão sai do trailer, lança um olhar preocupado por cima do ombro, e eu me preparo para o ato final que ele evita presenciar.

— Agora vou te contar uma historinha, Filha do Guardião do Fogo — diz Mike. — Era uma vez uma princesa toda espertinha que se apaixonou pelo cara novo da cidade. Um príncipe que o irmão dela arranjou. Deram a ela uma chance de ajudar o irmão, e a princesa só precisava escolher: ajudar ou não ajudar; salvar o príncipe ou causar um final trágico. — Mike boceja e se espreguiça. — A gente vai voltar amanhã para ouvir a resposta. E, pelo bem do Jamie, espero que você escolha o "felizes para sempre".

Mike vai até a porta e pega na maçaneta. Ele se vira para nos dizer uma última coisa.

Sinto um calafrio. Minha mão suada está segurando a de Jamie.

— Eu nunca pensei que iria querer ser como o meu pai. Pelo visto, todas as broncas e lições me ensinaram que é importante ter um objetivo e fazer o que for preciso para alcançá-lo. — Mike vira a maçaneta. — Meu pai pode ser bem persistente quando quer alguma coisa. — Ele sorri. — Mas você sabe muito bem disso, né, Dauny Defesa?

Sinto um aperto no peito. Mike sabe o que o pai dele fez comigo.

CAPÍTULO 47

Não consigo respirar. O trailer está quente demais. Pisco várias vezes até perceber que estou sentada na cama. Jamie pressiona algo frio e molhado na minha testa. Preciso saber o que é, como se essa única informação fosse me confortar. O lenço de tecido do bolso do paletó dele.

— Está tudo bem, Daunis. Eles já foram. Estou aqui com você. Você está segura.

A voz dele é tranquilizadora, mas me apego à última palavra: *segura*.

Meu pai pode ser bem persistente quando quer alguma coisa. Mas você sabe muito bem disso, né?

Jamie me viu socando e chutando o ar ontem à noite. Ele tentou avisar a Ron que alguma coisa tinha acontecido. Eu o espero repetir a pergunta que fez no penhasco.

O que aconteceu com você?

Mas Jamie não pergunta nada. Acho que está começando a entender.

Espero um olhar de julgamento, reprovação, uma bronca.

Nada.

Uma gota de suor desce pelas minhas costas. Aqui dentro parece uma sauna. Jamie me dá uma garrafa de isotônico e enxuga minha testa de novo. Bebo alguns goles antes de devolver para ele. Ele abre a embalagem de uma barra de proteína como se fosse uma banana e me entrega. Meu estômago ronca enquanto a devoro. Logo em seguida, Jamie abre outra enquanto dou minha última mordida na primeira.

— Vou te ensinar a desligar o rastreador no relógio para economizar a bateria, está bem? — Ele aponta para o meu tornozelo. — É o botão na lateral. Você aperta para dentro para desligar, e aí parece um relógio comum.

Alcanço o relógio e aperto o botão.

— A gente sabe que os meninos vão voltar para te buscar. Eles precisam de você no laboratório que montaram. A gente tem que torcer para que seja fora da ilha ou num lugar que tenha sinal. Assim que você sair de perto das pedras, aperta o botão e liga o rastreador, combinado?

Olho para esse cara ajoelhado na minha frente, contra a luz da lanterna e as luzes laranja dançantes. O que eu sei de verdade sobre ele?

Ele tem vinte e dois anos. Seu cabelo tem mechas cor de cobre escondidas nos cachos castanhos. As risadas mais sinceras dele fazem a ponta de sua cicatriz se mover. Ele fazia patinação artística em dupla antes de começar no hóquei. Ele aperta o dorso do nariz quando se sente frustrado. Não sabe qual é o seu povo nem seu Clã. Os dedos dele são macios como um sussurro quando tocam minha pele. Ele tira as azeitonas pretas da pizza.

Ele beija com confiança, sem se conter. Seus olhos parecem comuns à distância, mas, de perto, são incríveis. Já foi abandonado antes. Sempre dirige dentro do limite de velocidade. Fala francês e espanhol. Achou que fosse morrer quando cortaram o rosto dele. Rezou para o Criador quando procurou o pulso de Lily, rezou para que encontrasse. Quer fazer parte de algo maior do que ele mesmo. É mais forte do que parece. Ele me ama. E, finalmente: quando ele topou participar dessa missão disfarçado, ele nunca imaginou que nada disso aconteceria.

Incapaz de ficar de olhos abertos, eu me deito no colchão com as costas apoiadas na parede. O metal frio toca minha camiseta e impede que o suor pingue, como está acontecendo com Jamie. Minhas mãos tremem um pouco. Efeito colateral do Rupinol ou do plano deles — ou ambos.

Caio no sono com o som das ondas chegando à praia em algum lugar em Sugar Island.

Luzes laranja estão se movendo na parede. Mas não é mais um trailer; é uma costela iluminada por faixas laranja. Não estou apenas dentro do tigre; eu sou o tigre.

Eu me abaixo, invisível, e observo três meninos. Não desvio o olhar até uma onça preta, Panthera onca, *passar por perto. Ela não deveria estar nessa parte nor-*

te. Esse território não é dela. Ela não percebe a ameaça até começarem a cercá-la. Uma coruja pia. Algum animal rasteja por perto. Continuo escondida; ninguém precisa saber que estou aqui.

Eles se transformam. Os três meninos viram uma criatura com o rosto do Levi, cabelo loiro espetado, peito côncavo e seis braços musculosos que se esticam como borracha.

Jamie, em um terno preto, fica de pé onde estava a onça. A criatura começa a dar socos como se fosse uma metralhadora. A camisa branca de Jamie se abre e revela um abdômen cheios de hematomas. O único som que se ouve é o das costelas dele sendo quebradas enquanto ele tenta respirar.

Ron grita de longe: "Eu não consigo encontrá-lo, Daunis!"

Pulo do meu esconderijo, já sentindo o gosto do sangue quente da criatura na minha garganta. Mas sou jogada para trás e caio no chão, arfando. Meu tornozelo está preso a uma cama velha.

A criatura se transforma em três meninos que não reconheço. Solto um rugido para cada um deles. O primeiro não olha nos meus olhos. O segundo some como se nunca tivesse existido. O terceiro sorri, mostrando dentes muito mais afiados do que os meus.

Jamie cai de cara no chão, rola e começa a chutar e socar o ar, desesperado. Tento ouvir a respiração dele, mas não ouço nada. Os movimentos dele desaceleram até as pernas e braços ficarem parados.

Não consigo alcançá-lo. Jamie vai morrer achando que eu o abandonei.

Uma respiração quente no meu pescoço me transforma na estátua de um tigre. Petrificada, enquanto a cobra sobe pela minha perna.

※

Acordo, meu coração disparado, minha testa e mãos pressionando a parede fria.

Estou com medo. Quero minha mãe. Preciso sair daqui.

Eu me virei no meio da noite, mas Jamie, não. Seu braço ficou na minha cintura e seu rosto está sobre meu cabelo. Toda vez que ele expira, o ar passa pelo meu cabelo bagunçado e faz cócegas no meu pescoço. Sei que a respiração de Jamie não é a de Grant, mas medos racionais também são assustadores.

Minha bexiga cheia me incomoda, e preciso passar por cima de Jamie para sair da cama. Essa não é a primeira vez que uso um penico. Cabanas bem rústicas e acampamentos de caça na Península Superior não têm água encanada. Um balde do lado de fora da porta significa: nada de ir ao banheiro externo cheio de aranhas no meio da noite.

Depois que termino, eu me sento no chão no meio da fita adesiva mais próxima, encarando o fogão a lenha. Abraço os joelhos no peito. Os únicos barulhos aqui são os das ondas fora do trailer e o estalar de um pedaço grande de lenha queimando.

Madeira não é sólida; é feita de celulose, que se transforma em gás durante a combustão. Esse gás se acumula até estourar a parede da célula no ponto mais vulnerável. É isso que provoca os estalos — quando a pressão encontra um ponto fraco.

Tento não pensar no pesadelo e começo a organizar minha cabeça.

O que eu sei:

1. Os meninos, Grant e Angie Flint são responsáveis pela metanfetamina.
2. Dana me drogou e fez alguém me trazer aqui.
3. Eles estão usando Jamie para me forçar a cozinhar MA para eles.
4. Com certeza não vão deixar o Jamie ir embora.
5. Levi é o ponto fraco.

O que eu não sei:

1. O que minha mãe está fazendo agora?
2. Levi teve alguma coisa a ver com a morte do Tio David?
3. Qual é o nível de envolvimento de Dana nisso tudo?
4. Como Heather e Robin acabaram no meio disso? A morte delas foi acidental ou planejada?
5. O que Mike está planejando fazer com Jamie?
6. Quão *enforcer* o Stormy seria?
7. Como paro de amar esse irmão que nem reconheço mais?

Fico sentada até o trailer se iluminar com a missão de Zaagaasikwe de começar o dia. Fico em pé e me alongo. Meu cóccix está dolorido. O cansaço em meus olhos parece ser permanente.

Uso minha manga para limpar a sujeira da janela, mas dou de cara com uma parede escura. Peridotito, uma rocha ígnea. O trailer está atrás de uma pedra preta.

— Leste — diz Jamie, da cama.

Não é uma pergunta.

Ele se levanta para fazer xixi no balde antes de voltar a deitar. Parece exausto, e o dia começou há apenas alguns minutos. Ouvi as ondas e os estalos enquanto estava em transe na minha bolha... mas nenhum ronco. Jamie também ficou acordado o tempo todo.

Jamie fica no lugar que ocupei durante a noite, com as costas contra a parede. Ele bate na cama logo à frente dele para que eu me deite também.

— Vamos dormir um pouco. Eles não vão voltar tão cedo, e a gente está exausto demais para raciocinar. Dá para tentar alguma coisa quando a gente estiver menos atordoado — propõe ele.

Eu me deito de costas ao seu lado e fico encarando o teto de alumínio arredondado.

A temperatura no trailer está confortável, não muito quente nem muito fria. Mas à medida que o fogo diminuir ao longo do dia, vai esfriar. Em algum momento, Jamie vai querer ficar abraçado para se esquentar.

— Você precisa ficar de frente para a parede — digo.

A sobrancelha dele se ergue, mas ele rola para o lado. O trailer fica iluminado pelo pouco de sol que nos alcança.

Rezo em silêncio para o Criador pedindo por zoongidewin. Hoje é um dia de coragem.

— Tudo bem se eu colocar meu braço em volta de você? — pergunto.

— Claro — responde ele.

Eu me viro para Jamie e coloco o braço por cima dele. Gosto dessa sensação do corpo dele perto do meu. Me acalma saber que não estou sozinha. Eu respiro fundo.

— Você não pode colocar o braço em volta de mim assim porque...

Jamie fica tenso. Eu faço uma breve pausa, mas continuo, devagar:

— ... porque Grant Edwards me prendeu de barriga para baixo quando me atacou ontem à noite no quarto de hotel dele. Eu o segui até lá porque ele disse que tinha um vídeo meu mexendo no escritório dele naquela noite em que jantamos na casa dele.

Jamie não diz nada, e parece que uma hora inteira se passa.

— Você vai sair daqui hoje — diz ele, finalmente. — O rastreador vai levar Ron até você. Conta tudo para ele; ele é um bom agente. O FBI vai cuidar do resto. Eles vão prender Grant Edwards e você vai poder deixar tudo isso para trás, Daunis. Você vai ficar bem.

Não sei se acredito nele ou se quero muito acreditar, mas finalmente relaxo. Ele coloca a mão em cima da minha, que está na frente dele. O polegar dele acaricia a pele entre meu polegar e o dedo indicador no mesmo ritmo das ondas do lago George.

※

Acordamos ao mesmo tempo quando ouvimos vozes se aproximando do trailer. Nós nos levantamos e ficamos ao lado da cama. Pegamos a mão um do outro ao mesmo tempo.

Fico tonta por me erguer rápido demais, e meu coração dispara com medo.

— Vou concordar com qualquer coisa que eles disserem — sussurro. — Vou contar tudo para o Ron assim que ele me encontrar. E a gente vai voltar para te buscar.

Jamie prende a respiração, como se estivesse prestes a mergulhar na piscina mais funda do mundo.

— Eu te amo — diz ele, rápido. — Não importa o que aconteça, Daunis, eu te amo. Se algo der errado, salve-se e saia correndo daqui.

Meus lábios estão próximos à orelha dele.

— Confia em mim — falo. — Levi é o ponto fraco.

Alguém mexe na fechadura.

Não sei por que a verdade importa agora. Só sei que importa.

— Eu te amo, Ojiishiingwe.

CAPÍTULO 48

Eles repetem a entrada de ontem à noite. Levi entra primeiro e vai direto para o balde. Mike vai para o fogão. Ele trouxe só uma madeira pequena. Meu estômago se embrulha com a ideia de que Jamie talvez não fique vivo por tempo suficiente para receber uma maior.

— Então, princesa, o que vai ser? — pergunta Mike quando eles terminam as tarefas.

Solto a mão de Jamie e dou um passo à frente.

— Que garantia eu tenho de que o Jamie vai ficar bem se eu concordar em ajudar vocês? — pergunto para Mike. — Porque não confio no Levi.

Mike pisca, surpreso.

— O quê?! — exclama Levi, em choque, com a voz aguda.

— Eu não me fiz entender? — Minha voz está gélida. — Você é um mentiroso, uma cobra. — Olho para Mike e repito a pergunta: — Que garantia eu tenho de que o Jamie vai ficar bem se eu concordar em ajudar vocês?

Mike me olha de cima a baixo com a cabeça inclinada, as sobrancelhas franzidas e os lábios pressionados, como se ele fosse um Nish dando direções.

— Do que você tá falando, Daunis? — pergunta Levi.

— Você mentiu sobre o cachecol do meu pai — sibilo. — Você sabia o quanto ele significava para mim e disse que não conseguiu encontrar. Mas você sabia exatamente onde estava. — Eu dou outro passo à frente, o mais longe que a corrente me permite ir. — Achei no seu guarda-roupa ontem. Se você mentiria sobre meu pai, qualquer coisa que sai da sua boca é questionável. — Eu lanço mais um olhar enojado para meu irmão antes de me virar para Mike. — Pelo menos com o Mike eu me entendo. Não é?

Mike dá um sorriso que me lembra o pai dele. Engulo a bile que sobe até minha garganta. Minha máscara é de frieza com Mike e fúria inabalável com Levi.

— O que você está fazendo, Daunis? — indaga Jamie, obviamente preocupado.

— Foi você que invadiu meu quarto? — Levi está abismado, furioso e envergonhado. Uma mistura de emoções fáceis de identificar.

— Sim.

— Estou impressionado, princesa — diz Mike, enquanto pisa na zona de perigo. — Coloque a perna na mesa.

— A perna? — Eu me esforço para manter a voz calma. Como ele saberia do relógio no meu tornozelo direito?

— Você quer tirar a corrente, não quer? Mas você, príncipe encantado — ele se dirige a Jamie —, se deita na cama de frente para a parede, assim não vai tentar nenhuma gracinha. A menos que prefira levar outro choque.

Nós seguimos os comandos de Mike ao mesmo tempo. Atrás de mim, a armação enferrujada da cama range com a movimentação de Jamie enquanto eu puxo a mesa para mais perto e apoio a perna.

Mike se inclina sobre a mesa para colocar a chave na tranca em meu tornozelo.

Minha perna, agora livre, parece que poderia sair flutuando. É minha perna direita que parece carregar o peso do mundo no momento.

— Obrigada — digo.

Mike sorri, satisfeito.

— Pode levantar, príncipe encantando — diz ele. — Princesa Dauny, ele vai ficar bem porque vou mandar o Levi cuidar dele.

— Então você que vai me levar até o laboratório? — pergunto, deixando um pingo de alívio perceptível em minha voz.

— Esse é o plano. Embora, preciso dizer, você está muito preocupada com o bem-estar de um cara que você traiu.

— O quê? — perguntam Levi e Jamie ao mesmo tempo.

— Dauny transou com meu pai no Shagala.

Enfim o sorriso de Mike chega aos seus olhos azuis.

Eu me retraio. Mike acha que foi consensual? Quero explodir de raiva.

Não consigo disfarçar a minha reação, então a transformo em raiva por ter sido descoberta. Para tentar soar convincente, finjo estar inquieta e lanço um olhar culpado para Jamie. Jamie entende a atuação na mesma hora. Sei que ele também está fingindo, mas seu olhar de dor e confusão me machuca.

— Você traiu o Jamie? — Levi me encara como se eu fosse uma desconhecida. Ele não me dá tempo de responder. Em vez disso, se vira para Mike. — Você sabia?

— Eu sempre sei quando meu pai está caçando alguém. — Mike dá de ombros. — É muito previsível. Ele não me deixa namorar durante a temporada de hóquei. Enquanto isso, ele fode todo mundo e minha mãe finge não saber. — Mike anda até mim. — Ele se livrou da Robin e começou a ficar de olho em você. Quanto mais nova, melhor.

Encaro Mike e penso algo horrível. Ele levou a Robin para o Shagala três anos atrás e me beijou naquele dia. Talvez as intenções de Mike não tenham nada a ver comigo, mas com provar algo para o pai.

Não posso me distrair. Preciso seguir o plano que montei quando estava observando o fogão hoje de manhã. Meu plano de atingir o ponto fraco.

— Bem, agora que você já chamou o Levi de cobra — começa Mike — e ele sabe a verdade sobre a puta da irmã dele… acho que ele é quem deveria te levar para o seu novo local de trabalho. Vou ficar aqui com o príncipe Jamie enquanto os irmãozinhos vão juntos.

Mike está muito satisfeito consigo mesmo. Ele montou essa jogada — uma trifeta, quando um jogador marca três gols na mesma partida. Revelar um segredo que jogue Levi contra mim. Arruinar meu relacionamento com meu namorado. Me mostrar que ele está no comando e que consegue ser mais esperto do que eu.

— Mais alguma coisa que queira dizer antes de ir? — pergunta Mike.

Eu me viro para Jamie e digo, com a voz mais patética que consigo emular:

— Eu sinto muito. Foi um erro idiota e não significou nada para mim. Faço qualquer coisa para te compensar por isso.

Minhas costas estão viradas para Mike e Levi, que não conseguem me ver piscar. *Confia em mim. Levi é o ponto fraco.*

O plano era conseguir separar Levi de Mike de alguma forma. Minha única chance de colocar um pouco de juízo na cabeça do meu irmão é ficando a sós com ele. Eu esperava que se eles fossem me tirar do trailer seria apenas com um deles, não os dois. Eu tinha que ter certeza de que seria o Levi, e o melhor jeito de fazer isso era deixar o Mike acreditar que eu não queria mais nada com meu irmão.

Mike me mostrou ontem à noite que ele gosta de aproveitar as oportunidades para me desestabilizar. É parte da necessidade dele de provar que é o alfa da operação.

Eu mantenho minha máscara no rosto, fingindo ser a garota que acabou de aprender quem é que manda.

— Ah, e Dauny, se alguma coisa impedir o Levi de voltar aqui em duas horas, o príncipe encantado não vai ter um final feliz.

Mike manda eu ir até a porta com Levi. Lanço mais um olhar de raiva para ele, mas por dentro estou me controlando para não começar a dançar uma Dança da Fumaça rápida e alegre. Está acontecendo exatamente o que eu planejei.

CAPÍTULO 49

Sigo Levi na direção norte ao longo da praia, como se estivesse presa à perna dele. Observo os arredores, procurando por algo familiar que me diga onde estamos. Meu nariz coça com todos os aromas que não são do trailer: água fresca, o cheiro de peixe do limo das pedras, o doce das folhas caindo que me lembra tabaco, cedro e pinho.

Levi entra numa caverna com um riacho que leva ao rio, passando por um túnel que sai na floresta, e cruzamos o riacho pisando em pedras que formam uma espécie de ponte.

Meu pé direito escorrega na superfície lisa da última pedra, quando a travessia está quase no fim. Meus dedos tocam a água gelada, que me atinge como se fosse um choque.

Se meu sapato tivesse ficado completamente submerso, o relógio teria molhado e tudo iria por água abaixo.

Parando para esfregar a lateral do pé com as mãos trêmulas, aperto o botão do relógio no meu tornozelo direito.

Alcanço Levi dez segundos depois, quando nos aproximamos de um bosque de pinheiros.

Uma caminhonete velha está estacionada entre as árvores. Não parece tão suspeita ali; tem várias dessas espalhadas por toda a ilha. Tanto Nishnaabs quanto Zhaaganaash as chamam de "caminhonetes da reserva", independentemente de quem é o dono. Algumas têm uma morte lenta e oxidada em um campo aberto ou atrás de um galpão com outras relíquias descartadas. Essa caminhonete ainda está em boas condições para ajudar com um atolamento ou levar uma cabana de pesca para um lago congelado.

A chave estava na ignição. Levi tira o câmbio de marcha de trás do volante, como se fosse um braço fino esticado. Algo me parece familiar nesse carro quando me sento no banco do passageiro. Meus dedos encontram um rasgo no vinil verde-oliva que eu já sabia que estava ali.

Esta é a caminhonete que Dana usou para me trazer para Sugar Island.

Os pinheiros rapidamente somem, e no lugar estão árvores de bordo. A rota em zigue-zague de Levi só faz sentido porque as folhas estão amassadas pelo caminho por onde a caminhonete deve ter vindo. As marcas de pneus são como uma trilha de migalhas de pão a ser seguida.

Apenas quando o caminho tortuoso na floresta se torna uma estrada estreita Levi fala comigo.

— Não acredito que você traiu o Jamie. Achei que você estivesse acima desse tipo de coisa.

Essa é a primeira coisa que ele fala para mim?

— Eu não traí. O pai dele me estuprou.

Levi se vira para mim, boquiaberto.

— Não foi isso que o Mike me disse.

— Vou ter que mostrar provas para *você* acreditar em mim? — Minha voz vacila, porque a pergunta dele é minha resposta.

Abro o zíper da minha jaqueta e puxo a gola da camiseta junto da alça do meu top. A marca dos dedos de Grant Edwards no meu ombro está indo de vermelho escuro para roxo.

— Bem, mas como ele ficou sozinho com você? — Ele me repreende. — Achei que você fosse esperta. Todo mundo sabe que ele é nojento.

— Essa é a parte que importa, Levi? — Eu pisco para me livrar das lágrimas e tento me concentrar, fazendo uma anotação mental sobre a rocha arredondada que parece um minidoodooswan no caminho. — Você ia encher de porrada um cara do seu time por me desrespeitar naquele dia em que falou comigo sobre uma "oportunidade" de negócios.

Ele desvia de um tronco de bétula caído que bloqueia a passagem, os olhos fixos na estrada enquanto eu falo.

— Isso é tão errado, Levi. Está tudo errado. Você envolvido com essa porcaria de metanfetamina. Você sem me defender quando preciso. Você deixando o Mike controlar tudo. O seu presente de aniversário no meu guarda-

-roupa. Sua mãe me drogando. E o Tio David... você teve alguma coisa a ver com a morte dele?

— Não — diz Levi rapidamente. — Mike achou que se o seu tio experimentasse MA, ele ficaria motivado a trabalhar com a gente. Mas aí ele injetou droga demais. Mike achou que foi de propósito, mas eu não estava lá quando aconteceu.

— Motivado — repito, seca. — É por isso que você colocou aquela caixa no meu armário? — Vejo o movimento na garganta dele, mas ele não responde. — O que vai acontecer quando vocês forem longe demais com o Jamie e o tirarem da equação? Sei que não vão deixar ele ir embora. Você vai concordar com eles quando quiserem que Jamie seja "motivado" também?

— Mike nunca te machucaria. A caixa era só um plano B. Um seguro, para o caso de você tentar fazer a coisa certa. Eu nunca faria isso, mas o Mike disse que é preciso ser sagaz e controlar o destino do seu oponente.

— E eu sou seu oponente? — pergunto baixinho.

— Não — rebate Levi. — É só uma rede de segurança para você entrar na jogada. A gente vai deixar o Jamie em paz e ele não vai falar nada. A gente só quer assustar o cara para ele ficar calado — insiste meu irmão.

— Assim como você fez com o TJ? Ameaçando destruir a carreira dele? — pergunto. — Você não pode confiar no que o Mike diz. Ele me beijou no quarto dele naquele dia em que me ajudou com o celular. Eu tive que dar mil motivos para explicar por que não estava interessada nele. Quando mencionei você, ele disse que podia ser nosso segredo. Mike não é o amigo leal que você pensa que é. Por favor, escuta o que estou dizendo, Levi.

Levi fica em silêncio quando saímos da floresta. Nós passamos por um campo que está deixando de ser uma fazenda para ser outra coisa. Voltando a um estado natural. Um canteiro de mashkodewashk está crescendo nele. Eu me pergunto se é a versão masculina ou feminina de sálvia. Então me pergunto por que estou me perguntando isso.

Nós seguimos por uma estrada de terra. Leio uma placa torta e reconheço onde estamos. Ele está indo na direção oeste até a estrada principal que vai do norte ao sul da ilha.

Meu coração bate forte com a antecipação da próxima curva de Levi. Se ele for para a esquerda, vamos para uma parte da ilha onde não há nenhuma chance de enviar um sinal. Se ele for para a direita, podemos estar indo em direção à balsa, ou a um segundo local na parte norte onde talvez eu consiga sinal.

Minha única chance é virar à direita.

Quando Levi chega à estrada principal, ele para por tanto tempo que acho que vou vomitar de tanto nervosismo. Inclino o corpo para a frente, olhando para minhas mãos apoiadas em minha calça jeans suja.

Ele segue para o norte, e eu quase choro de alegria.

Talvez tenhamos uma chance.

Se o relógio de Jamie no meu tornozelo estiver transmitindo alguma coisa.

Se eu o liguei direito perto do riacho quando Levi não estava olhando.

Se Ron estiver esperando no continente, talvez consiga montar uma barreira para todos os carros que estão saindo da balsa, como na noite em que Lily foi morta. Dessa vez seria para encontrar Jamie e a mim.

Se eu conseguir voltar para o trailer antes de as duas horas acabarem... Quanto tempo demorou para a gente chegar aqui?

Depois que todo mundo for preso, será que Sugar Island e meu povo vão ser rechaçados pelas pessoas da cidade?

— Quem mais está metido nisso?

Falo o nome de dois outros membros registrados do nosso povo que estão no time; um se formou comigo e o outro com TJ.

Levi balança a cabeça.

— Você entendeu tudo errado. Não é o Mike e alguns selvagens. — Eu resisto à tentação de gritar com ele por falar assim. — Sou eu, Mike e alguns coitados que precisam do dinheiro. Rob, Max e Scotty.

Meu alívio de ouvir o nome de três garotos Zhaaganaash vem seguido de culpa e raiva. Agora não podem dizer que foi "coisa de *índio*". Porque eles diriam isso.

— Levi, por que *você* está envolvido nisso? Não pode ser só pelo dinheiro. Você já tem o per cap.

— Claro, para *você* dinheiro não é grande coisa. — É a primeira vez que ele parece irritado. — Minha mãe diz que quando o cassino implodir, como acaba acontecendo com todos os negócios furados nas reservas, não vamos depender do povo para nada. A gente nunca mais vai voltar a ser os pobres coitados Nishnaabs, lutando por migalhas. Se você quer alguma coisa, diga em voz alta e decida no seu coração fazer qualquer coisa para que aconteça. Ela disse que foi assim que conseguiu tudo que queria.

— Como ela fez com meu pai? — disparo, antes de pensar como isso afetaria a situação.

— Não foi só ela — diz ele, irritado. — E não foi ela quem traiu sua mãe, foi ele.

Levi soa como um garotinho. Um garotinho assustado.

— Levi, por que você mentiu sobre o cachecol? — pergunto com calma enquanto ele dirige para o norte na via principal de Sugar Island.

— Não sei. — A voz dele falha. — Eu encontrei quando era criança, e quando minha mãe viu, ficou furiosa. Disse que foi um presente da sua mãe para ele. Um cachecol chique de cashmere que combinava com os olhos verdes dela. Sempre que o meu pai usava, ele estava dizendo para minha mãe que ele deveria ter ficado com a sua mãe em vez de ficar com ela. — Meu irmão acelera tanto que o carro treme, como se fosse um velhinho sendo forçado a correr. — Talvez eu tenha pensado que se você ficasse com o cachecol e usasse ele, seria como jogar na cara da minha mãe o que ela fez na ilha naquela noite. Ela fez o pai da Macy tomar shots com o pai até ele mal conseguir andar. Assim ela teria uma chance com ele.

Quero parar o tempo para processar essa última coisa que Levi contou, mas preciso me concentrar no plano. Nossa vida depende disso.

Levi vira para o oeste em direção à ponte que leva à balsa. Nós ouvimos a buzina da balsa, e fico morrendo de medo da possibilidade de ter perdido essa e termos que esperar meia hora pela próxima.

— Minha mãe queria tanto o meu pai, ter um filho com ele, que fez acontecer. Eu não podia deixar você usar o cachecol. Só não podia. Daunis, por favor, não use perto dela.

Solto um suspiro de alívio quando nos aproximamos da longa fila de carros esperando pela balsa.

— Beleza, Levi. Prometo que não vou usar o cachecol.

Ele é quem fica aliviado agora.

— A gente não é responsável pelas escolhas que eles fazem — digo. — A gente ama pessoas imperfeitas. A gente pode amar do jeito que são e não condenar suas ações e crenças.

O lábio inferior do meu irmão treme. Ele parece estar à beira das lágrimas. Eu me sinto do mesmo jeito.

— Levi, eu não fico com raiva das decisões da Dana naquela noite porque elas me deram você, e eu te amo.

Ele sorri, e uma única lágrima cai. Sinto que vamos conseguir sair dessa confusão toda.

— A gente pode fazer isso então, Daunis — diz ele, empolgado. — Você e eu. Arranjar um jeito de comprar a parte dos outros e tocar esse negócio. Ninguém nunca vai suspeitar de nós dois. Seríamos imbatíveis.

A expressão dele é de pura felicidade.

Sinto meu coração se rasgar, e algo vai embora. O que quer que seja, fica para trás em Sugar Island quando Levi pega a última vaga na balsa. Olho para trás como se fosse enxergar uma gota de sangue no chão. A rampa hidráulica se levanta como uma ponte levadiça. Olho para a frente, em direção à buzina.

— Seríamos imbatíveis porque você sempre sai ileso das coisas? — pergunto, cansada. — Como quando o Travis levou a culpa pelo tiro de pressão que fez aquela moça perder a visão de um olho?

Choque, medo, culpa e vergonha passam pelo rosto de meu irmão. E depois ele se transforma em uma máscara própria.

Levi pega um celular flip do bolso do casaco e digita um número. Ele instrui alguém a se encontrar com ele na saída da balsa. Tento ouvir a voz de Grant, mas a pessoa não fala nada.

A dormência na parte superior do meu braço parece se expandir para todo o meu corpo.

— Coloca isso. — Levi me entrega um boné de beisebol. Quando não pego, ele avisa: — Eu vou falar para o Mike.

Obedeço, pensando em Jamie sozinho no trailer com Mike Edwards.

Analise o problema. Jamie está em perigo e Ron não sabe onde estamos.

No carro ao lado, Seeney Nimkee olha para mim.

Avalie seus recursos. Uma Anciã.

Meus olhos suplicam. *Me ajude. Me ajude. Me ajude.*

Quando os propulsores de ré sacodem a balsa, percebo que não há barricadas ou carros da polícia no estacionamento. Ninguém está vindo me salvar. O que significa que não vou conseguir salvar o Jamie.

A ponte levadiça desce. Carros desembarcam.

Levi buzina, porque o carro da frente não ligou o motor ainda.

— Mas que inferno, Minnie. Liga a merda do carro! — grita ele para o Mustang vermelho.

Olho de novo para Seeney. De início, acho que ela está falando para acelerar. Mas então ela fala de novo, e percebo que é para mim.

Sai daí.

CAPÍTULO 50

Durante um segundo, tal como quando o disco de hóquei cai no gelo, tudo fica calmo e em paz. Tempo suficiente para inspirar profundamente e soltar o ar devagar. Então, a corrida recomeça.

Levi xinga Minnie de novo. Corro para fora da caminhonete antes de ele terminar de falar. Um segundo depois, estou no banco traseiro de Seeney.

Ela engata a ré, vai para trás e acelera para a frente num ângulo diferente. Os carros encostam e os metais se arranham quando ela bloqueia Levi.

Minnie continua parada. O carro de Levi está perto demais da ponte levadiça traseira para fazer uma curva. Ele não consegue ir para lugar nenhum além da esquerda. Minha visão está bloqueada pela caminhonete.

Pego o celular dela do porta-copos e ligo para Ron. Ele atende.

— Jamie está em Sugar Island! — grito. — Num trailer escondido entre as rochas pretas da costa leste, aproximadamente trinta metros na direção sul de uma entrada de caverna com um riacho. Mike Edwards vai machucar ele.

Eu destravo a porta direita, saio do carro e passo por trás da caminhonete para chegar ao outro lado.

O carro de Jonsy Kewadin. O que ele chama de pônei.

Xingando sem parar, Jonsy está sentado do lado de dentro com os dois pés mantendo a porta do passageiro aberta. Ele criou um bloqueio quase perpendicular para não deixar Levi escapar.

O vento leva o boné da minha cabeça. Atravesso o corredor da balsa até ficar na frente do Mustang vermelho de Minnie. Ela ainda não saiu do lugar.

De alguma forma, esses três Anciãos coordenaram um resgate.

Minnie abaixa o vidro da janela e grita:

— Entre, minha menina! Ambe!

Faço o que minha Anciã manda e observo os movimentos de Levi de dentro do carro de Minnie, em segurança.

Ele tenta abaixar o vidro do passageiro e sair pela janela. Algo não deve estar funcionando, porque vejo Levi se debater como uma criança fazendo birra.

Seeney segue a deixa do meu irmão e sai pelo lado do passageiro, correndo para a frente da balsa. Em vez de continuar pela rampa, ela para e nos observa do deque.

Ela aponta para Levi com uma das mãos enquanto segura uma pena invisível para o Criador com a outra.

Seeney solta um chamado estridente.

— Lee-lee-lee-lee-lee!

Minnie faz o mesmo, tocando sua buzina. Jonsy acompanha com a buzina dele também.

Finalmente, Levi consegue descer o vidro da janela e rola por cima do carro de Seeney. Ele passa correndo pelo carro de Minnie e segue em direção à rampa. Ele está falando no celular.

Seeney continua a apontar e gritar para a figura correndo na direção dela.

Saio do carro de Minnie quando percebo que Levi não vai desviar de Seeney. Ele precisa de uma distração para fugir.

Levi se choca contra ela e desce pela rampa, correndo até o estacionamento.

Vou até Seeney, que está deitada no chão com um braço esticado acima da cabeça. Sem conseguir respirar, ela para antes de puxar uma grande arfada de ar.

O que sai dela em seguida faz meu coração explodir.

Ela continua o *lee-lee*. Eu sei o que isso significa: *Nós enfrentamos algo pior do que você e ainda estamos aqui.*

É nossa música de sobrevivência.

Enquanto Minnie, Jonsy, o taifeiro e outras pessoas saem de seus carros para ajudar Seeney, corro atrás de Levi. Ele chegou ao outro lado do estacionamento e continua em direção ao campo de golfe. Está com a vantagem. Não consigo alcançar meu irmão correndo nessa velocidade.

Pensa, Daunis. Pensa.

Analiso a fileira de carros esperando para embarcar na balsa. Não vejo nenhum carro conhecido, até perceber um Range Rover preto chegar à fila. O carro de Grant. Ele veio buscar Levi. Ron precisa saber do envolvimento de Grant nisso. O celular de Seeney ainda está no carro dela. Antes de eu me virar para ir buscá-lo, a buzina de um carro me chama a atenção. A BMW do treinador Bobby estaciona ao meu lado. Ele pode me ajudar.

— Treinador, preciso de uma carona. E do seu celular. A gente tem que seguir o Levi.

— Claro — diz ele sem hesitar. — Entra.

Entro no carro. Ele olha para mim, e percebo que ele está esperando eu colocar o cinto de segurança. É ridículo, sério. Se preocupar com esse tipo de coisa no meio de uma crise.

— É sério isso? — Eu levanto a voz enquanto obedeço. — Vai pagar de senhor Segurança Em Primeiro Lugar?

Bobby sai do estacionamento da balsa, vira à esquerda em direção ao campo de golfe. Eu me movo para pegar o celular dele no porta-copos. Ele o afasta para a esquerda, fora do meu alcance.

— É sério is... — repito, descrente.

Espera. Nunca falei para onde Levi estava indo.

O treinador não perguntou.

Olho de volta a fila de carros para embarcar na balsa. O carro do Grant não se moveu.

Quando estávamos em Green Bay, o treinador Bobby disse que Grant tinha doado os discos para o programa jovem do povo, mas estava mantendo segredo porque não queria publicidade. Mas quando Grant doou seus serviços legais para a fundação da Robin, ele posou para uma foto que foi estampada na primeira página do jornal *Evening News*.

Grant Edwards não nega publicidade. Bobby mentiu.

O parceiro deles é um professor de negócios do ensino médio. Um empreendedor. Um apostador. Grandes vitórias e derrotas. Começou vários pequenos negócios que nunca deram certo. Até que um deles deu.

— Aposto que você queria estar jogando como titular de defesa no hóquei agora — diz ele.

CAPÍTULO 51

— Seja esperta, Daunis. Não vai fugir, hein? — avisa Bobby.

Seguir as ordens dele parece uma coisa normal. Memória muscular de Antes.

O treinador sempre ouve o rádio AM. Todas aquelas caronas depois do treino. Voltar de jogos no meio da noite.

Ele cuidava de mim. Me defendia quando outros técnicos diziam que não era certo ter uma garota no time masculino. *Cala a boca que ela joga como qualquer um deles.*

— Depois que a gente instalar você em Raco, no meio do nada, você vai fazer tudo que a gente mandar. Pode esquecer aquele seu namoradinho. Ele já era — diz ele com uma calma assustadora.

Não. Jamie não está morto.

Mike não faria…

Não sou mais capaz de julgar o que as pessoas são capazes ou não de fazer.

O treinador continua:

— É só cozinhar os melhores cristais que sua mãe continua viva.

Jamie não é mais o incentivo. Eles vão machucá-la. Eu devia ter ligado para ela quando peguei o celular de Seeney. Eu devia tê-la alertado.

Se eles me levarem para o laboratório móvel, nunca mais vou ver minha mãe ou Jamie. Eles vão continuar ameaçando as pessoas que eu amo para me manter na linha. Talvez Tia Teddie e as gêmeas sejam as próximas. Uma a uma.

O treinador para no campo de golfe, perto da garagem de equipamentos. Meu irmão surge de lá e corre até o carro. Num piscar de olhos, Levi está no banco traseiro, logo atrás de mim.

Ele está respirando rápido quando passa a mão pelo apoio de pescoço do meu banco e coloca a mão no meu ombro esquerdo. Aquele que ele sabe que sempre dói. Aquele com o hematoma de mordida. Levi não faz nada além de deixar a mão ali. É uma ameaça e uma traição.

Um lamento baixo vem do fundo do meu peito.

O treinador dá de ombros — *que pena, é tão triste* — como se eu tivesse reclamado de uma jogada ruim no gelo.

Não podemos controlar as decisões ruins, Fontaine, mas o que podemos controlar?

Eu respondia: *Posso controlar como reajo a elas. Seguir em frente. Me concentrar na próxima jogada.*

Quando o treinador volta para a estrada, nós ouvimos sirenes ao longe. Ron e seus colegas da polícia finalmente chegaram? O meu rastreador os trouxe até aqui? Ou estão respondendo a uma ligação do capitão da balsa, que deve ter denunciado o capitão dos Supes por ter atacado uma Anciã?

Levi se vira para olhar para trás; eu só sei disso porque a mão dele sai do meu ombro. O treinador move a cabeça para o lado para ver o retrovisor.

Sou a única que mantém os olhos fixos na estrada, concentrada no próximo movimento. E por isso vejo um carro da Polícia da Reserva se aproximando pela direção oposta. Uma figura imensa está atrás do volante.

Sigo confundindo quem são os bonzinhos e os vilões.

Rápida como um raio, puxo o volante na minha direção. Nós saímos da estrada e batemos em uma árvore com força suficiente para girar e bater a parte traseira do carro em outra árvore.

Quando dou por mim, meu rosto dói.

Conecto os pontos do que aconteceu.

Levantei meus braços quando saímos da estrada. O airbag frontal foi ativado com força o suficiente para eu bater em mim mesma com meus antebraços. Algo está pingando na minha boca. Sinto um gosto forte de cobre e sal. Meu nariz está sangrando. Meus dois ombros doem demais. O cinto de segurança está apertado no meu peito. Só agora percebo que estou com dificuldade para respirar. Quando consigo soltar o cinto, meus pulmões se expandem. Minha visão volta. Eu estava quase desmaiando.

A porta do treinador Bobby está aberta. Eu me arrasto pelo assento dele para sair do carro. Saio o mais rápido que consigo porque a possibilidade de o carro explodir por causa de um vazamento de gasolina é um medo racional.

Uma voz grave grita atrás de mim:

— Mãos na cabeça, de joelhos!

Obedeço às ordens de TJ, caindo no chão. Quando tento erguer as mãos como eu vejo na TV, gemo com a dor aguda nos dois ombros. Meu estômago dói quando me viro para olhar para ele.

A arma de TJ está apontada para o treinador Bobby, que está parado na mesma posição que eu do outro lado da estrada. O parceiro de TJ alcança Bobby em poucos passos.

Assim que os braços de Bobby estão presos com algemas, TJ passa reto por mim, como se eu fosse invisível.

Espera... Eu morri?

Observo TJ mirar em algo na beira da estrada. Não me lembro de termos batido num cervo. Me levanto devagar e anuncio meus movimentos para não assustar TJ ou seu parceiro.

— Estou andando até você. Meus braços estão levantados, mas meu ombro esquerdo não vai além disso. Não estou armada.

TJ engole seco quando olha para mim. Ele coloca a arma de volta no coldre do cinto preto onde estão todos os seus aparatos de policial.

— Os paramédicos estão vindo — diz ele, sem levantar a voz.

— Espera... você sabe que eu não faço parte disso?

— Sim. Agora eu sei — responde ele, olhando para o cervo na grama. TJ se abaixa para ajudá-lo.

Não é um cervo. Quase caio no chão em choque.

Levi está encolhido, deitado de lado, olhando para nós. A perna dele está dobrada em um ângulo bizarro.

— Você e um agente disfarçado foram dados como desaparecidos e em perigo. Nós sabemos sobre a investigação do FBI. Bobby LaFleur é novidade para nós, mas talvez não para o FBI. — TJ parece irritado. — Eles não nos contaram nada.

— Me ajuda, Daunis — pede Levi. — Conta a verdade para o TJ. O treinador nos forçou a entrar nesse negócio.

Dou um passo para trás, incrédula.

[388]

— Eu estava tentando te ajudar a escapar — diz ele.

Mais um passo, me afastando das mentiras dele.

— Fica comigo, Daunis. Fica perto de mim como quando a gente era criança. Quando você me protegeu até a ambulância chegar — suplica ele.

Não é desse momento que me lembro, e sim de quando ele colocou a mão no meu ombro no carro.

— Eu te amo, Levi. — O rosto dele se ilumina com esperança. — Amo o suficiente para fazer isso.

Eu me viro para TJ.

— O treinador Bobby, Levi, Mike, Stormy e Dana Firekeeper fazem parte de um esquema de drogas. Talvez Grant Edwards também, não tenho certeza. Pelo menos um deles esteve envolvido na morte do meu Tio David, e acho que eles têm informações sobre Heather Nodin e Robin Bailey. Dana me drogou e me sequestrou. Levi e Mike eletrocutaram e drogaram o Jamie. E...

Jamie.

— Preciso ir atrás do Jamie — falo.

— Você precisa de cuidados médicos — afirma TJ.

— Ele precisa saber que eu não o abandonei, Jon!

Faz quase três anos desde a última vez que eu o chamei assim. Nossos segundos nomes sussurrados um para o outro. TJ hesita, então fala no walkie-talkie e alerta todos os oficiais de justiça de que estou indo para a balsa.

Assim que saio, meu irmão grita para mim:

— Eu te amo. Desculpa. Eu te amo. Desculpa. Eu te amo. Desculpa.

A voz dele fica mais baixa a cada repetição, até se tornar nada além de ar.

A balsa não saiu da cidade. A rampa de embarque ainda está estendida como uma ponte levadiça.

Passo correndo por uma ambulância. Seeney tira a máscara de oxigênio do rosto. Minnie bate no braço dela.

Uma fila de carros de polícia espera para embarcar. Um policial está dirigindo a caminhonete de Levi pela rampa.

Ron vem até mim, mas continuo correndo até chegar ao deque da balsa. Jonsy bate no capô do belo conversível. A porta do Mustang vermelho ainda está aberta.

Olho para trás e grito para Minnie que vou precisar pegar o carro dela emprestado.

— Miigwetch. Miigwetch. Miigwetch — falo.

Por ajudarem a Seeney. Por atrasarem o Levi. Pela proteção.

Faço a volta com o carro dela até o lugar onde Levi tinha parado. Estou de frente para a rampa traseira, que vai ser a dianteira quando chegarmos em Sugar Island.

Abaixo a janela, grito para o taifeiro que temos que ir. Em vez disso, ele espera Jonsy desembarcar e a balsa ficar cheia de carros da polícia.

Ron alcança o carro onde estou.

— Daunis, me deixa dirigir — pede ele.

Não me movo. Ele suspira e entra no lado do passageiro.

— Você está machucada — diz Ron, com calma.

— Jamie ainda estava vivo quando eu saí do trailer. — Minha voz está embargada.

O barulho da buzina da balsa me faz gritar de felicidade ou de dor. Ou os dois.

Conto tudo para Ron enquanto cruzamos o rio St. Mary's. A história vai saindo como um vômito. Não dá tempo de organizar as ideias.

Parece que se passaram cinco horas em vez de cinco minutos quando os propulsores indicam nossa chegada. O taifeiro joga a corda na ancoragem antes de apertar o botão da rampa hidráulica.

Minha paciência dura até a rampa estar na metade do caminho. Passo a marcha do Mustang e acelero por alguns segundos antes de os pneus finalmente tocarem o chão de Sugar Island.

As pessoas sempre provocam Minnie por dirigir abaixo do limite de velocidade. Meu pé está pesado no acelerador. O Mustang ronca como se dissesse: *Isso, isso, finalmente, vai!*

Passo pela fileira de carros esperando para embarcar.

Ron interrompe minha retrospectiva para pedir a localização.

— A Guarda Costeira está indo em direção ao lago George. É na parte nordeste ou sudeste da costa? Ou mais no meio?

Falo da estrada leste-oeste pela qual lembro de ter passado depois da floresta.

— Ron, é tipo um beiral nas rochas. Parece estreito, mas vai aumentando. É largo o suficiente para alguém levar um trailer com uma embarcação e deixar ali. É por isso que o sinal de GPS do Jamie não chegava em você. Ele me fez colocar no tornozelo.

Uma voz do outro lado do telefone confirma que a Guarda Costeira está a caminho.

Apenas quando estamos cruzando o campo vejo as viaturas atrás de nós. Não estão no nosso encalço, mas conseguem acompanhar. Eles devem ter me seguido pelo caminho todo, luzes piscando e sirenes tocando. Eu não tinha percebido até esse momento.

Estranho como a mente consegue bloquear algumas coisas.

Passo pela rocha que parece um minidoodooswan e desvio da bétula derrubada. A estrada fica cada vez mais estreita até virar uma trilha sinuosa. Sigo as marcas de pneus que fazem um zigue-zague pelas árvores de bordo até chegarmos à floresta de pinheiros. Estaciono no mesmo lugar onde a caminhonete estava. Não perco tempo desligando o motor ou fechando a porta.

Ron me acompanha quando saímos pulando pelas pedras que cruzam o riacho. Quando corremos pelo túnel, sinto uma dor na lateral do corpo que me tira o fôlego. Ignoro e continuo correndo pela praia. Ron está em boa forma para um cara mais velho.

Nós damos a volta pelo canto onde o trailer está encaixado entre as rochas pretas.

— Não mata ele! A gente está aqui. Acabou! — grito, os braços esticados para alcançar a porta. — Eu voltei, Jamie. Não te abandonei.

Abro a porta com força e corro para dentro. Minhas pernas amolecem com o que vejo.

Eu não devia ter anunciado nossa chegada.

Eles estão de costas para mim. Stormy em pé e Jamie ajoelhado em frente à cama.

Eu grito quando Stormy usa toda a sua força para descer um machado no tornozelo de Jamie.

CAPÍTULO 52

Eu me jogo nas costas de Stormy, e ele cai por cima de Jamie direto na cama. Arranho o rosto dele e estou prestes a morder sua orelha, com o objetivo de arrancar pedaços dele com meus dentes, quando Ron me puxa. Como ainda estou agarrada na cabeça de Stormy, ele é arrastado para fora da cama comigo.

— Daunis. — A voz de Jamie corta meu transe. — Daunis, solta ele.

Ele está falando.

Não está gritando de dor.

Solto Stormy, que cai no chão com as mãos no rosto. Ele faz barulhos parecidos com os que Tia Teddie fez quando estava em trabalho de parto — soltando a dor em sons curtos e respirações profundas.

Ron agarra Stormy e o puxa para fora do trailer.

Jamie está com os dois pés intactos. Eu o empurro para olhar melhor. Meu coração bate forte. A bota preta dele está um pouco arranhada, mas, fora isso, Jamie está ileso. Sem sangue. A algema de ferro ainda está em seu pé, mas a corrente foi cortada.

Stormy soltou o Jamie?

Eu não consigo me mexer ou falar.

Sou invadida por todos os pensamentos e sentimentos possíveis.

O rosto de Jamie se ilumina quando vê minha euforia.

— Daunis, está tudo bem. Mas a gente tem que sair daqui.

Ele segura a minha mão e me leva para fora do trailer.

Um enxame de policiais aparece dando a volta nas rochas pretas. Eles chegam a tempo de levar Stormy sob custódia para ser interrogado. Um homem de terno está ao lado dele, um agente federal, provavelmente. Antes de sair do meu campo de visão, Stormy vira para trás e me encara.

Não sei por que ele ajudou Jamie, mas sou grata por isso. Coloco a mão esquerda no quadril, mesmo que faça meu ombro doer. Levanto, com muita dor, uma pena imaginária em agradecimento aos quatro tambores na minha cabeça. Stormy faz um aceno curto com a cabeça em reconhecimento, antes de passar pelas rochas.

— Você conseguiu! — comemora Jamie. — Daunis, você conseguiu!

Sinto a euforia tomar conta de mim. Meu corpo começa a tremer, mas não me importo. Jamie e eu estamos fora do trailer. Vivos.

— O que aconteceu? — pergunta ele quando analisa meu rosto mais de perto.

— Acidente de carro com Bobby LaFleur e Levi — respondo. — Estou bem. Só me dei um soco na cara quando o airbag abriu.

— Ron, a gente precisa de atendimento médico! — grita ele.

— A Guarda Costeira está chegando pelo norte. Deve chegar aqui a qualquer momento.

— Como você convenceu o Mike a não te matar? — pergunto para Jamie.

— Mike não falou nada enquanto a gente esperava. Ele deve ter achado que eu não valia a pena. Quando o tempo acabou, eu falei para ele que não importava o que ele tenha feito, ele tem só dezessete anos e, com os contatos do pai, pode ter boas chances num julgamento.

— Para que tentar ajudar um cara desses? — pergunto, incrédula.

— "Quando cercar um exército, mantenha uma saída em aberto. Não pressione demais um inimigo desesperado" — cita Jamie antes de sorrir. — Mike e o pai não são os únicos que conhecem Sun Tzu.

— Uau. Esperto.

— Bom, depois ele foi embora e me deixou no trailer com frio e sem água ou comida. Quanto mais o tempo passava, mais eu ficava preocupado achando que tinha acontecido alguma coisa com você.

A voz sempre tranquila de Jamie está cheia de medo e preocupação.

— Aí eu ouvi alguém se aproximar do trailer em silêncio — continua ele. — Eu não sabia se Mike tinha mudado de ideia ou se era Levi voltando. Nunca imaginei que seria Stormy. Ele olhou para dentro, me viu, viu a corrente e pegou o machado embaixo do trailer. Eu perguntei o que ele ia fazer, porque eu realmente não sabia o que ia acontecer.

— O que ele disse? — questiono, sem fôlego.

— Stormy não disse uma palavra. Ele só fez aquele barulho quando você atacou ele.

Um grito corta o bosque. Nós viramos a cabeça e vemos Teddie correndo até nós.

— Meu Deus! O que aconteceu?

Os olhos dela estão arregalados de medo.

Quando ela avança em direção ao meu rosto, eu me retraio. Ela morde as costas da mão e lágrimas começam a cair pelo rosto dela.

— Estou bem — afirmo, e é verdade. Eu sinto minha cabeça leve. Como se estivesse giishkwebii, feliz e um pouco bêbada. Tudo parece um sonho e...

— Espera aí. — Eu olho para ela. — O que você está fazendo aqui?

— Seeney me ligou da balsa. Disse que você parecia assustada. E Levi estava dirigindo. Sua mãe disse que você sumiu. Ninguém queria levar a sério porque o Jamie tinha sumido também. Todo mundo tentou falar para ela que vocês tinham fugido juntos, mas ela insistiu que tinha alguma coisa errada. — Ela inspeciona meu rosto suavemente com os dedos. — TJ veio me ver... Ele estava com medo de que você acabasse como a Robin. Ele me contou sobre as drogas e como tinha certeza de que alguns policiais estavam ignorando a situação; que a juíza Firekeeper estava deixando suspeitos livres mesmo quando o processo era sólido. Ele não sabia mais a quem recorrer.

Ela retoma o fôlego e continua:

— Eu me reuni algumas vezes com os Anciãos e curandeiros para falar sobre as drogas na nossa comunidade. Tudo se encaixou quando Seeney ligou. Eu estava correndo para a balsa quando vi o carro de Minnie passando e você no volante sendo perseguido por viaturas. Aí te segui.

— Ela me salvou — conto. — Seeney encurralou Levi. Não sei como ela coordenou tudo com Minnie e Jonsy.

Tia Teddie sorri.

— Um programa do Conselho Jovem do Povo. Eles ensinaram os Anciãos a usar o celular e montaram um grupo para troca de mensagens. Seeney me disse que ela mandou uma mensagem pedindo que qualquer pessoa que estivesse na balsa bloqueasse a caminhonete que Levi estava dirigindo.

Eu amo meus Anciãos.

Achei que não tivesse nada a meu favor na balsa, exceto uma única Anciã solitária. Mas uma coisa levou à outra, e mais outra. O que eu mais precisava naquele momento.

Fui lembrada de que nossos Anciãos são nosso maior recurso, a encarnação da nossa cultura e do nosso povo. As histórias deles nos conectam com nosso idioma, medicina, terra, Clãs, músicas e tradições. Eles são a ponte entre o Antes e o Agora, e guiam o restante de nós que vamos cuidar do Futuro.

Nós honramos nossos ancestrais e nosso povo, aqueles que estão vivos e os que se foram. Isso é importante porque mantém os que nós perdemos conosco. Meus avós. Tio David. Lily. Pai.

Eu me sinto leve quando Tia Teddie, Jamie e eu rimos. O som ecoa ao nosso redor. Ele rebate nas rochas pretas e preenche todo o espaço como se fosse um anfiteatro. Eu rio até ficar tonta e meu estômago doer. Eu me retraio e toco o lado direito do meu corpo — parece duro e inchado.

Tia Teddie dá um abraço lateral em Jamie. Os olhos dele brilham. Jamie está vivo. Fico tão emocionada que começo a tremer.

A investigação vai ser encerrada. Todo mundo vai saber a verdade. Haverá justiça para aqueles que foram tirados de nós.

Eu também quero justiça, pelo que Grant Edwards fez comigo. Fico enjoada só de pensar nele.

De repente, sinto algo pesado em meu peito. Como se não fosse suficiente querer vomitar, pensar no nome dele faz meu coração apertar.

Tento respirar, mas parece que uma dessas rochas caiu no meu peito.

Não consigo respirar.

O rosto de Jamie se transforma. O sorriso resplandecente dele se apaga em câmera lenta, até virar uma expressão neutra e então virar... pânico.

Minhas pernas cedem.

Pisco e estou deitada de costas, um braço acima da cabeça, igual a Seeney mais cedo. Não tenho fôlego para fazer o trilo que ela fez.

Encaro as formações rochosas à minha volta e um céu lindo logo depois, naquela cor que fica quando o sol está se pondo e a luz tem mais alguns truques na manga, guardando as melhores cores para esse momento de transição.

O rosto de Jamie bloqueia minha visão. Quero tirá-lo da minha frente, mas minha mão continua nas pedras geladas que me fazem tremer ainda mais.

Tia Teddie está de joelhos ao lado do Jamie. O rosto deles fala comigo. Ela toca meu abdômen, mas não consigo ter fôlego nem para gritar. Os olhos dela se arregalam, em pânico.

Não entendo por que estão com tanto medo. A dor não está mais tão ruim. Até parei de tremer.

Só quero ver o céu. Uma combinação de roxo e cinza se misturando para formar lilás. A cor favorita da minha mãe. O aroma favorito dela. Flores pequenas e delicadas que florescem por tão pouco tempo. Mas arbustos de lilás são resistentes, sobrevivem a baixas temperaturas. Podem viver por mais de cem anos.

Eu quero a minha mãe.

É nela que estou pensando — na minha mãe, tão linda e forte — quando morro.

PARTE IV

KEWAADIN

(NORTE)

A JORNADA EM DIREÇÃO AO NORTE É UM PERÍODO
PARA DESCANSAR E REFLETIR EM UM LUGAR FEITO DE SONHOS,
HISTÓRIAS E VERDADE.

CAPÍTULO 53

Estou deitada em uma rocha grande, uma ilha de pedras rodeada por uma floresta. A chuva acabou de cessar; gotas grossas escorrem dos galhos e pingam no chão da floresta. Uma brisa balança as árvores, como se fossem sinos do vento. O resquício de chuva agora banha a floresta com um chuvisco suave. As rochas roncam, um som grave e constante. A luz do sol passa pelas árvores, com raios que iluminam e acordam um canteiro de amores-perfeitos.

Uma pequena fogueira está rodeada por pedras-avós à minha esquerda. Leste. A fumaça sobe, levando orações na melodia de palavras em anishinaabemowin. À minha frente, ao sul, há outra fogueira, com mais avós e canções sendo levadas na fumaça cinza. À minha direita, oeste, eles aguardam. Não há fogo ainda. Atrás de mim, norte, mais avós pacientes.

As flores cantam para mim. Elas rodeiam as pedras, preenchendo os arredores e movendo lentamente suas cabeças amarelas e roxas. Tantas vozes se misturando. Adiciono a minha no meio, me unindo aos refrões até encontrar um espaço para cantar uma música inteira.

Esse mundo é muito mais tranquilo e belo do que qualquer coisa que eu já tenha visto.

Nós cantamos mais alto, as flores e eu. Suas bocas roxas se abrem, os rostos banhados pelo sol. Eu faço o mesmo, sentindo o calor da luz como se ela viesse de dentro de mim.

Um tambor começa a tocar. Seu rufar fica mais alto, movido pela nossa canção.

As flores ficam mais altas. As folhas se tornam braços esticados se movendo suavemente. Elas dançam juntas, de braços dados, como se sempre tivessem feito isso.

Quero me juntar a elas.

Eu me levanto, me viro para admirar o horizonte. Cada flor se tornou uma mulher cantando. As vozes delas me parecem familiares. Entre seus rostos, vejo mulheres que lembram outras. Os olhos da minha tia. O nariz fino da Vovó Pearl. Um sorriso largo que eu só vejo no espelho. Mulheres que não são nem velhas nem jovens.

Percebo que alguém está na rocha comigo quando me viro.

Lily.

Como ela era e algo além. Ela não é mais Lily. Ela é Benasi Quay. Quero falar com ela. Há tanto a dizer.

Por onde começar?

De repente, eu sei.

Palavras não são mais necessárias. Tudo que eu diria, ela já sabe. Qualquer pergunta que eu faça, já sei a resposta.

Ela é parte de mim e sempre vai ser.

Os tambores continuam enquanto tudo gira ao nosso redor. Apenas Lily e eu ficamos paradas, a rocha sob nossos pés. A velocidade aumenta. As mulheres de braços dados se tornam um círculo verde trançado e seus rostos viram floresta de novo. Elas ficam acima de nós, rodando e se conectando, até Lily alcançar o colar de flores. O toque dela faz tudo parar. O tambor continua.

Lily passa o colar de flores por cima da minha cabeça até repousar em meus ombros. O sorriso dela brilha mais forte do que as estrelas. Ela me dá um beijo em cada bochecha, e esse mundo desaparece.

CAPÍTULO 54

Tudo está alto demais. Dissonante. Escuridão completa. Frio. Uma cacofonia de sons. Apitos. Vozes. Zumbidos. Dor.

Quero voltar para o outro lugar. Está tão perto.

A voz da minha mãe me encontra no meio do caos.

As palavras dela não fazem sentido, mas sua voz é como um balão que me puxa. A cada vez tento me agarrar a ele um pouco mais. Começo a compreender o que ela fala. Ela me chama. Canta. Lê para mim. Estou tão perto às vezes, mas caio de novo na escuridão.

Daunis, minha linda menina, volte para mim.

O beijo dela na minha testa. Um toque suave com a lateral da mão para tirar o cabelo do meu rosto. Um pano morno e macio passando por mim.

Meus lábios formigam, e não consigo entender o que é até sentir uma espécie de cera. Primeiro, no superior. Então, no inferior, tão grosso que ela precisa voltar por ele.

Tudo faz sentido.

Minha mãe está passando hidratante labial em mim. Do mesmo jeito que nós sempre nos certificamos de que GrandMary começaria o dia com os lábios vermelhos. Pelo menos... eu acho que é hidratante labial.

Espero que eu não esteja em uma cama de hospital com batom nos lábios. Algo rosa e vibrante. Ela não faria isso. Mamãe não se atreveria.

Meu Deus. Ela faria, sim.

Eu solto um gemido e sinto os cantos da minha boca formarem um sorriso.

CAPÍTULO 55

Quando começo recuperar a consciência três dias depois de quase ter morrido, meu cérebro está confuso. Os olhos da minha mãe estão vermelhos de tanto chorar. Alguma coisa está errada. A voz dela parecia animada na escuridão.

Falo minhas primeiras palavras.

— O que aconteceu?

— GrandMary faleceu hoje de manhã — responde ela.

— Eu achei que ela tinha morrido depois de uma festa.

— Querida, você está confusa, tudo bem. O médico disse que é normal. — Ela beija minha testa. — GrandMary faleceu enquanto dormia.

— Posso ir visitar? — Não é isso que quero dizer. — Velório.

— Estamos no Ann Arbor. Você está na UTI do Centro Médico da Universidade do Michigan. Tia Teddie estava aqui, mas ela voltou para cuidar de algumas coisas.

— Mas GrandMary não gostava de nenhum Firekeeper — digo.

— Teddie se ofereceu para eu poder ficar aqui. Não vou te deixar sozinha.

— Tem certeza de que GrandMary não morreu depois da minha festa de formatura?

— Ela estava no limbo, eu acho — responde minha mãe. — Talvez ela tenha esperado até não estarmos em casa para nos deixar. É reconfortante, não acha?

— Não. É esquisito. Eu sou esquisita. Meu cérebro está confuso. Desculpa, mãe, vou dormir mais um pouco.

Mamãe me beija de novo. Beijos de cura.

— Uma semana atrás, eu, Daunis Lorenza Fontaine, deliberadamente puxei o volante de uma BMW para sair da estrada e chamar a atenção de um policial da reserva para que eu pudesse correr até a balsa, onde peguei emprestado o Mustang vermelho de Minnie Manitou para guiar uma caravana de viaturas policiais em alta velocidade até um trailer de alumínio para resgatar alguém cujo nome eu não sei, assim a vida dele não seria usada como argumento para me forçarem a produzir metanfetamina de alta qualidade para um esquema de drogas que tem distribuído discos de hóquei nos jogos realizados na região dos Grandes Lagos e Ontário.

Respiro fundo e continuo:

— Entretanto, quando o carro atingiu uma ou duas árvores, meu fígado foi rompido, provavelmente uma laceração de grau 1 ou 2, inicialmente, mas exacerbada para o grau 4 quando pulei em cima de quem estava me ajudando, mas eu não sabia disso na hora; e eu sangrei internamente, sem saber, até o meu volume de sangue cair e eu entrar em choque hipovolêmico, o que teria me matado se não fossem pelas ações rápidas da minha Tia Teddie, que é uma enfermeira licenciada, e do barco da Guarda Costeira que me transportou até o hospital local para que eu fosse estabilizada e levada de helicóptero até o Centro Médico da Universidade do Michigan em Ann Arbor, onde fiquei inconsciente por três dias e então fui monitorada por mais três dias na UTI como precaução contra ressangramento e outras complicações no fígado, mas agora estou em um quarto normal, respondendo às suas perguntas, que foram: se estou consciente de onde estou e dos eventos que me trouxeram até aqui.

O dr. Roulain pisca, surpreso, e então sorri.

— Bem, Daunis, vou anotar no prontuário que a sua capacidade mental está intacta. Nós queremos te manter aqui pela próxima semana e monitorar sua capacidade física. Como você disse, estamos de olho em um possível ressangramento e outras complicações, como o desenvolvimento de lesões biliares ou infecções por sepse ou abcesso hepático. Depois disso, vamos transferi-la para um centro de tratamento na clínica de hepatologia.

Mamãe pergunta qual é a estimativa de tempo para o meu fígado se recuperar por completo.

— O fígado é o único órgão interno que se regenera — explica o dr. Roulain. — Mesmo que o fígado da sua filha tivesse sido completamente lacerado, ele voltaria ao seu tamanho natural em seis meses. — Ele se vira para mim. — Agora, ouvi dizer que você é uma jogadora de hóquei. Precisa evitar qualquer tipo de esporte, incluindo hóquei, por pelo menos seis meses. Por segurança, recomendo uma pausa de um ano.

Aperto a mão da minha mãe antes de responder:

— Eu desisti do hóquei depois de sofrer um dano neural por uma instabilidade crônica no ombro.

☀

Depois que o dr. Roulain sai, eu paro por um instante antes de falar de novo. Eu já tinha avisado minha mãe que ela iria ouvir muitos segredos que poderiam surpreendê-la ou magoá-la.

Você não precisa se preocupar em proteger os meus sentimentos, Daunis, ela disse.

Quando paro de analisar e filtrar minhas palavras, descubro que tenho muito mais energia. Parece que mentiras, de qualquer tipo, são exaustivas.

Começo com o segredo mais importante.

— Tio David estava ajudando o FBI numa investigação. Era informante.

As mãos dela voam para a boca, segurando a expressão de choque ou um soluço. Eu continuo em meio ao silêncio dela:

— Ele estava pesquisando cogumelos em Sugar Island que podiam ter algo a ver com um cristal de metanfetamina que causa alucinações. Ele estava preocupado com o Levi e foi conversar com a Dana sobre ele. Foi aí que o Tio David desapareceu. Não sei o que aconteceu depois disso.

Quando minha mãe tira a mão do rosto, seus olhos brilham com a comprovação de que ela sempre esteve certa sobre o irmão. A única defensora de Tio David.

— O FBI deve saber de mais coisas agora. Dana pode ter confessado — digo. — Não sei quais detalhes vão vir a público.

— David só se importaria que você e eu soubéssemos que foi uma armação. E os alunos dele, acho. — Ela parece estar em paz. — Seu tio viveu a vida inteira sem se importar com o que as pessoas falavam dele.

☀

Dois dias depois, quando Tia Teddie chega ao hospital, traz consigo pacotes de ervas. Minha tia não pode acender um fogo para defumar o quarto, mas sabemos que está presente. Ela coloca a sálvia, cedro, *sweetgrass* e tabaco na tigela colorida em formato de concha abalone na minha mesa de cabeceira, ao lado do hidratante labial de framboesa que minha mãe passa em mim todas as manhãs. Fazer isso dá a ela uma satisfação inexplicável.

Tia Teddie tem sido a amiga mais querida da minha mãe. Ela se certificou de que as vontades da mamãe fossem atendidas. GrandMary queria ser cremada e que as cinzas fossem misturadas com as do Vô Lorenzo depois do velório, que aconteceria assim que eu voltasse para casa. De um lugar de amor e compaixão, minha tia está cuidando da jornada final da minha avó.

Eu amava GrandMary e sei que ela me amava. Correção: eu a amo e ela me ama. Quando as pessoas que amamos morrem, o amor continua vivo no presente.

Ron é o primeiro visitante de fora da família que recebo depois que saio da UTI e vou para o quarto comum. Eu me sento em uma cadeira com minha mãe e Tia Teddie ao meu lado. É bom não estar sozinha. Ron puxa uma cadeira e se senta à minha frente.

— Daunis, queria começar agradecendo você por nos ajudar com a investigação — diz ele.

Mamãe interrompe:

— Você colocou minha filha numa situação impossível. — Ela aperta minha mão. — Pode ser permitido pela lei, mas beira o antiético.

Ron aceita a raiva dela e não diz nada para se defender.

— Quem é você? — pergunta Tia Teddie.

— Meu nome é Ron Cornell. Agente sênior do FBI.

— Não o que você faz — explica ela. — Qual é o seu povo? A qual comunidade você pertence?

A voz dela não é amigável nem hostil; é a voz que ela usa ao falar com o Conselho.

Ele nomeia um povo do Oeste. Foi criado em Denver.

— A sua família sabe o que você faz? Trabalhando disfarçado dentro de reservas?

— Eles sabem que eu trabalho no FBI — responde Ron. — Minha irmã acha que é perigoso. Meus primos acham que sou um vendido. Faço isso porque precisamos de pessoas boas trabalhando dentro das agências que ajudam os povos.

Tia Teddie rosna.

— As palavras assustadoras de se ouvir: "Sou do governo federal e estou aqui para ajudar." Alguém do corpo de polícia da nossa comunidade estava envolvido?

— Isso era, e é, uma investigação federal. Nós mantivemos a Polícia da Reserva no escuro porque houve casos em outras comunidades em que os policiais vazavam informações. — Ele pausa para pigarrear. — Não posso entrar em detalhes porque o Departamento de Justiça dos Estados Unidos ainda está processando o caso.

— O que você pode falar, então? — pergunta ela.

Ron se concentra em mim.

— Levi foi acusado de vários crimes: sequestro de um agente federal; posse, produção e distribuição de substâncias controladas; participação no tráfico de drogas; contratação ou uso de menores de idade no tráfico; e fraude. Os crimes financeiros estão sob a jurisdição canadense. Você estava envolvida nas transferências bancárias, então vai precisar de um advogado. Mas deve ser um processo simples, porque as evidências vão comprovar as transições do Levi. — Ele faz uma pausa. — Quando vasculhamos o quarto dele, encontramos um chinelo plataforma preto feminino em uma das caixas no armário. É parecido com o que Heather foi vista usando no feriado de setembro, a mesma numeração. Levi está sendo investigado pelo desaparecimento dela.

— Ron, eu olhei todas as caixas naquele armário quando estava procurando o cachecol do meu pai. Se o chinelo estivesse lá antes de domingo, eu teria encontrado. Alguém colocou ele ali depois. — Olho para Tia Teddie. — Levi é culpado por muitas coisas. Talvez ele tenha ou não envolvimento com a morte de Heather Nodin, mas o timing de quando a evidência apareceu é meio... — imito Ron — peculiar.

— Eu concordo — afirma ele.

— Mike deve ter colocado o chinelo no armário do Levi. Ele esteve por trás de tudo o tempo inteiro. Ele tinha acesso ao quarto do Levi e pode ter armado para meu irmão levar a culpa.

Consigo ver Ron pensando e me inclino para a frente.

— Quando interrogar o Levi, presta atenção no rosto dele quando falar sobre esse chinelo. Ele vai sacar que armaram para cima dele e vai entregar o

Mike na hora. — Eu suspiro. — Mas talvez não entregue. As escolhas que ele tem tomado têm sido... decepcionantes.

Se passam alguns segundos até Ron voltar a falar.

— Michael Edwards está desaparecido. Ninguém o viu sair de Sugar Island. Nossa teoria é de que ele cruzou a fronteira do Canadá e teve acesso a dinheiro e outro recursos por lá. Nós interrogamos os pais dele. Ambos ficaram chocados ao saber do envolvimento do filho. Arrasados, na verdade.

— Não foi para Grant Edwards que o Levi ligou da balsa, mas talvez ele esteja envolvido — conto para Ron.

Ele assente em reconhecimento à minha suspeita, mas não confirma nem nega nada.

Imagino Mike encontrando uma passagem estreita pelo canal norte. Nadando na água gélida e lutando para não ser pego pela correnteza. Se organizando do outro lado. Fazendo uma análise pós-jogo e planejando o que fazer em seguida. Baseando sua estratégia em citações do pai, do treinador Bobby e de Sun Tzu. Começando uma vida nova em algum lugar. Parece muito provável que ele tenha tido ajuda do pai nisso.

— E o Stormy? — pergunto. — Ainda não entendi por que ele libertou o Jamie.

Tia Teddie segura minha mão.

— Stormy Nodin não disse uma palavra sequer desde que o tirei daquele trailer — diz Ron. — Como ele ainda é menor de idade, os pais têm que estar presentes quando ele for interrogado. — Ele parece perplexo. — Não falou nada nem com o advogado que os pais contrataram.

— Talvez Stormy prefira ficar em silêncio a falar algo que possa prejudicar o Levi — afirmo. — O que acontece se ele nunca falar?

— Bem, não há muito o que fazer enquanto ele for menor — explica Ron. — A prescrição de casos federais é de cinco anos, então quando o Stormy fizer dezoito, o Departamento de Justiça pode intimá-lo a um júri popular. Ele pode ser acusado por obstruir a justiça por não fornecer evidências relevantes e possivelmente acusado por acobertar e auxiliar, se alguma das evidências apontar que ele está no meio disso tudo.

— E se ele tiver visto e ouvido coisas, mas sem se envolver de verdade?

— Se o Stormy não estiver envolvido, ele ainda pode ser chamado para testemunhar para um júri popular. Se ele se recusar, o Departamento de Justiça pode exigir uma audiência com um juiz federal que o ordene a depor. — Ron para um instante. — Se Stormy Nodin nunca falar, ele pode ser preso por desacato e ficar na cadeia até cumprir a ordem.

Digo em voz alta a certeza repugnante que tenho no coração.

— Levi e Stormy vão ser presos enquanto o Mike sai ileso.

Entendo o silêncio do Ron como um sim. Tia Teddie pega um lenço para enxugar as lágrimas. Mamãe me abraça, o único conforto que consegue me dar. Depois de um tempo, Ron começa de novo.

— Sinto muito, Daunis. Eu sei que é muita coisa para processar. Mas eu queria que ouvisse de mim. Robert LaFleur foi acusado de vários crimes, como tráfico de drogas. Ele tinha um cúmplice no cassino que não preenchia os relatórios de câmbio de dinheiro acima de dez mil dólares. Foi assim que ele conseguiu lavar o dinheiro.

Eu ignorei as pistas: o carro caro, a reforma de alto padrão na cabana, as viagens para Las Vegas. Um estilo de vida que ia além do salário de um professor e renda de pequenos aluguéis.

Não entendo como o treinador me tratou tão bem por todos esses anos e então…

Repasso, várias vezes, o momento em que ele tirou o celular do meu alcance e eu entendi tudo, como se tivesse sido atingida por um disco na garganta. *O treinador faz parte disso.*

O homem ao qual minha mãe confiou a minha saúde e segurança estava disposto a me levar até uma casa ou garagem para produzir metanfetamina para o negócio que ele tinha com Mike… e com Levi.

Meu irmão estava de acordo com o plano dele.

Ainda não me caiu a ficha da traição de Levi.

Olho para Ron, que está esperando pacientemente pela minha atenção. Ele continua quando eu aceno com a cabeça.

— Dana Firekeeper foi acusada em várias instâncias por auxiliar e acobertar um esquema de tráfico de drogas na reserva. Essas são apenas as acusações federais. O Povo Ojibwe de Sugar Island deve prestar queixas contra ela depois de avaliar os casos que ela julgou na Corte do Povo. — Ron parece realmente chocado quando fala. — Pelo que parece, a juíza Firekeeper era severa com casos ligados a álcool e algumas drogas, mas vários casos ligados a metanfetamina eram dados como encerrados por questões técnicas. Ela protegia a operação do Levi ao mesmo tempo em que lidava com a concorrência.

— E quanto a ela ter me drogado e me sequestrado? — Minha voz treme de raiva. — Tia, o meu sangue ainda tinha traços do Rupinol que ela usou quando cheguei ao hospital em Sault?

Antes que ela possa responder, Ron pigarreia e fala:

— Daunis, preciso te falar mais uma coisa.

Ron se prepara, respirando fundo. Sinto um calafrio subir pelas minhas costas.

— O trailer está numa propriedade pertencente ao povo que foi comprada alguns anos atrás e declarada ao governo.

Espero Ron continuar, mas ele mal consegue.

Tia Teddie ofega; sinto a respiração rápida em meus pulmões. Ela me diz o que Ron não consegue.

— Você já era um membro registrado quando a Dana te sequestrou. Quando um crime acontece em território indígena e a vítima é um membro registrado, o governo federal decide se vai ou não levar a cabo as acusações. — As palavras dela se encaixam em meio a soluços. — Eles não vão prestar queixas do seu sequestro. Apenas o do Jamie.

O agente especial Ron Cornell não olha para mim.

— O Jamie te contou que Grant Edwards me estuprou num quarto de hotel na noite do Shagala?! — grito, e sinto minha mãe enrijecer ao meu lado. — Quando Jamie colocou o GPS no meu tornozelo, ele me disse para te contar o que o Grant fez, assim o Departamento de Justiça faria alguma coisa. — Eu balanço a cabeça. — Jamie é ingênuo, né? Ele achou que, depois de tudo que eu fiz pelo FBI, a justiça lidaria com o meu caso de um modo diferente do que costuma fazer com mulheres indígenas.

Encaro Ron até ele retribuir o olhar.

— Jamie não sabe que dez vezes zero ainda é igual a zero — digo. Nessa hora, outro pensamento me ocorre. — Acho que Grant Edwards planejou me estuprar desde quando ouviu sobre a votação da minha filiação ao povo. Ele sabia que o resort ficava em território demarcado. Ele já contava que o governo federal não ia desperdiçar recursos acusando homens não indígenas como ele. Eles sabem que o tribunal do povo não pode fazer nada contra ele.

Estou tão cansada. O peso de ser tão dispensável é desgastante.

Nem todo mundo consegue justiça. Muito menos Nish kwewag.

Ron parece não saber o que falar para encerrar a conversa, então faço isso por ele.

— Por favor, vai embora, Ron.

Eu o encaro até ele desviar o olhar.

Quando ele sai do quarto, me agarro em minha tia e mãe. Imagino Grant Edwards enrolado num cobertor, no porta-malas de um carro no meio de uma floresta em Sugar Island. Minhas primas o levantam e jogam no chão. Os gemidos abafados ecoam o que ouvi na cama de hotel onde os lençóis cheiravam a lavanda.

— Festa de cobertor — digo para Tia Teddie. — Você vai me levar.

Ela solta o ar e fecha os olhos. Quando os abre de novo e acena com a cabeça, parece ter envelhecido dez anos em um segundo.

CAPÍTULO 56

Um menininho me visita. Grandes olhos escuros olham para mim. A expressão séria dele me lembra o Vô Lorenzo, quando ele contava sobre antigamente. Esse menino leva tudo com muito mais seriedade do que deveria.

Quero fazê-lo sorrir.

Eu me ajoelho diante dele e digo o seu nome. Beijo sua mão antes de fingir lamber e limpar seu rosto como uma mamãe-gato.

Os lábios dele se transformam num sorriso que ilumina meu coração. Raios de sol tocam o cabelo bagunçado dele, cachos castanhos com algumas mechas de cobre brilhante.

Fico maravilhada com a beleza daquele sorriso. A mãozinha está quente sob a minha.

Então sinto também a mão de outra pessoa. Um polegar quente acaricia o espaço entre meu polegar e o dedo indicador.

Por um momento perfeito, minha mão está no meio das duas.

Quando abro os olhos, a mão pequena some, e sinto apenas o toque do Jamie.

— Você está aqui — digo.

Doze dias se passaram desde que ele me viu morrer em Sugar Island. Os hematomas que o faziam parecer um guaxinim no trailer estão num tom marrom-amarelado. A marca de mordida em meu ombro está com uma cor parecida.

— Sinto muito, Daunis. Foi o mais cedo que consegui vir. Precisei resolver um monte de coisas com a investigação. — Ele olha para os balões coloridos que ganhei das gêmeas. — Ron disse que você vai receber alta amanhã.

Deixo minha mão por baixo da dele.

— Vou me mudar para um apartamento no centro para ficar mais fácil de vir às consultas. Minha mãe vai ficar comigo por um tempo, mas depois vou ficar sozinha.

Jamie olha para as mãos. Quando ele me encara, seus olhos estão marejados.

— Sinto muito, Daunis — diz ele de novo. — Por você estar no meio disso. Sinto muito pela Lily. E David Fontaine. Por tudo que aconteceu com você. — A voz dele falha. — Sinto muito, muito mesmo.

Ele chora. Eu não o conforto. Ele precisa sentir isso, e eu preciso ouvir. Investigações envolvem pessoas reais. Informantes correm riscos reais. Desenvolver sentimentos verdadeiros por mim não anula o fato de que ele estava disposto a me usar, uma pessoa que ele não conhecia, para resolver um caso e se dar bem no trabalho.

A luz do sol mudou para um tom de laranja do lado de fora da minha janela quando ele enxuga as lágrimas do rosto. Finalmente, solto minha mão e passo o dedo pela cicatriz no rosto dele.

— Jamie, você não pode continuar fazendo esse tipo de coisa. Você precisa descobrir de onde vem. Pare de fingir ser de outros povos e encontre o seu.

— Eu não menti quando disse que sou Cherokee. Eu sou, mas é só isso que sei. — Jamie fecha os olhos quando toco seu rosto. — Tudo com você parecia mais real do que minha outra vida. Não parecia fingimento ser Jamie Johnson, um cara que jogava hóquei e se apaixonou por você. Foi real, Daunis. — Os olhos dele se abrem. — Sabe? Minha vida antes de tudo isso? É ela que parece uma mentira.

— Você não nasceu para trabalhar disfarçado — digo. — Você não consegue usar máscaras como os outros agentes, isso te afeta. Você é sugado pelas coisas de um jeito que não acontece com o Ron. Ele pode viver uma mentira porque sabe que é uma mentira. Mas você? Você não sabe a verdade sobre a sua vida. — Eu seguro a mão dele. — Me promete que vai atrás de respostas?

Jamie concorda antes de levar minhas mãos aos lábios dele. Ele dá beijos que sinto até a ponta dos meus dedos dos pés.

— Vamos fazer planos para ficarmos juntos. — Há algo frenético na voz dele. — Quando você estiver melhor, pode escolher qualquer faculdade que quiser, e eu vou com você. A gente pode se conhecer de novo, como estranhos, como se nada disso tivesse acontecido. Começar do zero.

— Ah, Jamie. Lá vai você, pronto para viver uma mentira, não a verdade.

— Eu te amo, Daunis. Você sabe que isso não é mentira. — A voz dele é firme. — Eu senti alguma coisa na primeira vez em que te vi. Em Chimakwa. Pessoalmente, não uma foto e um nome no dossiê da investigação. — Ele pega minha mão. — Você estava bem na minha frente. Linda e real.

Quero ficar com ele. Pegar no sono com o ronco baixinho dele. Morar junto. Meus livros e cds se misturarem com os dele, até esquecermos de quem é o quê e tudo ser *nosso*. Acordar todo dia abraçados. Correr juntos. Descobrir coisas novas — coisas reais — sobre o outro.

Meus devaneios devem estar óbvios na minha expressão, porque ele fica empolgado.

— Eu preciso de você, Daunis — diz ele. — Me ajuda a descobrir se tem um lugar posto à mesa para mim em um banquete. Não consigo fazer isso sozinho.

Sinto um pesar. Em alguma caverna profunda, ouço as palavras de Travis para Lily ecoarem nas paredes.

Me diz o que fazer, e eu faço.
Eu não consigo fazer isso sozinho.
Eu preciso de você.

— Eu consigo imaginar a nossa vida juntos, Daunis — continua Jamie. — Você também consegue, né?

Ouço a voz da Vó June: *As coisas terminam do mesmo jeito que começam.*

Jamie e eu. Nós começamos com mentiras.

Eu poderia terminar com uma mentira. Dizer para ele que não vejo um futuro para nós dois. Mentir sobre o menininho com o cabelo bagunçado e olhos escuros que olha para o mundo de um jeito profundo e curioso.

Mas decido pela verdade.

— Eu te amo. Quem quer que você seja. De onde quer venha. Sem nossos nomes ou nossas histórias.

Toco os dois lados do rosto dele — o lado perfeito e a cicatriz. Ele fecha os olhos, se deixando levar pelo meu toque.

— Eu te amo e quero que você fique bem — continuo. — Que encontre o que está faltando na sua vida, para que possa parar de fingir. Parar de colocar a si mesmo e outras pessoas em perigo.

Outra respiração profunda. Mais dor.

— Essa é a *sua* jornada — digo. — Você tem que fazer o seu trabalho e eu tenho que fazer o meu. — Sinto o gosto salgado das minhas lágrimas. — O que você precisa me assusta. Tenho medo de acabar colocando suas necessidades acima das minhas. — Pigarreio. Inspiro, expiro. Me acalmo. — Eu te amo… e me amo. Quero que nós dois sejamos saudáveis e fortes. Sozinhos. Assim, independentemente do que acontecer, se nos encontrarmos de novo ou não… — Eu olho nos olhos dele. — Amar significa querer que você tenha uma vida boa, mesmo se eu não fizer parte dela. E o seu amor por mim precisa ser forte desse jeito, para que você deseje o mesmo por mim também.

Ele não fala nada, só fica ali sentado. Acariciando minha mão com o polegar. Os olhos estão tristes, como se alguém tivesse apagado as luzes e fechado a cortina.

Finalmente, ele leva minha mão aos lábios e dá um beijo longo antes de colocá-las de volta na cama. Ele se abaixa, beija a ponta do meu nariz e encosta o nariz no topo da minha cabeça, como se estivesse tentando memorizar o cheiro. Então ele anda até a porta. Não olha para trás.

Depois que um bom tempo se passa — tempo que, imagino eu, ele levou para descer o elevador, andar até o carro estacionado bem longe e dirigir para fora da cidade —, eu falo em voz alta:

— O nome dele é Waabun — conto para onde ele estava sentado, sobre o menininho do meu sonho. Em Algum Dia no futuro. Um futuro em que nós dois estamos bem e somos independentes. — Em homenagem ao Leste.

Então eu percebo: eu nem sei qual seria o sobrenome do nosso filho.

CAPÍTULO 57

DEZ MESES DEPOIS

Pow wows não são cerimônias, mas há um sentimento de reparação quando o coletivo espiritual da nossa nação se une, compartilhando canções e amizade. É nosso pow wow anual, na terceira semana de agosto, e minha comunidade precisa de cura mais do que nunca.

A eleição do povo mais recente incluiu um plebiscito de banimento, resultado de um debate acalorado que aconteceu durante as reuniões comunitárias. Membros contaram histórias terríveis sobre perder parentes e pessoas próximas para as drogas e pediram que o conselho *fizesse alguma coisa*. Outros disseram que o plebiscito abriria precedentes para banimentos seletivos, como punição a famílias de rivais políticos. Acusações foram feitas, e os líderes disseram para "deixarem de ser sujos antes de virem apontar quem é mal-lavado".

Na semana passada, minha primeira vez votando numa eleição do povo, o plebiscito passou por pouco. No dia seguinte ao resultado da eleição, um grupo de membros circulou um abaixo-assinado para remover quem tinha apoiado o plebiscito.

Agora, todo membro que for acusado de um crime ligado a drogas em qualquer tribunal está sujeito a uma audiência sobre seu banimento. A duração do banimento, até cinco anos, depende da severidade do crime e se a pessoa está se redimindo. O objetivo é acabar com a presença de traficantes na reserva e ao mesmo tempo demonstrar compaixão com os membros lutando contra o vício. Pessoas banidas ainda são membros registrados do povo, mas são banidas de territórios demarcados e inelegíveis para programas, serviços ou benefícios. Isso inclui os pagamentos do per cap.

A ex-juíza Dana Firekeeper vai ser a primeira pessoa a passar por uma audiência de banimento. Ela se declarou culpada no tribunal federal diante da acusação de obstrução à Justiça em troca de não cumprir pena. No tribunal do povo, na semana passada, ela foi condenada por negligência pelos dez julgamentos incorretos ligados ao tráfico que presidiu. Recebeu uma multa de cinco mil dólares por acusação, mas não cumpriu pena. Alguns acham que ela se safou fácil. Outros dizem que está servindo de exemplo, porque as pessoas gostam de ver mulheres poderosas sendo destituídas.

Na noite de sexta do pow wow, busco Vó June e vamos para Sugar Island. Quando chegamos à casa de Tia Teddie e Art, dezenas de carros estão estacionados em frente à casa deles. Ajudo a Vó a descer do jipe e andamos juntas até a clareira com vista para o canal norte do rio St. Mary's. Fico surpresa ao ver mais de cem mulheres sentadas ao redor do fogo. Art não está perto. Minha tia nos chama para nos sentarmos com ela no círculo mais próximo ao fogo. Nós devemos ser as últimas a chegar, porque ela dá as boas-vindas a todas assim que assumimos nossos lugares.

Havia uma Nish kwezan que colhia amores-perfeitos com sua nokomis todo verão. À noite, ajudava a separar as flores por cor. Sabia que as cores mais vibrantes serviriam para tingir as faixas de freixo usadas para fazer cestas. Outras seriam usadas como remédios. A nokomis separava todas as flores amarelas em uma pilha. "Para que são essas?", ela perguntava. Nokomis não respondia.

Todo verão ela colhia as flores com sua nokomis, que nunca contou para que eram as amarelas. A kwezan se tornou uma kwe e ainda ajudava a nokomis todo verão. Um dia, ela não falou nada enquanto colhiam flores. Quando sua nokomis perguntou se estava tudo bem, ela não soube como contar para a avó que um homem a havia machucado. Ela só deu de ombros. Pelo resto do verão, ela e a nokomis colheram flores em silêncio.

No fim do verão, a avó a levou para a floresta no meio da noite. Outras mulheres se uniram a elas e se sentaram em círculo. Ela observou a cesta de freixo da avó ser passada de mão em mão, e cada mulher e menina presente pegou uma flor amarela. Quando a cesta chegou nela, a jovem pegou uma flor. Uma a uma, as mulheres se levantaram e fizeram uma oração antes de ofere-

cer a flor ao fogo. Algumas falaram em voz alta. Outras oraram em silêncio. E outras o fizeram com lágrimas. Quando chegou sua vez, a jovem entendeu o propósito das flores. Fez uma oração em silêncio e libertou a dor dela. As oferendas de flores e suas orações foram carregadas pela fumaça até o Criador e a Vó Lua.

Enquanto minha tia conta a história, uma grande cesta é passada pelo círculo interno. Pego uma flor amarela e passo a cesta para Teddie. Observo as mulheres se aproximarem do fogo, cada uma oferecendo uma flor.

Quando solto minha flor, penso sobre o que Grant Edwards fez comigo e faço minha oração em silêncio. Encontro paz ao observar a fumaça subir até a lua cheia. Quando volto para o meu lugar, Vó June segura minha mão.

— Todo ano Lily agradecia por você não estar aqui — diz ela.

— Peraí. Ela veio aqui? — pergunto, e meu coração se quebra.

— Sim, minha menina. Desde quando ela veio morar comigo.

Choro pela minha melhor amiga e pelos segredos que ela guardava para me proteger. Na balsa, voltando para o continente, percebo que Macy não estava na fogueira. Fico aliviada. Macy não estava lá. Quando Vó June e eu fazemos nossa oferenda de semaa no meio da travessia do rio St. Mary's, faço uma oração de gratidão por todas as Nish kwezanwag e kwewag que não estavam na fogueira hoje. Chi miigwetch.

Eu passo a tarde de sábado inteira andando em meio às barracas, conversando com parentes, Anciãos, antigos colegas de escola e equipe.

Algumas pessoas perguntam detalhes sobre Levi. Minha resposta: nada.

Eu dei à Tia Teddie um saco de semaa e pedi que ela me mantivesse atualizada sobre o caso de Levi. Ela não me fala quais são as fontes dela, mas acho que mantém contato com Ron.

Consideraram que mesmo com a perna machucada, Levi poderia fugir, então ele vai continuar preso até seu julgamento, que começará no outono. Meu irmão recusou todos os acordos, mas pode mudar de ideia agora que a promotoria tem sua testemunha-chave.

Eu não sou a testemunha-chave. Não pisei em nenhum tribunal ou prédio ligado à polícia desde que assinei meu acordo de informante do FBI. O agente sênior Ron Cornell tem protegido minha identidade até agora. Não tive nenhum contato com Levi. Ele deve ter tentado falar comigo, mas suspeito que minha tia e minha mãe interceptam as mensagens dele. Por enquanto, não quero saber do meu irmão.

Assim como Stormy Nodin, que ainda não falou uma palavra em inglês. Ron acertou em cheio com a previsão do que aconteceria quando Stormy fizesse dezoito anos. Ele ficou em silêncio em frente a um júri popular e numa audiência com um juiz federal. Foi preso por desacato e continua na cadeia.

De acordo com minha tia, quando os pais de Stormy o visitam, eles conversam em anishinaabemowin. Os pais dele estão lá todo dia de visitação, até se mudaram para uma cidade mais próxima do centro de detenção federal. O pai dele estaciona fora do prédio e toca tambores toda noite.

Michael Edwards ainda está foragido. Há rumores de que ele está jogando hóquei numa liga profissional na Suécia com um nome diferente. Os pais dele se divorciaram. Helene se mudou para o sul do estado. Grant ainda mora na casa deles. Tia Teddie passou em frente à casa dele uma vez e disse que estava toda escura, exceto por um jogo de hóquei do time de Sault High que estava passando na TV de plasma gigante.

Meus pesadelos começaram quando Robert LaFleur aceitou um acordo para ser a testemunha-chave contra Levi. É sempre o mesmo sonho: viro o volante da BMW do treinador e nada acontece. Levi agarra meu ombro machucado enquanto a viatura passa reto. Eu grito de dor. TJ nunca me vê. Eles me levam até uma casa no meio do nada. Eu acordo logo depois de Mike descrever em detalhes o que vai fazer com Jamie se eu não cozinhar MA para eles.

Nessas noites, queimo uma trança de wiingashk e inspiro a fumaça doce. Então coloco a gargantilha do meu pai e rezo por debwewin. Conhecer a verdade é aceitar o que não pode ser aprendido.

No domingo, começo meu dia rezando por zaagidiwin. Amor. Hoje é o fim oficial do meu período de um ano de luto por Lily. Vou dançar no pow wow pela primeira vez desde que Tio David morreu, há um ano e meio.

Ofereço semaa e agradeço pelas pessoas que amo, as que estão neste mundo e no próximo.

Quando chega a hora de me preparar para a Grande Entrada, minhas sobrinhas e eu nos sentamos numa mesa de piquenique do lado de fora enquanto tranço os cabelos delas. Pedi para Teddie me dar esse momento para contar a elas meus planos para a faculdade. Meus dedos trabalham rápido no cabelo de Pauline, tirando-o do rosto dela, assim ela não vai mastigá-lo.

— Eu tenho uma notícia para vocês — digo, atrás de Pauline. — Vou para o Havaí daqui a algumas semanas.

— Você vai embora de novo? — pergunta Perry ao meu lado.

Ela faz uma careta, e eu imagino que a expressão da irmã é a mesma.

— A Universidade do Havaí em Manoa tem um programa muito legal de etnobotânica. Esse é o nome que dão para o estudo de como as pessoas no mundo inteiro usam plantas como remédios. Tem biologia e química, mas o lance é que eles estudam plantas sob um olhar indígena. Todo verão vou voltar para fazer estágio com Seeney Nimkee. Quando me formar, vou ser aprendiz dela no Programa de Medicina Tradicional. — Abro um sorriso. — Eu sei o que quero ser e o que sou: uma cientista e médica de medicina ancestral.

— Uma cientista ancestral? — pergunta Perry.

Meu sorriso cresce e se espalha pelo meu corpo.

— É. Chique, né?

Dou um beijo na cabeça de Pauline para avisar que terminei a trança.

— Cês vão me visitar no Dia de Ação de Graças. Até lá já vou conhecer bem o Havaí.

— Podemos ir nos museus? — Pauline se vira, quase tremendo de empolgação. Ela é apaixonada por museus.

— Museus são chatos — diz Perry, empurrando a irmã para o lado para se sentar na minha frente. — Eu quero surfar.

— A gente pode fazer coisas diferentes todos os dias.

Eu passo gel no cabelo de Perry e uso um pente fino para dividir o cabelo grosso e escuro em mechas.

— A faculdade é tipo um colégio interno? — pergunta Pauline.

— Acho que sim. Tem dormitórios e refeitórios. Por quê?

— Tia, você sabia que tinham colégios internos para Nishnaabe? Mas o governo levou as crianças mesmo quando as mães e os pais disseram que não. — O lábio inferior dela treme. — Eles não devolveram as crianças como prometeram. — Ela olha para mim, os olhos arregalados de raiva e tristeza.

— As crianças não podiam falar Nishnaabem'win, nem participar de cerimônias — completa Perry. — Elas eram punidas se não seguissem as regras da escola. A faculdade é assim?

Teddie e Art devem ter decidido que elas estavam grandes o suficiente para ter *a conversa*.

Sinto uma mistura de sentimentos. Tristeza por saber que os olhos inocentes delas se abriram para o trauma que existe em nossa comunidade até hoje. Raiva por elas precisarem aprender essas coisas para se tornarem Anishinaabeg fortes num mundo onde se pensa sobre indígenas somente no passado. Orgulhosa por elas — espertas, fortes e amadas — serem o sonho que nossos ancestrais tinham para nossa nação sobreviver e triunfar.

— A faculdade não é assim. Eu escolho as aulas que vou ter. Não tenho que ficar lá se não quiser ou se não me sentir segura. E prometo voltar para casa todo verão. É importante saber a história do nosso povo e pelo que nossos ancestrais passaram. É importante saber a verdade, mesmo quando ela nos deixa triste. E é bom que ninguém impeça vocês de falarem nosso idioma e ir para cerimônias.

Quando termino de arrumar o cabelo de Perry, ambas ficam em pé na mesa de piquenique. Elas trilam *lee-lees* perfeitos enquanto pulam e correm em direção ao trailer onde a mãe delas está esperando para vesti-las para a Grande Entrada.

Estou vestindo o short e a camiseta que uso por baixo da minha regalia para absorver o suor. Coloco meu vestido vermelho. A parte de cima é de um material simples, e a saia tem sete fileiras de cones dourados. Há trezentos e sessenta e cinco cones, um para cada dia do ano que Tia Teddie passou me ensinando como ser uma Nish kwe forte, quando tinha catorze anos. O cinto de couro largo da Vovó Pearl dá contorno ao vestido, e eu prendo nele o saco com miçangas que minha tia me deu no meu Festival dos Frutos Silvestres. Coloco o *yoke* de veludo preto nos ombros. Nesse verão, Eva costurou miçangas nele, fazendo um *lei* de amores-perfeitos amarelos com miolos roxos.

O toque final é a gargantilha de ossos do meu pai, os brincos de mirtilo da minha mãe e o bracelete de morangos que Jamie me deu. Tia Teddie me ajuda a prender uma pena de águia na parte de trás do meu cabelo, no meio das duas tranças. Eu me olho no espelho e passo o batom vermelho de GrandMary antes de guardar o tubo dourado no bolso.

Estou pronta.

Art está tirando fotos das gêmeas quando saio do trailer. Ele me chama, e eu poso com elas. Então peço para ele tirar uma foto minha com o pow wow no fundo. Enquanto Art ajusta as lentes da câmera, penso sobre o envelope que chegou pelo correio ontem. Não havia um endereço de remetente, e estava marcado como vindo de Milwaukee. Dentro, havia dois cartões-postais. O primeiro tinha a foto de um lago em Minnesota. Atrás, alguém escreveu uma frase: *Os jovens estão bem*. O segundo tinha um prédio de tijolos com o nome FACULDADE DE DIREITO, UNIVERSIDADE DE WISCONSIN. MADISON, WS. Atrás, duas palavras: *Algum dia*.

— Isso sim é uma foto boa! — exclama Art.

Nós vamos para a arena, para a Grande Entrada. Meus passos de dança são simples. O lugar fica lotado de dançarinos, sem espaço para grandes giros ou movimentos complexos. Preciso guardar energia para aguentar o dia inteiro. Meus músculos de dança estão adormecidos há um ano e meio.

Quando o tambor toca as quatro batidas de honra, levanto meu leque de penas no ar. Lidero as gêmeas, e Teddie vem logo atrás de nós. Quando olho para trás, minha tia está sorrindo com lágrimas nos olhos. Niishin. *Isso é bom*.

No fim da tarde, o mestre de cerimônias anuncia uma última homenagem antes dos vencedores do concurso serem escolhidos para cada categoria e faixa etária. Todos os dançarinos de Jingle que estiverem usando regalia vermelha estão convidados a dançar. Vou para a arena, e ele conta a história do vestido de Jingle.

Uma garota estava doente, e o pai temia que a filha não fosse se recuperar. Ele pediu por uma visão, e veio: um vestido para ela, com fileiras de cones feitos de metal para que tocassem quando a menina dançasse. Quanto mais ela dançasse, mais se curaria. Depois que melhorou, ela continuou a dançar para curar outras pessoas da comunidade.

O vestido de Jingle representa cura. E o vestido vermelho simboliza nossas mulheres. Então, hoje, a Dança do Vestido de Jingle Vermelho é para todas as Anishinaabe kwewag e kwezanwag, mulheres e meninas indígenas que foram assassinadas ou desapareceram. Os espíritos delas foram levados cedo demais, vidas interrompidas. Para cada uma... mikwendaagozi. Ela será lembrada.

Todos se levantam quando nós sete entramos na arena. Nos alinhamos por idade, dos cinco aos cinquenta. Cada uma escolhe um lugar na arena de dança. Pego a seção na parte norte onde minha mãe, Vó June, Seeney, Tia Teddie, Art e as gêmeas estão em pé.

Minha mãe sorri. Ela está orgulhosa de mim. Empolgada pela aventura à minha frente. Pronta para me deixar ir. Entendendo, finalmente, que isso não é o mesmo que me perder.

Quando Vó June acena, as palavras dela de quando contei sobre meus planos de ir para a faculdade ecoam em mim. *Minha menina, alguns barcos são feitos para o rio e outros para o mar. E alguns podem ir para qualquer lugar, porque sabem voltar para casa.*

Quando Seeney me convidou para ser aprendiz dela, falei sobre o programa de etnobotânica no Havaí. Dei um saco de semaa para ela e perguntei se seria possível aprender dos dois jeitos. Ela disse: *Nós, Anishinaabek, não somos inertes. Sempre nos adaptamos para sobreviver.*

Absorvo a vista panorâmica da minha comunidade: Minnie. Leonard. Jonsy. TJ e Olivia. Macy.

A arena inteira fica em total silêncio antes do ciclo de tambores começar a música de honra. Todas as cantoras ficam ao redor dos tamboristas para somarem suas vozes. Enquanto danço, rezo por Lily. Por Robin. Por Heather. E até por mim. Por todas as meninas e mulheres que foram forçadas a acreditar serem invisíveis e descartáveis. Não importa se minha dança é dura e desengonçada. Na minha mente, meus pés se movem com leveza e velocidade. Fico em paz, entre esse mundo e o próximo.

Eu não estou dançando no passo dos tambores.

É o contrário.

Os tambores tocam de dentro do meu coração.

Boozhoo, Aaniin Gichimanidoo. Miskwamakwakwe indizhinikaaz. Makwa indoodem. Bahweting indonjiba.

Ingichimiigwechiwendaan Anishinaabe aawiyaan miinawaa mino-anishinaabemaadiziyaan.

Saudações, Criador. Eu sou Mulher Urso Vermelho. Clã do Urso. Do Lugar das Correntezas. Mantenha nosso povo forte. Nossas mulheres, a salvo. Nossos homens, íntegros. Nossos Anciãos, felizes. E nossas crianças, sonhando no idioma. Muito obrigada por essa vida boa.

Quando a música termina, estou de frente para a porta Leste. Onde todas as jornadas começam.

AHO (O FIM)

NOTA DA AUTORA

Ahniin! Angeline Boulley indizhinikaaz. Makwa indoodem. Bahweting indoonjiba. Ingichimiigwechiwendaan.

Olá! Eu sou Angeline Boulley. Clã do Urso. De Sault Ste. Marie, o lugar das correntezas. Muito obrigada por ler meu livro.

A Filha do Guardião do Fogo é uma obra de ficção baseada na comunidade do meu povo, mas com uma grande licença poética. De forma alguma minha intenção é representar os 574 povos indígenas, bandos e reservas reconhecidos pelo governo federal. Ou até mesmo representar todos os povos Ojibwe (ou Chippewa).

Falando sobre a licença poética, não existe um povo reconhecido pelo governo federal chamado Ojibwe de Sugar Island. Meu povo é o povo indígena Chippewa de Sault Ste. Marie, que é composto por vários bandos Ojibwe com assentamentos de pesca onde hoje é a Península Superior de Michigan. Um desses assentamentos era em Sugar Island, de onde vem a família do meu pai.

Eu inventei esse povo como uma história alternativa, o que teria talvez acontecido se o grupo de Sugar Island tivesse sido reconhecido depois que o Ato de Reorganização Indígena se tornou lei em 1934, em vez de quase quarenta anos depois como parte de um conjunto de povos. Na minha versão especulativa, o cassino e o resort desse povo têm uma excelente localização à margem do rio e distribuem pagamentos per capita para sua pequena comunidade.

Na realidade, o cassino do Povo de Sault em Sault Ste. Marie fica localizado num pântano de cedros e freixos na fronteira da cidade conhecida como a missão Metodista. A filiação ao Povo de Sault é baseada na linhagem familiar e não exige quantum sanguíneo mínimo.* Sendo assim, o Povo de Sault é o maior povo ao leste do rio Mississipi reconhecido federalmente. Com uma renda modesta vinda do cassino e mais de quarenta mil membros registrados, minha comunidade não tem uma distribuição de renda per capita.

A diversão de escrever vem quando me pergunto: "Mas e se isso ou aquilo acontecesse, em vez disso?" e ir moldando essas perguntas até virar uma história. Usar meus músculos criativos me dá a liberdade de construir mundos e falar sobre assuntos que meu povo — e outros — podem enfrentar.

Apesar de Sugar Island existir e Al Capone realmente ter contrabandeado álcool do Canadá pela região, a ilha não tem penhascos e cavernas na parte Leste. A parte sobre ter uma recepção de celular ruim é verdade, até hoje. O Povo de Sault não tem uma reserva demarcada em Sugar Island, mas é proprietária de uma área de cento e sessenta mil metros quadrados que é usada como um acampamento cultural. Duck Island é real; entretanto, pertence à Universidade do Michigan. Os departamentos administrativo, judicial e de serviços aos membros — incluindo o centro para idosos que serve almoço e atividades sociais — estão localizados na cidade. Sault Ste. Marie não tem um time de hóquei na liga Junior A na Liga de Hóquei da América do Norte.

Um aspecto horrível mas verdadeiro da história é a crescente violência contra mulheres indígenas, e me refiro àquelas dos Estados Unidos e dos povos originários do Alasca. Mais da metade (56%) das mulheres indígenas passaram por algum tipo de violência sexual durante a vida, e 96% das vezes o agressor não é indígena.

A história de Lily e Travis é muito comum. Suicídio é a segunda maior causa de morte de jovens indígenas entre 10 e 24 anos. Assassinato é a terceira maior causa de morte de mulheres e meninas indígenas entre 10 e 24 anos. Mais de 4 a cada 5 (84%) sofreram violência de um parceiro, seja esta sexual ou perseguição. Faltam dados sobre a quantidade de mulheres desa-

---

* No Brasil, o quantum sanguíneo (*blood quantum*) não é uma medida aplicada aos territórios, povos e comunidades indígenas. (N.E.)

parecidas ou mortas, mas as poucas estatísticas que temos são alarmantes. Em reservas, mulheres indígenas são assassinadas dez vezes mais do que a média nacional.

Existe uma diferença entre escrever sobre trauma e escrever uma tragédia. Eu busquei escrever sobre trauma, perda, injustiça e luto... e também sobre amor, felicidade, conexões, resiliência, amizade, esperança, alegria e a beleza e força do meu povo Ojibwe.

Mazina'iganan mino-mshkikiiwin aawen.

Livros são cura!

Angeline Boulley

MIIGWETCH

Muitas pessoas e organizações me ajudaram a tornar este livro possível. Meus filhos, que são os melhores sonhos que eu tive e se tornaram realidade. Sarah, minha primeira leitora/ouvinte e fã número um, acreditou em todos os rascunhos da história. Ethan, com seu superpoder de comentários sarcásticos, me impediu de me levar a sério demais. Chris, minha referência de hóquei, foi meu expert no assunto.

Meu pai, guardião do fogo, e minha linda e forte mãe, que me contaram uma história de amor sem fim. Eles também a compartilharam com meus irmãos e irmãs: Diane, Henry, Allan, e Sarah e Maria, que estão contando-a no próximo mundo.

Cynthia Leitich Smith e Debby Dahl Edwardson, que organizaram um retiro de escrita especificamente para autores indígenas em 2018. O LoonSong Turtle Island foi meu primeiro evento de escrita e minha apresentação à comunidade #NativeKidLit. Os editores Arthur Levine, Yolanda Scott e Cheryl Klein, por compartilharem seus conhecimentos conosco. E os inspiradores participantes e equipe que fazem do LSTI uma experiência sem igual.

We Need Diverse Books[TM], uma organização sem fins lucrativos com a missão de "colocar mais livros protagonizados por personagens diversos nas mãos de crianças". Ellen Oh, Dhonielle Clayton, Meg Cannistra, Miranda Paul e todo mundo na WNDB.

Francisco X. Stork, meu mentor do programa de mentoria da WNDB 2019. Sua bondade, seu talento e sua generosidade mudaram minha vida. Foi ele quem me deu um retorno sobre meu manuscrito e me recomendou à sua agente Faye Bender.

Laura Pegram e todo mundo na Kweli, por criar oportunidades para autores não brancos iniciantes. Em 2019, na Kweli Color of Children's Literature Conference, eu participei de uma sessão de "primeiras páginas" em que uma editora e uma agente davam um feedback imediato para manuscritos anônimos. Eu não sabia disso na época, mas foi quando minha futura editora olhou para *A Filha do Guardião do Fogo* pela primeira vez.

Beth Phelan e todo mundo do #DVPit, por fornecer a oportunidade para que autores com vozes diversas possam mandar um *pitch* para agentes e editores no Twitter. Minha participação em abril de 2019 foi um passo importante na minha busca por uma agente.

Faye Bender, por ser uma agente extraordinária. A orientação inteligente, reputação na indústria e graciosidade fazem dela uma estrela no mundo literário. Existe uma palavra em anishinaabemowin para "mulher bonita" que engloba o espírito e caráter de uma pessoa maravilhosa. Sou muito abençoada por ter Faye Bender, "Mandaakwe", comigo. A equipe da agência literária Book Group por me ajudar a navegar por esse negócio de ser uma autora. Os coagentes no mundo inteiro, por encontrarem as melhores editoras para dividir *A Filha do Guardião do Fogo* com tantos países e idiomas. E a agente cinematográfica Brooke Ehrlich na Anonymous Content, pelo acordo incrível que eu espero poder anunciar quando estiverem lendo esses agradecimentos!

Minha editora Tiffany Liao na Henry Holt Books for Young Readers, por me assustar da melhor forma possível na nossa primeira ligação quando meu manuscrito estava sendo avaliado. Nunca encontrei alguém que falasse tão rápido e tivesse uma visão editorial tão forte para *A Filha do Guardião do Fogo* como Tiff. Ela se empenhou em trabalhar comigo para decolonizar o cânon da literatura jovem adulta, para fortalecer a promessa da premissa e proteger a minha voz a cada passo. Missão concluída!

Todo o time da Holt BFYR/Macmillan Children's Publisher Group/Macmillan USA, que acreditou com tanto vigor no meu livro como uma aposta editorial. Jon Yaged, pelo momento que Faye e eu nunca vamos esquecer. Jean Feiwel, Allison Verost, Molly Ellis, Mariel Dawson, Kathryn Little, Christian Trimmer, Katie Halata, Jennifer Edwards, Mary Van Akin, Katie Quinn, Morgan Rath, Johanna Allen, Allegra Green, e tantos outros, por sua criatividade maravilhosa, trabalho duro e paixão.

O diretor-criativo Rich Deas, que preparou algo incrível e completamente original que homenageasse a arte Ojibwe. O artista Moses Lunham (Ojibway), por seu talento impressionante e sua interpretação visual da jornada da Daunis. Rich e Moses fizeram um processo colaborativo que resultou numa capa de tirar o fôlego. Nunca vou esquecer o evento de revelação de capa e as respostas chocantes que me deixaram tão orgulhosa de todos os envolvidos. Eu não consigo pensar num elogio maior do que dizer que a capa do livro parece completamente Nish.

Atriz Isabella LaBlanc (Dakota/Ojibwe) por trazer Daunis e todo o elenco de personagens à vida em áudio. Macmillan Audio — especialmente Samantha Mandel e Steve Wagner —, por fazer esta entusiasta de audiolivros absurdamente feliz.

Birchback Books, por realizar o evento de revelação de capa on-line. *Entertainment Weekly*, por compartilhar um pedaço da minha história.

Muitas fontes ajudaram nessa história. A ajuda delas não deve ser considerada um endosso do resultado final. Quaisquer erros ou elementos que não sejam plausíveis são completamente minha responsabilidade. Os que eu posso agradecer publicamente: Jeff Davis (Chippewa), ex-assistente do Departamento de Justiça dos Estados Unidos do distrito oeste de Michigan; dr. Aaron Westrick, professor-assistente de Justiça Criminal na Universidade Lake State Superior; Walter Lamar (Blackfeet), ex-agente do FBI; e Robert Marchand (Ojibwe), chefe da polícia do Povo Indígena Chippewa de Sault Ste. Marie.

Dra. Margaret Noodin (Anishinaabe), reitora-assistente de Humanidades, professora de Inglês e Estudos de Indígenas dos Estados Unidos, e editora do ojibwe.net, por fornecer orientação e consistência com anishinaabemowin. Michele Wellman-Teeple, instrutora e diretora-assistente do Nishnaabemwin Pane Immersion Programa na Bay Mills Community College, por sempre responder aos meus e-mails e mensagens de "Socorro! Como eu falo isso no idioma?". Minha prima Debra-Ann Pine (Ojibwe), que responde qualquer pergunta como a Tia Teddie responderia. E o finado Orien Corbiere, que a cada resposta me ensinava coisas lindas sobre o idioma.

Destany Little Sky Pete, membra da Reserva Indígena Shoshone-Paiute de Duck Valley, por me deixar incluir o projeto da feira de ciências dela sobre as propriedades medicinais de um pudim de cereja da Virgínia tradicional.

As comunidades de escritores que me acolheram. Creative Endeavors, em Sault Ste. Marie, especialmente Sharon Brunner. Edward e Janet, no grupo

Charles Houston Community Writers. O Alexandria Women of Color Writers Groups liderado por Kat Tennermann, Novuyo Masakhane, e dra. Cynthia Johnson-Oliver. E as várias outras mulheres incríveis que conheci por meio do AWOCWG, especialmente Terri, Jen, Olivia e Danielle.

Barb Gravelle Smutek, por ser minha melhor amiga e nunca hesitar em dizer: "Uma menina da reserva nunca diria isso!" Meus amigos e família estendida, pelo amor, pela alegria e pelo apoio: Sharon, Leslie, Ashley, Anne, Aaron, Scooby, Laura D., Laura P., Bonnie, Audrey, Mary, Charmaine, Summer, Melissa, Sedelta, Dawn, Stacy, Traci, Carole, Ronalda, Ellen, Hande, Lori, Kim, Colleen, Debra-Ann, Elaine, Sammy, Rachel & Bill, Phillip, Cinda, Stephanie, Dana, Yolanda, Marie, e tantos outros.

Um agradecimento especial para minha amiga Christy Sobecki, por falar para mim, aos dezessete anos, sobre um garoto novo na escola dela que eu iria gostar. Isso instigou uma ideia que germinou por vinte e cinco anos e depois levou mais doze para ser escrita. A editora freelancer Sione Aeschliman, pela ajuda e apoio. Minha sobrinha, Amber Boulley, pela minha foto oficial de autora! E Bill Matson, por todo o capítulo lindo na história dos nossos filhos.

Os leitores, ouvintes, livreiros, educadores, bibliotecários, blogueiros literários e *booktubers*, por apoiarem este romance de estreia. Por favor, continuem apoiando autores e artistas indígenas.

Meu povo, professores culturais e ancestrais, por existirem e dividirem.

Chii Miigwetch.

intrinseca.com.br

@intrinseca

editoraintrinseca

@intrinseca

@editoraintrinseca

editoraintrinseca

1ª edição	AGOSTO DE 2022
impressão	LIS GRÁFICA
papel de miolo	POLEN NATURAL 70G/M²
papel de capa	CARTÃO SUPREMO ALTA ALVURA 250G/M²
tipografia	ADOBE GARAMOND PRO